露《ろ》壜《びん》村《そん》事件

生き神少女とザンサツの夜

相本孝思

角川文庫 17769

露壜村《ろびんそん》事件

生き神少女とザンサツの夜

［綾樫家］見取図

（日本家屋　平屋　※波線は移動可能）

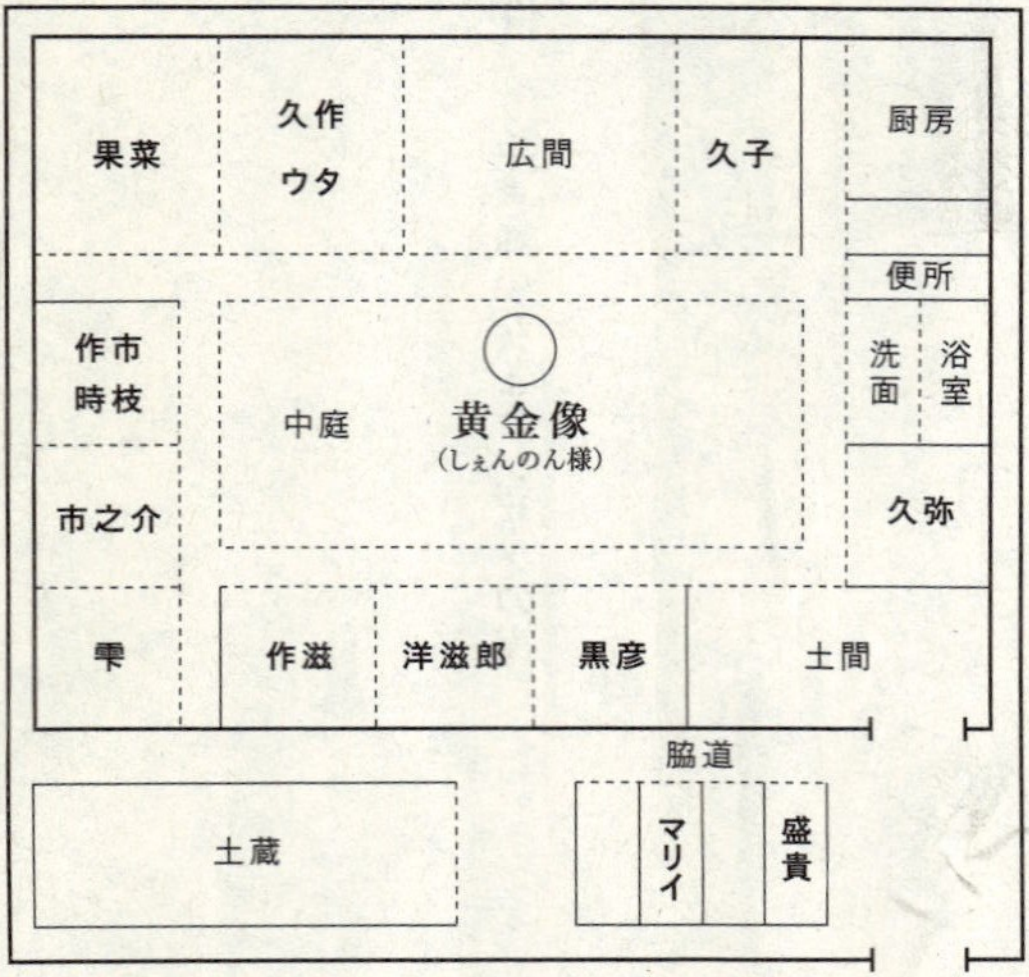

[綾樫家]家系図

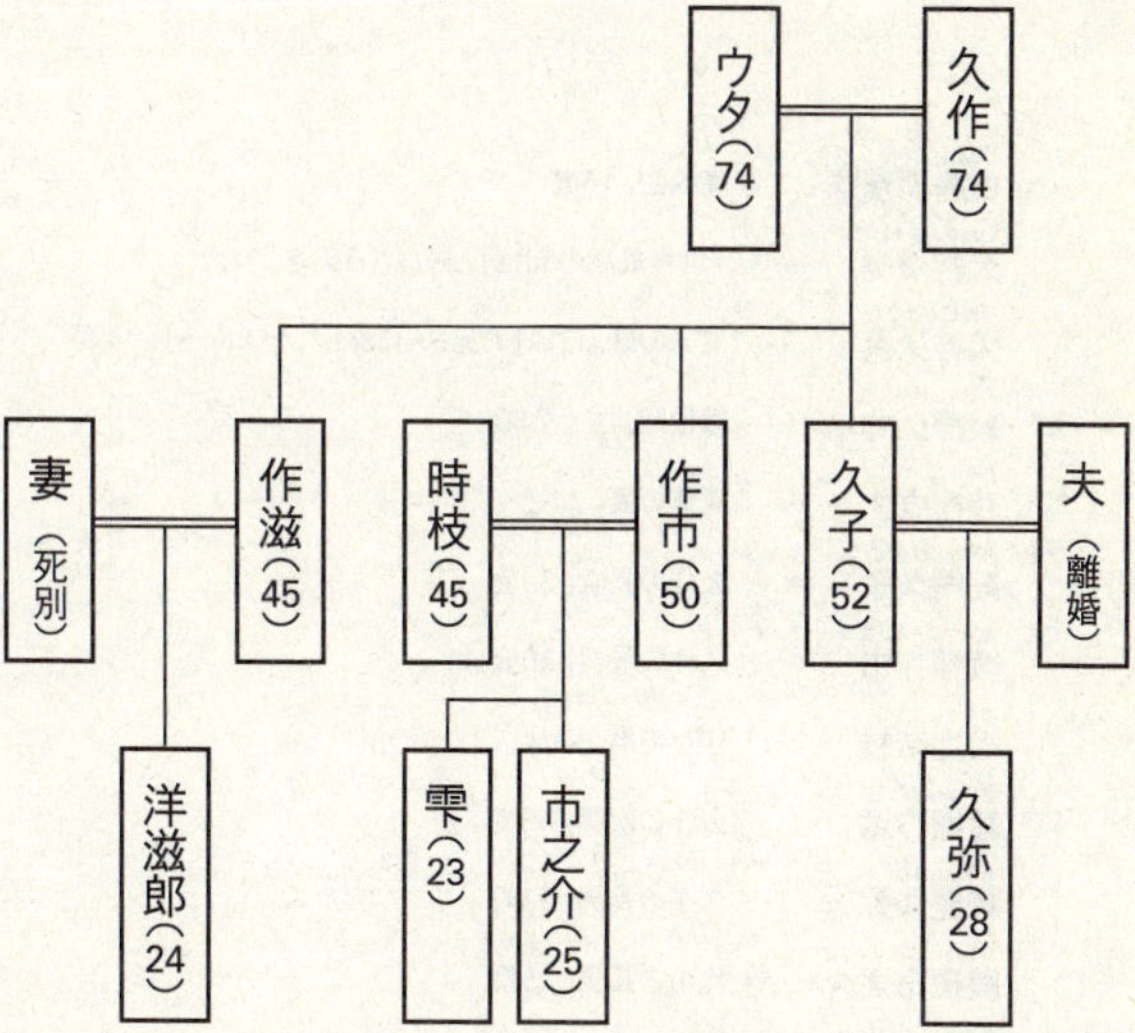

主な登場人物

白鷹《しらたか》黒彦《くろひこ》……………高校生。16歳

犬神《いぬがみ》清秀《きよひで》……………「世界最高の知性」と呼ばれる天才。21歳

犬神《いぬがみ》果菜《はてな》……………清秀の妹。自称「お兄さんに作られたロボット」。14歳

綾樫《あやかし》久作《きゅうさく》……………綾樫家当主。74歳

綾樫《あやかし》ウタ……………久作の妻。74歳

綾樫《あやかし》久子《ひさこ》……………久作の長女。52歳

綾樫《あやかし》作市《さくいち》……………久作の長男。50歳

綾樫《あやかし》時枝《ときえ》……………作市の妻。45歳

綾樫《あやかし》作滋《さくじ》……………久作の次男。45歳

綾樫《あやかし》久弥《きゅうや》……………久子の長男。28歳

綾樫《あやかし》市之介《いちのすけ》………作市の長男。25歳

綾樫《あやかし》　雫《しずく》……………作市の長女。23歳

綾樫《あやかし》洋滋郎《ようじろう》………作滋の長男。24歳

香具土《かぐつち》深良《ふから》………天才建築家。故人。

プロローグ

屋敷からは老婆の唸《うな》るような読経《どきょう》の声が響いていた。

月もなく、木々も凍りつく冬の夜だった。四方を山々に囲まれた小さな村。その高台に広い日本家屋の屋敷があった。豪雪地帯特有の巨大な屋根と太い柱。厳しい寒波に力尽《ず》くで挑み続けてきた時代を想起させる、古くとも重厚な佇《たたず》まいだった。屋敷の周囲に明かりはなく、闇がどこまでも広がっている。見えない暗黒の空は分厚い雲に覆われて、重みのある雪がいつまでも降り続いていた。

屋敷の中庭に焚《た》かれた数本の篝火《かがりび》が赤い炎をうねらせている。その内で老婆は、雪の積もった地面に一畳の畳を置いて正座していた。痩《や》せ細った小さな体は、胸の前で枯れ枝のような手を合わせている。散らばった絹糸のような白髪の下には紙のように白く皺《しわ》だらけの顔があり、わずかに開いた目は斜め上の一点をじっと見据えていた。

老婆の視線の先には、黄金に輝く巨大な彫像が立っていた。五メートルほどの男性像。頭部に二本の角を生やし、目は真円に近いほど大きく開かれている。額に深い皺を刻み、長いヒゲをたくわえているが、弱々しさは感じられず、むしろ達磨《だるま》のような威厳をたたえて活力をみなぎらせていた。筋肉質の体は藁《わら》を編んだ蓑《みの》を身に着け、大きな素足で力強く台座を踏みしめている。右手は棍棒《こんぼう》を下向きに持ち、左手は口元まで持ち上げて、骨付き肉のような物を大口を開けて頬張っていた。神仏とも定かではない異形の像。最も近しい物として思い出されるのは、秋田県に伝わる異形の神『なまはげ』。あるいは地獄に住むと言われる鬼の姿だった。

老婆は乾いた白い唇を震わせて、ぶつぶつと途切れることなく祈りの声を響かせている。祈りといってもその声の内容は聞き取れない。細い喉《のど》から発する音がひどく不明瞭《めいりょう》であるからだが、そもそも言葉自体も聞き慣れない異国の言語だった。切り裂くような風の高音と、不規則な柏手《かしわで》のような篝火の破裂音。三つの音は鬼の像と相まって、闇夜の中庭に不気味な緊張感を作り上げていた。

読経を続ける老婆の傍らには、二人の中年の女がじっと佇んでいる。一方は痩せて背が高く、神経質そうな切れ長の目を持った女。もう一方はやや若く、中背で丸顔だが貫禄《かんろく》のある美人だった。二人はそれぞれ赤い傘と青い傘を持ち雪を避けている。心配そうな視線を老婆の後頭部に向けているが、老婆の方は二人を完全に無視していた。

老婆と二人の女のさらに後ろには、二人の中年の男が立っていた。一方は大柄で恰幅《かっぷく》が良く、口ヒゲをたくわえたスーツ姿の男。もう一方は痩せて目付きが鋭く、寝間着のような作務衣《さむえ》の上に褞袍《どてら》を着込んだ男だった。二人とも眉間《みけん》に深く皺を刻みつつ、老婆と二人の女の背中を見つめている。時折、頭と肩に落ちる雪を積もる前に手で払っていた。

二人の男よりさらに後ろ。雪を凌《しの》ぐ屋敷の縁側には四人の若者が腰を下ろしていた。大柄で肥満気味の男、短髪で精悍《せいかん》な顔付きの男、色白で薄幸そうな女、痩せた長髪の男。全員既に成人している。四人も深刻そうな表情を見せているが、先の者たちほど重苦しい雰囲気はない。大柄の男はだらしなく足を投げ出している。短髪の男はあぐらをかいて背筋を伸ばし、正面をじっと見据えている。色白の女はその後ろで正座し、伏し目がちのまま固まっている。長髪の男は柱を背にして足を伸ばし、なぜか薄い笑みを浮かべていた。

闇夜の会合は不意に終わりを告げる。やがて異形の黄金像の背後、中庭を挟んだ対面に見える部屋の襖《ふすま》が静かに開き、一人の中年男が姿を現した。白髪混じりの頭髪に太眉《ふとまゆ》の顔。小太りの体に白衣を纏《まと》っている。笑えば愛嬌《あいきょう》もありそうだが、今は緊張気味に顔を強張《こわば》らせていた。男は草履を履いて中庭に下りると、ゆっくりと老婆の下に近付き腰を屈《かが》める。中庭にいる全員の視線が彼に向けられていた。

「……大奥様、よろしいですか？」

白衣の男は老婆に向かいながらも、皆に伝えるような大きさで声をかける。老婆は振り向きもしない。

「ただ今、亡くなられました」

男の言葉に何人かが息を飲む。老婆は初めて読経を止めると、皺に埋もれた目を大きく開いて顔を向けた。

「何じゃと……？」

「……ご当主、綾樫久作《あやかしきゅうさく》様が亡くなられました」

男がそう告げた瞬間、突風がごうっと音を立てて屋敷を揺らした。

「おお、おお……何ということじゃ……」

老婆は畳に手をつき顔を上げる。

「なぜじゃ、神よ。なぜお助けくださらぬ！」

神と呼ばれた鬼の像は、変わらぬ顔で老婆を見下ろしている。篝火の光を下から受けたその表情は尊大で、嘲笑《ちょうしょう》しているようにも見えた。

「わしらが、この家が、呪われとると言うのか！」

老婆の力なき号泣が中庭に響き渡る。白衣の男は気遣うように、小さな背にそっと手を置いた。見守る八人の男女はその場でじっと固まっている。誰も、何も答えない。

ただ一瞬、全員の視線が鋭く交差した。

露壜村事件

1

年明けから間もない一月三日。高校二年生の白鷹黒彦《しらたかくろひこ》は、中国地方の山奥深くを走る小さなバスの車内にいた。最前列の席から見える窓の外は、白一色の雪景色。今は降雪していないものの、空は湿気を含んだ厚い灰色の雲に覆われていた。もう長い間、対向車も後続車も目にしていない。未舗装の地面から伝わる不規則な振動に右へ左へと体を揺らされていた。

黒彦の隣には、友達で中学二年生の犬神果菜《いぬがみはてな》が静かに寝息を立てていた。先ほどまで雪だ、雪だと騒いでいた癖に、いつの間にやら電池が切れたように目を閉じている。自分たちが住む町では珍しい銀世界も、一時間も続けばさすがに見飽きてしまうだろう。少し緑がかったショートボブの頭。背が低く、薄茶色のダッフルコートに包まれたコンパクトな体型。黒彦は少女の白い頬や、意外と長い睫毛《まつげ》を見つめていたが、気恥ずかしさを覚えて顔を逸《そ》らせた。

車内には黒彦たちの他に乗客は誰もいなかった。振り返っても空席しかなく、その座席や周囲には大きな段ボール箱がいくつも積み上げられていた。バスの運転手の話によると、中身は食材や日用品、電機製品などが入っているらしい。これから向かう先へと届ける物だと言うから、どれだけ不便な土地へ向かっているか想像に難くなかった。

「……何でこんなことになったんだろ」

黒彦は溜息《ためいき》とともに呟《つぶや》く。自嘲《じちよう》めいた本心だった。

「今日は雪が降らなくて良かったな」

運転手の老人が振り返らずに声をかける。黒彦の声が聞こえた訳ではないだろう。単調な道ばかりで退屈してきたのか、高校生と中学生の二人組が珍しいのかもしれない。

「この辺じゃ吹雪になるとバスも出せなくなる。お前さんたちも辿《たど》り着けなくて大変だったぞ」

「助かりました。あとどのくらいで着きそうですか？」

「そうだなぁ……まあ一時間くらいだろうな」

老人は嗄《か》れた声でのんびりと返す。確か一時間ほど前にも、あと一時間ほどで到着すると言っていた。都会では考えられない時間感覚だが、この辺りではそんなものかもしれない。天気が良くても悪路には変わりないので、無理に急《せ》かす訳にもいかなかった。

「お前さんたちは、他の土地の者だよな？」

「そうです。ここへも初めて来ました」

「そうかい」

老人は短く返してから濁った咳《せき》を吐く。

「ああ……じゃあ何だ？　正月から旅行か？　でもあんな所、行っても何もないぞ」

「いや、そういう訳じゃないんですが……」

「旅行じゃないのか。……駆け落ちにしちゃ若過ぎるだろ」

「違いますよ」

　即座に否定する。こんな辺鄙《へんぴ》な山奥へ駆け落ちする者がいるだろうか。老人はなおも考える素振りを見せていたが、もう何も思い付かなかったようだ。

「まあ何だっていいけどよ。ちゃんと寄る宛《あて》はあるんだろうな？　知り合いでもいなきゃ遭難するぞ」

「……あります、一応」

「ならいい。もうすぐ着くから待っときな」

　老人は話を終えるとわずかにバスの速度を上げる。黒彦が椅子に背を預けると、果菜が眠りながら寄りかかってきた。がたがたと、バスが悪路に弾む。

「お兄さん……」

　果菜がぽつりと寝言を呟く。黒彦は複雑な表情を浮かべつつ、肩を押して少女を自分の席へと戻した。フロントガラスから見える景色は変わり映えせず、目指す土地もまだ遠い。

「……何でこんなことになったんだろ」

　黒彦が溜息とともにもう一度呟くと、なぜか果菜がふふふと笑った。

2

話は昨日の出来事に遡《さかのぼ》る。一月二日、元日明けの昼前。黒彦は白い息を吐きながら、犬神果菜が住むマンションへと向かっていた。街は新年の賑《にぎ》やかなムードに包まれており、人の声と店の音楽が混じった喧噪《けんそう》が響いている。行き交う人々にも振袖《ふりそで》姿の女が目立ち、皆どこか楽しげな笑顔を見せていた。

黒彦の家庭は、正月になってもあまり変わり映えのしない所だった。幼い頃に両親を亡くして以来、子どものいない叔父《おじ》夫婦の世話になりつつ、今は彼らが管理するマンションで一人暮らしをしていた。のんびり屋で気楽な性格の二人は、黒彦を見守りつつもあまり口出しせずに放っている。それは何かと有り難い環境ではあるが、同様に正月の行事についても特に何かをするような人たちではなかった。元日にも彼らの家を訪れて顔を合わせたが、いつもの通り叔母が作ってくれた夕食を食べて、叔父と将棋を指して帰るだけだった。

果菜の住むマンションに入り、エレベータで九階を目指す。特に用事はなかったが、今朝早くに彼女から『ヒマならおいでよ！』というメールが携帯電話に送られて来たので、新年の挨拶《あいさつ》ついでに向かうことにした。彼女の家でも正月めいた行事は存在しないのだろう。それは犬神家の特殊な家庭事情を想像すれば考えるまでもなかった。玄関のチャイムを鳴らすと、身軽そうな少女の足音が響いてきた。

「おっめでとー！」

ドアを開けて現れたのは、いつもと変わらずハイテンションな果菜。明るいピンク色の振袖を着て、頭に桃の花をあしらった髪飾りを付けていた。

「あ、ああ。おめでとう」

黒彦はやや戸惑いながら返す。まさか彼女がそんな恰好《かっこう》をしているとは思っていなかった。

「うん、おめでとー！」

果菜は両腕を広げて満面の笑みを見せる。ここまで心底めでたそうに新年を祝う奴も珍しい。黒彦は苦笑しつつ靴を脱いで家に上がろうとする。しかし目の前の少女はその場から動こうとはせず、二人の間に妙な硬直が生まれた。

「……何？　あ、上がっていいのか？」

「まだダメかな」

「まだ？」

黒彦は聞き返すが果菜は何も答えない。先客でもいるのかと思ったがそんな風にも見えない。きらきらとした大きな目で見上げられて、ようやくその意味を理解した。

「……い、いい振袖を着ているな。びっくりしたよ」

「そう！　いいでしょー、可愛いでしょー！」

ビデオの一時停止から解除されたように果菜は声を上げる。やはり褒められるのを待っていたようだ。

「お正月だから着せてもらったの。似合う？」

「うん、似合っていると思う。買ってもらったのか？」

「ずっと前から持っていたよ。でも着る機会が全然なかったの。普段は着ちゃいけないって言われるし、中学校も制服があるから着て行けないしね」

「私服の学校でも振袖で登校する奴はいないだろ」

「何でみんなもっと着ないんだろうね。簞笥《たんす》にしまったままじゃお着物も可哀想だよ」

果菜は腕をぱたぱた振って訴える。一理ある話だが、それを尋ねられても困る。

「だからこういう日には着るようにしているんだろ。その方が特別な感じがして楽しいんじゃないかな」

「そうだけどさー。クロちゃんは着ないの？」

「俺が、和服を？」

「モンツキハカマ！」

「持ってねぇよ」

和服なんて着ようと思ったこともない。とはいえ正月も平日と変わらないジーンズとコート姿なのは、めかしこんだ果菜と比べると味気ないようにも思えた。

「男の子は着る物がなくてつまんないね。僕は女の子で良かったよ。お兄さんに感謝」

「それより、もう上がっていいのか？」

「え、何で遠慮してるのさ。早く上がりなよ」

果菜はそう言うなり黒彦に背を向けて駆け出す。言い返すタイミングを失った黒彦は無言のまま彼女の家へと上がり込んだ。

3

犬神果菜は黒彦の通う高校と隣接する中学校に通う女の子。天真爛漫《てんしんらんまん》で好奇心旺盛《おうせい》な彼女は高層マンションの九階で兄と二人で暮らしていた。黒彦はかつて巻き込まれた殺人事件でこの兄妹《きょうだい》と出会い、死の恐怖の中で事件解決を目指して協力し合った。その後は家が近いことを知り交流を持つようになったが、この兄妹はある重要な秘密を持っていた。

それは、果菜がロボットだということだ。

頭の天辺《てっぺん》から足の先まで、どこをどう見ても人間にしか見えないが、彼女は自分をロボットと称して譲らなかった。限りなく人間に近付けた人工生命体。だから見た目も中身も人間にしか見えないという理屈だ。

単なる『不思議っ子の思い込み』ではない。彼女にはその主張を後押しする強力な味方が付いていた。それが、果菜を作ったという彼女の兄、犬神清秀《いぬがみきよひで》の存在だった。

犬神清秀は背の高い二十歳《はたち》過ぎの男だ。のっぺりとした無表情に光のない切れ長の目を持ち、口を開けば世を達観した風な言動か、嘘か真《まこと》かも分からない話ばかりをする。黒彦がこれまで出会った人物の中で、最も奇妙で胡散《うさん》くさい男だった。

だが犬神は、一方では『世界最高の知性』と呼ばれる天才でもあった。あらゆる学問に精通し、多くの研究や開発で偉大な成果をあげた博士として広く世に知られていた。

しかし『人間を作る』という神をも恐れぬ研究に取り組んだことにより、世界中の学者から非難を浴び、全ての学会から追放処分を受けてしまった。それ以降、彼はあらゆる活動から身を引いて、この街で隠居老人のようにひっそりと生活を送るようになった。

彼が作り上げたという人間こそ、すなわち果菜だった。

もちろん黒彦も素直に信用している訳ではない。しかし兄妹の言動や事件での出来事を振り返ると、犬神が優れた頭脳の持ち主であるとともに、果菜がロボットでなければ説明できない状況もいくつか起きていた。それで今ではもう否定せずに、暗に認めて兄妹と付き合うようになっていた。

なおこの事実を知っているのは、今のところ犬神兄妹以外には黒彦しかいないらしい。他人に知られたくはないので秘密にしているそうだが、恐らく話したところで誰にも信じてはもらえないだろうと黒彦は思っていた。

4

振袖姿の果菜に連れられて犬神家のリビングに入る。この部屋では大体彼女の兄の犬神が本を読んだり作業をしている場合が多いが、今日は姿が見えなかった。外出しているのか、自分の部屋に籠《こ》もっているのだろう。他にもリビングは普段なら難解そうな外国語の専門書や用途不明の機械などが散らかっているが、今日はそれらも見当たらず整然としていた。

「珍しく綺麗《きれい》にしているんだな」

「あ、気付いた？　年末にお掃除を頑張って全部片付けたの。大変だったんだよ」

果菜は得意気に鼻を膨らませる。彼女はロボットを自称する割には非力で掃除もあまり得意ではない。今は背筋を伸ばして行儀良く対面のソファに腰掛けているが、これもロボットらしい運動ではなく、単に体が帯に締め付けられて窮屈だからだろう。いつもは弾丸のように頭から飛び込む奴だった。

「いらっしゃいませ、白鷹様」

キッチンの方から若い女の声で呼ばれる。顔を上げると、新緑色を基調とした振袖姿の美人がにっこりと微笑んでいた。

「三鳥《みどり》さん、あけましておめでとうございます」

「はい、おめでとうございます。本年もよろしくお願いいたします」

三鳥と呼ばれた女が丁寧に頭を下げる。鶴原三鳥《つるはらみどり》、彼女もまたかつての殺人事件の生き残りの一人だった。物腰柔らかな十九歳の常識人、と思わせながら、なぜかメイド服を着る仕事ばかりを選び続けている不思議な人だ。黒彦が出会った時もメイドをしていたせいか、今でも敬語で話しかけられるのが常だった。

「三鳥さんも着物ですか。いつもの眼鏡は掛けないんですか？」

「はい。せっかくなのでコンタクトレンズに挑戦してみました。おかしいですよね」

「え？　いえ、全然おかしくはないですよ」

黒彦は首を振って否定する。普段よりも目が大きくなって魅力的に見える。むしろなぜそのままにしないのかとも思えた。三鳥は緑茶と和菓子を乗せた盆を運びつつ果菜の隣に腰を下ろした。

「今朝買ってきたお菓子です。よろしければどうぞ」

「ありがとうございます。いただきます」

黒彦は恐縮して頭を下げる。菓子は正月らしい彩りの練り切りや小さな饅頭《まんじゅう》だった。三鳥はこの家の住人ではないが、普段からよく入り浸っている。果菜と仲が良いこともあるが、それ以上に彼女の兄の犬神に好意を寄せており、彼の傍にいたいがために押し掛けているようだ。

「先ほどまでハテナ様とお出かけしていました。せっかく着物を着ましたので、初詣《はつもうで》をかねて街を歩いていたんです」

「正月らしいことをしていたんですね」

「写真もいっぱい撮られたよ」

果菜は竹の楊枝《ようじ》で和菓子を切り崩しつつ言う。

「写真を撮られたって、誰に？」

「知らないおじさん」

「え？」

「近くを歩いていた方々に写真を撮ってもいいかと聞かれたんです」

三鳥が説明を加える。

「ああ、そういうことですか」

「行く先々で声をかけられてしまいました。きっと皆さん、着物が珍しいんでしょうね」

「ねー」

果菜と三鳥は笑顔で頷《うなず》く。黒彦は普段以上に艶《あで》やかな二人を見て、写真を撮ろうとした者の気持ちも分かる気がした。

「でも三鳥ちゃんってば、写真を嫌がってずっと逃げ回ってたんだよ」

果菜が続けると三鳥は笑顔のまま眉《まゆ》を八の字にする。

「だってそんな、恥ずかしいじゃないですか」

「そう？　面白いじゃん」

「それに長時間外にいましたから、寒くって……」

「そうそう。ポーズ決めてる時も小声で寒いですー、寒いですーって言ってたね」

「慣れない物は着るものじゃないです。だからずっとハテナ様を抱いていたんですよ」

二人はそう言って笑い合う。どうやら黒彦が来る前から既に楽しいイベントがあったようだ。

「ハテナは寒いのは平気なのか？」

「うん、僕は平気。寒い方が調子いいの。放熱できるからね」

「放熱？」

「私も聞いたのですが、よく分からないですよね、白鷹様」

三鳥は首を傾げる。それに合わせて果菜もかくんと首を曲げた。

「だってお兄さんがそう言ったんだもん。外が寒いと体の熱を効率良く冷やせるから動きが良くなるんだって」

「犬神様のお考えに間違いはないはずですが、普通、冷えると体が硬くなりませんか？」

果菜と三鳥は同意を求めるように黒彦を見る。二人の話を聞いて黒彦はおおよそ理解できていた。つまり犬神が言っているのはロボットとしての果菜の話であり、三鳥が言っているのは当然人間としての果菜の話なのだろう。しかし果菜をロボットであると知らない三鳥にそれを説明する訳にはいかなかった。

「まあ、ハテナがそれでいいと言うのなら、いいんじゃないかな」

「……むー、なんかスッキリしない」

「……今の口調、何だか含みのある犬神様のようです」

二人は冷めた目で黒彦を見る。そう言われても仕方がない。そもそも犬神がちゃんと説明しないのが悪い。いっそ全部ばらしてやろうかとも思ったが、それこそ犬神の思うつぼ。結局果菜をロボットと証明できる術《すべ》がないので、恥をかく上にかえって少女を『ロボットではない』と証明してしまうことになるだろう。天才・犬神ならそれくらいは企《たくら》んでいても不思議ではなかった。

5

「そういえば、犬神さんは？」

犬神のことを思い出したので黒彦は果菜に尋ねる。未《いま》だ姿を見せないところを見ると、恐らく今はこの家にいないのだろう。

「お兄さん？　いないよ」

果菜は予想通りの言葉を返しつつ、断りなく黒彦の饅頭を摘んだ。

「勝手に取るなよ。出かけているのか」

「けちー。そう、どこかの誰かに何かを頼まれたから行って来るってさ」

「全然分からん」

「東北のどこかに行ったの。来週には帰って来るよ」

「あ、泊まりがけなのか」

「そうなんですよ、白鷹様」

突然、三鳥が口を軽くすぼめて訴える。

「犬神様ったら、年末からずっと出かけられているんですよ。酷《ひど》いと思いませんか？」

「いや……まあ、そうですね」

「せっかくおせち料理もご用意して、着物も実家から送ってもらったのに。ここへお伺いしたらハテナ様しかいなかったんですよ」

三鳥は珍しくふて腐れている。手間暇かけた正月支度を見てもらえなかったのだから無理もないだろう。黒彦は同情の笑みを返すしかなかった。

「でもハテナは犬神さんがいなくても平気なのか？」

「全然平気じゃないよ。でも三鳥ちゃんがいるからご飯は安心」

果菜は黒彦の饅頭を頬張りつつ答える。恐らく犬神もそれを見越して一人で出て行ったのだろう。それはそれで酷い人だ。

「じゃあ来週までは一人、いや、三鳥さんと二人で過ごすのか」

「そう。違う、そうでもなくなったんだよ」

「え、どうして？」

黒彦が尋ねると果菜は着物の胸元から一枚の葉書を出した。

「なんと、お兄さんから年賀状が来たのだ」

「犬神さんから年賀状？」

黒彦は受け取った年賀状を見つめる。旅先から同居する妹に向けて年賀状を送るとはどういう了見なのか。相変わらず行動の読めない人だった。


『年賀状を例とした、娯楽的タイムラグイベントの重要性についての考察』


新しい年を迎えるにあたり、この国の多くでは年賀状という葉書が送られる。賀正、迎春、慶春、寿春。謹賀新年、恭賀新春、敬頌新禧《けいしょうしんき》などの賀詞の後、当たり障りのない文章をもって新年の祝いを書き連ねるのが通常である。年賀状が現在の体を成したのは一八七三年、明治六年の郵便葉書発行以来となるが、元号が変わり、新世紀を過ぎ、郵政事業が民営化された現代においても未だ廃れることのない習慣として残り続けている。

一方で遠方地への伝達手段そのものについては、長年に渡り素早く安価に使いやすく進化を続けてきた。代表的な物として電話が挙げられるだろう。郵便葉書の発行からほどなくして米国より電話が伝わるが、以後百年を経て全国の家庭や企業、公共施設のほとんどに電話網が張り巡らされた。さらに近年では広義のIT革命により携帯電話とインターネットが急速に普及し、現在ではほぼ全国を覆う電波網が完成するに至った。これにより郵便では通常数日を要した伝達時間は数秒となり、また一使用あたりの価格も大幅に下がり、さらに文面作成から送付まで手元の小型端末の操作のみで完結できるようになった。結果、遠隔地への伝達手段に郵便葉書や封書などを用いるメリットはなくなったと言って良いだろう。

然《しか》るに、現在においても年賀状が未だ新年の重要な行事として残り続ける理由は何かと考察する。通常一日ないし二日で配達される葉書もこの時ばかりは数日を要するほど混雑し、元日の到着を望むならば前年十二月二五日までの投函《とうかん》を呼びかけている。つまりクリスマスすら迎えていない時期より新年の挨拶《あいさつ》を書き投函しておくという気長な下準備が求められるのだ。しかしこの独特な作業こそが年賀状の本質であり、単純な伝達手段とは異なるイベントとして成立した理由でもあるだろう。すなわち、そこには現代人が求める『娯楽的タイムラグイベント』への期待が垣間見《かいまみ》えるのだ……

「これ、年賀状か？」

葉書の裏面にはアリの足先ほどの細かい文字で、論文のような文章が印字されている。黒彦が読んだのはこれでもその内の三分の一程度でしかなく、その後には『娯楽的タイムラグイベント』とやらの説明と結論がまとめられているようだ。

「年賀状だよ。だってお年玉付きだもん」

果菜は驚きも感動もなく平然と返す。

「本当に犬神さんが作ったのか？」

「もちろん。だってお兄さんの字だもん」

「うわっ、これ手書きなのか？」

黒彦は驚いて葉書を睨《にら》む。教科書や新聞のように整った文字は、よく見れば極めて細いペンで手書きされたものだった。

「僕ね、お兄さんの字は読みやすいから好き」

「読みやすいというか……」

教科書と同じ文字なのだから読みやすいに決まっている。しかしそこには手書きの味わいというか、人間らしさは全く感じられなかった。達筆ではないが、拙筆とも思えない。あえて言うならば『病筆』とも呼べる正確さ。それは孤高の天才、犬神清秀にふさわしい書体とも言えるだろう。黒彦は無数の文字列にしばし心を奪われていたが、やがて本題を思い出して口を開いた。

「……それで、この見事な字で書かれた何とかイベントの話がどうしたんだよ」

「さあ？　読んでないから分かんない」

「おい」

「そっちじゃなくて、こっちの面だよ」

果菜はそう言って年賀状を引っ繰り返す。表面には当然ながら、ここの住所と『犬神果菜　様』という宛先が書かれている。さらに葉書の左下には差出人の住所と名前と、一文が添えられていた。

岡山県　浦山市　露壜村にて
犬神清秀
※この地で面白いものを発見した。黒彦君と一緒にすぐ来なさい。

「俺と一緒に？」

「そう」

果菜がずいっと近付く。

「岡山県の、えっと、露墁村《ろびんそん》へ？」

「そう！」

果菜はさらに近付く。力強い鼻息が耳に触れて黒彦は思わず身を引いた。

「ちょっと待てよ。いきなり来いって言われても困る」

「えー、いいじゃん。行こうよー」

「大体どこにあるんだよ、この露墁村って」

まるで邦楽の曲名か、古い冒険小説にあったような地名。黒彦は訪れたこともなければ、テレビや学校などで聞いたこともなかった。

「そうそう。僕も地図で調べたの。岡山県の上の方、すっごい山奥だった」

「上ってどっちだよ。さっき東北のどこかへ行ったって言わなかったか？」

「うん、全然違ったね」

「岡山の山奥って、そんな所で犬神さんは何をしているんだ？」

「ね、気になるでしょ？　行かなきゃ分かんないよ」

果菜はニッと笑って楽しそうに頭を振る。黒彦は呆《あき》れ返って溜息《ためいき》をついた。相変わらず強引な兄妹《きょうだい》だ。いきなりの遠出、しかも聞いたこともない村へ来いと言われる。冬休み中は特に用事もないとはいえ、日帰り旅行では済まないだろう。助けを求めるように三鳥の方を見ると、彼女はなぜかこちらに向かって手を合わせていた。

「……白鷹様、あの、私からもお願いできますでしょうか」

「三鳥さんまで……」

「実は私、明日《あした》から長野の実家に帰省することになっているんです。そうなるとこの家でハテナ様が一人になってしまうんです」

「それは、まあ……」

「はい。それは平気だと思うのですが、このままだとハテナ様は一人でその、何とか村に行ってしまいそうなんです」

三鳥は不安げに眉《まゆ》をひそめる。隣では果菜が笑顔で頷《うなず》いていた。

「もちろんハテナ様はしっかりされていますし、現地には犬神様もお待ちのようなので心配ないとは思うのですが、その、やっぱりちょっと不安というか、道中で迷われたりしないかと……」

「そうだよ、僕が道に迷ったらどうすんのさ、クロちゃん」

「何でお前は威張っているんだよ」

黒彦は素早く突っ込む。三鳥の不安はよく分かる。犬神が自分も誘えと書いた理由もきっとそういう目的なのだろう。それはそれで酷《ひど》い人だ。

「白鷹様、お任せしてもよろしいでしょうか」

着物姿の三鳥が縋《すが》るような目付きで訴える。黒彦はその卑怯《ひきょう》なまでの美しさに心を奪われて、もう頷くしかなくなってしまった。

「……分かりました。じゃあせめて犬神さんのいる所までは連れて行きますよ」

「やったあ！」

果菜は笑顔で身を乗り出す。三鳥も胸を撫《な》で下ろしたように息をついた。

「ありがとうございます、白鷹様」

「いや、別に三鳥さんがお礼を言うことじゃないですから」

「ありがとね、クロちゃん。やっぱり三鳥ちゃんの頼みは断れないんだねこのスケベ」

「お前いい加減にしろよ」

黒彦は喜ぶ果菜の小さな頭を押してソファに戻す。結局いつものように、何が何だか分からないまま少女に振り回される羽目になった。

6

露壜村へと向かうバスが停車したのは、運転手との会話からおよそ一時間半後。曲がりくねった細い雪道の後、急に視界が開けた所が村の入口だった。

「着いたぞ……降りてくれ」

運転手が振り返って呼びかける。黒彦は眠っていた果菜を無理矢理立たせると、二人分のバッグを担いでバスを降りた。ずっと座り続けていたせいか足下がふわふわしている。冷たい風に吹き付けられて体と気持ちが一気に引き締まった。

「俺はこれから各家を回って荷物を下ろしてくる」

運転手が下車した黒彦に向かって言う。

「後はそのまま市内に帰るからな」

「ありがとうございました。帰り道もお気を付けて」

黒彦は運転手に向かって頭を下げる。今からこの距離をもう一度戻るのはなかなか大変だろう。

「分かっていると思うが、バスは月曜日と木曜日に往復している。だから次は木曜日に来るからな」

「え、そうなんですか？」

「なんだ、分かってなかったのかよ……大丈夫か？」

「まあ、大丈夫だと思いますが……」

黒彦は戸惑いつつも頷く。さすがに日帰りは無理だとは思っていたが、強制的に三泊四日を強いられるとは思わなかった。木曜日となると一月六日。中学も高校も始業式は七日なので、辛うじて冬休み中には帰宅できるはずだった。運転手はこちらの不安を感じ取ったように眉をひそめる。

「お前さんたち、今からどうするんだ？　誰も迎えに来ないのか？」

「いえ、多分来るはずです」

黒彦はそう返しながら辺りを見回す。四方を山々に囲まれた村に白い田畑が広がっている。民家らしき家屋もぽつりぽつりと確認できるが、犬神はおろか人の姿はどこにも見えなかった。

「じゃあ向こうに役場があるからそこで待っとけ。弓削《ゆげ》っていう男がいるはずだから」

「分かりました」

「それと……まぁいいや、じゃあな」

運転手は何かを言いかけて止める。バスはそのままドアが閉まり、エンジン音を響かせながら村の奥へと走り去って行った。

「……やっぱりいないのか、犬神さん」

黒彦は足下の雪を軽く蹴《け》る。この寒空の下、犬神がわざわざ自分たちのために待ってくれているはずもなかった。昼間にもかかわらず辺りは静けさが漂い、真冬のせいか鳥や獣の姿も見えない。露壜村は想像以上に寂しい村だった。

「うにゃ……」

立ったまま眠っていた果菜がうっすらと目を開ける。

「……白い、寒い、眠い。ここって、天国？」

「こんな天国嫌だろ。ほら、自分の荷物くらい持て」

「うにゃ……」

ふらふらと歩く果菜を連れて雪道を歩く。先にはほとんど民家と見分けが付かない木造平屋の役場が見えた。

「……なんか、音が聞こえるよね。しゃんしゃんしゃんって」

「……本当だ。何の音だろう」

どこからともなく金属を打ち鳴らすような音が響いている。何をしているのかは分からないが、どこかに村民はいるようだ。『露壜村役場』という看板が掲げられた家屋に辿《たど》り着いて、ガラス戸をがらがらと引き開ける。薄暗く、ひっそりとした室内が見えた。

「ごめんください」

黒彦は声を上げるが、返事はない。広い事務机が一つ、古いテーブルとソファのセットが一つ。奥には書架と整理棚とロッカーが並んでおり、狭いながらも一応は役場らしい雰囲気だった。

「むう、ストーブも消えてんじゃん。がっかりー」

ようやく目を覚ました果菜が早速喋《しゃべ》り出す。部屋の隅には天井まで煙突を伸ばした黒い鉄製のストーブが置かれていた。燃料はどうやら薪《まき》らしい。

「誰もいないな。出かけているのか」

「そういやクロちゃん、お兄さんは？」

「それを探しているんだよ」

黒彦は上着のポケットから携帯電話を取り出す。犬神に連絡が取れるかと思ったが、液晶画面のアンテナ表示は『圏外』になっていた。

「やっぱり、ケータイも繋《つな》がらない村か」

犬神の携帯電話は旅行前から繋がらなかった。何度かけても呼び出し音すら聞こえず、中継局から届く通信不可能のメッセージが流れてくるばかりだった。

「他をあたってみるか。でも、どこに行けばいいんだ」

「ねぇねぇクロちゃん。これ見て」

果菜は机に置かれていたメモ用紙を取り上げる。

『村民の皆様へ。本日は綾樫《あやかし》家の葬儀に参列しております。弓削より』

「……ああ、葬式に出かけているのか」

「ね。誰か死んじゃったんだね」

バスの運転手からも聞いていたが、この弓削という人物が役場の人間らしい。葬儀に参列しているとなれば帰りは遅くなるのか、それとも早めに切り上げて帰ってくるのか。見知らぬ村の慣習なので判断できない。その間にも外からは、しゃんしゃんしゃんという金属音が聞こえてきた。

「あ、また聞こえてきたよ、クロちゃん」

果菜が顔を上げて天井を見つめる。

「この音ってもしかして……」

黒彦もつられて目線を上げる。どことなく祭囃子《まつりばやし》というか、寺の僧侶《そうりよ》が持つ錫杖《しやくじよう》の音に似ている。そう思っていると、音に合わせて微《かす》かに読経《どきよう》のような低音の声も耳に届いた。

「ここにいても仕方ない。行ってみようか」

「うん、行こ行こ」

そう応《こた》えた果菜の目は好奇心に輝いていた。

7

黒彦たちは役場を出ると音を頼りに村を歩き始める。除雪された未舗装の道は狭く、車が通り掛かる様子もない。分かれ道も少なく、よく見渡せるので迷う心配もなさそうだった。

「どこでやってんだろね。お葬式」

果菜は道の脇に積み上げられた雪山から雪を削り取る。道は少し上り坂となっており、バス停と役場の辺りが村で一番低くなっているようだ。先へ進んでも動く者の姿はなく、立ち並ぶ民家からも物音一つ聞こえてはこない。遠くに見える山の裾野《すその》には長い石段が上り、その先には寺社らしき建物があった。

「コンビニも本屋さんもアウトレットモールもないね。みんな何して遊んでるのかな」

「店くらいはどこかにあるだろう。それにしても人がいないのはどういうことだ」

「お家も静かだね。そっか、みんなお葬式に行っているんじゃない？」

「そんなに大掛かりなのかなあ」

「てやっ！」

「うわっ！」

突然、果菜は雪球を黒彦の胸元に投げ付ける。ただし雪質は柔らかく、コートに触れた瞬間に白くぱっと弾《はじ》けた。

「何するんだよ」

「ぼんやりしてたからぶつけた。雪合戦しようぜ！」

「その前に人を捜さないと野宿になるぞ」

「役場があるじゃん。転がり込めばいいよ」

「三日間も過ごせるかよ。犬神さんもどこかにいるはずだ」

黒彦は気楽な果菜からさらに雪球をぶつけられるが、もう無視して歩き始める。一向に現れない犬神にも苛立《いらだ》ちを覚え始めていた。冷凍庫の中にいるような寒さの中、道に沿って村の奥へと進んでいく。やがて遠くの方に、鳴り物を携えた長い一団が目に入った。

「あれか」

一団は錫杖と太鼓の音を響かせながら、読経とともにゆっくりと足を運んでいる。先頭には頭巾《ずきん》を被《かぶ》り袈裟《けさ》を着た僧侶がおり、その後ろには棺桶《かんおけ》らしき箱を担ぐ男たちが続く。さらに後ろには黒い服を着た人々が長蛇の列を作っていた。普段の街中で見かける葬儀とは違った光景。暗い曇り空の下、奇妙で気味の悪い集団に見えた。

「やっぱり葬式の音だったんだな」

「凄《すご》い人数だね。ほら、みんなあそこにいるんだよ」

行列はまるで村民全員を集めたかのように長い。それが村のしきたりなのか、亡くなった綾樫という者が余程の大物なのかは分からない。近付いて行くと、何人かの参列者がこちらに気付き始めていた。

「霊柩車《れいきゅうしゃ》も使わずに、棺桶を担いで火葬場まで行くのか」

「ねえ、もしかしてお兄さんもこの中にいるんじゃない？」

「まさか？　いや、どうだろう」

そう言われて黒彦は集団を目で追う。村民総出で参列しているならば、無関係の犬神も紛れ込んでいるかもしれない。しかしざっと眺め回した限りでは、長身と白衣がトレードマークの彼はどこにも見当たらなかった。

「おいおい、お前たち」

一人の男が葬列を離れて黒彦たちの下へと駆け寄る。目鼻立ちがくっきりとしており、髪を短く刈り込んだ三十過ぎくらいの青年。黒いジャンパーの下には、警察官らしき紺色の制服が覗《のぞ》いていた。

「誰だお前たちは。村の者じゃないな」

「はい。さっき定期バスに乗って来ました。ちょっとお尋ねしたいんですけど」

「何の用だ……いや待て。見ての通り今は葬儀中だ。話をしている暇はない」

「はい。ここで待っていれば終わりますか？」

「いや、俺たちは今から蓮水寺《れんすいじ》の墓に行ってご遺体を埋葬するんだ」

男はそう返して、先ほど見かけた山寺を指差す。墓に埋葬する、ということは火葬ではなく土葬なのだろうか。

「だがその後はそう遅くはならんだろう。役場の隣に駐在所があるからそこで待っていろ。話はそれから聞いてやる」

「駐在所……」

黒彦は呟《つぶや》いてから、それが交番の別名のようなものだと思い出す。

「場所は分かるな？　誰もいないが入っても構わん。大人しくしていろ」

「はあ……他の駐在員さんも参列しているんですか？」

「村の駐在は俺だけだ」

男は平然と答える。そうすると現在、駐在所は開けっ放しになっているらしい。先ほどの役場にしてもそうだが、この村には家に鍵《かぎ》をかける習慣もないようだ。

「ストーブも使っていいの？」

果菜は手を挙げて大声で尋ねる。男は目を大きくさせつつ、無言で頷《うなず》いた。

「やったねクロちゃん。これで野宿しないで済むよ」

「どこに住むつもりだよ」

「俺が戻るまであまり出歩くんじゃないぞ。それと火の元には気を付けるんだ。いいな」

男は早口でそう言うと参列者たちの下へと駆け戻って行く。警察関係者の割には言葉遣いが荒く、親しみやすさの欠片《かけら》もない。実際に見たことはないが、古い軍人のように感じられた。

「ん？」

男の背を目で追っていた黒彦は、ふと別の方向からの視線に気付く。参列者の中でも前の方、棺桶を担ぐ男たちのすぐ後ろにいる老婆がじっとこちらに目を向けていた。小さな体に白髪頭。もうかなり遠くなったが、首を後ろに回してまでもこちらを見つめている。その表情まではよく見えないが、顔色は降り積もった雪のように白かった。

「クロちゃんどうしたの？　駐在所に行こ」

「……うん、そうだな」

黒彦はどことなく居心地の悪さを感じて老婆と参列者たちに背を向けた。葬儀を邪魔した自分たちに非難の目を向けていたのだろうか。見知らぬ村での、何者かの死。訪れた先からあまりいい気分はしなかった。

8

駐在所は先の役場よりも小さく、同じく木造の建物だった。丸い赤色灯の下には『露壜村駐在所』の看板を掲げた入口があるが、その隣には『釜松《かままつ》』という名の表札を掲げた家屋が隣接している。どうやら交番と自宅とを兼ねた施設らしく、それも都会ではまず見られないものだった。

黒彦たちが案内された通りに所内で待っていると、やがて話し声とともに二人の男が入って来た。一人は先ほど出会った駐在員で、もう一人は黒縁の眼鏡と喪服らしい黒スーツを身に付けた中年の男だった。

「おう、待たせたな」

駐在員はややリラックスした調子で声を上げる。もう一人の男は探るような目をこちらに向けていた。

「駐在の釜松守《まもる》だ。こっちは役場の弓削盛三《もりぞう》さん」

「白鷹黒彦です。いきなりすみません」

「犬神果菜です。いきなりよろしくね」

果菜はストーブの前から動かずに手を上げる。昨日、寒い方が調子がいいと聞いたのは気のせいだったのかもしれない。

「盛三さん、ちょっとお茶を淹《い》れて来ます」

釜松は奥の台所へと向かう。弓削は慣れた調子で傍に畳まれていたパイプ椅子を広げた。

「おじさん、こっちにおいでよ。寒いでしょ」

果菜はまるで自分の家のように寛《くつろ》いでいる。弓削は無言のまま頷くと、ストーブの前まで椅子を運んで腰を下ろした。

「おじさんもお葬式に行ってたの？」

「ああ。今日は村の者みんなが出ていた」

弓削はストーブの脇にあった軍手をはめると、火ばさみを使って庫内で燃える薪《まき》を手際良く整える。頑固そうな人柄を漂わせていた。

「このストーブ面白いよね。たき火みたい」

「薪のストーブだ。手入れは大変だが冬は重宝する」

「寒いもんね。外も凄く雪が積もっていたよ。僕、岡山ってもっとあったかい所だと思ってた」

「岡山市内とは標高が違う。瀬戸内海側は温暖だが、ここは中国山地の豪雪地帯だ。年明けは毎年こんなもんだ」

「じゃあ雪合戦し放題だね。雪だるまも丸め放題」

「……お前さんたちは、都会の者だな」

「あれ、どうして分かったの？　僕のハイセンスぶりに気付いたの？」

「雪合戦だの雪だるまだの、ここの雪はそんなに気楽なもんじゃないからな。遠くから来たのか？」

「うん、なんせ始発の新幹線で来たからね。クロちゃんに叩《たた》き起こされたの」

「クロちゃん？」

「……ああ、クロちゃんって呼ぶといいよ」

「ハテナ、黒彦君と言ったか」

「ハテナ、余計な紹介するなよ」

黒彦が言うと果菜は弓削に向かって歯を見せる。その後は探り合うような無言の時が流れ、やがて釜松が湯飲みを乗せた盆を持って戻って来た。

「一服しよう。お前らも遠慮するな」

「ありがとうございます」

黒彦と果菜は頭を下げて湯飲みを受け取る。弓削はうん、とだけ言うと親指と人差し指で湯飲みの縁を摘み上げてそのまま口を付けた。釜松は自分用らしい事務机とセットの椅子に腰を下ろした。

「……それで、お前さんたちはどうした？　この村に何か用があるのか？」

弓削は眼鏡の奥の目をしばたたかせながら黒彦を見る。果菜よりはこちらに聞くべきだと判断したのだろう。

「それが、俺たちにもよく分からないんです」

「どういうことだ？」

「実はこいつの兄が先にこの村に来ているんですが……」

「お兄さんから、面白い物を発見したからクロちゃんと一緒に来なさいって呼ばれたの」

「それで来たんですが、まだ会えていないんです」

黒彦と果菜が交互に答えると、弓削と釜松もそれに合わせて視線を動かした。

「この子の兄……村の者か？　名前は？」

「いえ、この村の人じゃないです。犬神清秀という名前です」

「犬神清秀……」

弓削はそう呟いて釜松を見る。釜松は小さく首を振った。

「俺も知らないです。聞いたこともない」

「いえ、だからこの村の人じゃなくて……」

「それは聞いた」

弓削が黒彦を横目で見る。

「だがこの村に来た者なら、俺か守、釜松が知っているはずだ」

「そうなんですか？」

村の役人と駐在だから、訪れる者も把握していると言いたいらしい。狭い村なのでその可能性も充分にあるだろう。釜松も当然とばかりに頷いた。

「外から村に入る道は役場の先からの一箇所しかない。俺らは毎日ここにいるから、その犬神って奴も必ず目にしているはずだ」

「でも今日はどちらもいませんでしたよ。俺たちの方から葬式の列を探して会いに行きました」

「今日は特別だ。いつもはいるんだよ。本当にこの村に来たのか？　聞き間違えたんじゃないのか？」

「聞き間違いなんかじゃないよ。だって年賀状にそう書いてあったんだもん」

果菜は自分のバッグを開けると、犬神からの年賀状を出して釜松に手渡す。釜松は弓削とともにその表面《おもてめん》を読んだ後、裏返して思わず顔をしかめた。

「何だこれ、年賀状か？」

「年賀状だよ。ね、ちゃんと『露壜村にて』って書いてあるでしょ」

「……確かにここの住所だな。お前らにもすぐに来いと書いてある」

「どうよ、釜松さんどうよ」

「犬神清秀……覚えがないな。俺は年末年始だってここにいたんだがな」

「お兄さん、家からはクリスマスイブに出て行っちゃったよ。だから三鳥さんもションボリしていたの」

「ああ、そんなにも前なのか。……じゃあやっぱり今はいないだろう」

「ウソ！　いないの？」

「ああ。さすがにこの村にいて一週間も目にしないことはない」

「夜中に車で来てそのまま帰ったなら、俺たちにも分からないかもな」

弓削は果菜に年賀状を返しながら言う。果菜はぽかんと口を開けていた。予想外の事態に黒彦も焦る。

「本当にいないんでしょうか？　誰か知り合いの家にいるんじゃないですか？」

「いや、都会とは違って村の者はみんな顔馴染《なじ》みだ。知らない者が来れば必ず分かる」

「でも、こっそり隠れていたとしたら……」

「何のためにだ？」

弓削から訝《いぶか》しげな目を向けられて、黒彦は思わず口を噤《つぐ》む。その表情には、余所《よそ》者が好き勝手な真似をするなという拒否感が強く現れていた。歓迎される筋合いもないが、訪問しただけでも迷惑がられている。同時に、これでは犬神も長居はできなかったのではないだろうかと思えてきた。

「……ハテナ。弓削さんたちの言う通り、もしかすると犬神さんはもうこの村にはいないかもしれないな」

「え、どうして？　クロちゃん」

果菜は我に返って声を上げる。

「昨日見せてもらった犬神さんからの年賀状。あれ、元日に届いたんだよな」

「うん。ちゃんと一月一日に届いたよ」

「あの年賀状の裏面の文章によると、郵便局は『元日の到着を望むならば、前年十二月二五日までの投函《とうかん》を呼びかけている』って書いてあった。もし犬神さんがそれを守っていたとすれば、遅くとも十二月二五日、家を出た翌日にはもう書いて投函しているはずだ。つまり俺たちをこの露壜村に来いと誘ったのも、それだけ前のことだったんだ」

「あ、そうか。もう一月三日だから結構昔になるよね」

「あの人がそんなに俺たちを待ち続けているとは思えない。年賀状で誘っておきながら、それをすっかり忘れて他へ行ってしまったのかもしれないぞ」

「えー。お兄さんはそんなことしないよ。僕を放っていったりしないもん」

「だから、俺も誘えって書いてあったんじゃないか？　もしかするといなくなるかもしれないけど、俺と一緒なら何とかなるだろうと思ったんだよ」

「むー……それはちょっとあるかも」

果菜は唇をもぐもぐさせる。黒彦は彼女に向かって力強く頷《うなず》いた。いい加減な性格の犬神ならそれくらい酷《ひど》いこともやりかねない。だが一方で、年賀状にしたためておきながら、それが元日に届くことを忘れていたとも思えなかった。もしかすると彼は本当に今日まで待ち続けるつもりだったのではないだろうか。しかしこの村の人々が余所者を拒む気質だったので、どこかに居座ることもできなかったのだ。

「……どうやら俺たち、行き違いになったみたいです」

黒彦は弓削と釜松に向かって慎重に伝える。犬神が村人たちに追い出されたという推理を彼らに話す必要はないだろう。

「何だか分からないが、恐らくそうだろうな。ともかくこの村にはもうおるまい」

弓削は目を伏せて茶をすする。

「しかし、その犬神って奴が発見したという『面白い物』って何だ？　この村に面白い物なんて何もないと思うんだが」

釜松は尋ねるように目を向けるが、黒彦と果菜は揃って頭《かぶり》を振った。年賀状には他に露壜村のことは書かれておらず、犬神の考えも全く分からないままだった。

9

「それで、お前さんたちはこれからどうするんだ？」

弓削は机にこつんと湯飲みを置くと改めて黒彦に尋ねる。

「次のバスは木曜日まで来ない。どうやって過ごすつもりだ？」

「……ホテルや旅館はありませんか？」

「無い。名所もなければ温泉もない村だ。旅行に来る奴もいやしない」

「そうですか……」

黒彦は次第に自分の立場が分かり始める。村に行けば何とかなるだろうと安易に考えていたが、頼りの犬神がいないせいで早速路頭に迷う羽目になってしまった。

「じゃあ、誰かのお家に泊めてもらおうよ」

果菜はあっけらかんとした顔で言う。弓削はわずかに顔をしかめた。

「誰かって、誰だ？　その辺の家にでも転がり込むつもりか？」

「うん。僕、前にテレビで観たよ。田舎の村でそんな風にして泊めてもらうの。おじゃましまーすとか言ってさ」

「ふざけたことを」

弓削は冷たく否定する。

「あれ、ダメかなあ。露壜村の人はみんな意地悪なの？　それとも僕がアイドルじゃないから？」

「そうじゃない」

「あのなあ、ハテナちゃん」

釜松が困り顔で言う。

「テレビだっていきなり来たように見せかけているが、ちゃんと事前に許可を取っているもんなんだよ」

「えー！　そうなの？　あれってウソだったの？」

「ウソというか、演出って奴だろう」

「知らなかった。テレビの裏側、配線びっしり。クロちゃんは知ってた？」

「知らないけど、そういうもんだろ。誰だって見知らぬ奴らにいきなり家に来られたら迷惑だ」

黒彦は弓削と釜松にも伝えるように話す。役場と駐在の立場からもそれは許可したくはないだろう。果菜は神妙な面持ちで、そうなんだーと呟《つぶや》いていた。

「でもそうなると困ったな。さすがに外で寝る訳にもいかないし……」

他に思い付く方法となると、山の裾野《すその》に見えた寺、連水寺にでも行くくらいしかない。やはり迷惑がられるだろうが、寺ならば事情を話して頼み込めば部屋くらいは貸してもらえるだろう。冬の山寺が快適とは思えないが仕方ない。そんなことを考えていると、果菜が頷いて口を開いた。

「じゃあやっぱり、最初に決めた通りここに泊まるよ」

「何？　俺の所にか？　決めていたのか？」

釜松は驚いて声を上げる。果菜はこくりと頷いた。

「だって、しょうがないもん。大人しくしているからさ」

「おいおい、冗談じゃないぞ」

「ほらクロちゃんもお願いして」

「……厚かましい話ですが、それ、お願いできますか？」

黒彦も果菜の強引な話に相乗りする。まさか彼女の計画が最善の策になるとは思わなかった。釜松は黒彦たちと弓削を交互に見る。弓削は渋面を崩さない。果菜は釜松の膝《ひざ》に両手を置いて顔を突き出す。

「釜松さん、いいでしょ？　僕、お手伝いもするよ。こう見えてもお掃除が得意なんだから」

「すみません、釜松さん。木曜日にはちゃんと帰りますから。それと宿泊代もいくらか出します」

「わお、クロちゃんってばお金持ちい！」

「後で犬神さんに返してもらうんだよ」

「いや、金の問題じゃなくてだな……」

「おい、守」

弓削は戸惑う釜松に助け船を出す。

「……お前、今から車でこの子たちを市内まで送ってやれ。往復しても夜の間には帰って来られるだろ」

「今からですか……」

「そんな、それは悪いですよ」

黒彦は首を振って断るが、村を出なければ釜松の家に泊めてもらうことになるので、彼にとってはどちらの方が都合いいのかは分からなかった。

「そうだよ。すぐに帰っちゃもったいないよ」

果菜は不満げな顔を見せて足をぱたぱたと揺らす。彼女はもうここで過ごすつもりらしい。弓削は少し顔を緩ませた。

「守。行き違いだか何だか知らないが、わざわざ遠くから村まで来てくれたんだ。何もない所で三日も暇にさせちゃ可哀想だろ」

「……まあ、それもそうですね」

弓削の言葉に釜松も了解する。お互いのためにもそうするのが一番いいと判断したのだろう。彼は席を立つと黒彦に向かって頷いた。

「よし。そうと決まったら早めに出よう。お前らそれでいいな？」

「はい、それはもう。ありがとうございます。行こうハテナ」

「ちぇー」

黒彦は立ち上がり、果菜もしぶしぶ足を下ろす。

「せっかく来たのにつまんない」

「どうせ犬神さんも家に帰っているだろ。まったく、今回ばかりは謝られるだけじゃ気が済まないな」

黒彦はコートを羽織ってぼやく。骨折り損のくたびれ儲《もう》けとはこのことだろう。散々な旅になってしまった。

しかしその時、不意に入口の戸を叩《たた》く音と男の声が聞こえてきた。

「ごめんください。釜松さん、おられますか？」

「ん？　おう、いるぞ」

釜松が返事をすると、がらりと引き戸が開かれる。外の寒気とともに現れたのは、若い二人の男女だった。

「ああ、やっぱりここにおられましたか」

男の方がそう言いながら中に入ってくる。小柄で髪を短く刈り込んだ青年。ダウンジャケットとジーンズを身に付けており、釜松よりも少し若く見えた。

「なんだ盛貴《もりたか》君にマリイちゃんか。どうしたんだ？」

釜松は気楽な風に挨拶《あいさつ》する。マリイと呼ばれた女はさらに若く、大学生くらいにしか見えない。頭はショートカットで眉《まゆ》が少し太い。キルト地のコートと黒いズボンを着た、生真面目そうな美人だった。

「盛三さん、釜松さん。今日はどうもありがとうございました」

「ああ……お前たちもご苦労さんだったな」

なぜか名前で呼ばれた弓削盛三が労《ねぎら》うような言葉をかける。マリイは、はいと短く応《こた》えた。

「屋敷はもういいのか？」

「ようやく一段落がつきました。でもお屋敷の方はまだこれから忙しくなりそうです。色々と取り決めないといけないようですから」

「そうだろうな……」

「それで、ひとつ用事を頼まれて盛貴さんとここへ来たんです」

「用事？　ああ、それで俺を捜していたのか。一体何の用だ？」

「いえ、それが盛三さんにではないんです」

マリイはそう断ると、盛貴とともに黒彦たちの方を向いた。

「村の外から来た方ですね。初めまして、弓削盛貴と申します」

「はあ、どうも……弓削さん、ですか？」

「息子だ」

黒彦の問いかけに傍らの弓削盛三が答える。そういえばどことなく容貌《ようぼう》が似ている。

盛貴がさらに話を続けた。

「こちらは恋塚《こいづか》マリイ。実はお二人に頼みがあって捜していました」

「頼み？　俺たちに？」

「黒彦は果菜と顔を見合わせる。果菜はかくんと首を傾げた。二人の来訪は自分たちには無関係だと思っていたので、先ほどの会話も他人事《ひとごと》のように聞いていた。

「いきなりで申し訳ありませんが、お二人にはこれからお屋敷まで来ていただきたいのです」

「はあ……お屋敷って何ですか？」

「村の高台にある綾樫様のお屋敷です」

「綾樫……」

黒彦は記憶に残る名前を呟く。確か今日の葬儀を執り行っていた家がそんな名前だった。

「おい盛貴。一体何の話だ？」

弓削も驚いた顔で息子に尋ねる。隣の釜松も瞬きを繰り返している。盛貴は少し眉を寄せた。

「……大奥様のご指示なんだよ。この二人を屋敷にお招きするようにと」

「大奥様が……」

弓削はその名を繰り返す。続けてマリィが手を伸ばして口を開いた。

「大奥様が、この方を『生き神様』にご指名されたのです」

「い、生き神様？」

「うにゃ？」

黒彦たちは訳が分からずに唖然《あぜん》とする。マリィの掌《てのひら》は黒彦ではなく、果菜の方を示していた。

10

駐在所を出ると黒塗りの大きな車が横付けされており、黒彦と果菜はマリィに案内されて後部座席へと乗り込んだ。広い室内と革張りのシートは土道の村にそぐわない豪華な仕様。都会でも最近はあまり目にしない、これ見よがしな高級車だった。盛貴は弓削と少し言葉を交わした後、運転席に乗り込みエンジンをかける。釜松の車で村を出る話は立ち消えとなり、車は村のさらに奥へと向かって走り始めた。

「一体、どういうことなんですか？」

黒彦は右隣に座るマリィに向かって尋ねる。誘われるままに乗車したものの、自分たちの身に何が起きているのかさっぱり分からなかった。

「白鷹君は、この村のことをどこまでご存じですか？」

マリィが逆に問いかける。駐在所で一通りの自己紹介を済ませるまで、マリィも盛貴も黒彦たちの名前すら知らなかった。

「さっき話した通りです。俺たちは犬神さんに呼ばれて来ただけなので、他に何も知らないんです」

その犬神もここにはいない。マリィも盛貴も見覚えはないと話していた。

「じゃあ、綾樫家のこともご存じないのですね？」

「はい。でも今日やっていたお葬式が、そんな名前の家でしたよね？」

「ええ。元日の夜にご当主、綾樫久作《あやかしきゅうさく》様が亡くなられました。私と盛貴さんはそのお屋敷の使用人なのです」

マリィは横目でこちらを見て話す。なるほど、それで彼女は駐在所で弓削や釜松に礼を述べていたのだろう。

「……大きなお葬式のように見えましたけど、偉い人だったんですか？　その久作さんって」

「久作様は村の高台にある、一番大きなお屋敷のご当主様です」

お屋敷、ご当主様、使用人、高級車、長蛇の参列者。得られたキーワードを集めても綾樫久作が村の要人であったことが窺《うかが》える。名士とか、長者とか言うのだろうか。自分たちはそんな男の葬儀という、村の一大事の日に運悪く訪れてしまったようだ。マリイは話を続ける。

「その久作様の奥様が、大奥様と呼ばれている綾樫ウタ様なのです」

「俺たちを呼んだ人ですね。でもどうして俺たちを知っているんですか？」

「大奥様がお二人を見かけたそうです。ご当主様のご出棺の際に」

「ああ……もしかして、あの白髪の小さいお婆さんですか？」

「え？」

「こら！」

マリイと盛貴が同時に声を上げて、黒彦は思わず肩を竦《すく》めた。

「え、あ、すみません」

「ああ……いや、こちらこそ失礼。いいんです」

盛貴が小さく首を振る。マリイも慌てた様子で小刻みに頷《うなず》いていた。

「ごめんなさい、驚いてしまって。はい、多分その方のことです」

黒彦は二人の狼狽《ろうばい》ぶりに戸惑う。亡き当主の妻、綾樫ウタ。参列者の中では普通の老婆にしか見えなかったが、どうやら気軽に語るのも憚《はばか》られる人物のようだ。

「で、そのお婆ちゃんが何で僕たちを呼んだの？」

左隣に座る果菜が無遠慮に尋ねる。今度は黒彦も含めて目を丸くしたが、誰も窘《たしな》めるようなことはしなかった。

「ご当主様を埋葬した後、お屋敷に帰るなり仰《おつしや》ったのです。先ほど村の者ではない少女を見かけた。あのお方こそ生き神様に違いないから丁重にお招きしたいと」

「僕が生き神様？　生き神様って何？」

「……人間の姿を借りて地上に降りられた神様、だと思われます。綾樫家は私たちとは違う宗教を信仰しておられるのです」

「僕って神様なの？」

「そのようです。私もよくは分かりませんが」

「ふうん、そうだったんだ……」

果菜は少し顎《あご》を持ち上げてシートに背を預ける。マリイは軽く頷いて正面を向いた。

排気量の大きい自動車特有の重低音と、土を掘るように走るタイヤの音が車内に響く。

黒彦はふと我に返って声を上げた。

「いや、違いますよ。こいつは生き神様じゃない」

「えー、違うの？　クロちゃん」

「何で平然と納得しているんだよ。いつから神様になったんだ」

「神様じゃなくて、生き神様」

「一緒だろ」

「違うよ。今マリイちゃんが言ったじゃん。生き神様は神様が人間の姿を借りてって、あ……」

果菜は自分で答えてから両手で口を塞《ふさ》ぐ。黒彦もその意味に気付いて言葉を止めた。

「……クロちゃん、クロちゃん。それ内証だから。僕が人間じゃなくてロボットなのは絶対に秘密だから！」

「自分で言うな。そういう意味じゃない」

果菜は神様でもなければ人間ですらない。その事実は制作者の犬神によって秘密とされていたが、普段から果菜自身が口を滑らせることも少なくはなかった。ただ幸いにもこの少女が言った所でギャグにしか聞こえない。二人でちらりとマリイを窺うと、彼女は真面目そうな表情をわずかに綻《ほころ》ばせていた。

「仲良しさんですね」

「仲良しさんだ！」

果菜は黒彦の左腕にぎゅっと抱き付く。その柔らかい感触に体が硬直した。

「もちろん私たちもそんな風に思ってはおりません。ただ、大奥様がお二人を見付けられたタイミングが良くなかったのかもしれません。ちょうどご当主様をお運びしていた時でしたから」

「ご当主、久作さんはどうして亡くなられたんですか？　どこか具合が悪かったんですか？」

　黒彦は果菜を引き離しながら尋ねる。

「いいえ。ご当主様はどこもお悪くはありませんでした。少し高血圧のようでしたが、それも心配するほどのものではないと聞いていました」

「え？　それじゃあ一体どうして亡くなったんですか？」

「それが大奥様が仰るには……」

「マリィ」

　運転席から盛貴が呼びかける。マリィは手で軽く口を押さえて頷いた。

「……詳しいことは大奥様かお屋敷の方々がお話しされるかもしれません」

　取り繕うようなマリィの顔を見て黒彦も頷く。やはり彼らの気の遣いようは相当なものだ。傍らから果菜が首を伸ばす。

「ねぇ、マリイちゃん。お屋敷ってやっぱり広いの？」

「マリイちゃんって……はい。もちろん広いです。お部屋もたくさんありますから」

「やったねクロちゃん。ステージアップ。駐在所よりも遊べるね」

「……そんなに気楽なもんかな」

　黒彦は素直に喜べずに顔を逸《そ》らす。生き神様だか何だか知らないが、マリイたちの態度を見るにつけあまり楽しそうな屋敷に向かっているとは思えなかった。窓の向こうには何人かの村民の姿も見える。葬儀が終わり家々に人が戻ってきたのだろう。一人でどこかへ向かう中年の男、雪が積もる屋外で立ち話をしている女たち。車が通り掛かると皆一様に足と口を止めて見送っている。この車が綾樫家の所有物と知っているのだろう。

その中で、若い一人の女がこちらをじっと見つめていた。

「……何だろう、あの人」

黒彦は頭の中で呟《つぶや》く。黒いコートに身を包んだ長身の女。ゆるくウェーブのかかった長髪の下に、冷たい眼差《まなざ》しと高く通った鼻筋が見える。走る車の窓越しからでも分かる、およそ山奥の村には似付かわしくない美人だった。目が合ったように思えたのは、恐らく気のせいだろう。車はすぐに通り過ぎたので、女の姿もあっという間に見えなくなる。振り返ってまで見ていると果菜に冷やかされそうなので、黒彦は気に留めずに忘れることにした。

「もうすぐ到着します。あそこに見えるお屋敷です」

盛貴がハンドル片手に指差す。車は村の端あたりから上り坂に差しかかっている。その先には高い土塀に囲まれた広い屋敷が見えた。

「わ、凄《すご》い。本当に大きなお屋敷だね」

果菜は助手席に顎を乗せる。屋敷の周囲には重い雪を乗せた針葉樹の林が広がっており、その向こうに見える空はさらに暗みを増していた。

「また曇ってきました。お葬式は無事だったけど、今夜はまた雪が積もるのでしょうか」

　マリイが呟く。雪化粧した情緒ある風景も、毎日暮らす村民にとってはうんざりさせられるものなのだろう。

「おや、あれは大奥様か？」

　盛貴が声を上げる。前方に見える綾樫家の前に、一人の老婆と二人の女性の姿が見えた。老婆はやはり黒彦が見かけた白髪の小さな人物。二人の女性はどちらも中年で、一方は背が高く痩《や》せており、もう一方は丸顔でどことなく気品が感じられた。盛貴は三人の前で車を停めると慌てた様子でドアを開けて飛び出す。マリイもそれに続いて車を降りたので、黒彦と果菜も席を立った。

「お、お待たせしました、大奥様。久子《ひさこ》様に時枝《ときえ》様も」

　盛貴が戸惑いながら挨拶《あいさつ》をする。恐らく屋敷の前で待たれているとは思わなかったのだろう。盛貴は大奥様ことウタとともに、久子と時枝という二人の女の名前も呼んだが、黒彦にはどちらの名前なのかは分からなかった。

「さあ、ハテナちゃん、黒彦君もこちらへ！」

　マリイも顔を強張《こわば》らせて黒彦たちを呼ぶ。二人もやや早足になって近寄ると、ウタの皺《しわ》に埋もれた目が大きく開いた。

「おお、おお……よう来なすった……」

　ウタはおぼつかない足取りで果菜の方へと近付く。果菜が思わず手を差し伸べると、ウタはその手を取って胸に抱いた。

「え？　え？」

「大奥様！」

マリイは腰を屈《かが》めたが、ウタには触れない。老婆は果菜を見上げると嬉《うれ》しそうに笑った。

「ははは……生き神様じゃ。生き神様が屋敷においでになった。これで安泰じゃ……」

ダッフルコートの中学生に縋《すが》り付く老婆。使用人たちは戸惑い、二人の女が冷たい視線を向けている。果菜もさすがに困って見回すが、黒彦も動けずに軽く唇を噛《か》んだ。何か、ただ事ではない事態に巻き込まれそうな予感がしていた。

11

綾樫家の屋敷に入ると、黒彦と果菜はすぐに離される。果菜はウタとマリイとともに廊下の奥へと案内されたが、黒彦は盛貴に呼ばれて玄関からすぐ近くの部屋に入れられた。

「この部屋でしばらくお待ちください。お茶をお持ちいたします」

「いえ、駐在所でも飲みましたから平気です」

黒彦はコートを脱ぎつつ返事する。十畳ほどの広い和室。傍らに置かれた火鉢にもあらかじめ火は入れられており、部屋はほんのりと暖かかった。

「盛貴さん。ハテナはどうなるんですか？　大丈夫ですか？」

「あの子は多分、後で皆様にお披露目されるかと思います」

「お披露目、ですか」

「大奥様が自らお招きした子ですから、丁重にもてなされるはずです。また後ほどお呼びに上がります」

盛貴は頭を下げて部屋を出る。黒彦は座布団に腰を下ろして軽く溜息《ためいき》をついた。屋敷は平屋の日本家屋。中庭を囲む口の字形に部屋が並び、それぞれ内側に面した廊下で繋《つな》がっているらしい。ここは一番端の部屋にあたり、恐らく客間に使われているようだ。

事前に聞いていた通り、古びてはいるものの確かに立派な屋敷だった。広いだけではなく、部屋の畳の柔らかさや、梅の花が淡く描かれた襖《ふすま》からもその豪華さが窺《うかが》える。中央に置かれた机もかえって不便にも思えるほど分厚く、尻《しり》に敷いた座布団にも綿がぎっしりと詰め込まれていた。

「休んでいてくれって言われてもなぁ」

ワンルームマンションの暮らしに慣れた黒彦にとっては、この広さはどうにも落ち着ける雰囲気ではない。結局立ち上がってしばらく逡巡《しゅんじゅん》した後、廊下に面した襖をそっと開けて顔を出してみた。眼前には雪が敷き積もった中庭が見える。石灯籠《どうろう》や小さな池、手入れされた松や椿の木にも雪が乗っている。籠《かご》を乗せた三本足の物が等間隔に立ち並んでいる。確か篝火《かがりび》に使われる台だ。

その奥には不自然なほど巨大な金色の像が立っていた。

「何だ、あれは……」

黒彦は思わず廊下に出て見上げる。台座に乗った五メートルほどの巨像。その姿は一目で『鬼』だと分かった。頭に二本の角を持ち、目を見開いて額と鷲鼻《わしばな》の脇に皺を作っている。顔の下半分は長いヒゲに覆われて、牙《きば》の生えた大口を開けていた。蓑《みの》のような物を着た体は逞《たく》しく、プロレスラーのような太い手足を伸ばしている。右手は棍棒《こんぼう》を下向きに持ち、左手は手羽先のような肉塊を握り口元へと運んでいた。

「……まさか、魔神像か？」

すっと流れた冷気に体が震える。かつて同じような物を信州奥地の洋館、『魔神館』で見た覚えがあった。館内に置かれた巨大な怪物の石像。黒彦と果菜はその館で陰惨な殺人事件に巻き込まれ、命からがら逃げ出してきた。石造りの洋館と木造の屋敷。西洋の怪物と日本の鬼。姿形は違えども、状況は似通っている気がする。いずれも普通の家にはあり得ない存在だった。

「どうして、屋敷の中に鬼の像なんて置いてあるんだろう」

「鬼じゃない」

すぐ近くから男の声が聞こえる。振り向くと、短髪で精悍《せいかん》な顔付きをした男が廊下を歩いてこちらへとやって来るのが見えた。その後ろには長い黒髪と色白の肌をした女と、瘦せた長髪の男が続いていた。

「あれは鬼じゃない、神様だ」

「あれが神様ですか？」

「そう。『しぇんのん様』という、祖父母が熱心に信仰している神様だ」

短髪の男は落ち着いた口調で話す。聞いたこともない神様の名前。どういう漢字を書くのか、日本語なのかどうかも分からない。そういえば車中でマリイは、綾樫家は自分たちとは違う宗教を信仰していると話していた。

「……祖父母というのは、この屋敷の綾樫久作さんとウタさんですか？」

「ああ。俺は孫の市之介《いちのすけ》だ」

「その妹の雫《しずく》です」

色白の女、雫が小声で名乗って頭を下げる。伏し目がちな眼差しと、小さな口。黒彦よりも年上の大人に見えるが、弱く儚《はかな》げな印象が強かった。

「同じく孫で、従兄弟《いとこ》の洋滋郎《ようじろう》だ。よお、お前が婆様に呼ばれた生き神様かい？」

長髪の男、洋滋郎が薄い笑みを浮かべてじろじろと目を向ける。三人とも黒いスーツを着ているのは今日の葬儀に参列していたからだろう。加えて洋滋郎は白い手袋まで着けたままだった。

「白鷹黒彦と言います。生き神様で呼ばれたのは、友達の犬神果菜という奴の方です」

黒彦は会釈とともに答える。半ば強引にここへと連れて来られただけに、招かれた礼を述べるのもおかしい。しかも自分は生き神様の連れという、おまけのような立場だった。

「ハテナちゃん、先ほどマリイと一緒にいるのをお見かけしました。小さくて可愛いお嬢さんでした」

雫が市之介に向かって微笑む。市之介は右手の指を顎《あご》にかけて頷《うなず》いた。

「ふん、女の子なのか。何考えてんだろうな、あの婆様」

洋滋郎は片眉《かたまゆ》を上げて戯《おど》ける。綾樫家の孫ということもあってか、特に彼はウタに遠慮することはないらしい。また三人も生き神様やら『しぇんのん様』をさほど信仰している訳でもないようだ。

「しかし生き神様とは、お前らもまた災難だな」

「災難？」

「ああ。あの調子じゃ当分屋敷から出られないぞ」

「……冗談ですよね？」

「あの婆様が簡単に手放す訳ない」

「止めろ、洋滋郎」

市之介が従兄弟の軽口を叱る。洋滋郎は肩を竦《すく》めて口を噤《つぐ》んだ。黒彦はそれ以上聞けずに黙って黄金の像を見つめる。鬼ではなく神様。そう、『魔神館』の当主も自らの館にある怪物の像を崇拝していた。そこまで考えてから、ふと気付いた。

『もしかして、犬神さんはこれを見せたかったのか？』

「失礼します」

廊下の向こうから盛貴が現れ黒彦たちに声をかける。

「大奥様が皆様をお呼びです。広間までお集まりください。黒彦君もどうぞ」

盛貴は頭を下げて立ち去って行く。市之介と洋滋郎は頷くと背を向けて歩き出した。雫がこちらに向かって手招きしたので、黒彦も彼らの後に続いて屋敷の奥へと進んで行った。

12

中庭の周囲を回って、玄関からほぼ対角線上の部屋に入る。黒彦がいた部屋よりも広大な広間には既に五人の大人たちが二列に対面して座していた。左側には奥から口ヒゲをたくわえた恰幅《かっぷく》の良い中年の男、その隣は屋敷前でウタとともに出迎えた丸顔の女、さらに隣は痩《や》せて顔が浅黒く、目付きが鋭い中年の男の三人がいる。右側には屋敷前で出会ったもう一人の背の高い女と、色白でやけに太った若い男が座っていた。

「遅《おせ》ぇぞ。もたもたしてるんじゃねぇ」

痩せた男が黒彦たちをぎょろりと睨《にら》む。いきなりの声に驚いたが、どうやら自分ではなく市之介たちを叱ったようだ。

「俺たちは今呼ばれたところです、叔父《おじ》さん」

市之介は怯《ひる》むことなく言い返すと彼の対面、つまり太った若者の隣に腰を下ろす。雫もその隣に付いた。

「洋滋郎。お前はこっちに座れ」

「へいへい」

洋滋郎は気楽に答えて痩せた男の隣に座る。二人の若者の対応から想像するに、あの痩せた男は洋滋郎の父親なのかもしれない。すると他の者たちも当然、綾樫家の一族なのだろう。

「黒彦君はこちらに」

「ああ、はい」

雫に呼ばれて黒彦はその隣に座る。左を向くと、盛貴とともに見知らぬ小柄な中年男も腰を下ろしていた。恐らく彼も使用人の一人なのだろう。顔を戻すとマリイが隣の部屋の襖に向かって声をかける。

「大奥様。全員揃いました」

襖の向こうから、あい、という老婆の声が聞こえる。続けて襖が開くと、ウタとその手に引かれた果菜が姿を現した。

「あ、クロちゃん……」

「さあさ、ハテナ様、どうぞこちらへ」

果菜の声はウタの嗄《しわが》れた声に掻《か》き消される。二人はそのままゆっくりと部屋の奥へ足を運ぶと、一畳分上乗せした台座の上に果菜が座り、ウタは向かい合ってその前に正座した。

「おお、ありがたや、ありがたや……」

そして皺《しわ》だらけの手を合わせ、果菜に向かって深く頭を下げた。

「お義母様《かあ》……」

丸顔の女が眉を寄せて呟《つぶや》く。他の者たちも複雑な表情を浮かべていた。お飾りのように座らされた果菜も珍しく困った顔を見せている。黒彦が動けないままでいると、ウタは振り返って皆の方を向いた。

「……さて、この度は葬儀の始末、皆ご苦労じゃった」

先ほどまでの猫撫《ねこな》で声と打って変わり、落ち着いた声が老婆の口から発せられる。緊張感が波のように黒彦の下まで伝わり、思わず居住まいを正した。

「一昨日《おととい》、我ら綾樫家のご当主、久作様が亡くなられた。豪放磊落《ごうほうらいらく》で身体頑健な当主が、たったの七十と四歳で倒れられるとは思わなんだ。皆もさぞ驚き、未《いま》だ悲しみに打ちひしがれていることじゃろう」

ウタは深く息をつく。

「……ご当主様の死は、まさしく呪いに他ならぬ。老いさらばえた姿も見せず、病に伏せることもなく、突然生命を奪われた。これすなわち、見えざる魑魅魍魎《ちみもうりよう》どもの仕業に違いない。ご当主様はご当主様ゆえに、その呪いを一身に受け絶命されたのじゃ」

ウタは細い目を見開いて語る。どうやら当主は病の末に死を迎えたのではなく、何やら突然死のような形で亡くなったらしい。ただ当然、呪いやら魑魅魍魎やらの仕業ではないだろう。

「ご当主様を失い、残された我らにとっては、これより苦難と悲しみの日々が続くことじゃろう。ご当主様が盾となり守って来られた綾樫家は今や風雪に晒《さら》され、新たな不幸を呼び込むことになるじゃろう。よいか、これはお前たちが日頃から口にしている常識や科学などとは違う。古くからの常なのじゃ。綾樫家は今、呪われておるのじゃ」

広間の者たちは微動だにしない。だが老婆の話を神妙に聞いている訳ではなく、しきりと視線を動かしては自分以外の者たちの様子を窺《うかが》っているようだった。

「憑《つ》いた呪いは、祓《はら》わねばならん」

ウタはそんな皆の様子を気にも留めず話を続ける。

「ゆえに、わしはこの家に『しぇんのん様』をお招きした次第じゃ」

皆の視線が果菜の方へと向けられる。果菜は自分を指さして、無言で『僕のこと？』と尋ねていた。

「わしは一昨日、ご当主様の回復を願って『しぇんのん様』に祈りを捧《ささ》げた。だがその祈りも虚《むな》しくご当主様は亡くなられた。無論、『しぇんのん様』のせいではない。これまでの信心が足りなかったからじゃ。倒れられてから祈りを捧げてものう……既に手遅れだったのじゃ」

　ウタはその場でわずかに体をずらして果菜を皆によく見せた。

「それを証拠に、『しぇんのん様』は今日おいでになった。異国の神ゆえ、露壜村の外から来たハテナ様に乗り移って来られたのじゃ。おお、これぞ亡きご当主様のはからい。死して天に帰った久作様が、我らの身を案じて使わされたのじゃ……」

　ウタはそう言うと果菜に向かって手を合わせる。滑稽《こっけい》な状況だが老婆は真剣そのものだ。おかしな話になってきたと黒彦は感じていた。

「……ハテナ様がおられる限り、我らに不幸が及ぶ心配は無かろう。皆も丁重に持てなし、亡きご当主様を弔い、呪いを祓うよう祈りを捧げるのじゃ。よいな」

　ウタは皆にそう命じて口を閉じた。皆は返事をすることもなく、じっと固まっている。小さく溜息《ためいき》をつく音が聞こえて、やがて老婆に一番近い先頭の女が口を開いた。

「……お母様。ひとつよろしいでしょうか？」

「なんじゃ、久子」

　ウタは背の高い女を見る。なるほど、彼女が久子なのかと黒彦は知った。そうすると、もう一人の丸顔の女が時枝という名前なのだろう。

「……ご当主様が亡くなられてからのお母様の悲しみ、苦しみは大変な物と感じています。一昨日の夜お母様が『しぇんのん様』に向かって懸命に祈られている時、私も後ろでともにご無事をお祈りしておりました。しかし、残念ながらご当主様は亡くなられました。頼る者、縋《すが》る者を失った寂しさはお母様だけではなく私も同じです」

「ふむ、そうかい」

「……ですが、この子を『しぇんのん様』と思うのは、違うのではないでしょうか？」

久子は母親に対して丁寧な口調を使いつつも、しっかりと否定する。老婆の目が少し大きくなった。

「いいや、ハテナ様こそ生き神様じゃ」

「どうしてそのように思われたのでしょう。私には、この村に来ただけの普通の子にしか見えません」

「久子、それはな、お前の目が節穴だからじゃ。信心が足らんからじゃ」

「……こんな、どこの誰かも分からない子を拝むのはお止めください」

「久子！」

「お義母様」

ウタが声を上げると同時に、今度は反対側に座っていた丸顔の女、時枝も呼びかける。

「久子義姉《ねえ》さんのお話に私も賛成です。今はこんなことをされている場合ではないと思います」

「時枝！　お前までそんなことを言うのか！」

「ですがこの子は、ハテナちゃんは綾樫家のことも『しぇんのん様』のことも知らなかったのですよ」

「乗り移りじゃ！　『しぇんのん様』がハテナ様の体を借りて来られた。本人は知らぬのじゃ」

「たまたま村に来て、いきなり屋敷に呼ばれたと言っていました。この家や、お義母様のために来たのではありません」

「いいや、ハテナ様は我らのためにおいでになったのじゃ。このお顔が何よりの証拠じゃ！」

ウタは時枝と久子を睨みつけ、広間の全員を見回す。皆は驚いた顔でハテナの方に目を向けた。

「……ハテナ様のお顔は、藤子《ふじこ》の生き写しのようじゃ」

「藤子……」

時枝の呟きだけを残して広間は沈黙に包まれる。いきなり訪れた緊張感に黒彦と果菜は顔を見合わせた。藤子という人はまだ紹介されていない。だがその名前は、綾樫家にとって極めて重要な意味を持っているようだ。

「これで分かったであろう。この子は生き神様なのじゃ。大事にせねば、この家が呪われるのじゃ……」

「ですが、お義母様……」

「よお、いい加減にしろよ。姉貴たち」

痩《や》せたがらの悪い男が頬杖《ほおづえ》をついて睨《にら》む。

「母様のお言葉に逆らうんじゃねぇよ。その子の面倒を見るくらい構わねえだろ」

「……なによ、作滋《さくじ》。お母様のご機嫌を取ろうっていうの？」

久子が男、作滋をきつい目で睨み返す。

「お母様にはこれから色々と決めていただかなくてはならないのよ。神様を拝んでいる場合じゃないの」

「ご当主様が死んだばかりじゃねえか！」

「作滋には関係のないことだけど、私たちには大切なことなのよ。綾樫家の大奥様が、どこかで拾ってきた子を拝んでおられるだなんて、それこそ良くない噂を招くわ」

「おい、何で俺にゃ関係ねえんだよ。俺だって綾樫の男だ！」

中年の大人たちは乱暴な口調で言い争っている。洋滋郎が『災難だ』と言った意味がだんだんと分かり始めてきた。黒彦は綾樫家の招きに応じてやって来たつもりだったが、実は『しぇんのん様』を熱心に崇拝するウタが家人に相談もなく勝手に呼び込んだだけのようだ。ただ厄介なことには、ウタが亡き当主の妻としてこの屋敷に君臨しているために、表だって反対し辛《づら》い状況なのだろう。

「ごめんなさい、黒彦君……」

隣の雫が囁《ささや》くように言う。軽く顎《あご》を引いて、うつむいたまま唇を嚙《か》んでいた。綾樫家の者としていたたまれない気持ちなのだろう。その隣の市之介も不機嫌そうな顔をしている。しかしさらに隣の太った男は胸を張って嫌らしい笑みを浮かべていた。彼は一体何者なのだろう。その先では上の世代たちが言い争いを続けており、一番奥では果菜が眉《まゆ》を寄せてきょろきょろと頭を回していた。黒彦は潮時だと感じて腰を上げた。

「あの、ちょっといいですか？」

ためらいがちに声を上げると、全員の視線がこちらに集中した。

「……お話し中にすみません。ええと、せっかくお招き頂いた所を申し訳ないんですが、俺たちそろそろ帰ろうかと思います」

「あ、あらそうですか」

丸顔の女が取り繕うように微笑む。背の高い女はまだ厳しい視線を投げかけていた。

「じゃあ、ハテナちゃんも……」

「はい。あの、別にその子は神様とかじゃないんで、すみません」

黒彦はなるだけ丁寧な言葉遣いで述べて頭を下げる。余計なことは考えずに、単に誤解されたと思い込んでいる風を装った。

「さあ、行こう、ハテナ」

「あ、うん。えっと……」

「行くんだ」

「うん……」

果菜は遠慮がちに立ち上がる。周囲からはほっとしたような溜息の音が聞こえた。

「ダメじゃ！　い、行ってはならぬ！」

しかしウタは突然声を上げて少女の足に縋り付いた。

「え、ええ……」

「お母様！」

「お義母《かあ》様！」

「ハテナ様、お願いじゃ、ここにいてくだされ。わしらを見捨てんでくだされ……」

「お母様、もうお止めください！　この子たちは帰ると言っているのですよ！」

「お義母様！　その子は『しぇんのん様』ではないのよ！」

「お、お前たちが邪険に追い返そうとするからじゃ！　お前たちはもう呪われておるのじゃ！」

ウタはハテナの足に額を押し付けて泣きじゃくる。その様子はまるで自分たちが寄ってたかって老婆を虐《いじ》めている光景のようにも見えた。話がややこしくなる前に退散しようとした黒彦の思いが裏目に出てしまった。どうしよう。無理矢理出て行ってもいいものだろうか。

「……黒彦君、と言ったね」

突然、廊下の方から声をかけられる。振り返ると、先ほどまでウタに一番近い位置に座っていた口ヒゲの男が穏やかな表情で立っていた。

「話がある。ちょっと来てくれ」

口ヒゲの男はそう誘って部屋を出て行く。もう一度首を戻すと、こちらを見ていた市之介と雫が黙って頷《うなず》き、男に付いて行くよう促していた。

13

口ヒゲの男に従って、黒彦は口論の続く広間を離れる。角を曲がって廊下の途中、例の黄金像を横に見る辺りから男は縁側に出てどっかりと腰を下ろした。

「見苦しいものを見せてしまったね」

「いえ……」

黒彦もその隣に座る。黒スーツを着た恰幅《かっぷく》の良い男は、物静かだが堂々とした威厳を漂わせていた。

「まったく、姉さんも作滋も気性が荒くていけない。あれじゃ子どもたちにも示しが付かんよ」

「姉さんと言うのは？」

「ああ、久子姉さん、背の高いおばさんがいただろ。作滋というのは細いおじさんで、私の弟だ」

「じゃあ、あなたは」

「綾樫作市《さくいち》。ご当主、久作様と大奥様ことウタ様の長男だ。ちなみにもう一人のおばさん、時枝は妻だ」

口ヒゲの男、作市がそう名乗る。両親を様付けで呼ぶことが気になるものの、大体の関係性が見えてきた。

「いきなり呼び出されて、君たちもびっくりしただろうね」

「まあ、そうですね」

「うちは以前から『しぇんのん様』という神様を信仰している。もっとも熱心なのは亡きご当主様と母様だけで、私たちはさほど気にしてはいない。特に母様の方がこだわっていて、この家が無事なのも『しぇんのん様』のご加護があるからだといつも言っておられたんだ。あそこに黄金像を建てられたのもそうだ」

作市は黄金像を見つめて溜息《ためいき》をつく。

「作市さんたちは『しぇんのん様』を信じてはいないんですか？」

「信じていない訳じゃないが、大して興味はない。普通の家が習慣的に神仏を拝む程度の信仰だ。それでお二人の気が済むなら好きになさればいいと思っていた」

黒彦は広間での様子を思い出す。ウタ以外の者たち、久子や作滋も同じような気持ちを持っているのだろう。その下の世代、市之介や洋滋郎に至ってはさらに信仰とは無縁だった。

「しかし、生き神様などと言い出すとは思わなかった」

「今までそんなことは無かったんですか？　他に生き神様がいたとか」

「無かった。ご当主様の葬儀の途中で君たちを見かけて急に言い出したんだ。『しぇんのん様』だ、『しぇんのん様』が来られた。あの少女に乗り移って来られた。わしの祈りが通じたのだ。かの者を綾樫家に迎え入れねばならん、とな」

「どうしてそんなことを」

「分からん。だが、ご当主様の死が余程に響いたのだろう」

「……ウタさんは、久作さんは呪いで亡くなったと言ってましたね」

「脳内出血だ」

作市はきっぱりと否定する。

「頭の中で動脈瘤《どうみゃくりゅう》が破裂した。よく言うポックリ死という奴だ」

「じゃあやっぱり、兆候もなく突然亡くなられたんですか」

「兆候はあった。七十を超えても大酒飲みで大飯食らい。家族や医者が注意しても聞く耳を持たない。おまけに高血圧で癇癪《かんしゃく》持ちだ。母様には頼もしく見えたかもしれないが、私は気が気でなかった」

「元気そうに見えていたのに、という話ですか」

「生活習慣病は時限爆弾だ。なまじ丈夫なだけに、一気に爆発してしまった。それが母様には信じられなかったんだろう。もっとも、私だってまだ早いと思ったほどだからな」

偉大な存在であった当主、久作の突然死。救いが得られなかった『しぇんのん様』への祈り。無力感と不吉な予感を抱いたウタは、ハテナを生き神様として迎え入れることで安心しようとしたのだろうか。

「黒彦君、ひとつ頼みがある」

作市は体をこちらに向けて黒彦を見る。やはり口振りは穏やかだが、その目には圧倒されるような気迫が籠《こ》もっていた。ウタも生き神様の果菜の前では平身低頭していたが、一族に向かっては威圧感のある姿を見せていた。久子や作滋の気の強さは言うまでもない。あるいはこれが綾樫家の血筋なのかもしれない。

「……しばらく、この屋敷に留《とど》まってはくれないだろうか」

「ここにですか？　でも、迷惑じゃないですか？」

黒彦の言葉に作市は首を振る。

「君も分かっていると思うが、母様は少し変わっている。しかも今はご当主様を失ってさらに混乱しているようなんだ。この上、生き神様、ハテナ君まで失えばさらに取り乱し、失望することになるだろう。さっき君が見た通りだ。くだらない話と分かっていても、今の母様にとってハテナ君を迎えることは切実な願いなんだ」

「……そうかもしれませんね」

「年寄りのお遊戯に付き合うつもりでいい。ハテナ君を貸してはくれないだろうか。縁もゆかりもない君たちにこんなことを頼むのは申し訳ないし、私も恥と感じている。だが、当面はその形でやり過ごしたい」

「だけど……」

「もちろん、その間はハテナ君にも君にも不自由はさせない。息子たちや使用人たちに面倒を見させよう。帰る時にはきちんとお礼もしたい……現金でという意味だ」

作市は黒彦と目を合わせて懇願する。その様子は謙《へりくだ》りつつも、誠心誠意の物言いに感じられた。この人がいるなら大丈夫。そう思わせるものがあった。

「……いつまでいればいいんですか？」

「引き受けてくれるか？　いつまでかは何とも言えない。だが長くとも初七日の法要が済めば母様も納得されるだろう」

「七日間もいられません。俺たちは木曜日のバスで帰らないと学校が始まってしまうんです」

「何とかならないのか？　母様、綾樫家のためなんだ」

「……欠席する訳にはいきません」

黒彦はきっぱりと断る。所詮《しょせん》は贋物《にせもの》の神様だ。騙《だま》し続けられるはずもないし、そうすべきではないと思った。

「……分かった。では木曜日までには何とかしよう」

「お願いします。それならここに残ります」

「ありがとう、黒彦君」

作市はもう一度頭を下げる。路頭に迷う寸前で、思わぬ滞在の目的ができてしまった。他家の話には関わりたくないが、あの老婆を見捨てて出て行くのも忍びない。きっと果菜もそう思ったからこそ、先ほど帰ろうと呼びかけた時も少し渋ったのだろう。

「作市さん、ひとつお聞きしてもいいですか？」

「ああ、何だ？」

「藤子さんってどなたですか？　ウタさんがハテナはその生き写しだと言っていましたが」

「ああ……まさかあんなことを言い出すとはな」

作市はそう返してからしばらく口を噤《つぐ》む。そして考え込むような素振りを見せた後、改めて口を開いた。

「……藤子は、母様の娘だ。だがもう随分前に亡くなった」

「ということは、作市さんの姉さんか妹さんですか」

「久子姉さんよりも上の姉だ。十四歳で死んだ」

作市は『しぇんのん様』に目を向ける。かなり昔の出来事らしく、その口調は淡々としていた。

「その人、そんなにハテナに似ていたんですか？」

「さあな……覚えている限りでは私にはそうは見えない。だが生みの親が言うことだから誰も否定はできないだろう」

「まあ、そうですね」

「ところで、君たちは一体何の用があって村に来たんだ？」

作市は藤子の話を打ち切って黒彦に尋ねる。

「まさか本当に『しぇんのん様』のお導きがあった訳ではないだろう」

「違います。先に知り合いがこの村に来ているはずだったんです」

「知り合い？」

「ハテナの兄です。犬神清秀という人ですが、知りませんか？」

「犬神清秀……聞いたことがあるな」

「え、本当ですか！」

黒彦は驚く。この屋敷やあの黄金像を見た時、驚きとともに犬神の存在を予感していた。だが作市は誤解を晴らすように首を振った。

「いや違う。村で見た訳じゃない。どこかで名前を見聞きした覚えがあるだけなんだ」

「ああ、なんだ……」

「何か、学者にそんな名前の者がいたように思う。犬神清秀博士とか……」

「はい。それは恐らく本人です。俺の知っている犬神さんも、元学者だそうですから」

黒彦は答える。作市がどういう経歴の人物かは知らないが、犬神を知っているとなるとそれなりに学識があるのだろう。

「やはりそうなのか。その犬神博士が、ハテナ君の兄なのか？　おかしいな、えらく歳が離れてはいないか？」

「離れてはいますが、犬神さんは二十歳過ぎらしいので」

「ほう、そんなにお若いのか。それなら納得だ」

実際には果菜は犬神によって作られたロボットなので、歳の差は関係ない。恐らく娘というには歳が近くなるので妹としただけだろう。

「それで、そんな高名な学者さんがこの村にいるのか？」

「いえ……色んな人に話を聞きましたが、多分もういないと思います。俺たちは行き違いになったんです」

「そうか。私は来ていたとも知らなかったな。しかし一体、何のために？」

「それが……俺にもさっぱり分かりません」

黒彦が返すと作市は不思議そうな顔を見せる。自分たちも余程変わり者と思われたことだろう。

「作市さん。お話がここまでなら、そろそろ広間に戻りますか？」

「ああ……いや、もう戻らなくてもいいだろう」

作市は黄金像の方に顔を向けてのんびりと返す。

「でも、ハテナを残したままなので……」

「作市様」

廊下の向こうから現れた盛貴が作市に呼びかける。彼は作市と黒彦の手前で腰を下ろすと、膝立《ひざだ》ちでさらに近付いた。

「ただ今、広間での話し合いが終わりました」

「……ご苦労。皆も落ち着いたか？」

作市は目線だけを動かす。

「はい。大奥様のお言葉通り、ハテナ様を生き神様としてお迎えすることになりました。久子様も時枝様も、作滋様もご納得の上です」

「納得はしていないだろうね」

作市は目線を戻す。盛貴は言葉に詰まった。

「……でも、まあよろしい。こちらも今、黒彦君がハテナ君とともに屋敷に滞在することを了解してくれたよ」

「そうですか。ありがとうございます。黒彦君」

盛貴は黒彦に向かって深く頭を下げる。

「盛貴。ハテナ君も黒彦君も綾樫家の客人だ。不自由のないよう丁重にお持てなしするように。マリィにも伝えておきなさい」

作市はそう言うと膝を上げて立ち上がる。黒彦はその様子を目で追ってから口を開いた。

「……広間の様子は分かっていたんですか？」

「ああ。綾樫家にとって、ご当主様と大奥様は絶対だからな」

作市は黒彦を見下ろすと満足げに微笑んだ。

14

黒彦は作市と別れた後、最初に入った客間へと戻る。滞在中はここを黒彦の部屋にあてがうと盛貴から伝えられた。

「必要な物があれば遠慮なく何でも仰《おつしや》ってください。まあ遊ぶところもなくて退屈かもしれませんが。夕食の時にはまた呼びに上がります」

「分かりました。ハテナはどうしていますか？」

「あの子はさっきの広間かその奥の部屋にいるかと思います。世話はマリイに任せています。ウタ様もお休みでなければご一緒かもしれません」

「そうですか」

ハテナの様子も気になるが、マリイがいるなら大丈夫だろう。一度会って話もしておきたいが、ウタも一緒にいるとなると面倒なことになりそうに思えた。

「よお、入るぜ」

ぼんぼんと襖《ふすま》をノックする音が聞こえた後、返事も待たずに開かれる。冷えた外気とともに痩《や》せた長身の男、洋滋郎がガムを嚙《か》みながら部屋へと入ってきた。

「洋滋郎様」

盛貴は急に畏《かしこ》まって頭を下げる。

「黒彦君、黒彦君な。屋敷にいることにしたらしいな」

「はい。ご厄介になります」

「盛貴！　客に茶ぐらい出さねぇか。相変わらず気が利かねぇな」

「はい、申し訳ございません。ただ今お持ちします」

盛貴は慌てた様子で弁解すると、そそくさと部屋を出る。

「あ、ありがとうございます」

黒彦が声をかけると、盛貴は一礼して離れる。使用人とはいえ年上なのに随分と乱暴な扱われ方だ。洋滋郎は気にすることなく黒彦の前に立て膝で腰を下ろした。

「面倒なことになったと思ってんだろ、ええ？　作市のおっさんに説得されたのか？」

「そうですね。木曜日までここにいることにしました」

「金か？」

「……その話もありましたけど、それよりもウタさんが可哀想に思えたので」

黒彦は正直に話す。洋滋郎は疑り深い目を向けつつも頷《うなず》いていた。

「お人好しだな。こんな家のことなんて放っておけばいいのによ」

「簡単に逃げられそうにもなかったので」

「まあな。しかし、いきなりお前が帰るって言った時の婆様の慌てようはなかったな」

洋滋郎はひゃひゃひゃと笑う。彼は出会った時からウタに対する態度に遠慮がない。それとも彼の親世代が過剰なのだろうか。

「まあ、せいぜいご機嫌取りに励んでくれや。俺たちもその方が楽だしな」

「そうですね」

「バイトだ、バイト。金もちゃんともらっておけよ。作市のおっさんが家にいる間にな」

「皆さんはずっとこの屋敷に住んでいるんじゃないんですか？」

「普段この家に住んでいるのは、死んだ爺様《じい》と婆様だけだ。俺たちは市内やら県外やらに家があって、それぞれが月に何回かちょくちょく顔見せ程度に帰っていた。今は正月だから全員集合していたが、そこで運良くか悪くか爺様が死んだって訳だ」

「そういうことですか」

「俺の部屋はここの隣だ。だから部屋に戻るついでにお前の顔を見に来たんだよ」

「他の人にもそれぞれ部屋が割り当てられているんですか。大勢いますよね」

「ああ……全員教えてやろうか？　紙とペンはあるか？」

「あります。お願いします」

　黒彦はバッグを開けて筆箱とノートを取り出す。旅立ち前に何となく入れておいた準備の良さが役に立った。

「……今は全部の部屋に誰かが入っている。鍵《かぎ》がある訳でもねぇから間違えて開けねぇようにしろよ」

　洋滋郎は机に片肘《かたひじ》をついてノートに向かう。どうやら屋敷の見取り図を書いてくれるようだ。ペンを持つ手はまだ白手袋を着けていた。

「……洋滋郎さんは、作滋さんの息子さんですか？」

「ああ。作市のおっさんから聞いたのか？」

「いえ、何となくそんな風に見えました。作市さんからは、久子さんが姉で作滋さんが弟で、時枝さんが奥さんだと聞きました」

「そうだ、よく分かってんじゃねぇか」

「じゃあ市之介さんと雫さんは、ええと……」

「何だよ、書いてる途中でややこしいこと言うな」

洋滋郎は鋭い目付きで睨《にら》む。黒彦は口を閉じて頷いた。

「しょうがねえ、一から紹介してやるよ。まず死んだ当主が久作爺様、その妻がウタ婆様。二人とも同じ歳で七十四歳だ」

洋滋郎はノートの見取り図に書き込みながら説明する。

「二人の子どもが上から久子の伯母《おば》さん、作市のおっさん、作滋の親父。久子の伯母さんは五十二歳、作市のおっさんは五十歳、作滋の親父は四十五歳」

「はい」

「久子の伯母さんは結婚していたが離婚して綾樫家に戻ってきた。その息子が久弥《きゅうや》、二十八歳」

「久弥さん？」

黒彦は初めて聞く名を尋ねる。

「さっき広間にいただろ。でかくて鈍い奴だよ」

「ああ、あの人が久子さんの息子さんですか」

久子の隣にいた色白で肥えた男を思い出す。話し合いの中、なぜかずっとにやにやと笑っていたのが気になっていた。

「作市のおっさんの妻が時枝の伯母さん、四十五歳。その息子が市之介さん、二十五歳。妹が雫、二十三歳」

「二人が作市さんの子どもですか」

「で、作滋の親父の息子が俺、二十四歳。お袋は死んだ。使用人は盛貴とマリイと、淵《ふち》のおっさんがいる。使用人どもは、屋敷と門との間にある小屋に住まわせている」

「淵さん？」

「庭師だよ。広間にもいた小さいおっさんだ。さあできたぞ」

洋滋郎は黒彦のペンをぽんっと置いて書き終えた。

※「綾樫家見取図・家系図」（4・5ページ）参照

「ありがとうございます。よく分かります」

黒彦はノートを見ながら感心する。荒っぽい割にはなかなか親切な男だ。ただ作市の話によると、久作とウタの最初の娘に藤子がいたはずだが、そこまでは書かれていない。早世した娘は現在の屋敷に関わっておらず、洋滋郎も自分が生まれる前に死去した伯母には関心もないのだろう。

「……しかし凄《すご》いですね、洋滋郎さん」

「何がだよ。絵がお上手ですねとか言うなよ」

「いえ、家族や親戚《しんせき》全員の年齢まで知っているんですね」

「はあ？　そんなの常識だろ」

洋滋郎は眉《まゆ》を寄せて言う。常識と言われればそうかもしれない。だが黒彦は親代わりの叔父と叔母の正確な年齢すら知らなかった。

「まあ、ややこしいからお前はあんまり出歩くなよ。欲しい物があったら盛貴かマリイに言うんだな」

「分かりました……ややこしくなるんですか？」

「久子の伯母さんとか、時枝の伯母さんがやかましいんだよ。お前らのせいで婆様がおかしくなったんだからよ」

「そんな、俺たちに言われても……」

酷《ひど》い言いがかりだが、そんな状況とも言える。あの二人にとっては、自分たちは招かれざる客だったのだろう。

「……そういえば久子さん、これから色々と決めないといけないとか言ってましたよね。

ウタさんにも、生き神様を拝んでいる場合じゃないとか」

「ああ、そうだな」

「作滋さんには関係ないとか、あれって何の話だったんですか？」

「お前、遠慮している割にはズケズケ聞くよな」

「すみません、気になったもので」

洋滋郎に鋭く指摘されて黒彦は謝る。

「嫌いじゃねぇよ。さっきの俺の話を聞いて分からねぇか？」

「さっきの話？　家族の話ですか？」

黒彦は再びノートに目を落とす。久子が重要視して、ウタが決めることで、作滋には関係のないこと。

「ご当主様が死んだからな。それで作滋は怒っていたが。これからもっと揉《も》めるだろうな」

洋滋郎はそう言って立ち上がる。当主の死。その言葉でピンと来た。

「それって、ええと……」

「綾樫の後継者と、莫大《ばくだい》な遺産」

洋滋郎はそう言うと黒彦の下を離れて襖《ふすま》を開ける。

「あ、洋滋郎様」

ちょうどそこにお茶の用意をした盛貴が戻ってきた。

「遅《おせ》ぇよ！　バカ野郎。もういいよ！」

洋滋郎は再び盛貴を叱るとそのまま部屋を後にする。盛貴は無言で深く頭を下げた後、黒彦の部屋に入ってきた。

「申し訳ございません、遅くなりまして」

「俺は別に……大変ですね」

「いや……まあ、慣れていますから」

盛貴は取り繕う風に微笑んだ。

15

洋滋郎と盛貴が部屋を出た後、黒彦は座り心地の良すぎる座布団の上で一人で茶をする。山奥に建つ、村一番の大屋敷。当主の死をきっかけに揺らぐ大家族。残された者たちの中で一番の発言者は、なぜか果菜を生き神様と崇《あが》めている。都会でマンション暮らしをしている自分とは何もかもが日常とは違っていて、まるで異世界にでも迷い込んだかのような錯覚を感じていた。

「ハテナ、どうしてるかな……」

鬼の顔をした神様の化身にされてしまった少女。彼女は今何をしているだろうか。自分と会えずに困っているだろうか。そう考えてから、これはこっちの勝手な思いかと気付く。彼女が気になっているのは自分の方だった。黒彦は立ち上がると部屋を歩き、そっと襖を開ける。洋滋郎からはあまり出歩くなと釘《くぎ》を刺されたが、部屋にいてもつまらない。どうせ三日後には別れるのだと思うと、久子や時枝に遠慮して隠れていても仕方ないだろう。

廊下に出ると埃《ほこり》のように薄い雪が目の前を掠《かす》める。暗い空はとうとう雪を落とし始め、それとともに吹く風も次第に強く、冷たくなり始めていた。そういえばマリイも今夜はまた雪が積もるかもと言っていた。同時に、バスの運転手が吹雪になるとバスが出せないと言っていたのも思い出して、にわかに不安を覚えていた。

「誰かいる……」

中庭には『しぇんのん様』の黄金像がそびえ立っている。その前では一人の人物が腰を曲げて何か作業を続けていた。黒いジャンパーを着た小柄な中年男、洋滋郎が『淵のおっさん』と紹介していた男だ。やがてこちらの気配に気付いたのか、淵は顔を上げて目を向ける。手に持つ大きなスコップを地面に突き立てると、深々と頭を下げた。

「あ、いや。ご苦労様です」

黒彦は慌てて頭を下げて応《こた》える。自分は綾樫家の者ではない。客人とはいえ叔父《おじ》ほどの歳の男から無闇にお辞儀をされるのは気が引けた。

「淵さんですよね？　確か庭師をされているとか」

「ああ……盛貴が言ったのか？」

淵は低い声でぼそぼそと言う。白髪混じりの角刈りの下、浅黒い顔に小さな目がある。

傘もささずに降り始めた雪をそのまま受けているが、小柄ながらもがっしりとした身体は丈夫そうに見えた。

「洋滋郎さんから聞きました。あの、何をしているんですか？」

「……穴を掘っている」

「穴？　何の穴ですか？」

「大奥様のご命令だ」

淵は再びスコップを手に取ると、黄金像の台座の前で力強く地面に突き立てて掘り返す。木訥《ぼくとつ》な人柄というのか、真面目で大人しい男のようだ。

「……穴を掘って、木を植えるんでしょうか？」

黒彦はそう尋ねたものの、多分違うだろうなと考えていた。まさか大切な『しぇんの様』の前に木を植えたりなんてしないだろう。淵は冷たく固い土を掘り続けている。

「……雪が降ると庭師の仕事もなくなる。だから俺は、力仕事や車の運転なんかも引き受けとる。今日は、ご当主様の葬式があったから屋敷に来とった」

「はあ、そうなんですか」

黒彦はあいまいに返事する。淵はウタから穴を掘れと言われたから掘っているだけであり、その目的には興味がないか、ウタに尋ねられる立場ではないようだ。

「……お仕事中にすみませんでした。あの、寒くなってきたのでお気を付けください」

黒彦は邪魔をしているような気がしてきたので話を終える。すると淵は作業を続けながら口を開いた。

「……しばらく、屋敷にいると聞いた」

「俺ですか？　はい、もう一人の子、あの『しぇんのん様』にされた子と一緒に木曜日までお邪魔しています」

「『しぇんのん様』……」

淵はスコップを振るう手を止めると、黒い地面にじっと目を落とした。

「この屋敷には深く関わらん方がいいぞ。特に余所者《よそ》はな」

「……どういうことですか？」

「大奥様の言う通りだ。下の者たちはもう忘れとる。この家が……」

「黒彦君」

突然、左側から女の声で呼びかけられる。振り向くと雫がこちらに目を向けていた。

「どうかしましたか？　そんな寒いところで」

「あ、いえ。ちょっと部屋から出ようと思って」

「そう。私はこれからハテナちゃんの部屋に向かいますが、黒彦君もご一緒にどうですか？」

「はい、じゃあ行きます」

黒彦が返事すると雫は穏やかに微笑む。家族会議の場で沈んでいた気分も直ったようだ。彼女の後を追いながら、ちらりと中庭の方に目を向ける。淵はもう顔を上げず黙々と穴を掘り続けていた。

16

果菜の部屋は屋敷の一番奥、雫の話によると当主久作が自室として使っていた部屋をあてがわれたそうだ。死んだばかりの人の部屋で寝泊まりするのはあまり気持ちのいいものではないが、ウタの命令とあっては誰も逆らえない。同時に綾樫家の者たちにとっては、老婆がどれほど果菜に入れ込んでいるかを感じずにはいられない指示に映ったようだ。

「ウタさんも部屋にいるんですか？」

黒彦は雫の隣を歩きながら尋ねる。

「お婆様は隣の部屋でお休みです。今日も朝から動き回られていたのでお疲れなのでしょう」

雫は小さな歩幅で歩きながら、か細い声で答える。綾樫家は勝気な者が多いようだが、一番年下の彼女は大人しい。それゆえに他の者以上に慎み深い品性のようなものを漂わせていた。

「黒彦君。残ってくれてありがとう。お婆様もとても喜んでくれました」

「それは良かったです。ハテナは大人しくしていますか？」

「ええ。とってもいい子ね。クロちゃんに早く会いたいって言ってましたよ」

「え、はい……」

雫からあだ名で呼ばれて戸惑う。どうせまた果菜が当然のようにその名を交えて会話をしたのだろう。止めろと言っても聞かないだろうが、ほぼ初対面の雫から呼ばれるのは恥ずかしいというか、弱みを握られているような気分になる。廊下の端に辿《たど》り着くと雫が襖に向かって声をかけた。

「雫です。よろしいですか？」

「はい。どうぞお入りになってください」

襖の向こうからマリイの声が聞こえる。雫はこちらに向かって意味深な微笑みを見せてから、そっと襖を開けて部屋に入った。黒彦の部屋よりも一回り以上は広い当主の間。目の前には何か反物のようなものを持ったマリイの姿が見える。

その奥には、艶《あで》やかな着物に身を包んだ美少女が立っていた。

「え？」

黒彦はしばし言葉を失う。牡丹《ぼたん》や桜の模様が入った紫の振袖《ふりそで》に、精緻《せいち》な刺繍《ししゅう》が入った金色の帯。薄紫色の小さな花の髪飾りを付けたおかっぱの頭に、大きな瞳《ひとみ》を持った白い肌の少女だった。一瞬、綾樫家にもう一人娘がいたのかと思ったが、そうではないとすぐに気付く。つまり見間違えるほど、見違えていた。

「……ハテナか？　本当に？」

「あー、クロちゃんだー！」

果菜は茫然《ぼうぜん》と立つ黒彦の下へ両腕を広げて駆け寄る。

「お待ちください！」

しかし背後から腕を伸ばしたマリィが果菜の腕を摑《つか》んだ。

「うえ」

果菜は衝突する寸前で止まる。黒彦は思わず仰《の》け反《ぞ》った。

「ハテナちゃん。あなた今、黒彦君に抱き付こうとしましたね」

「えー、だってー」

「お化粧が取れるのでお止めください。目も鼻も擦《こす》らないでください」

「しょうがないじゃん。なんか一杯塗られて痒《かゆ》いんだもん。クロちゃんがそこにいるんだもん」

「痒いのは私が何とかしますから、自分で搔《か》かないでください。クロちゃんもおあずけです」

「やだやだー。お顔洗いたいー！」

「いけません！　ちゃんとしないと私が叱られるんですから」

「ハテナちゃん、マリィ」

雫は言い争う二人を呼び止めると、細い人差し指を唇に添える。

「……お婆様が隣の部屋でお休みです。静かにしなさい」

「ごめんなさい……」

二人は声を落として謝る。幸いにも隣の部屋からウタが目覚めたような物音は聞こえない。黒彦は女三人のやり取りを呆《あき》れて眺めていた。

「……楽しそうだな、ハテナ」

「うん、すっごい楽しい」

果菜は歯を見せて笑う。雫とマリィも苦笑いを見せていた。

「雫さん、これも『しぇんのん様』のためですか？」

「ええ。お婆様から目一杯着飾るように言われました。これもお持てなしなんですって」

「よく着物がありましたね」

「私が昔着ていたものを用意しました。お婆様は新品になさいって仰《おつしや》るでしょうけど、いきなり揃えられる物ではないですから。お化粧もマリイと一緒にやりました」

「はい。いかがでしょうか？　黒彦君。可愛くなったでしょう」

「え、はい」

「はいですって、ハテナちゃん」

「うー……」

果菜は白い頬を赤く染めてうつむく。

「あ、いや……まあ、そうですね」

黒彦はしどろもどろになりつつも結局は肯定してしまう。高価そうな着物を着て、丁寧に化粧を施された果菜の姿は、可愛い以上に神秘的にすら見えた。彼女を知らない者が見れば、『しぇんのん様』の生き神だと聞いても納得してしまうかもしれない。

「ではハテナちゃん、クロちゃんもお喜びのことですから、大人しくしていただけますね」

マリィは着物を入れていたらしい桐の箱を片付けながら言う。果菜は口を曲げながらも、大人しく座布団の上にぺたんと腰を下ろした。

「本当に綺麗《きれい》ね。お婆様もきっと喜んでくださるでしょう」

雫も満足そうな顔を見せつつ座る。黒彦も果菜の傍らに腰を下ろした。

「喜んでくれるのはいいんだけどさー、動きにくいよこれ」

果菜は雫の方を見ながら、なぜか黒彦の手をきゅっと握る。何事かと思って彼女を窺《うかが》うが、こちらには目も向けていなかった。無意識の内に抱きつけない不満を握手で解消しているのだろうか。

「お姫様は動かなくて結構です。みんな私たちに任せておけばいいんです」

マリィは雫の後ろに腰を下ろしながら言う。

「でも動けなかったら、どうやって闘うのさ」

「闘うって、誰とですか？」

「魑魅魍魎《ちみもうりょう》と！」

「そんなの、どこにいるんだよ」

黒彦は素早く突っ込む。雫が喉《のど》の奥で軽くむせた。

「だって、ウタ婆ちゃんが言ってたじゃん。お屋敷は魑魅魍魎に呪われているって。だから僕が『しぇんのん様』になったんでしょ？」

「それはウタさんの頭の中での話じゃないか。大体、お前は『しぇんのん様』でも何でもないだろ」

「そうそう、クロちゃん知ってる？　『しぇんのん様』ってさ、中庭にある金ぴかの像がそうなんだって」

「ああ、それは聞いたよ」

「あれ、鬼じゃん。僕、神様って言うからもっと女神様みたいなのを思ってたのに。あんなのガッカリだよ」

「俺もよく分からないけど、この家ではあれが神様らしいな。きっといい鬼なんだよ」

「分かんない。ウタ婆ちゃん、僕が鬼っぽいから選んだのかな？」

「鬼っぽいってなんだよ」

「あの、ちょっと二人とも」

雫が手を上げて制する。その後ろに控えていたマリイがうつむいて肩を震わせていた。

「お願いだから、そういう話はお婆様とか他の人の前ではしないでね」

雫は心配そうな顔で言う。黒彦と果菜は我に返って無言で頷《うなず》いた。

「……ハテナちゃんはね、本当に何もしなくていいのよ。お婆様もそう仰っていましたから」

「そうなの？」

「ええ。お婆様の話によると、ハテナちゃんを歓迎することが大切らしいのよ。ハテナちゃんを手厚く持てなすことで、乗り移っている『しぇんのん様』が機嫌を良くして呪いを祓《はら》ってくれると仰っていました」

「なるほど、そういうことですか」

黒彦は納得する。妄想としか言いようがないが、ウタなりの理屈は分かるような気がした。少なくとも果菜が見えない魑魅魍魎と徒手空拳《としゅくうけん》で闘うよりはましだろう。

「ですから、あるとすればお婆様のお話を聞くとか、一緒にお祈りをするとか、その程度でしょう。退屈かもしれないけど機嫌を良くしてくれていたらいいと思います」

「だからお姫様と申し上げたのです。綺麗な恰好《かっこう》をするのもハテナちゃんの大切なお役目なのです」

雫の後ろでマリイが続ける。果菜は一応納得した風に頷いた。

「そういや雫ちゃん、藤子って誰？」

「え？」

果菜の唐突な質問に雫は驚く。それは『ちゃん付け』で呼ばれたからではないだろう。

「ウタ婆ちゃんが言ってたじゃん。僕の顔が藤子の生き写しのようだって。それって、そっくりさんってことでしょ？　誰のこと？」

「それは……」

「藤子さんは、久作さんとウタさんの最初の娘さんらしい」

戸惑う雫を横目に黒彦が代わりに答える。

「作市さんが教えてくれた。随分昔に十四歳で亡くなったとか。そうですよね、雫さん」

「はい……ただ、私もよくは知りません。生まれる前の話ですから」

「ふうん、そんなに僕と似ていたのかな」

果菜は自分の鼻を指差す。

「作市さんはそうでもないって言っていたけどな。写真は残っていないんですか？」

「いえ、私も見たことはありません……」

雫は目を伏せて呟《つぶや》くように返す。先ほどまで笑みを浮かべていたマリイも口を噤《つぐ》んで固まっていた。作市と話している時にも気になったが、どういう訳か藤子の話になると誰もが態度を硬化させる。理由は知らないが、触れてはいけない存在なのかもしれない。

「死んじゃった娘……ウタ婆ちゃん、だから僕をあんな目で見るのかな。嬉《うれ》しいような、悲しいような、すごく弱い目。だから僕も、凄《すご》く可哀想に思えたのかな」

果菜は尋ねるように目を向ける。黒彦は肯定も否定もできずにじっと彼女を見返していた。広間でお披露目が行われた際、屋敷から出ようと誘ったが、彼女はわずかに渋る素振りを見せた。あれはこの理不尽な境遇以上に、ウタに対して同情したのかもしれない。黒彦は改めて雫に尋ねる。

「雫さん、ハテナは本当に生き神様として座っているだけでいいんですね？　綾樫家の他の人に対してもそれでいいんですね？」

「うん……気を遣わせちゃってごめんね」

「いえ。もうご厄介になることにしたんで、それは気にしないでください」

「お婆様が決めたことなので誰も文句はないはずです。お母様や久子伯母《おば》様がどう思われるかは分かりませんが、それもお父様やお兄様がうまくあしらってくれると思います」

「今は、皆さん屋敷にいるんですよね」

「そう思います。出歩くところもありませんし、村から出ても帰って来なければいけませんから。電話の取り合いでもしているのでしょう」

「電話の取り合い？」

「玄関前にある電話です。この村では携帯電話も繋《つな》がりませんから。家に帰るのも長引きそうなので、昨日からお父様や久子伯母様が仕事関係の電話をされていました」

「そういえば、皆さんこの屋敷には住んでいないそうですね」

「ええ。お父様が仰《おっしゃ》いましたか？」

「いえ、洋滋郎さんから聞きました」

「そうです。疎遠という訳ではありませんが、皆さん村外で仕事をしているので普段はそれぞれの家で暮らしています」

「何の仕事ですか？」

「お父様、作市は不動産会社を経営しています。お兄様、市之介もその役員です。久子の伯母様は健康食品やサプリメントの会社を持っていたかと思います。作滋の叔父《おじ》様は飲食店だったかと」

「作滋さんって料理人なんですか？」

「いえ、何店舗かを経営している会社の社長です。洋滋郎さんもそこにお勤めです。あまり、熱心ではないようですが」

「へえ、皆さん会社を持っているんですね」

「ええ。ご当主様から任されていると聞いています」

「ああ、久作さんの……」

どうやら綾樫家は露壜村のみならず、村の外でも有数の資産家らしい。そしてそれらの礎を築いたのが、亡き当主久作であったようだ。

『綾樫の後継者と、莫大《ばくだい》な遺産……』

黒彦は頭の中で洋滋郎の言葉を呟く。久作の後継者となり、彼の遺産を受け継ぐ。そこにどれほどの価値があるのかは分からないが、家族内で不穏な空気が流れるほど重大な決めごとではあるようだ。死んだ両親からわずかばかりの遺産を受け継ぎ、叔父夫婦の世話になっている自分とは規模が違う。やはりここは異世界なのだ。

「ねえ、雫ちゃんもお仕事してるの？」

会話を聞いていた果菜が口を挟む。

「私ですか？　私はお母様と家の手伝いをするくらいで、仕事と呼べるものは何もしていません」

「ふうん、そうなんだ。つまんないね」

「はい。私も何かしてみたいのですが……」

「パン屋さんをしなよ。僕パン好きだから」

「いいですね。でもお父様が働かなくてもいいと言うんです」

「何で？　お金持ちだから？」

「世間知らずだから何をやらせても無理だと思われているんでしょうね」

「雫様も箱入り娘ですから」

マリイが言うと、雫は赤くなってうつむく。確かに、この人が会社員や店員をしている姿は想像できなかった。

「マリイちゃんはずっとこのお屋敷に住んでいるの？」

「ええ。私と盛貴さんはご当主様と大奥様の使用人ですから。お屋敷の外にそれぞれ部屋もお借りしています」

「マリイのお父様は恋塚先生といって、村で唯一のお医者様なんです。盛貴のお父様の弓削さんは役場におられます」

雫が短く紹介する。盛貴の父親、弓削盛三は駐在所で釜松とともに顔を合わせていた。

「さて、そろそろ私はお夕食の準備に行きたいのですが、後はお任せしてもよろしいでしょうか？　雫様」

マリイは立ち上がりながら尋ねる。

「ええ。こちらはもう結構ですからいってらっしゃい」

雫の言葉にマリイは頭を下げてから、きびきびとした動作で部屋から出て行く。使用人とはいえよく働く人だ。

「では私の方も、お婆様を起こしておこうかと思うのですが……黒彦君はちょっと部屋を離れてもらってもいいでしょうか？」

「はい。俺はいない方がいいんですね？」

「気を悪くしないでね。まだお婆様が黒彦君に対してどう思われているのかが分からなくて、寝所に入ってもらってもいいものか……」

「はい。俺も一緒にいる必要はないと思いますから、自分の部屋に戻っています」

黒彦は腰を上げる。果菜もそれなりに楽しんでおり、雫からウタの話も聞けたのでもう満足だった。

「あ、じゃあ今度は僕がクロちゃんの部屋に行くー」

「ハテナちゃんはお婆様に会ってくださいね」

雫はにこやかな顔でハテナの肩に手を置いた。部屋の襖《ふすま》を開けると辺りはもう真っ暗な夜になっている。風はないが中庭に降る雪はさらに強くなっていた。

17

果菜の部屋を出てから一時間ほど後。いつの間にかうたた寝をしていた黒彦の下に盛貴が立ち寄り、夕食だから広間に来るようにと告げた。もう少し寝ていたいと思ったが、旅館にいる訳でもないのでわがままは言えない。起き上がって欠伸《あくび》を漏らして、頭と体を目覚めさせてから部屋を出て広間へと向かった。騒動に巻き込まれたとはいえ、村を出ざるを得ない状況から一転、村一番の屋敷に三食うたた寝付きで招待されたのは幸運だった。

広間は昼間に集まった時と同じように二列になり、それぞれに膳《ぜん》と座布団が並べられていた。綾樫家の者はウタと、久弥とかいう太った男以外はもう全員が席に着いている。ハテナの姿はまだ見えない。きっとウタと一緒に来るのだろう。

「黒彦君はこちらへ」

昼間と同じように雫に呼ばれて、黒彦は彼女の隣に座る。盛貴とマリイが支度に追われて動き回っている。庭師の淵は自分の家に帰ったのだろうか。洋滋郎の見取り図にも彼の部屋はなかったので住み込みではないはずだ。

「黒彦君」

　雫の隣に座る市之介が呼びかける。

「父さんの頼みを聞いてくれたそうだな。ありがとう。俺からも礼を言う」

「いえ。こちらこそお世話になります」

「遠慮せずにゆっくり過ごしていってくれ。酒は飲めるか？」

「お兄様。黒彦君はまだ高校生だそうですよ」

　雫が代わりにたしなめる。市之介はあそうかと言って笑顔を見せた。年若いが頼もしげで、どことなく彼の父作市に似た度量の大きさが窺《うかが》える男だった。

「雫さん、ウタさんはハテナを喜んでくれましたか？」

「ええ。とっても喜んでいました。やはり『しぇんのん様』に違いないって」

「そうですか……」

　雫は嬉しそうに微笑むが、黒彦は素直に喜べない。亡き娘の面影があるという生き神様。家族の頼みとはいえ、老婆を騙《だま》しているという罪悪感を抱かずにはいられなかった。

「ただ私、少しお婆様のハテナちゃんへの思いを誤解していたようで……」

「ウタさんの思い？　歓迎してくれているんじゃないんですか？」

「ええ。もちろん歓迎しています。でも……」

　雫は言葉に迷うような素振りを見せる。それとともに目の前の襖、ウタの部屋が開き老婆が姿を現した。皆は軽く居住まいを正す。

その背後から、太った男に背負われた和装の果菜が続いて現れた。

「ハテナ？」

黒彦は驚いて声を上げる。どこか具合でも悪くなったのだろうか。だが背負われた果菜はこちらを見下ろしながら笑顔でVサインを突き出した。何だこれは。

「久弥？　何をしているの？」

久子が驚いて膳に身を乗り出す。そう、あの大きな男は彼女の息子の久弥だった。ウタと久弥と、彼に背負われた果菜は皆が見つめる中、広間の奥へと進み正面の膳の前で腰を下ろす。果菜はそのまま一段高い畳の上に下ろされた。

「お、お母様、これは一体何事ですか？　どうして久弥がこんなことをさせられているのですか？」

「静かにせい、久子」

ウタは甲高い声で久子を叱る。果菜は皆に笑顔を振りまき、その隣では久弥があぐらをかいて座っていた。

「ハテナ様は『しぇんのん様』の化身。神様に歩かせるなどもっての外じゃ」

ウタの発言に皆はわずかに驚く。黒彦は雫が言ったウタの思いとはこれかと気付いた。歓迎の仕方、持てなし方が度を超えているのだ。

「ハテナ様は手足を使われぬ。どこかへ向かわれるなら皆がその身を背負い、何かを持たれるなら皆がその手となるように。よいな」

「だからって、久弥にこんなことをさせるというのは……」

「分かっておる。本来ならば綾樫の長たるこのわしが背負うべきじゃ。しかしこの惨めな足ではのう……」

「違います。そのようなことは盛貴にでもやらせればいいではないですか」

「ならん！　綾樫の者がその責を負うのじゃ。下男ごときには任せられん」

「でも、それなら久弥でなくとも……」

「ママ。いいんだよ」

久弥がようやく声を上げる。声は野太いが、ママという言葉がどうにも頼りない。散らばった髪の下に見える、やけに大きな福耳が気になった。

「僕がお婆様にお願いしたんだよ。この子のお手伝いに僕を使えばいいって」

「まあ久弥……なんてお婆様思いの優しい子なんでしょう」

「だから怒らないで。僕だってこの家の子なんだから。この家を守るのは僕の役目だよ」

「分かったわ。久弥がそこまで言うのならママは何も言わないわ。本当に頼もしい子ね」

久子はにたにたと笑う久弥を嬉《うれ》しそうに見つめる。小さな子ども相手の会話なら微笑ましいが、洋滋郎の話によると久弥は二十八歳、下ぶくれの頬に無精ヒゲが見える大人だった。それだけに、干支《えと》一回りほど年下の黒彦が見ても随分と幼稚で薄気味悪さすら感じる光景だった。他の者たちも白い目を向けて呆《あき》れている。きっとあの母子《おやこ》は普段からあの調子なのだろう。

「では夕食にしよう。久弥もよいな」

「うん、お婆様」

「ちょ、ちょっとお待ちください」

ウタと久弥の会話を聞いて、久子が再び声を上げた。

「お母様、久弥に何をさせるつもりですか？」

「ハテナ様は手を使われぬ。じゃから久弥が飯を食わせるのじゃ」

「じょ、冗談ではありません。久弥にそんなことをさせないでください」

久子はウタに怒りを見せる。飯を食わせる手伝いとなると、果菜の口元まで箸《はし》を運べということだろうか。

「この子だって、そんなことされなくても食べられます」

「それが持てなしじゃ！　ハテナ様にそんなことをさせてはならぬ！」

「ママ、僕はいいんだよ。それくらいどうってことないよ」

「いいえ。綾樫の男子にそんな恥ずかしいことをさせられますか」

「盛貴やマリィに任せてはならんぞ」

「では、そんなの市之介にでもさせればいいじゃないですか」

「ちょっと義姉《ねえ》さん。それはどういうことですか」

市之介の母、時枝が声を上げる。まるで昼間の再現だった。

「おい、止めなさい」

時枝の隣に座る作市が制するが、二人は聞く耳を持たない。

「何ですか時枝、それくらいやってもいいでしょ。久弥は運び役の手伝いをしたんだから。家族で分担すべきです」

「でも義姉さんは今、綾樫の男子にそんな恥ずかしいことを仰《おっしゃ》いました。久弥君が恥ずかしいことを市之介にさせるつもりですか」

「久弥は私たちの子どもの中で一番年上、みんなのお兄ちゃんなのよ。市之介が嫌なら洋滋郎だっていいわよ」

「おいおい、今度はこっちかよ」

左手で頬杖《ほおづえ》を突いた洋滋郎が呆れた顔でぼやく。不思議なことに彼の手にはまだ白手袋がはめられたままだった。

「あ、あの、私がやりましょうか？」

見かねたように雫が手を挙げる。しかし時枝が冷たい目で睨《にら》んだ。

「雫は余計なことを言わないの。あなたも同じです」

「あら、いいじゃないの。雫がやりたいって言うんだから」

久子は勝ち誇ったような表情で言う。だが時枝は大きく頭《かぶり》を振り、頑として認めなかった。

「……黒彦君」

傍らから小声で呼びかけられる。市之介が憂いの表情を向けつつ、軽く顎をしゃくる。その動作で黒彦もすぐに理解した。

「あの、じゃあ俺がやりますよ」

黒彦は手を挙げて立ち上がる。皆は声を止めてこちらを見上げた。

「……ウタさん、いいですよね？　ハテナだって大人の久弥さんや市之介さんにご飯を食べさせてもらうのは恥ずかしいですよ」

「ううむ」

「俺はこの家の者じゃないですが、使用人でもないです。『しぇんのん様』のハテナの友達です。あいつに機嫌良く食事してもらうのが望みなら、俺が役目を代わってもいいんじゃないですか？」

「……よかろう。盛貴、マリイ、この者の膳《ぜん》をハテナ様の隣へ」

「かしこまりました」

盛貴とマリイは安心したような声で返事をする。久子と時枝は不機嫌そうな顔を見せつつもそれ以上は何も言わなかった。久弥は久子の隣へと向かい、黒彦はハテナの傍へと行く。くだらない言い争いには呆れるが顔には出さなかった。

「……まったく、従者にまで気を遣わせるとは情けない。亡きご当主様が見られたらさぞお怒りになるじゃろう」

ウタは家族に向かって吐き捨てるように言う。どう見ても一番厄介なのはこの老婆だが、やはり言い返す者は誰もいなかった。

18

黒彦は果菜の右隣に座ると、箸を使って彼女の膳に置かれた魚料理を切り分ける。綾樫家の夕食はやはり豪華で、さらに果菜の膳だけは食べきれないほどの量が盛られていた。

「魚……鯛《たい》だな。食べられるよな？」

「うん。食べる食べる」

果菜は無邪気な笑顔で声を弾ませる。

「ほら、口開けろ」

「あーん」

黒彦は果菜の口に料理を運ぶ。赤い口紅を塗られた唇がやけに大人びた色気を見せていた。

「……うまいか？」

「おいしー」

「次は？」

「次はねえ、そこのエビ天がいい！」

「分かった」

黒彦はまさしく家来のごとく澄ました顔で作業を続ける。笑顔になれないのは怒っている訳でもなければ呆れている訳でもない。ふと膳から顔を上げると、全員の視線がこちらに向けられていた。

「おいおい、何だか結婚式みてえだな」

酒に顔を赤くした作滋が声を上げる。周囲からは乾いた笑い声が響いた。

「結婚式と言うよりは、お姫様と下僕かしら」

「何だかこっちまで恥ずかしくなりますね」

久子と時枝も苦笑いを見せる。黒彦が仏頂面なのは、この晒《さら》し者のような状況が恥ずかしすぎるからだった。

「勘弁してくれよ……」

「うきゃー、なんかなんか、照れるよね」

果菜は身悶《みもだ》えするように体を振る。

「僕、誰かにご飯を食べさせてもらうなんて初めてだよ。お兄さんもしてくれたことないし。なんかもう、恥ずかしくてたまんない」

「その割には嬉しそうだな」

「えー、だって……」

果菜はそう言って小声になる。

「……雫ちゃんが、みんなの前ではご機嫌さんでいろって言ったんだもん。さっき久弥さんにおんぶされてた時も恥ずかしかったけど我慢してたんだよ」

「そうか……お前はお前で大変なんだな」

「今は嬉しいけどね。ねえクロちゃん。僕たちカップルさんみたいじゃない？　お家に帰ってもこうやって食べさせてよ」

「とんだバカップルだな」

黒彦はロボットのような動作で料理を取って果菜に食わせる。とても居たたまれない。このまま膳を引っ繰り返して、屋敷を飛び出して、夜の寒村を突っ走りたい衝動に駆られる。だがさすがにそれはできないので必死になって精神を落ち着かせていた。

「ハテナ様」

傍らに座るウタが顔をくしゃくしゃにする。どうやら笑顔を見せているらしい。開いた口からは歯が三本ほどしか見えなかった。

「お味の方はいかがですかな？」

「うん、おいしいよ！　こんな山奥なのにお魚が食べられるなんて凄《すご》いね」

「結構ですじゃ。ハテナ様がお越しになったゆえ、定期バスをもう一往復させましたのじゃ」

「定期バスって、僕たちも乗ってきたあのお爺《じい》ちゃんの？」

「はい。あやつは村の者ではありませんが、なかなかの働き者ですじゃ」

ウタは事も無げに話すが、自分たちが綾樫家に招待された時刻を考えると、かなりの超特急で往復したことになるだろう。黒彦は記憶に残るバスの運転手に同情した。

「ところで、ハテナちゃん、黒彦君」

左側の先頭に座る久子が目を向ける。

「あなたたちはどうして露壜村に来たのかしら？　旅行？」

「ああ、いいえ。違うんです」

黒彦が果菜にお茶を飲ませながら口を開く。

「何だ？　新婚旅行じゃねえのかよ」

作滋が野次を飛ばしてまた家族が笑う。

「まあ作滋、こんな村に新婚旅行に来る人なんている訳ないでしょ」

「義姉さん。それ以前に、この二人は高校生と中学生だそうですよ」

時枝が言う。

「だから、ええと、恋人旅行でしょうか？」

「それならなおさら、こんな村に来ねえだろうよ」

作滋が返す。

「まさか、駆け落ち？」

久子がそう呟《つぶや》いた瞬間、場が水を打ったように静まり返った。

「い、いえ。駆け落ちでもなければこ、恋人でもないんですが……」

黒彦は慌てて訂正する。バスの運転手からも言われたが、この村では駆け落ちが流行《はやり》なのだろうか。久子が鋭い眼差《まなざ》しを向ける。

「黒彦君。まさか二人でこの村に住むつもりじゃないでしょうね？」

「村に住む？　そんなんじゃないです」

「人に会いに来たそうだよ」

作市が口ヒゲを撫《な》でながら話す。

「私はさっき黒彦君から聞いた。何でもハテナ君は、犬神博士という高名な学者の妹さんだそうだ。その犬神博士がこの村に来ていて、二人にも来るようにと呼んだそうだ」

「まあ、そんな学者さんが？　どの家に？」

隣に座る時枝が尋ねる。

「いや、今はもういないらしい。私もいつ来ていたのかは知らないけどね。どうやら二人は行き違いでこの村に来てしまったらしいよ」

作市が説明する中、黒彦は綾樫家の家族と使用人を見回す。犬神の名を聞いても反応する者は誰もいなかった。

「そういう話だったね？　黒彦君」

「はい。だから俺たちは行く宛《あて》もなくなったので、この屋敷にもお邪魔できました」

「なんだ、そういうことだったの。作市、知っているなら早く言えばいいのに」

久子が弟に向かって言う。

「口を挟むタイミングもなかったじゃないか」

「大体、姉貴たちは口やかましいんだ」

作滋が続ける。

「あら、言いたいことがあるから言うだけじゃないですか」

時枝が返す。

「そうよ。まったく弟たちはダメね。黙って構えていてもご当主様の真似はできないのよ」

久子が言って四人は笑った。その孫たち四人は呆《あき》れているのか話に付き合う気もないのか。久弥を除いた三人がぼそぼそと別の会話をしていた。

「ハテナ様、ありがとうございますじゃ……」

ウタはなぜか果菜に向かって静かに頭を下げる。果菜は訳が分からずに首を傾げた。

「見なされ。あいつらもよう笑うようになりました。『しぇんのん様』がこの屋敷におられるお陰ですじゃ」

「そうなの？　でも僕、何もしてないよ」

「良いのですじゃ。ハテナ様がここにおられることが大切なのじゃ」

ウタはそう言って手を合わせる。黒彦にしてみれば単に笑い者になっているとしか思えないが、結果的にはこの場を和ませていることには変わりはないだろう。老婆がどこまで考えているのかは分からないが、良くも悪くも目論見《もくろみ》通りにはなっていた。

「ハテナ様は導かれたのじゃ。だから何も遠慮はいりませんぞ」

「ふうん。じゃあ僕たちをこの村に呼んだお兄さんのお陰でもあるよね」

「おお、犬神博士と申したか。確かにその者もまた神の使いじゃろう」

「うん。お兄さんってね、昔、神様に一番近い人って言われてたんだって」

「そうじゃろう、そうじゃろう。機を見てその者も屋敷にお連れくだされ。わしも是非お礼がしたい」

老婆と少女はそう言い交わしてはにっこりと微笑む。二人の会話は嚙《か》み合っているようで正反対だと黒彦は感じていた。犬神は神に使わされたのではなく、知恵と知識によって不遜《ふそん》にも神の玉座にまで上り詰めた男だ。きっと『しぇんのん様』など鼻で笑うことだろう。

19

「そういえば母様」

食事を終えた作市が湯飲みを手にこちらを見た。

「昼に淵が中庭で穴を掘っていたようですが、あれは何ですか?」

「おお。あれは墓穴《はかあな》じゃ」

ウタが硬い顔に戻って答えると、作市は目を大きくさせて驚く。耳を傾けていた久子と時枝もにわかに眉《まゆ》をひそめた。

「墓穴？　まさか、ご当主様の？」

「左様。ご当主様はこの屋敷の中で『しぇんのん様』に見守られて眠るのじゃ」

「今日、連水寺に埋葬したばかりではないですか」

「それがどうした？　連水寺がごとき邪教の墓にいつまでもご当主様を入れておく訳にはいかん。今日もお前たちがどうしてもというから付き合ったまで。あんな場所に埋めるなど、わしは初めから反対じゃった」

「……今日は仕方がなかったのです。村の者も集めなければなりませんし、他に埋める場所もないのだから」

「だからこそ、新たな墓をこしらえておるのじゃ。埋める場所があればお前らも文句はあるまい」

「しかし……」

「お屋敷の中庭にお墓があるというのは……」

　時枝が困ったような表情を見せている。

「……せめて、お屋敷の外に作られた方がいいのではないでしょうか？」

「あら、私はいい考えだと思うわよ」

　久子が澄ました顔で言う。

「お墓と言うから変に思えるだけで、ご当主様がおられると思ったら何でもないわ。むしろ心強いくらいよ」

「そうじゃ。久子にしてはよう分かっておる」

「……ええ。それにお母様だってご当主様に会いやすくていいじゃない。連水寺の石段なんていちいち上っていられないわ」

久子は同意を求めるようにウタと作市に言った後、時枝に冷たい視線を向ける。

「……もっとも、時枝にしてみれば気味が悪いだけでしょうけどね。でもご当主様を屋敷の外に埋めろだなんてあんまりじゃないかしら」

「き、気味が悪いだなんてそんな……」

時枝は膝《ひざ》の上で拳《こぶし》を握る。作市がその膝に手を添えてなだめた。

「……私だって綾樫家の者です。ご当主様からも生前は家族として可愛がっていただきました。お墓を近くに作るのは私も賛成ですよ」

「ならば異論はあるまいな」

ウタは柔和な笑みを浮かべて時枝を見る。

「地下にご当主様が眠り、地上にハテナ様を招き、そして天上に『しぇんのん様』がおられる。これで綾樫家の守護は盤石じゃ。よいな作市。ご当主様を運んでくるのじゃぞ」

「……母様がそこまで仰《おつしや》るのならそうしましょう。しかしすぐに動かすのは待ってください。人手も必要ですし、連水寺も黙ってはいないでしょうから」

「ふん。人手がいるなら村からかき集めてくればよい。連水寺の文句など放っておけばよい」

「墓穴の問題もあります。ちゃんと作るなら淵に穴を掘らせるだけではダメです。周りをコンクリートで固めるなどして、棺《ひつぎ》を収める箱を作る方がいいでしょう。あるいは地上に塚を作って祠《ほこら》を建てた方がいいかもしれません。いずれにしても、もう少し家族で検討すべきではないでしょうか」

作市は会社社長らしく真っ当な意見を出す。ウタは神妙な顔付きで頷《うなず》いていた。

「……よかろう。墓作りは作市に任せよう。金に糸目は付けんから、立派な物をこしらえろ。ただし早急にな」

「分かりました」

作市は諦《あきら》めたような表情で了解する。家の中に墓を置くなど信じられないが、やはりウタの言葉には逆らえないようだ。

「ウタ婆ちゃん、これから僕は何をするの？」

食事を終えた果菜が気楽な調子で尋ねる。相変わらず場の空気などお構いなしだ。ウタは途端に表情を緩めて振り向いた。

「ハテナ様にはこの後、わしとともに『しぇんのん様』のご祈禱《きとう》に付き合っていただきとうございますじゃ」

「ご祈禱ってお祈りのこと？　僕もお祈りするの？」

「いやいや、わしのご祈禱に耳を傾けていただければ結構ですじゃ」

ウタはそう言って手を擦り合わせる。祈るではなく、祈られる対象となるのは不思議な感覚だ。

「ふうん。座っていればいいんだね」

「はい。その前に、風呂《ふろ》でゆっくりと身を清めてくだされ」

「はあい。せっかく頑張ってお着物を着てお化粧もしたのにもったいないね」

果菜は小さく溜息《ためいき》をつく。家族は多いがやはり生き神様の彼女が一番風呂に入るのだろうかと黒彦は思い、ふと気付いた。

「ウタさん。ハテナは風呂でも手足を使っちゃいけないんですか？」

「おお、そうじゃったな。無論じゃ」

ウタは思い出したように答える。

「お主は知らぬじゃろうが、古来より湯浴みも重要な持てなしの一つじゃった。神仏ならずとも大人《たいじん》は必ず下役に背中を流させる。また奴らにとってもそれは大変名誉なことじゃった」

「それはいいですけど、誰にやってもらうんですか？」

「ではお主に任せるとしよう。二人で入ってくるといい」

「は？」

黒彦は思わず声を上げる。他の者たちも目を大きくさせた。

「い、いや、それはダメですよ」

「分かっておる。本来ならば綾樫の長たるこのわしが担うべきじゃ。しかしこの萎《な》えた腕ではのう……」

「違います！　ウタさんじゃなくてもいいんです。でも俺がやっちゃまずいでしょう」

「なぜじゃ？　屋敷の風呂は広いぞ」

「なぜって……」

老婆のあまりにも素朴な質問に黒彦は言葉に詰まる。自分は何か間違っているのだろうか。余計なことを考え過ぎているだけで、これが普通なのだろうか。茫然《ぼうぜん》とした表情のまま果菜を見ると、彼女は笑顔を崩さないまま小さく首を振り続けていた。

「……おかしいよな？」

「まだダメかな……」

「まだって何だよ」

黒彦は広間の者たちに目を向ける。久子と時枝が無言で頷くが、それがどういう意味かは分からなかった。ウタが満足げに息をつく音が聞こえた。

「ところでお主、着物の脱がせ方は知っておるか？」

「いや、話を進めないでください」

「お、お婆様」

広間の端から雫が手を挙げて呼びかけた。

「……そのお役目、私にお任せください」

「おお、いきなりどうした？　雫」

「お婆様はお着物の着付けとお化粧は私に任せてくださいました。それならばお着物の始末とお化粧の落としも私が引き受けた方が都合良いかと思います」

「……よかろう。では末娘のお前に任せるとしよう。本来なら綾樫の者がその役を担うべきじゃ。久弥といいお前といい、孫ほどわしの思いを汲《く》んでくれて嬉《うれ》しいものじゃ」

「かしこまりました」

雫は頭を下げつつこちらに目配せする。久弥のことは分からないが、雫はウタの思いを汲んだのではなく、逆に親世代ほどウタを畏《おそ》れてはいないのだろう。黒彦と果菜は無言で何度も頷き彼女に感謝した。

20

夕食の後、黒彦は再び客間の畳に戻る。今日はもう他にやることはなく、風呂に入って寝るだけの段取りになっていた。しかしその風呂が果てしなく長い。屋敷には綾樫家と使用人と黒彦たちを合わせて十三人もいる。客人とはいえ大奥様のウタや長男の作市より先に入浴する訳にはいかないので、しばらくは待ち続けることになるだろう。

「……そういえば、大丈夫なのか？　ハテナ」

　黒彦はふと気付いて天井を見上げる。今は予想通り果菜と雫が一番風呂に入っているようだが、今さらながら果菜が人間ではなくロボットであることを思い出した。

「外見からは分からないって言ってたけど……」

　黒彦は果菜から告げられるまで、彼女がロボットであるとは全く気付かなかった。今ですら半信半疑なのも、見た目や行動からでは見分けが付かないからだ。顔を見ても、腕や足を見ても触れても分からない。しかし服の中まではどうなのだろうか。

「でも、昼に着替えているな、あいつ」

　昼間、果菜はウタの指示を受けて和服に着替えていた。もちろん一人で脱ぎ着したのではなく、雫とマリイが着付けを手伝ったのだろう。その後彼女たちにも会ったが、特に果菜の体について話してもいない。隠しごとをしている風でもなかった。

「じゃあ問題ないのか。いや……」

　果菜の首から下がどうなっているのかは知らないが、まさかいきなり金属か何かが剝《む》き出しになっているとは思えない。つまり着替え程度では発覚することはないだろう。しかし、たとえば体を洗う時にじっくり見て、しっかり触れたとしたらどうだろう。一体どこまで精巧に作られているのか。美しい黒髪を濡《ぬ》らした裸の雫が、姫君の衣装を脱いだ裸の果菜に触れている。手足を使ってはならない果菜の代わりに、雫の白く細い指先が少女の体を隅々まで洗い清める……。

「……想像しても仕方ないだろ」

黒彦は眉間《みけん》に皺《しわ》を寄せつつ赤面する。今さらそんな心配をしてどうするのか。やっぱり俺が果菜を風呂に入れるなど言えるはずもない。彼女自身も拒否しなかったのだから、きっと平気なのだろう。そういえば家にいる時も、鶴原三鳥と入浴していることがあった。天才・犬神が作り上げた最高傑作なのだから心配いらないはずだ、多分。

「そうだ、犬神さんだ」

犬神のことを思い出して黒彦は立ち上がる。こんな事態に巻き込まれた原因の半分は彼にあるが、未《いま》だに連絡もつかないままだった。しかし携帯電話も繋《つな》がらないこの村にいては彼から電話がかかってくるはずもない。こちらから連絡するしかなかった。雫の話によると屋敷の玄関前に固定電話があるらしい。黒彦は部屋の襖《ふすま》を開けて廊下へと出た。

降りしきる雪の中、赤々と燃える篝火《かがりび》の光が目に入った。

「何だ……」

黒彦は奇妙な光景に戸惑う。空は暗く、月は見えない。篝火は中庭を取り囲むように設けられている。その中央には一畳の畳が置かれ、その上に小岩のような老婆の背が見えた。その前には淵が掘っていた穴が黒い口を開いている。さらに向こうには『しぇんのん様』の黄金像がそびえ立っていた。

黄金像の足下には、白い紗《うすぎぬ》を身に纏《まと》った果菜が鎮座していた。

「ハテナ……」

「黒彦君、お待ちください」

中庭に下りようとする黒彦を男の声が制する。縁側には盛貴が険しい表情で正座していた。

「中庭に下りてはいけません」

「盛貴さん。何やってんですか、これは」

黒彦は腰を屈《かが》めて盛貴に尋ねる。彼の隣には太った体の久弥がだらしなく足を投げ出していた。

「大奥様の儀式です。生き神様のご光臨を『しぇんのん様』にご報告しているそうです」

篝火を受けた黄金像が、凶悪な顔で闇夜に浮かんでいる。こちらに背を向けているウタは、あえぐような呼吸を繰り返しながら地鳴りのような読経《どきょう》を続けていた。

「こんな寒い中で……」

黒彦は白い息を吐いて呟《つぶや》く。お祈りをする話は聞いていたが、まさかこの大雪の中で行われるとは思わなかった。『しぇんのん様』を背負う果菜は、肌が透けるほど薄い衣しか身に着けてはいない。彼女はうつむいて老婆を見下ろしているが、じっと固まったその顔は暗く、生気がないようにも見えた。

「盛貴さん、止めさせてください。このままじゃハテナもウタさんも凍死してしまいますよ」

「使用人の私が、大奥様の儀式に立ち入る訳にはいきません」

「盛貴さん！」

「うるさいなあ、黙って見てろよ」

盛貴の隣に座る久弥がぼやく。黒彦は彼を睨《にら》んで立ち上がろうとしたが、盛貴が膝《ひざ》に手を置いて押し留《とど》めた。

「ご心配には及びません。もうすぐ終わります」

盛貴は正面を見据えたまま言う。やがてウタは読経を終えると、ハテナに向かって三度頭を下げてからゆっくりと腰を上げた。

「久弥様。お願いします」

「うん」

盛貴に呼ばれて久弥はのっそりと立ち上がる。

「黒彦君。これで儀式は終わりました。これから大奥様とハテナちゃんは部屋に戻られます」

「まだ、続くんですか？」

「いえ。大奥様もお疲れでしょうから、今日のところはこれで終わりかと。ただ明日以降も何度か執り行われるでしょう」

中庭では黄金像の前で久弥が腰を屈めて果菜を背負っている。彼女はこちらの視線に気付いて目を丸くした後、少し恥ずかしそうに笑顔を見せた。黒彦は黙って頷《うなず》いてそれに応《こた》えた。

「ハテナちゃんのことは私も気を付けているので心配いりません」

盛貴は澄まし顔で言う。黒彦はその顔を睨む。

「気を付けていても、あれじゃ風邪をひきますよ」

「では着物をお召しいただくようにお願いします」

「せめて部屋の中でするように言ってください」

「大奥様がお許しになるなら……」

「そうでないと俺はハテナを連れて帰ります」

「……お伝えしておきます。では」

盛貴は話を打ち切るように会釈をすると、中庭に下りてウタの下へと向かう。そういえば、背負い役の久弥の他には綾樫家の者は誰も見当たらない。雪が降りしきる中、熱心に祈禱《きとう》するウタに付き従う者がいないところに、この家の厄介な関係性が垣間《かいま》見えたような気がした。

21

黒彦は誰もいなくなった中庭を後にして玄関へと向かう。人気のない廊下の片隅には屋敷には不似合いな白いファックス付き固定電話が置かれていた。受話器を上げて通話できることを確認すると、携帯電話のアドレス帳から犬神の携帯電話番号を探してダイヤルする。ともかく犬神には現状を伝えておく必要があるだろう。電話はコール音すらなく繋がった。

『おかけになった電話は、電波の届かない場所にあるか、電源が入っておりません』

「……何だ、まだ繋がらないのか」

旅行前から何度となく聞いたメッセージが再生される。一旦《いったん》受話器を置きもう一度かけ直してみたが状況は変わらなかった。犬神家には固定電話機もないので他に連絡手段はない。彼の身勝手さに憤っても、それを伝える術《すべ》もなかった。

「……待てよ。どこに行ってるんだ？　犬神さん」

黒彦は受話器を置いてから気付く。これまで犬神の携帯電話が繋がらなかったのは、彼が電波の届かない露壜村にいるからだと思いこんでいたからだ。しかし今日、恐らく彼がこの村にはいないことが判明した。役場の弓削も駐在の釜松も、綾樫家の者たちも彼の存在は知らなかった。それでは今、彼はどこにいるのだろうか。

「家には帰らずに、他の場所へ行ったのか？　また電波の届かない土地へ？」

一応は考えられる可能性だが、果たしてそれはどこなのか。そう言えば果菜は当初、犬神は岡山ではなく東北のどこかへ行ったと思い込んでいた。この国で携帯電話の通話圏外にある土地はどれくらいあるのだろう。

「それとも携帯電話のバッテリー切れか、故障だろうか」

　こちらの可能性も考えられる。バッテリーの充電なら露壜村を出れば何とかなるが、もし旅先で携帯電話が壊れてしまったのなら、修理するにせよ買い直すにせよ若干の手間と時間が必要となるだろう。

「何にせよ、連絡できないことには変わりないか」

　犬神の現状も気になるところだが心配しても仕方がない。こちらも三日後の木曜日まで帰宅できないが、ひとまず綾樫家に滞在していれば寝食に困ることはないだろう。今は事情が分からないが、いずれ顔を合わせて話を聞けば、何てことのない行き違いであったと判明するのだろう。そしてこちらの苦労もあっさりと聞き流されてしまうのだ。

「黒彦君」

　背後のすぐ近くから声をかけられて黒彦は体を震わせる。振り返ると、いつの間にか久子が暗い廊下に佇《たたず》んでいた。

「何をしているのかしら？」

「あ、すみません。勝手に電話をお借りしていました」

　黒彦はやや緊張しつつ返答する。間近で見ると切れ長の眼差《まなざ》しがやけに冷たく、恐かった。

「構いませんわ。でもどちらにお電話をしていたのかしら？」

「犬神さんです。夕食の時にお話ししたハテナの兄です。一応ここにいることを伝えておこうと思って。でも携帯電話にかけているせいか繋《つな》がりませんでした」

「そう……」

久子は聞いておきながら興味なさそうに返す。背後に見える中庭の篝火《かがりび》はいつの間にか消されていた。

「……ところで黒彦君。ちょっと聞いてもいいかしら？」

「はい、何ですか？」

「お母様は、あなたかハテナちゃんに何か話をしなかったかしら？」

「ウタさんが、何の話ですか？」

「そうね……たとえば家族の中で誰を頼りにしているとか、誰に家を任せたいとか。どうかしら？」

久子は言葉を濁しながらおかしな質問をする。黒彦には何を言っているのか分からなかった。

「何ですか？　特にそういう話は聞いていませんが」

「ハテナちゃんも？」

「ハテナも……ないように思います」

ハテナとウタの関係は特殊だが、見ようによっては孫と祖母の関係にも見えた。ハテナはウタの機嫌を取り、ウタはハテナを溺愛《できあい》している。ただそれだけであり、特に家族の話をしているとも思えなかった。久子は口を閉じて何か考え込むような表情を見せている。どうやら話も終わったようなので黒彦は会釈して歩き始めた。

「黒彦君」

しかし再び久子に呼びかけられる。

「……一つ、私のお手伝いをしてくれないかしら？」

「お手伝い？　はい、いいですよ。何でも言ってください」

黒彦は戸惑いつつも快く返事する。滞在させてもらっている恩があるので嫌とは言えない。久子はわずかに近付いて声をひそめた。

「……お母様にそれとなく話をして欲しいの。次の当主も決めておかないといけないって」

「次の当主？」

「綾樫家の後継者ってことよ」

久子はじっと黒彦を見る。その後素早く左右にも目を走らせた。

「お母様はお元気だけど、もう体があちこち不自由になられている。それに亡くなられたご当主様のように、私たちやそれぞれの仕事に難しい采配《さいはい》を振ることもできないのよ。だから早く次の当主を決めていただかないと困るのよ。分かるかしら？」

「……分かりますけど、それを俺が話すんですか？」

「そう……いいえ、ハテナちゃんから伝えるように仕向けて欲しいの」

久子は話しながら思い付いたような顔を見せる。

「お母様があの子を『しぇんのん様』と信じているならちょうどいいわ。あの子の言うことなら聞いてくれるでしょう。その上で次の当主は、先の当主の長子《ちょうし》にするのがいいと伝えてちょうだい」

「長子？」

「一番上の子よ」

「久作さんの一番上の子ということは、作市さんですか？」

「作市は私の弟よ！」

久子は小声ながらも語気を強める。そうだった。作市は長男だが二番目、一番上は目の前の彼女だった。本来ならもう一つ上に藤子という姉がいたが、彼女はもういない。

「つまり、久子さんを次の当主にすればいいって伝えればいいんですか？」

「そういうことよ。ただし私の名前は出さないようにね」

久子は黒彦を睨《にら》みながらはっきりと答えた。

「作市は長男だけど、ご当主様の代わりにはなれない。作滋は次男だし酒で体を壊しているから話にならない。誰が後継者にふさわしいかなんて言うまでもないことよ」

「それなら言うこともないんじゃないですか？」

「私が男だったら何も言わないわ」

久子はさらりと言ってのける。それ以上は言わなくても分かるだろうという態度に見えた。黒彦は家族や家系に詳しくはないが、歴史的に見ても家というものは長男が跡を継ぐのが一般的なのは知っている。久子はどうやら、世の慣例にならって長男作市がこの家の後継者に選ばれてしまうことを警戒しているようだ。

「分かったわね、黒彦君。手伝ってくれるわね？」

「……まあ、言うだけでいいのならそうしますが」

黒彦は久子の貫禄《かんろく》に押されてしぶしぶ頷《うなず》く。

「それだけでいいわ。あなたたちには関係のないことだから、何も気を遣わなくてもいい。ちゃんとお母様に伝えてくれたら帰る時にお小遣いもあげるわ。今度は二人で海外旅行にでも行ってらっしゃい」

久子は途端に馴《な》れ馴れしい笑みを浮かべると、黒彦の肩をぽんっと叩《たた》く。

「いえ、小遣いなんて別に……」

黒彦が断ろうとする前に、突然久子は首を上げた。

「誰ですか？　そこにいるのは」

久子の目は廊下の遠くを見つめている。そこには驚いて肩を竦《すく》めるマリイの姿があった。

「も、申し訳ございません。久子様。お話し中でしたか」

「結構です。何か用かしら？」

「はい。お風呂《ふろ》が空きましたのでお呼びに参りました。それと黒彦君のお部屋にお布団をご用意しようかと」

「分かったわ……それじゃ黒彦君、よろしくね」

久子はこちらに向かって冷たく微笑むと、そのまま背を向けて廊下を去って行く。黒彦が溜息《ためいき》をついて見送っているとマリイが近付いて来た。

「どうされたんですか？　久子様が何か仰《おっしゃ》いましたか？」

「いえ……まあ、ゆっくりしていきなさいという程度の話でした」

黒彦は何気ない口調で久子の話を誤魔化した。

「そうですか。何かお困りのことがありましたらご遠慮なく私にお申しつけください。これから黒彦君のお部屋にお布団を敷きますがよろしいですか？」

「はい、大丈夫です。俺も手伝います」

「それとお風呂のことですが、綾樫家の皆さんの後、使用人の盛貴さんの前でもよろしいでしょうか」

「はい、お気遣いなく。というか、盛貴さんの前じゃなくて一番最後でいいです」

「そうですか？　……では私と一緒に入りましょうか」

マリイは顔を近付けて小声で言う。黒彦はわずかに背中を反らせた。

「真面目な顔でからかわないでください」

「いえ。ハテナちゃんをお借りしているので、私が代わりにお世話をさせていただこうかと思ったのですが」

「あいつとはそんなんじゃありません」

「では盛貴さんの前でお願いします。私は最後にお片付けがありますからその方が助かります。お部屋に参りましょうか」

マリイが背を向けて歩き出したので黒彦も後に続く。途中でそれとなく、久子の消えた廊下の方に軽く目を向けた。彼女は綾樫家の次期当主を狙っている。それは亡き当主と同じく家族と露壜村を統べて、洋滋郎が言った『莫大《ばくだい》な遺産』を手に入れることを意味するのだろう。それがこの家にとって良い判断なのかどうかは知るところではない。ただ、皆がすんなりと納得してくれるとはとても思えなかった。

22

その日、黒彦は犬神家のリビングでソファに腰を下ろしていた。

ある秋の日曜日。目の前では犬神が分厚い本を読んでいる。果菜と三鳥は買い物に出かけておりここにはいない。もうすぐ帰って来るから待っていて欲しいと言われて、やることもないままに時間を過ごしていた。

「ん？」

黒彦はなぜかぼんやりとする頭で考える。うまく説明できないが、なぜか急に世界が変わったような気がした。いつの間にここへ帰って来たのだろう。記憶が妙に混乱している。確か自分は、露壜村にいたのではないだろうか。綾樫家の風呂に入って、布団に入って、そこから先が思い出せなくなっていた。

「どうしたんだい？　黒彦君」

黒彦の戸惑いに気付いて犬神が本から顔を上げる。白い肌に高い鼻、切れ長の目は何を考えているのか分からない。だが口元にはなぜか笑みが浮かんでいた。黒彦は思わず尋ねてしまう。

「犬神さん。これ、夢ですよね？」

「……それはものの喩《たと》えとして僕に同意を求めているのかい？　それとも真面目に質問しているのかい？」

「リアルに聞いているんです」

「もちろん、夢だよ」

犬神は当然のように答える。そうか、これは夢なのか。いつかの思い出と、現実の記憶が混じっているのだ。黒彦は踏み外しそうな夢の世界に身を留《とど》めながら、動ける内に口を開いた。

「それじゃあ言いますけど、俺たち犬神さんのせいで散々な目に遭っているんですよ」

「へえ。一体どうしたんだい？」

「それよりも犬神さんは今どこにいるんですか？」

黒彦が尋ねると犬神は不思議そうな顔で首を傾げた。無理もない。彼は今、目の前にいるのだから。

「……犬神さんに誘われて露壜村に行ったんですよ。そしたらあなたはいないし、訳の分からない屋敷に連れて行かれるし」

「訳の分からない屋敷って何だい？　変形して怪獣と戦ったりするのかい？」

「綾樫家という村一番の屋敷です。ハテナがそこの大奥様に気に入られて生き神様にされたんですよ」

「ふうん」

「おまけにそこの当主が亡くなって、家族は後継者とか遺産とかいう話で揉《も》めているんです。俺たちは無関係なのに妙なことに巻き込まれているんです」

黒彦は犬神に不満を告げる。そもそも彼が村にいないからこそ、こんな事態になったのだ。

「そうか、それは大変だね」

しかし犬神は謝るどころか同情の色すら見せずに返すと、本を閉じて机に置いた。

「相変わらず、君の周りではおかしなことが起きているんだね」

「誰のせいだと思っているんですか」

「事件体質、というものがあるんだよ」

犬神は鋭い眼差《まなざ》しを向けた。

「世の中は総じて不公平にできている。行動すると必ずアクシデントに見舞われる。発言すると必ず波紋を呼ぶ。物を買うと損をする。機械に触れると故障する。予定のある日に限って雨が降る。歩いているだけで犬に吠《ほ》えられる。それらの事件に一切関わらない人生がある一方で、不憫《ふびん》に思えるくらい災難続きの人生を送る人もいる。その違いは何だと思う？」

「……運がない、ということじゃないですか？」

「この世界に運というものは一切存在しない。そんなものは幻想であり、人の儚《はかな》い願いでしかないんだよ」

犬神は迷うことなく言い切った。

「じゃあ、確率という奴ですか？　そういった事件に高確率で当たる人、みたいな」

「その確率に深く関わっているのが、事件体質というものだよ」

「体質ですか？　まるでその人のせいみたいですね」

「その人のせいなんだよ。容姿、性格、思考、行動。それら全てが要因となって事件を引き起こしている。簡単なところで説明すると、お酒を飲まない人は飲酒にまつわるトラブルが少ない。自動車の運転をしない人は自動車事故が少ない。スポーツ選手じゃない人は捻挫《ねんざ》が少ない」

「それは当たり前ですよ」

「しかし、一見そうとは思えないシーンでも同じことが言えるんだよ。朝起きてからベッドを下りるまでの間、食事の際に咀嚼《そしゃく》する回数、人と会話する時の距離など、あらゆる行動が一瞬先の未来を決定付けている。その結果、災難に遭う確率が飛び抜けて高い人が存在するんだ」

「それが、俺だって言うんですか？」

「多分ね。少なくともある一側面では平均値よりも高いはずだよ」

犬神はなぜか楽しそうに言う。随分と理不尽な話に思えた。

「じゃあ、これまでの殺人事件も俺のせいで起きているって言うんですか？」

「違う。君が殺人事件に遭遇する確率が高いということだよ。加害者は意思を持って行動している。だが君は無意識なのに遭遇してしまうんだ」

「そんなの知りませんよ。どうすればいいんですか？」

「どうしようもないよ。神は必ず乗り越えられるだけの試練を与える、とでも思っておけば少しは元気になれる」

犬神は全く心にもない言葉で励ます。流されやすい性格だとは思っていたが、それが色々な災難を招いているのだろうか。今、自分が露壜村の綾樫家にいるのも、突き詰めると自分の体質のせいになるのだろうか。行動はどこまでも細分化されて複雑に絡み合う。およそ解明できるはずもないが、それだけに犬神にうまく誤魔化されているような気もしてきた。

「そう悲観することはないさ」

「そんなつもりはないですけど……」

「君の事件体質は何も悪い方にばかり働く訳じゃない。思わぬ幸福に遭遇することもまた事件なんだよ」

「幸福って、何かありましたか？」

「もちろん君がここにいることさ。僕たちがこうして出会えた奇跡だよ」

犬神は恥ずかしげもなく口にする。黒彦は自分の顔が赤くなっていないかと少し心配になった。

「……これは幸福なことなんですか？」

「不幸だったかい？」

「そうは思いませんけど……」

「僕はこれを非常に興味深く見ている。ハテナが君と出会ったという点でね」

「ハテナ？　ハテナに何か関係があるんですか？」

「ハテナは、いわば可能性体質なんだよ」

犬神は軽く背後の窓に目を移す。窓の向こうにはよく晴れた秋の空が広がっていた。

「僕が最初に人間を作ろうとした時にイメージしたのは、ハテナではなかった。十四歳の普通の女の子なんて作る気は全くなかったんだよ」

「……どんな人間を、作ろうとしたんですか？」

黒彦は疑り深い目を向けて尋ねる。おかしな博士が語る、嘘か真《まこと》かも分からない話。だが夢を絶ち切ってまで否定する気はなかった。

「言うまでもない。僕が最初に作ろうとしたのは、世のご多分に漏れず理想的な人間だよ。見る者全てを魅了する容姿、人類の叡智《えいち》を極めた優秀な頭脳、オリンピック選手にも匹敵する強靭《きょうじん》な体力。人が作る人間にそれを求めないはずがない。実際、そんな風に作り上げることも不可能ではなかった。しかし僕はそうしなかった」

「どうしてですか？」

「それはもはや人間ではないからだよ」

「人間ではない？」

「人間の本質は容姿や頭脳や体力じゃない。環境や状況によって変化し適応できる、およそ生物的な可能性という要素なんだよ」

「可能性……」

「僕が作りたかったのは、人がイメージできる程度の超人ではない。可能性という種が埋め込まれた、ごく普通の人間なんだ」

「それが、可能性体質のハテナということですか？」

「そう。ハテナは無限の可能性を内包している。黒彦君や他の人間たちと同じようにね。可能性がうまく展開すれば超人になれるかもしれないし、結局何にもなれない可能性もある。体格や思考を十四歳の女の子にしたのも、感受性が豊かで独り立ちもできるが、足下が定まらない年代に設定したかったからだ。僕はあえて、ハテナを未完成にしたんだ」

「……言っている内容は分かりますが、俺にはよく理解できません」

黒彦は正直に返す。犬神は当然とばかりに頷《うなず》いた。

「みんなからもそう言われたよ。理屈は分かるが理解はできない。我々はあんな子どもを君に求めた訳じゃない。それで僕は研究所を追い出されたんだよ」

「俺が理解できないのは、そういう意味じゃないです。何と言うか、人間って本当にそういうものなのかとか、ハテナがそういう人間としてふさわしいものなのかどうかとか……」

「分かっているさ。君はその辺の博士連中よりも余程賢いからね」

「そんなこともないですけど」

「奇跡の意味は分かったかい？」

「奇跡？　ええと、俺と犬神さんが出会った奇跡ですか？」

「いや。君とハテナが出会った奇跡だよ」

犬神は珍しく優しげな眼差しを向ける。あの日、夏の無人駅で出会った少女。無邪気な笑顔に無限の可能性を秘めたロボット。彼女の目の前に立った自分は……。

「……ハテナの可能性を引き出す、俺の事件体質ということですか？」

「あるいは、君の事件を解決する、ハテナの可能性体質かもしれないね。だから僕は君たちにとても興味を持っているんだ」

犬神は口を閉じて本を拾い上げる。その瞬間、足下にかすかなぐらつきを感じた。地震ではない。これは夢が終わる寸前の予兆だ。黒彦は咄嗟《とっさ》に口を開く。

「犬神さん！　教えてください。また何か事件が起きるんですか？」

「起きるだろうね、きっと」

「何が起きるんですか？」

「知らないね。ただ君たち二人がそこにいる。つまり『事件に遭遇する可能性』が非常に高まっているんだよ」

犬神はちらりと目を向けて口角を持ち上げる。その表情を見て黒彦は気付いた。これは奇跡などではない。自分が果菜とここにいるのは、彼が仕組んだ罠《わな》なのだ。

23

目が覚めると、やはり綾樫家の客間だった。

見慣れない天井と、馴染《なじ》みのない布団の感触。部屋がぼんやりと明るくなっているので、どうやら夜は明けているらしい。外に面した明かり取りの障子窓がシーリングライトのように白く光っていた。

「犬神さん……」

黒彦は布団から起き上がって呟《つぶや》く。目の奥に先ほどまでの光景がまだうっすらと残っている気がした。犬神家のリビングで犬神と言葉を交わしていた。自分はこの現状を彼に伝えて、彼は自分と果菜が持つ体質の話をしていた。

「事件体質と、可能性体質か」

聞き覚えのある話だった。犬神の話の大半は、以前に彼自身の口から聞いた内容だった。だからあれは空想やテレパシーのようなものではない。頭の片隅に残っていたかつての記憶と、昨日までの新しい記憶とが融合して、おかしな夢となって再生されたのだろう。

「どうかしているな……」

妙な照れ臭さを覚えて苦笑いする。会いたくても会えない気持ちが自分にそんな夢を見せたように思えたからだ。おまけに自分と果菜がいると事件に遭遇する可能性が高まるなどと理屈まで付けて、あたかもこの状況が自分たちのせいだと言いくるめられた。いくら何でもそれでは納得できないだろう。

「起きるか……」

壁掛け時計の針は七時ちょうどを示している。朝食は八時からと聞いていたのでもう起きておいてもいいだろう。腰を持ち上げて伸びをする。その瞬間、まるで夢の続きのように足下がぐらついた。

「ん？」

黒彦は中腰に戻って体を固める。地震ではない。夢からもう覚めている。振動は外の廊下を駆け抜ける足音だった。

『駐在の釜松さんと恋塚先生は？』

襖《ふすま》の向こうから市之介が怒るような声を響かせる。

『マリィが電話をしました。すぐに来てくれるそうです』

そう返したのは盛貴だろう。早朝にしては声のトーンが大きすぎる。黒彦はすぐさま部屋を歩いて襖を開ける。果たしてそこには市之介と盛貴と、洋滋郎の姿が見えた。

「盛貴は久子伯母《おば》さんと久弥さんを呼びに行け。洋滋郎、作滋叔父《おじ》さんはどうした？」

「ああ……多分まだ寝てるぜ。また酒飲んでたからな」

「起こしてこい」

「市之介様！　あの、大奥様はいかがいたしましょうか」

「久子伯母さんに聞け。俺はまた土蔵の方に戻っておく。母さんと雫が心配だ」

市之介は二人に素早く指示を出すと、くるりと振り返って廊下を戻り始める。元々真面目そうな顔が今はさらに険しい。黒彦と目が合っても彼は足を止めようとはしなかった。

「ど、どうしたんですか？」

「後だ！　部屋にいろ！」

市之介はそれだけ言って走り去る。黒彦が呆気《あっけ》に取られていると反対側で襖の開く音がした。見ると洋滋郎が二間離れた作滋の部屋を開けていた。

「おい、起きろ親父！　起きるんだよ！」

洋滋郎は呼びかけるが、返事はない。彼は軽く舌打ちしてからもう一度叫んだ。

「起きろ！　作市のおっさんが土蔵で殺されてるんだ！」

「え！」

黒彦は作滋に代わって声を上げた。作市が殺された。誰が、どうして。厳冬の風が屋敷の廊下を通り抜ける。雪の降る中庭では巨大な黄金像がじっとこちらを見下ろしていた。

24

綾樫家の土蔵は屋敷を出て使用人たちの部屋が続く脇道を通り抜けた先にある、広くて天井の高い建物だった。奥の半分は倉庫に使われているらしく、整列した棚に骨董品《こっとう》らしい物が一杯に収められているのが見える。入口の前は広めの机と数脚の椅子と本棚が置かれた作業スペースのようになっていた。

黒彦が洋滋郎と作滋の後に続いて訪れた時、周囲には既に時枝、市之介、雫、マリイが青ざめた顔で立ち尽くしていた。またすぐ近くには駐在の釜松ともう一人、見慣れない中年男も佇《たたず》んでいた。

「おおい、兄貴！　どうしたんだよ、おい！」

作滋が掠《かす》れた声を上げて土蔵に入る。作市は入口から見て右側の土壁にもたれかかったまま、首から下を血まみれにして息絶えていた。

「さ、作滋様。近付かないでください」

釜松が慌てて制するが、作滋はそれを跳ね除《の》けて作市に近付いた。

「兄貴……嘘だろ？　おい！」

作滋は作市に呼びかけるものの、服を濡《ぬ》らす大量の血液にためらって彼の体には触れない。土蔵の中は薄暗く、むせるような濃い血の匂いが充満していた。

「恋塚先生、父を看てもらいましたか？」

市之介は傍らに立つ中年男に尋ねる。太眉《ふとまゆ》の顔に小太りの体、ベージュのコートの下はどうやら白衣らしい。昨日雫に聞いた、マリィの父で村で唯一の医師というのが彼のようだ。

「……作市様は出血多量で既に亡くなられていました。首筋に大きな傷と、確認できた限りで体に十三箇所の刺し傷が見つかりました。凶器はまだ見つかっていません」

恋塚は低い声で伝える。その凄惨《せいさん》な被害状況に全員が息を飲んだ。

「あなた、ああ……」

時枝がその場に腰を落とす。雫が屈《かが》んで彼女を抱き締めていた。

「作市さん……」

黒彦は口ヒゲの男をじっと見下ろす。綾樫家の長男が殺された。母ウタのために、果菜とともにこの家に留《とど》まって欲しいと頼み込んだ男が、手足を投げ出して血みどろの姿で目を伏せていた。頼もしくもあった威厳はもはや一切感じられず、まるで土蔵にしまい込んだ大きな骨董品のようにも見える。作滋も彼の隣で茫然《ぼうぜん》とした表情のまま座り込んでいた。

「作市！」

入口から久子が大声を上げてやって来る。その後ろには小山のような体の久弥も続いていた。

「作市！　ああ、何てことなの……」

「ひ、久子様！　お待ちください」

「下がりなさい！　釜松」

久子は釜松を叱りつけると作市の死体に近寄り、彼の肩を揺らす。

「しっかりしなさい、作市！　何があったの？　誰にやられたの？」

「久子伯母さん！　落ち着いてください」

市之介が久子の肩を摑《つか》む。

「……父はもう、ダメなんです」

喉《のど》の奥から搾り出すような声。久子は目を大きくさせて市之介を見ていたが、すぐにいつものきつい表情に戻り立ち上がった。

「……釜松。何が起きたのか説明しなさい」

「は、はい。ええと、作市様は昨夜遅くに、ここで何者かによって殺害されたようなの.

です」

「そんなもの見れば分かるでしょ！　誰に殺されたの？」

「そ、それはまだ分かりません。俺も先ほどここへ来たばかりで、こんなことも初めてで……申し訳ありません」

釜松は整った顔を歪《ゆが》めて頭を下げる。堅物そうな駐在といえども綾樫家には頭が上がらないらしい。久子は大袈裟《おおげさ》に溜息《ためいき》をついてこちらに目を向けた。

「恋塚先生。作市は殺されたのね？」

「はい。恐らく刃物で首と体を刺されたようです。不慮の事故とは思えません。辺りの様子と血痕《けっこん》から見て、この場で襲われたことは間違いなさそうです」

恋塚は神妙な面持ちで答えた。

「誰が、誰が夫を殺したんですか！」

冷たい床に座り込んだままの時枝が顔を上げて叫ぶ。その質問には恋塚も答えられずに目を伏せる。だが久子は冷たい目でじっと彼女を見下ろしていた。

「それよりも、作市はここで何をしていたの？　夜中に来るようなところではないでしょ」

「いや、久子伯母さん。父さんはここを仕事場に使っていたんです」

市之介が答える。

「昨夜もマリイが見たそうです。そうだな」

「はい。昨夜の十一時頃に、作市様が私の部屋の前を通って土蔵へと向かわれました。私もちょうど部屋に帰る時だったんでお会いしました。仕事で整理したいものがあるから土蔵にいる。もう用事はないから休んでよろしいと仰《おつしや》いました」

マリイは震える声を抑えて話す。洋滋郎が書いた屋敷の見取り図によると、作市は時枝とともに一部屋を与えられていた。だから彼は時枝を残して、一人でこの土蔵を書斎代わりに使っていたのだろう。机の上には仕事関係のファイルやノートが残されていた。

「おいマリイ、てめぇ他に何も見てねぇのかよ」

作滋が床に座り込んだままこちらを見上げる。

「土蔵へ行く脇道は一つしかねぇ。兄貴を殺した奴だってお前の部屋の前を通ったはずだろ」

「い、いえ……何も見ていません。その、私も作市様と別れた後は部屋に入ってしまったので……」

「使えねぇな、おい。番犬でもキャンキャン吠《ほ》えるぞ！」

「申し訳ございません……」

「謝って兄貴が生き返るか！」

作滋は吐き捨てる。使用人の部屋も入口には引き戸が付いているので、閉めてしまえば気付きようもないだろう。だがマリイは反論もできず、ただ唇を嚙《か》み堪《こら》えていた。

「そんなことよりも、時枝さん？」

久子は険しい表情で時枝を見下ろす。時枝は力のない顔で見返した。

「私は、作市が深夜にこんなところで仕事をしているなんて聞いてなかったわよ」

「それは……」

「ええ。それは別に言わなくても結構です。でも時枝さん、あなたは作市がいつまでも部屋に戻って来ないことにおかしいとは思わなかったのかしら？」

「それは、いつものことだったので……」

「そう。どうせ寝ていたから気付かなかったんでしょ？」

久子の鋭い言葉に時枝は肩を震わせる。市之介が代わりに口を開いた。

「久子伯母《おば》さん。それは父さんが、いつも先に寝るように言っていたので……」

「市之介は黙りなさい！　呆《あき》れたものね、時枝さん。夫を土蔵に押し込んで、自分は屋敷で高いびきですか。あなた、何様のつもりなの？」

「そんな、私はそんなつもりじゃありません。でも夫が……」

「そりゃあ作市はそう言うでしょ。あの子は生真面目で気が小さいですからね。でもあの子だって綾樫家の男よ。それが夜中も屋敷におられず、挙げ句の果てに冷たい土蔵で殺されたなんて信じられないわ。お母様が聞いたらどう思われるでしょうね！」

「酷《ひど》い！　それとこれとは話が違います」

時枝は真っ赤になった目を見開いて立ち上がった。

「夫が殺されるかもしれないなんて分かるものですか！」

「でも現に殺されているじゃない！　あなたがちゃんと起きていれば襲われなかったのかもしれないのよ」

「大体、どうして夫が殺されたんですか？　誰が夫を殺したんですか！」

「そんなの知るわけないでしょ。強盗でも来たんでしょ！」

「いいえ！　義姉《ねえ》さんもご存じでしょう。屋敷の門は毎晩鍵《かぎ》がかけられます。周りの壁だって私たちの身長よりもずっと高いです。おまけにこの雪です。そもそもこの村で、綾樫家に押し入る者なんているはずがありません！」

「そんなの分からないわよ。どこにだって悪人はいるもの」

「土蔵の中にある物は何も盗まれていません！　誰にも知られず屋敷に入って、誰にも知られず夫を殺したのに、何も盗まずに帰るはずがありません！」

「じゃあ何のために入ったって言うのよ」

「ですから、夫を殺すために決まっています！」

「作市を？　誰が、何のために」

「……綾樫家の長男だからです。綾樫家の後継者だからです」

時枝は久子を睨《にら》みつけて言う。周囲の者は目を大きくさせた。

「な、何を言っているの？　時枝さん」

久子はわずかに目を泳がせる。時枝はいつの間にか両手の拳《こぶし》を握り締めていた。場に緊張感が漂う。

「……ご当主、久作様が亡くなられたので、次の当主を決めなければいけません。お義《か》母《あ》様ならきっと夫を、長男の作市を指名されたことでしょう。だからその前に殺されたんです。夫を次期当主にさせたくない人が殺したんです」

「おい、時枝の姉貴。そりゃどういう意味だ」

次男の作滋が座り込んだまま声を上げる。

「あんた、まさか俺が兄貴を殺したとか言うんじゃねえだろうな」

「……違います。だってあなたと夫との仲は知っていますもの。夫はいつもあなたの体を心配していましたし、あなたも夫を尊敬していました。あなたがこんな真似をするとは思えません」

「ああそうだ。じゃああんたは……」

作滋は何か言おうとしたが、呂律《ろれつ》が回らずもごもごと口籠《くちご》もる。

「時枝さん。あなた何が言いたいの？」

久子が、眉間《みけん》に皺《しわ》を寄せて時枝を睨んだ。

「私は、作市がこんなところにいるなんて知らなかったのよ」

時枝は何も言わずに久子を睨み続けている。久子は、ふんっと鼻を鳴らした。

「……それにね、時枝さん。綾樫家を継ぐのは当然私なのよ。私はご当主様の長子なのよ」

「義姉さん！」

「作市はあくまで二番目、私の弟よ。だから私が殺す理由なんてあるはずがないのよ」

久子は胸を張って答える。やはり彼女は自らが後継者になることを望んでいた。作滋が声を上げる。

「何言ってんだ。久子の姉貴は女じゃねえか」

「それがどうしたの、作滋。私はもう綾樫家に戻っているし、息子の久弥もいるわ。何も問題ないはずよ」

「やっぱり、義姉さんはそんなことを考えていたんですね」

時枝は顔を怒りで真っ赤にさせている。

「夫を殺せばどこからも文句が出ないと思ったんですね！　お義母様も義姉さんを選ばざるを得なくなると思ったんですね！」

「しつこいわね！　私は知らないって言っているでしょ！」

「私は認めません！　あなたに綾樫家を継がせるものですか！」

「口を慎みなさい！　時枝！」

「もうやめてくれ！」

市之介が張りのある声を上げて二人を制した。

「……父さんが死んだんだ。そんな話、後でもいいでしょう」

彼は目を赤くして、だが涙は流さずに堪えている。久子と時枝はその姿を見てもう何も言えなくなった。

「おお、おおお……」

背後から弱々しい犬のような声が聞こえる。皆が振り返ると、そこにはウタと、果菜を背負った盛貴が立っていた。

「作市が、作市が死におったのか……」

「お母様！」

「お義母様！」

久子と時枝は同時に声を上げる。その声が妙に揃ってしまったので二人はともに口を噤《つぐ》んでしまった。盛貴の上の果菜が不安げな顔でこちらを見る。黒彦は心配いらないと目で伝えて頷《うなず》いた。

「作市……なんということじゃ……」

ウタはよたよたとした足取りで作市の死体に近付くと、その場に崩れるように腰を落とす。作滋が慌ててその体を支えた。

「痛ましい、わしの恐れていたことが起きてしまったというのか……」

ウタはそう呟《つぶや》くと果菜の方を見上げる。乾ききった老婆の顔に小さな瞳《ひとみ》だけが潤んでいた。

「なぜじゃ、なぜご当主様に続いて作市の命までも奪われた！」

「え、ええ。そんな……」

果菜は戸惑いきょろきょろと辺りを見回す。そんなことを訴えられても困るだろう。

だが周囲の者たちは何も言えずに顔を逸《そ》らせた。

「『しぇんのん様』！　わしの祈りが足らんと言うのか！　それとももう、わしらを見捨てられたのか！　おおお……」

ウタは果菜に摑《つか》みかからんばかりに腕を伸ばす。黒彦は止めようとして近付くと、老婆はそのまま足がもつれて前のめりになった。

「危ない！」

慌てて黒彦が腕を伸ばしてウタを拾う。雫の小さな悲鳴が聞こえた。

「お母様！」

久子が身を屈《かが》める。ウタは黒彦の腕の中に倒れ込む。おおお、という呻《うめ》き声が聞こえた。

「市之介、お義母様をお部屋まで運びなさい。洋滋郎君も手伝って！」

時枝が息子と甥《おい》に指示を出す。二人はすぐさま黒彦の腕からウタを引き取った。恋塚が近付いて老婆を見つめる。

「……大奥様は布団に寝かせてください。私もすぐに向かいます。マリイも行きなさい」

「あ、はい」

市之介と洋滋郎はウタを抱えて静かに土蔵から出る。マリイもその後ろに付き従って行った。

「ひとまず、作市様はうちで引き取ろう。車の中に担架がある。釜松君、手伝ってくれ」

「は、はい」

恋塚と釜松もそう言って土蔵を出る。残された者たちは気まずそうな表情のまま、ただ牽制《けんせい》するように視線を交わすばかりだった。

25

広間で皆と軽い朝食を済ませた後、黒彦は一人で客間へと戻る。綾樫家の者たちはまだ残っていたが、息遣いすらためらう沈黙に耐えかねて逃げ帰ってきた。久子も時枝も食事以外に口は開かず、目も合わせようとはしなかった。息子の死に気が動転していたウタは再び床に就いてしまったらしい。お陰で果菜も広間には呼ばれず、朝食の膳《ぜん》も直接部屋に持ち込まれたようだ。

「とんでもないことになったな……」

布団が片付けられた床に座り黒彦は考える。昨夜遅くに起きた凶事。大きな揉《も》め事が起きる予兆は感じていたが、まさか作市が殺害されるとは思ってもいなかった。口ヒゲをたくわえた恰幅《かっぷく》の良い男の姿が目に浮かぶ。たった半日だけの付き合いだったが、彼はこの家族の中ではまだまともな部類の人間だと思い頼りにしていた。

「犯人が、どこかにいるのか」

作市は首と体を刃物で滅多刺しにされていた。暴漢や強盗に襲われたのか。だが時枝の話によると屋敷の門には鍵《かぎ》がかけられていた。取り囲む壁も高く、雪も降っていた。土蔵に行くには盛貴やマリィの部屋の前を通らなければならない。そもそも都会ならいざ知らず、ここは外界から隔絶された田舎村だ。釜松も村の者は皆顔見知りだと話していた。

「それだけじゃない」

何よりも、今この屋敷は人で溢《あふ》れている。昨夜は作市を含めて総勢十三人もいた。洋滋郎や雫の話によると、普段は亡き当主久作とウタ、使用人の盛貴とマリィの四人しかいないというのだから、どちらの方が強盗に入りやすいかは考えるまでもないだろう。さらに、これだけの大所帯であることは村民全員が知っている。昨日の午後に村民総出で葬儀が執り行われたからだ。つまり強盗にせよ何にせよ、昨日の夜に外部から屋敷に侵入して悪事を働くなどどう考えても無謀だった。

「じゃあやっぱり、綾樫家の者が……」

黒彦はにわかに不安を抱く。屋敷内の者であれば誰でも土蔵へと向かい作市を殺害する機会はあっただろう。古い日本家屋なので耳を澄ませば隣の者の声は聞こえる。廊下を歩けばミシミシという家鳴りもする。だがそれゆえに、お互いのプライバシーには干渉せず、興味も持たないという心構えのようなものが存在していた。黒彦にしても、昨夜に部屋の前の廊下を歩く者がいたかどうかはよく覚えていない。誰かの部屋に行った者もいるだろうし、夜中に起きてトイレに向かった者もいるだろう。眠ってしまってからはもちろん何も聞こえなかった。

「綾樫家の後継者と遺産を狙って、作市を殺したというのか」

土蔵での時枝の言葉が耳に残っている。夫を次期当主にさせたくない人が殺した、彼女の目は間違いなく久子に向けられていた。当主久作の次女にして長子。久子の部屋は屋敷の奥にあるが、厨房《ちゅうぼう》側の廊下を通れば息子である久弥の部屋の前を横切るだけで外へと出られる。土蔵へと続く脇道で盛貴やマリィに見付かる危険性はあるが、あのきつい目と言葉で黙らせることもできるだろう。あの使用人たちは綾樫家を過剰なほど恐れていた。

「しかし、本当に久子さんが作市さんを殺したのか？」

もっともあり得そうな動機と行動ながら、黒彦は若干の疑念を抱かずにはいられなかった。昨夜、廊下で交わした久子との会話が思い出される。そこでも確かに彼女は綾樫家の次期当主を狙っていたが、その方法はあくまで果菜を使ってウタを説得することだった。決して実の弟を殺害してまで地位を奪おうとは考えていなかったはずだ。

「久子さんでないとすれば、作滋さんだろうか」

綾樫作滋。当主久作の次男であり、長男作市の弟。痩《や》せて顔色も悪いが、粗暴で口うるさい男。久子は彼について、酒で体を壊しているから話にならないと言い切っていた。

また時枝も彼について作市と仲が良かったと言っていた。だが作市がいなくなれば、彼にも次期当主の座に就く可能性が高まるのも事実だ。久子と比べれば力もあるだろうから、刃物での殺害にも向いている。そうなると、作市の死体を前に取り乱していた彼の姿は、家族を騙《だま》すための演技だったのだろうか。

「……いや、こんなものは全部推測だ」

頭の中で推理をざっと拭《ぬぐ》い去る。たった一日だけの観察で彼らの立場と思考と行動を想像することなどできるはずもなかった。所詮《しょせん》、自分は部外者の客人だ。綾樫家の者でもなければ、露壜村の者でもない。関わるべき事件でもなければ、頭を悩ませるべき問題でもなかった。体を反らせて、そのまま畳に倒れる。今、何時だろうか。部屋に壁掛け時計があるにもかかわらず、癖のように携帯電話を探してしまう。

「……バッグがないぞ」

はっと気付いて体を起こす。いつの間にか自分のバッグが部屋のどこにも見当たらなくなっていた。朝にはあったかと思うが、すぐに騒動に巻き込まれたのでいまいち記憶が定かではない。立ち上がって押し入れの襖《ふすま》を開けたが、そこにも布団以外には何も入っていなかった。朝食の間に盛貴かマリイが布団を片付けてくれたようなので、ついでにバッグも押し入れに入れたのではないかと疑ったのだ。部屋の外で誰かが廊下を歩く音が聞こえる。小走りになって廊下へと出ると、マリイの背中が見えた。

「マリイさん」

「は、はい。ああ、黒彦君」

マリイは驚いて振り返る。

「どうかされましたか？」

「部屋にあった俺のバッグって知りませんか？」

「え？　ありませんか？」

マリイは客間に入ってきょろきょろ見回す。

「本当ですね……確かにお持ちでしたのに」

「手ぶらじゃ来ませんよ。布団を片付ける時に見かけませんでしたか？」

「いえ、今朝は私ではなく……」

「マリイ」

続けて廊下から声がかかる。開けっ放しの襖の向こうに盛貴が立っていた。

「広間にお茶をお出ししてくれ……どうしたんだ？」

「ああ盛貴さん。今朝ここのお布団を片付けていただきましたよね。黒彦君のバッグをご存じありませんか？」

「バッグ？　ないのか？」

盛貴は初耳のように目を大きくさせる。

「黒彦君。どこかに置き忘れたということはありませんか？」

「いえ、それなりに大荷物だし、他人のお宅なのでそんなことはしていません。布団を片付ける時には気が付きませんでしたか？」

黒彦が尋ねるが盛貴は刈り込んだ頭を撫《な》でつつ首を振る。

「覚えがありません。今朝はそれどころではなかったので……」

盛貴はそう言ってマリィの方を向く。

「そう、それどころじゃないんだ。マリィ、お茶の支度を」

「あ、はい」

マリィは慌てて部屋を出る。盛貴は黒彦に目を移す。

「黒彦君。この件はちょっと待ってくれないか。後で必ず見つけるから」

「いいですけど……屋敷の誰かの仕業でしょうか？」

「……きっと何かの手違いだろう。じゃ、また後で」

盛貴はそう言うなりさっさと部屋を出て行った。どうやら使用人二人は綾樫家の世話で手一杯のようだ。黒彦はもう一度丹念に部屋を探すが、やはりバッグは見当たらない。そもそも見逃すほど小さい物でもなかった。

「何なんだ、一体……」

単なる手違いとは思えないのは、今朝の事件があるからだろうか。だが、誰かが盗んで得をするような物など入れた覚えもなかった。黒彦は得体の知れない気味悪さを覚えて眉《まゆ》をひそめる。腹立たしさや恐怖よりも、ただ奇妙だった。

26

襖を開けると今日も雪がちらつく中庭が見える。屋敷内は静まり返っているが、それだけに張り詰めた緊張感を抱かずにはいられなかった。黄金像の向こうに見える広間は襖がぴったりと閉じられている。その奥では長男を失った綾樫家の者たちが顔を突き合わせているはずだ。

「入れる雰囲気じゃないな……」

さすがにあの襖を開けてバッグの在処《ありか》を聞いて回る度胸はない。また彼らが客人のバッグを知っているとも思えず、もし知っていても盛貴のように後回しにされるだけだろう。黒彦は廊下を左回りに歩き始める。洋滋郎、作滋、角を曲がって雫、市之介、そして作市と時枝の部屋が並んでいる。誰にも見付からずに出歩くのが難しい一方で、誰が出歩いていても怪しまれない状況とも言える。密室殺人の逆を何と言うのかは知らなかった。

「……ハテナ、いるか?」

廊下の突き当たりの部屋の襖に向かって声をかける。しばらくすると、そっと襖が開いて少女が顔を出した。

「お、クロちゃんだ。どうしたの?」

「やることがないから寄ってみた。何かしているのか？」

「なあんにも。入って入って」

果菜は襖を開けて黒彦を招き入れる。部屋にはかすかな香の匂いと化粧品の匂いが感じられた。

「隣の部屋でウタ婆ちゃんが寝ているの。だから静かにね」

果菜は小声で言うと、畳に寝転んで座布団を枕にする。どうやら本当に何もしていなかったようだ。黒彦もその場に腰を下ろした。

「だらけてるな」

「だって、あのお着物って重いんだよ。知らないでしょ」

「それもそうか。ご苦労さんだな」

「あー、畳っていいなー」

果菜はごろごろと転がる。今はウタの目から離れているせいか、着物ではなく自前のセーターに厚手のスカート姿だった。

「ウタさんの調子はどうだ？」

「お薬飲んで寝ちゃった。恋塚先生の話だと平気だって。起きたら落ち着くだろうって言ってたよ」

「そうか。良かったな」

「ねえ、クロちゃん」

果菜はこちらまで転がって来ると、なぜか黒彦の膝《ひざ》をかりかりと掻《か》いた。

「作市さんって殺されたの？」

「そうらしいな。首や体を刺されたらしい」

「僕のせいで？」

「……ウタさんが言ったのか？」

「僕のせいとは言わなかったけどね。なんで助けてくれなかったのかって」

「これも呪いだって言いたいのか？　そんな訳ないだろ」

黒彦はウタの部屋へと繋《つな》がる襖に向かって言う。

「大体、呪いが包丁やナイフを持って人を襲うのかよ」

「だよねー」

果菜は黒彦の膝の上まで転がり上がって、寄りかかる。倒れそうになったので背中の後ろで手を突いて凌《しの》いだ。

「……じゃあ、誰が殺しちゃったの？」

「そんなの、俺が知るかよ」

「お屋敷の外からここへ来るのは大変だよね。じゃあまさか、盛貴さんかマリイちゃんなの？」

「どうしてその二人なんだよ」

「どうしてって、家族じゃないから。淵のおじさんもかな」

「……家族だから容疑者じゃないって決め付けるのもおかしいだろ」

黒彦は果菜を見下ろす。常にウタとともに行動させられている彼女は、この家の家庭事情は何も知らないようだ。果菜はじっとこちらを見上げている。

「……クロちゃん。なんか知ってるでしょ」

「知らねぇよ」

「ウソだ。僕に内証で誰かに何か聞いたんでしょ。だからここの人も怪しいって思っているんでしょ。誰？　誰が怪しいの？」

「普通の感覚だよ。それに、みんなあまり仲が良さそうじゃないのはお前も知ってるだろ」

推測だけで語るのは良くない。後継者問題が作市の殺害に関係しているかどうかもまだ分からなかった。果菜は不満げに頬を膨らませると、そのまま黒彦の膝の間に顔を埋めた。

「ウソだー！　絶対なんか知ってるんだー！」

「おい、大声出すなよ」

「大声出しちゃダメだからここで出してるのー！　王様の耳はロバの耳ー！」

「やめろって！」

腿《もも》の内側がくすぐったくて腰を上げる。果菜はそのままごろごろと畳に転がった。その音の大きさに驚いて二人はぴたりと止まる。

「……暴れるなよ、ハテナ」

「……クロちゃんが悪いんだよ」

「ウタさんが起きたらお前また忙しくなるぞ」

二人は息を潜めて待つが、隣の部屋から物音は聞こえてはこない。薬で眠っているので少々の騒がしさで目覚めることはないのだろう。果菜も座布団の上に大人しく座り直す。その後ろには鏡台や化粧台、着物を吊《つる》した衣桁《いこう》などが置かれていた。

「そうだハテナ。お前の部屋にはバッグはあるか？」

「ん？　何のバッグ？」

「お前が持って来た奴だ。ちょっと気になることがあったんだ」

「どうしたの？　バッグならちゃんとここに……ないよ」

「え？　ないのか？」

黒彦は驚きつつも小声で尋ねる。果菜は首を回しながら瞬きを繰り返していた。

「あれれ？　どこへやったっけ？　マリイちゃんがしまってくれたのかな？」

果菜は鏡台の陰や押し入れの中などをあらためる。その姿はまるで、数十分前の自分の姿を見ているようだった。

「ないのか？　ハテナ」

「……ない。おかしいね」

「俺のもないんだ。部屋からなくなっていたんだ」

「えー、なんでなんで?」

「分からない。盗まれたんだと思う」

「誰に?」

「それを知っていたら、盗まれたとは言わないな」

「そんなの困るよー」

果菜は諦《あきら》めて座布団の上に戻る。まさかと思った事態が起きていた。これはもう物忘れや手違いなどではない。

「マリイさんも盛貴さんも知らないって言っていた。昨日の深夜か、今朝に誰かが忍び込んだんだ」

「朝じゃない?僕、起きた時には見た気がするよ。だから、盛貴さんにおんぶされて土蔵に行っていた時だと思う。僕が部屋にいなかったのはその時だけだよ」

「そうか、朝食はこの部屋で済ませていたな。しかし……」

黒彦は朝の出来事を思い返す。起き抜けに市之介たちの声と物音に気付いて、そのまま作市の殺害を知って土蔵へと向かった。盛貴は久子と久弥の部屋に行き、恐らく久子の指示を受けてウタと果菜を起こして連れて来た。その頃、土蔵ではそれ以外の者たちが集まっていたが、果たして全員が動かずにそこにいたかどうかは覚えていない。一人や二人が屋敷に戻っていたとしても気付かなかっただろう。

「一つ確実に言えることは、屋敷内の誰かの仕業ということだ。混乱していたけど、部外者が入れば誰かが気付くだろう。それに俺やハテナの部屋をあらかじめ知っている奴じゃないと探し出せないだろうから」

「でも何で盗んだの？」

「そこだよな。大事な物でも入っていたか？」

「入っていたよ、お財布とか」

「俺もだ。旅行だからある程度は持っていた。でも盗むほどじゃないだろ」

高校生と中学生の財布なんてたかが知れている。しかもバッグごと盗む必要もない。

「ケータイは？」

「そりゃ高価だろうけど、それこそ他人が盗む物じゃない。それにこの村じゃ電波も届かない。しかし、貴重な物なんてそれくらいだよな」

「あと、ぱんつも」

「それは、まあ、ハテナのは貴重かもしれないけど……」

「あ、もしかしてクロちゃんが盗んだの？」

「そんな訳ないだろ」

黒彦は冷たく返す。分からない。一体この屋敷で何が起きているのか。果菜を生き神様と崇《あが》める老婆、後継者問題で揉《も》める家族、殺害された長男、盗まれたバッグ。それでいて、自分たちは部外者だ。広間での話し合いにも参加できなければ、作市殺害に口出しすることも憚《はばか》られた。

「ハテナ……」

「ふい？」

「……この屋敷から出よう。この村からも出よう」

黒彦は果菜の目を見て小声で言う。彼女は驚いた様子でさらに顔を寄せた。

「……いいの？」

「このままいると、もっとややこしい事態に巻き込まれそうだ」

事件体質と可能性体質。犬神の話を鵜《う》呑みにする気はないが、避けられる事件にまで関わる必要はない。

「昨日、釜松さんが車で市内まで行ってくれる話があっただろ。それをもう一度頼もう」

「バッグはどうするの？」

「盗まれたものは仕方ない。ケータイがないのは辛《つら》いけど、帰る金は俺の叔父《おじ》さんに頼めばなんとかなる」

「作市さんの事件は？」

「俺たちには関係ない」

「ウタ婆ちゃんは……」

「放っておけよ。作市さんが殺されたのもハテナのせいだって言い出す人だぞ」

黒彦が最も不安を抱いているのはそのことだった。老婆は家の呪いを祓《はら》うために果菜を崇めている。それだけに、自分の祈りが通用しないと知れば逆恨みされる危険性があった。

「ハテナの気持ちも分かるが、後はあの家族が解決する事件だ。可哀想だなんて言ってる場合じゃない」

「そうだよね……」

ハテナはウタの部屋の方を見つめた後、こちらを向いて頷《うなず》いた。

「分かった。じゃあ行こっか」

「よし」

黒彦と果菜は立ち上がると静かに廊下側の襖《ふすま》を開ける。幸いにも家族や使用人の姿は見えなかったので、そのまま小走りで廊下を渡ると玄関を出て屋敷を後にした。

27

雪はちらついているが傘をさすほど激しくはない。黒彦と果菜は誰にも姿を見られない内に、屋敷の前の坂道をやや早足で下り始めた。昨日は盛貴の車で来たので歩きとなると少し距離がある。だが役場や駐在所までは全て下り坂なので疲れて辿《たど》り着けない道のりではなかった。

「なんだか寂しい村だね。お葬式や殺人事件があったからそう見えるのかな」

コートのフードをすっぽり被《かぶ》った果菜が坂の途中から村を見下ろす。昨日と何も変わりはないが、雪が降っているせいか村民の姿はさらに少ない。白く広い田畑と、身を寄せ合うように立つ家屋。遠くの山裾《やますそ》にぽつりと見える寺。名実ともに寒村と呼べる風景だった。

「でも春になるとお花が咲いて綺麗《きれい》かも」

「……犬神さんに、昨日電話を掛けてみた」

「お？　どうやって？　ケータイ使えたの？」

「屋敷に固定電話があったんだ。でも繋《つな》がらなかった。犬神さんの方も圏外にいるみたいだ」

「お家には帰っていないの？　あれ、じゃあまだこの村にいるとか？」

「それはないと思うが、分からない」

「うーん、お兄さん雪に埋まっちゃったのかなあ」

果菜は民家の塀に積もった雪を手で削《そ》ぎ落とす。雪に埋まったとは思えないが、何かしらのトラブルに巻き込まれた可能性はある。もしや犬神は帰宅もできず、携帯電話も使えない状況に陥っているのだろうか。にわかに不安を覚えるが、寂しがっている少女には黙っておいた方がいいだろう。

村民とも顔を合わせずに駐在所へと辿り着く。昨日と同じく引き戸を開けて中へと入るが、所内もまた昨日と同じく薄暗く、誰の姿も見当たらなかった。

「あれー？　釜松さんいないよ」

「おかしいな。今朝は見かけたのに」

黒彦は人気のない所内を見回す。作市の殺害現場に立ち会っていた彼は、久子に叱られたり恋塚とともに死体を土蔵から運び出したりしていた。その後再び現場に戻って細かく調べていたようだが、黒彦たちは朝食に呼び出されて屋敷内へと戻った。それ以降、彼の姿は見かけなかった。

「てっきり駐在所に帰っていると思ったけど……」

「クロちゃん、釜松さんって一応警察の人なんだよね？」

「一応じゃなくて警察の人だろ。ちょっと頼りないけど」

「じゃあ、みんなに聞き込みでもしているんじゃない？」

「あ、そうか」

黒彦は当たり前のことを思い出す。そうすると彼は今、屋敷の広間で綾樫家の者たちと対面しているのかもしれない。

「……参ったな。最近は行き違いばかりだ」

「どうしよう。お屋敷に戻る？」

「いや、それはまずいだろ。もう綾樫家の人と顔を合わせたくない。それにそんな中で釜松さんに会っても、車で送ってくれなんて言えそうにもない」

「……何をしてるんだ？　お前さんたち」

背後から呼びかけられる。振り返ると黒縁眼鏡の中年男、弓削がこちらを覗《のぞ》いていた。

「あ、弓削のおじさんだ」

「弓削さん、釜松さんはどこへ行きましたか？」

「どこって、綾樫家だろう。お前さんたちも知っているんじゃないのか？」

「ああ、やっぱり……」

「おじさん。またここのストーブ使ってもいいかな？　寒いの」

「守を待つのか？　それなら役場に来い」

弓削はそう言うなり背を向けて歩き出す。黒彦と果菜もその後に続いた。

「引き戸は閉めておいてくれよ」

「弓削さんは、今朝のことを知っているんですか？」

「守に聞いた。駐在所を離れるから見ておいてくれってな。そろそろ村中にも広まっている頃だろう」

「村中？　弓削さんが広めたんですか？」

「まさか、そんな畏《おそ》れ多いことができるか。でも狭い村だ。噂話なんてすぐに伝わる」

駐在所の引き戸は閉められても、人の口に戸は立てられないということだろうか。この分だと自分たちの存在や、果菜が生き神様として綾樫家に招かれたことも既に知れ渡っているのだろう。三人は駐在所の隣にある役場に入る。ずっと弓削がいたらしく、ストーブの火で部屋は充分暖まっていた。

「あったかーい、良かったー」

「すみません。お仕事中じゃなかったんですか？」

「仕事なんてないさ。その辺に座れ」

弓削は二人にソファを勧めて、自分は灰色の事務椅子に腰を下ろした。

「生き神様のお勤めは終わったのか？」

「終わっていません。勝手に抜け出してきたんです」

「勝手に？　おいおい、そりゃまずいだろ。屋敷に伝えておいた方がいいんじゃないか？」

「いいんです。今朝、何があったか釜松さんから聞きましたよね？」

黒彦が言うと弓削は眉間《みけん》に深く皺《しわ》を刻んだ。

「……作市様が亡くなられたそうだな」

「殺されたんです、何者かに」

「何でまた、そんなことに」

「俺も分かりません。ただ、綾樫家の中で何か揉《も》め事があったんじゃないかと思います」

「お、おい、滅多なことを言うな」

弓削は戸惑いながら小声で言う。

「そういうこともあって、俺たちは屋敷から出ることにしたんです。これ以上いてもきっと迷惑になると思って」

「気持ちは分かるが、しかし……」

「弓削さん。釜松さんに頼んで、この村から出させてもらってもいいですか？」

「村を出るのか？」

「昨日はそうなるはずでしたよね。盛貴さんたちに止められましたけど」

黒彦が訴えると、弓削は喉《のど》の奥で唸《うな》った。

「……昨日はそう言ったが、今日はそういう訳にもいかんだろ」

「なぜですか？　釜松さんが忙しいなら、別の方にお願いしてもいいんですが」

「そういう意味じゃない」

弓削はきっぱりとそう言った。

「この村は月曜日と木曜日に定期バスがくる。なぜかと言うと、その日の朝に除雪車が通って道を作るから運行できるんだ。だからバス以外の車、俺たちの自家用車もその日だけしか使えない。その他の日は道も雪に埋まってしまうんだ。今日も昨日から降り続いているからかなり積もっているだろう」

「そんな、何とかなりませんか？」

「それにな、黒彦君」

弓削は眼鏡越しに黒彦を見る。その目には少し迷いの色が浮かんでいた。

「君たちは綾樫家の断りもなく勝手に屋敷から出て来たんだろ？　それを俺や他の奴らが村から出す訳にはいかないんだよ」

「綾樫家に叱られるんですか？」

「その程度で済むまい。綾樫家に逆らえば村八分にもされかねん」

「村八分？」

「都会の者にそんな慣習はないだろうな。周りとの付き合いを絶たれて、結果的に村を追い出されることだ。ここは寂れた農村だ。水を引くにも稲を刈るにも人手がいる。俺も釜松も、みんな兼業農家だ。みんなで分け合って、協力し合わないとやっていけないんだよ」

「そんな……」

「だからな、悪いがお前さんたちをこのまま帰す訳にもいかないんだよ」

弓削は落ち着いた口調で静かに語る。その言葉にはこの村に深く根付いた重苦しい歴史のようなものが感じられた。綾樫家の支配と、一族への畏れ。村外との関わりも多い役場の弓削からしてそうなのだから、他の村民たちも頼りにはならないだろう。

「綾樫家に戻ってくれるなら、今はここにいてもいい。気兼ねせずにゆっくりしていけ」

弓削は昨日と打って変わって親切な態度を見せる。黒彦は複雑な思いを抱きつつ、ソファにもたれて背を伸ばした。

「……屋敷に戻ったら、俺も叱られるかもしれないんです」

「なぜだ？　勝手にその子を連れ出したからか？」

「生き神様を連れ出した。しかも足を使って歩かせた」

「大奥様はそこまで……」

「クロちゃんがおんぶしてくれたことにすればいいじゃん」

「……そんな言い訳をするのも癪《しゃく》だな」

　果菜がこちらにいる限り、ウタもあまり責めたりはしないだろう。とはいえ、やはりそこまで気を遣う屋敷に帰りたくもなかった。

「ねえ弓削さん。これってこの村の地図なの？　見てもいい？」

　果菜はテーブルに置かれたファイルを開いている。A3版くらいの大きな紙には、真上から見た露壜村の全景が手描きで描かれていた。

「でもこの村に地図なんているの？　みんな知ってるんでしょ？」

「もちろん道も場所も知っている。そこには家と世帯主が書かれているんだ」

　黒彦は果菜が広げた地図にちらりと目を向ける。右下にバス停となっている村の入口があり、その近くにこの役場がある。隣には釜松の駐在所があり、やや離れたところにある大きめの建物には『恋塚登志彦《としひこ》』という名前が書かれていた。

「この恋塚登志彦さんって、医師の恋塚先生のことですか？」

「そうだ。今朝会ったのか。そこは病院だよ」

「マリイちゃんのパパちゃんだね」

地図には木の枝のような道が伸び、その周囲に家屋が立ち並んでいる。田畑らしき広いスペースにも名前があるのは土地の持ち主ということだろう。離れた右上にぽつりと『連水寺』という寺があり、その隣には広い『墓地』があった。

「弓削さんは、『しぇんのん様』を知っていますか？」

「綾樫家が信仰している神様だろ。中庭に大きな像があると盛貴が言ってたな」

「どういうものかは知らないんですね？」

「ああ、中までお伺いしたこともないからな」

「僕知ってる。鬼だよ、金ぴかの鬼。角があるの」

果菜は頭の上で指を立てる。弓削は少し眉《まゆ》を持ち上げた。

「鬼がおるのか？」

「いや、鬼じゃなくて神様だそうです。市之介さんが言っていました」

黒彦が訂正する。

「そうそう。僕、ウタ婆ちゃんに聞いたの。何で神様なのに角があるのって」

「勇気あるな」

「そしたら、あれは角じゃなくてコブなんだって。賢い神様だから頭が出っ張っているんだって」

「へえ、物は言い様だな」

「だからお兄さんの頭にもきっとコブがあるよ。賢いからね」

そういえば犬神はよく山高帽を被《かぶ》っているが、あれはコブを隠すためなのだろうか。

地図の左上、連水寺と対を成すような場所には広い敷地があり『綾樫久作』という名前が書かれている。これが綾樫家だ。その奥にはさらに広大な楕円《だえん》状の空白があり『露壜《ろびん》湖《こ》』と書かれていた。黒彦は弓削に尋ねる。

「この露壜湖って湖ですか？　露壜村という名前もそこからきたんですか？」

「そうだ。雨露を湛《たた》える壜だから露壜湖。その麓《ふもと》の村だから露壜村だ」

弓削は当然のように語る。なるほど、ちゃんと由来があるものだ。露壜湖からは村を横断するように川が伸びている。だがその手前には、まるで川をせき止めるかのように綾樫家の敷地が広がっていた。

「……綾樫家が栄えたのもその水のお陰だ」

「それはつまり、飲み水や田畑に流れる水を彼らが支配していたからですか？」

「なかなか分かっているな。飲み水は昔から井戸があるし今は水道が通っている。だが田圃《たんぼ》の水は今もそこから引いている。支配というか管理、綾樫家は水利権の元締めなんだよ。しかし栄えたというのはそれだけじゃない」

「他に何か？」

「綾樫家は薬を作っていたんだ。山の薬草と露壜湖の水を使った万病に効く薬水、名前もそのまま『露壜《ろびん》』。それが村外で大いに流行《はや》ってあの家は大金持ちになられたんだよ」

「そういえば、久子さんは健康食品やサプリメントの会社を経営されていると聞きました。元は久作さんから譲られたとか」

「ああ。『露壜』作りの名残だろう。今は他にも手広くやっておられるようだな」

露壜村と綾樫家の背景が徐々に見え始めてくる。山奥の村の名家に過ぎなかった綾樫家は『露壜』によって巨万の富を築いた。だから二十一世紀になっても村と村人たちに大きな権勢を誇り、昔ながらの地位を保てているのだろう。

「クロちゃん！　見てこれ！」

突然、果菜が地図の右辺りを指さす。いくつか並んだ家屋には、それぞれ表札のように名前が書かれていた。

その中の一件に『香具土融』という名前を見つけた。

「……かぐつち？　かぐつちゆう？」

「とおる、だ。香具土融《かぐつちとおる》。よく苗字《みょうじ》が読めたな」

弓削がさらりと指摘する。黒彦は彼と地図とを交互に見た。聞き覚えのある名前。暗い記憶が甦《よみがえ》る。

「クロちゃん、これってあの香具土なの？」

「……弓削さん、この香具土さんって、どういう方ですか？」

「どういう方って。普通の男だよ。村で唯一の電器屋だ」

「香具土、深良《ふから》って人は知りませんか？」

「深良？　いや、そんな奴はいないぞ。嫁と娘がいるだけだ」

「今じゃないんです。もっと昔、明治時代とかの話です」

「明治だって？　俺もそこまでは知らないよ」

弓削は黒彦たちの反応に戸惑う。黒彦はようやく、自分たちとこの村との接点を見つけたような気がした。

「……これか。犬神さんが俺たちを村に呼んだ理由は」

「きっとそうだよ！　行ってみようよ、クロちゃん」

果菜は嬉《うれ》しそうにソファを立つ。黒彦も地図を頭に叩《たた》き込んで頷《うなず》いた。弓削だけは訳が分からずにしきりと瞬きを繰り返していた。

28

明治から大正時代にかけて生きた、一人の建築家がいた。

香具《か ぐ》土深良《つちふから》。魔術師と呼ばれた男だった。

文明開化以降、人も街も急速に欧米化が進められていたこの時代。香具土深良は、当時としては珍しい日本人の西洋建築家として知られていた。欧米の街並みに強く心を惹《ひ》かれた彼は、欧州を巡る旅に数年を費やした後、彼の地《か》の精神と建築技術を身に付けて帰国。以来、木材資源はいずれ枯渇し自然環境を破壊すると訴えて、硬く冷たく、美しい石造建築の普及に努めた。

香具土の建築は一時業界でも話題になった。だがその評価は独創的、あるいは芸術的という枠に押し込められてしまい、建物としての一般的な価値はほとんど認められなかった。『木造家屋を一掃する』という彼の主張が反感を買ったとも言われている。だが最も彼と彼の作品に対する評価を決定付けたのは、『呪われている』という噂によるものだった。

香具土が渡欧先で習得したものは建築術だけではなかった。怪しげな魔術。暗闇と『そこに棲《す》むもの』を操る呪術《じゅじゅつ》にも傾倒し、己の作品との融合を目指した。彼にとって建物とは、所有者の精神世界であり、意思の増幅装置であった。明るく清潔な建物には温かな家庭が生まれ、暗く冷たい建物には不幸な人々が身を寄せる。彼はそれを証明すべく、作品に憎悪、憤怒《ふんぬ》、復讐《ふくしゅう》、嫉妬《しっと》など人の持つ闇の力を増幅させる魔術を施した。ネガティブな力こそが最も強大であり、明確な証拠を示すことができる手段と信じていた。

香具土の活動が正しかったかどうかは分からない。幸福の祈りではなく不幸の呪いを用いたのは、結論を急ぎ過ぎたとも、才能の限界だったとも言われている。ただその効果は、恐らく彼の予想を遥《はる》かに上回る結果をもたらしていた。建物内で起きた原因不明の火災や、局地的な大地震。理不尽な強盗殺人や不可解な突然死など、所有者には不幸が付きまとい、次々と厄災に見舞われた。彼の主張は証明された。だが世間は彼の作品を『呪われている』と噂し、彼自身には人の不幸に歓喜する下劣な怪人という悪評を下した。

以降、香具土は世俗を離れて、ただ自身の作品に没頭するようになった。より強力な魔術を作品に施した『魔造建築』の完成を目指した。現在、彼の作品はほとんど遺《のこ》されてはいない。度重なる不幸と、後に起きた戦争の爆撃などによりその多くは破壊されてしまった。それが望んでいた状況だったのか、求めていた結果だったのかは、もう誰にも分からない。彼は何も語らないまま、最期は一人、精神世界と称した自身の建物の一室で首を吊《つ》り命を絶った。

香具土深良は死に、遺された作品も風化しつつある。だが彼が施した百年の呪いは、未《いま》だ祓《はら》われることなく新たな死を生み続けていた。

巨大な悪魔の像と十二星座を収めた洋館、魔神館。

校舎の内部に眠るもう一つの校舎、転空学舎《てんくう》。

白鷹黒彦と犬神果菜が体験した陰惨な殺人事件がそれを証明していた。

29

香具土融の家は村のやや外れにある木造平屋の家屋だった。白い雪を乗せた大きな屋根と黒ずんだ板壁が田舎の風景に良く馴染《なじ》んでいる。外観からはこの村に建つ他の家々と変わらない、ごく普通の建物だった。空は今朝からずっと同じ灰色で、今の時刻もよく分からない。多分もう昼は過ぎているだろう。

「ごめんください」

黒彦は家の前で緊張気味に声を上げる。呼び鈴が見当たらないのでこうするしかなかった。しばらく待っていると、家の中から返事が聞こえて引き戸が開く。現れたのは眼鏡をかけた品の良さげな中年の女だった。

「はい。あら、あなたたちは……」

女は思いがけず優しい笑顔で二人を見る。やはり何か知っているのだろうか。

「……生き神様ですよね？」

「え？　ああ……」

「そうだよー」

果菜はニッと笑って手を振る。どうやら村中に知れ渡っているようだ。

「綾樫様がお家に招かれたと聞きましたけど、うちにもお裾《すそ》分《わ》けに来てくださったんですか？」

「い、いや、そういう訳じゃないんですが」

「まあ、ともかくどうぞ入ってください。寒かったでしょう。お茶でもお淹《い》れいたします」

女はそう言うなり黒彦たちを家に招き入れる。魔術師・香具土深良の親族かと思って少し警戒していたが、女の方からばかに丁寧な扱いを受けてしまった。

「あの、ここって香具土さんの家ですよね？」

「ええそうです。私は香具土玲子《れいこ》と申します。どうぞお掛けになってくださいね」

玲子は忙《せわ》しなく動き回っては、居間に座布団を置いたり台所でお湯を沸かしたりする。

家の中もよくある普通の居間と変わらなかった。柱や壁は古いがタンスはやけに新しい。畳はまだ綺《き》麗《れい》な方だが、長年使い続けているらしいキャラクター物のクッションが転がっている。そんなちぐはぐな内装からも生活感が漂っていた。

「生き神様のお口に合いますかどうか」

玲子は茶とともにチョコレートやかき餅《もち》を乗せた皿をテーブルに置く。

「いいの？　ありがとー」

果菜は一切の遠慮もなく菓子を摘む。黒彦は自分の叔母《おば》と会っているような気分になった。

「白鷹黒彦と犬神果菜です。あの、玲子さん。ひとつお断りしますけど、こいつは生き神様じゃないですよ」

「あら、そうなんですか？　そういう話を聞いたんですが」

「そういう話で綾樫さんに招かれましたけど。本当は別にそんな偉い者じゃないですから」

「ああ、はい。それは分かっていますよ」

　玲子は口元に手をあてて笑う。

「さすがにあなた方を本当の神様とは思っていませんよ。でも綾樫様のお屋敷に招かれたのですから、やっぱり私たちにとっては生き神様みたいなものなのです」

「ああ、そうですか……」

　黒彦は湯飲みに口を付ける。『しぇんのん様』の信奉者かと思ったがそうではない。玲子は自分たちの背後にある綾樫家の影を見て遠慮しているのだ。恐らくこれが綾樫家に対する村民の一般的な態度なのだろう。

「それで、お二人はどうしてうちに来てくださったのでしょうか？」

「実はちょっと聞きたいことがあるんですけど……融さんはおられますか？」

「主人ですか？　いいえ、今日は工事に出かけてしまいました」

「工事？」

「電気工事です。大雪のせいか村の西側の電線が調子悪いそうなので」

「電器屋さんとは聞いていましたけど、そんなことまでされているんですか？」

「村の電気関係全般を請け負っております。主人は機械に詳しいものですから。照明機器の取り付けとか家の設備点検とか、トラクターの修理なども行っております」

「そういや、電器屋さんなのに何も売ってないの？　お店は？」

果菜が尋ねる。

「こんな村ではお店に並べても仕方がないのです。ある程度の売り物は納屋にありますから、村の方に相談されたら取りに行くといった具合です。在庫になければ市内に買いに行っています」

「ポイントカードは使えるの？」

「そのようなものは発行しておりません」

「犬神さんという人がここへ来ませんでしたか？」

黒彦は話を戻して尋ねる。玲子は眼鏡の奥で瞬きした。

「犬神さんは、こちらの方ではないのですか？」

「その兄です。犬神清秀という若い男です」

「はあ……いえ。知りませんね」

玲子は不思議そうな顔で首を振る。意味が分からないという態度に見えた。

「融さんもご存じないでしょうか？」

「主人も知らないと思います。どういうことでしょうか？　その人がうちに行くとでも言っていたのでしょうか？」

「いえ。もしかしたらと思ったんですが……」

「おかしいね。お兄さんなら絶対に来たと思うんだけどなあ」

「そうなのですか？　でもどうしてうちに？」

「……香具土深良、という方はご存じありませんか？」

黒彦は改まって尋ねる。だが玲子の表情は変わらなかった。

「深良？　いいえ。うちは主人と娘だけですから」

「既に亡くなられた人です。お爺《じい》さんとか、もっと上の世代でおられませんか？」

「あら、それはどうでしょうか。そこまで昔になると私にはちょっと分かりません。主人に聞けば知っているかもしれませんが……」

「ソウソハクフのことでしょ」

突然、奥の廊下から声が聞こえる。目を向けるとそこには長身で目鼻立ちのくっきりとした美人がこちらを見下ろしていた。

「あなたは……」

黒彦はその姿に見覚えがあった。確か昨日、自動車で綾樫家へと向かう途中に目撃した女だ。山奥の村には似付かわしくない容姿が強く印象に残っていた。

「ソウソハクフってなにー？」

果菜が手を挙げて尋ねると、女はかすかな笑みを見せた。

「親の親が祖父、祖父の親が曾《そう》祖父、曾祖父の兄弟が曾祖《そうそ》伯父《はくふ》。香具土深良は私の曾祖父の兄なのよ」

「あらやだ、そうなの？　お母さんちっとも知らなかった」

玲子が取り繕うように笑う。

「白鷹黒彦君と犬神果菜ちゃんね。この家の娘の香具土神楽《かぐら》よ。部屋においで。深良の話を聞かせてあげる」

神楽は切れ長の大きな眼で黒彦を見つめていた。

30

黒彦と果菜は神楽に呼ばれて香具土家の奥の部屋へと入る。母親の玲子は湯飲みと菓子を載せた盆を黒彦に託すと、後の話を娘に任せて台所へと引っ込んだ。

「狭いところだけど適当に座ってね」

畳敷きの和室の中央に丸い卓袱台《ちゃぶだい》と一つの座椅子があり、奥には使い古された学習机がある。黒彦は入るなり確かに狭い部屋だと感じたが、それは左右二面の壁に沿って置かれた巨大な本棚のせいだとすぐに気付いた。

「わあ、本が一杯だね」

果菜も感心したように眺め回す。本棚は壁の端から天井までの高さがあり、ほぼ全ての棚が隙間なく書籍に埋め尽くされていた。そのせいで部屋が二回りほど狭まり、縦長の奇妙な光景となっていた。全体的に黒っぽくて、あまり若い女性の部屋らしくない。だがどこからともなく感じられる紙の匂いと、柔軟剤のような清潔な香りは悪くなかった。

「雪国の冬は退屈だからね。本ばかり読んでいるの」

神楽は自虐的な笑みを浮かべる。タイトなニットのワンピースに黒いストッキング。ゆるくウェーブのかかった髪に整った顔付きをしていた。黒彦はあまり見とれないように気を付けながら、盆を卓袱台に置いて畳の上に座る。果菜は座椅子に飛び乗り、神楽は学習机の前の椅子に腰掛けた。

「それで、君たちはどうして香具土深良に興味を持ったの?」

「興味を持ったというか、彼が作った建物の中で事件に遭遇したことがあるんです」

黒彦はそう伝えてから、これまで関わった事件の内容を伝える。信州の山奥にある洋館『魔神館』。自分たちが通う学校『天空学園《てんくう》』の基礎となった学校『転空学舎』。どちらも香具土深良の作品であり、殺人事件に巻き込まれた舞台だった。神楽は机に頬杖《ほおづえ》をついて耳を傾けている。彫りの深い顔にかすかな微笑を浮かべていた。

「……面白い話。やっぱり香具土深良の建物は曰《いわ》く付きなんだね」

「どうでしょうか。俺は単なる偶然じゃないかと思っています」

香具土深良は百年も前に死んでいる。彼が遺《のこ》した建物で事件が起きたからといって、彼が直接手を下せるはずもなかった。

「……事件を起こした犯人もそれぞれに理由がありました。魔術や呪いなんかで操られていた訳でもありません」

「でも結果的に事件が起きて人が殺されている。深良が犯人を操っていないとしても、深良の建物が犯人を呼び寄せているとしたら？」

「そんなのオカルトですよ」

「深良はオカルトの人よ。もしかすると、君たちも深良に誘われてこの村に来たんじゃない？」

「俺たちが来たのは別の人に誘われたからです」

「ねえ神楽ちゃん、お兄さん見なかった？」

果菜が顔を上げて尋ねる。神楽は二回ほど大きく瞬きをした。

「お兄さんって君の？　どんな人？」

「超・頭が良くって、超・カッコイイお兄さん！」

「二十歳くらいの男です。服装は分かりませんが、背が高いのでこの村だと結構目立つと思います。俺たちはその人に誘われてこの村に来たんですが、どこにも見当たらないんです。知りませんか？」

黒彦が補足説明する。だが神楽の反応を見て既に答えを予測していた。

「知らない。最近は村外の人を見た覚えもないよ。母さんには聞いた？」

「玲子さんも知らないそうです。てっきりこの家に来ていたかと思ったんですが」

「その人も深良の建物で起きた事件に関係しているんだね。それでこの村で香具土の家を見つけたから、もしかして彼がいるんじゃないかと思ったのかな？」

「そういうことです。でも違ったようです」

「お兄さんなら絶対に来ていると思ったんだけどなあ」

果菜が納得できない口調でぼやく。

「……気が付かなかったのかもしれないな。俺たちだって役場で地図を見るまで知らなかったんだ」

「じゃあお兄さんは何しにこの村に来たのさ」

「分からない。少なくとも香具土さんとは関係ないんだろう」

そうすると、ここに香具土深良に関係する家があることも奇妙な偶然となる。自らの意思で訪れたはずなのに、行く先には魔術師の影が待ち構えている。それこそ魔術のなせる業なのだろうか。顔を上げると神楽が、まるで黒彦の困惑を楽しむように眺めていた。

「……神楽さん。ここ、香具土の家って言いましたよね？　それじゃあ彼は露壜村の出身だったんですか？」

「そうよ。さっきも言った通り私の曾祖父、香具土穂柄《ほがら》の兄が深良なの」

「香具土穂柄……」

黒彦はその名前を繰り返す。魔術師とはいえ闇の狭間《はざま》から唐突に現れた訳ではない。彼にも家や家族があったのだ。

「香具土家は代々露壜村に住んでいるの。深良も長男として生まれて、少なくとも幼少時代はこの村で過ごしたはずよ。穂柄は五歳ほど離れた弟だったみたい。他に兄弟や姉妹がいたかどうかは分からないけどね」

「深良は西洋建築家だったと聞いています。こう言ってはなんですが、こんな山奥の村からどうしてそんな人物が出たんでしょうか」

「しかも百年も前にね。多分、凄《すご》く賢くてとんでもない変わり者だったということでしょうね。だから早々に村を出て行ってしまったんだと思う。それで代わりに穂柄が残ったのよ」

「深良が出て行ってしまったから、穂柄さんがこの家を継いだってことですか」

「そう。穂柄は村に残ってこの家を守り続けたのよ。兄とは違って生真面目な性格だったのか、あるいは兄を反面教師に見ていたのかもしれないね」

神楽は祖先のことを楽しげに語る。身内とはいえもちろん彼女にとっては会ったことも話したこともない歴史上の人物だった。

「やっぱりどこでもお兄さんは偉大なんだよね」

果菜は座椅子にだらしなく寄りかかりながら見当違いのことを言う。

「穂柄さんだって立派な人だろ。深良は出て行ったきり帰って来なかったんですか？」

「いいえ。何年かおきには村にも顔を出していたみたい。うちの物置には深良から来た手紙も残ってるよ。今はどこにいるとか、いつこっちに立ち寄るとか。帰るとは書けなかったみたいだけどね」

「へえ、里帰りもしていたんですね」

「それだけじゃないよ。深良はこの村でも仕事をしていたのよ」

「仕事？……電器屋じゃないですよね」

「もちろん、建築の仕事よ。分かるでしょ？」

神楽は冷たい笑みを浮かべて見下ろす。黒彦はその意味に気付いて息を飲んだ。

「……まさか、綾樫家ですか？」

「そう。あの屋敷を建てたのは香具土深良よ」

黒彦は驚いて果菜と顔を見合わせる。だが果菜は不思議そうに首を傾げた。

「でも神楽ちゃん。あのお屋敷には木も畳もあるし窓も障子だよ。深良さんが建てたなら石とか鉄とかガラスとかを使うんじゃないの？」

「そうね。私も中に入ったことはないけど、あの屋敷は外から見ても明らかに和風ね」

「あ、でも中庭にでっかい鬼の像があるの。さっきクロちゃんが話した、魔神館の魔神像みたいなの」

「ふうん。それは象徴的ね」

「いや、あれは『しぇんのん様』の像だろ。それにウタさんが建てたものだって作市さんが言っていた」

「あ、そっか」

「それより、深良は日本家屋も建てていたんですか？」

「多分、特別にそうしたんだと思う。綾樫家のご機嫌を取るために」

「ご機嫌を取る？　何のために？」

「香具土家と穂柄のためよ」

神楽はそう言うと軽く天井を仰いだ。

「この村は昔から綾樫家に支配されている。村人は決めごとや行動一つにしても常に彼らの顔色を窺《うかが》いながら暮らしてきたの。今は違うけど、私の祖父母の頃は結婚するにも彼らの許可が必要だったそうよ」

黒彦は盛貴やマリイ、あるいは役場で見た弓削の態度を思い出す。彼らがやたらと綾樫家を畏《おそ》れているのは、使用人という立場や相手が村一番の金持ちというだけではない。祖先の代から続く慣習が身に深く染み付いているのだろう。

「村の家は代々、その家の長男が継ぐことになっている。でも香具土家は長男の深良が村外へと出奔したから、弟の穂柄が継ぐしかなくなった。でも村ではそれは認められない事態だった」

「他人の家の話、という訳にはいかないんでしょうね」

「村の掟《おきて》、つまり綾樫家のルールだからね。本当は深良が継がなければならなかったのよ」

「でも深良にはその気がなかった」

「彼の作品を見れば分かるよね。こんな村に留《とど》まっていられるような人間じゃなかった。だから当然のように村を出て行ったけど、弟穂柄とこの家のことはずっと気になっていた。綾樫家に認められなければ村には残れない。家はお取り潰《つぶ》しとなって穂柄も追い出されるかもしれない」

「それで、ご機嫌取りですか」

「そう。弟が継いだ香具土家を正式に認めてもらうために、綾樫の家を建てることにした。西洋建築家である自身のプライドも捨てて、この村で一番立派な木造屋敷を設計した」

「そうだったんですか……」

「ほとんど私の想像よ。深良の手紙にはただ、綾樫様の屋敷を請け負うとしか書かれていなかったから。でもこの村の歴史的な背景を考えると、そういう理由だったんだろうと推測できるの。だって魔術師と呼ばれてあれだけ個性的な作品を作ってきた深良だもの。出て行った村で普通の屋敷を建てたとは思えないでしょう」

　そのお陰で穂柄は香具土家の後継ぎと認められて村に残ることを許され、今目の前にいる神楽へと繋《つな》がっている。黒彦は自分と因縁すら感じられる怪人に対して、初めて人間らしい一面を見た気がした。

「……私が最初に言ったこと、覚えてる？」

椅子に座る神楽は意味深な質問を投げかけて長い足を組み替える。畳に座る黒彦は下がる目線を無理矢理上げて彼女を見た。

「君たちは最初から深良の作品に誘われていたのよ。この家に来る前から、生き神様という特別待遇でね」

そして今、あの屋敷では血腥《ちなまぐさ》い事件が起きている。自分たちはまたしても香具土深良の魔術の中に引きずり込まれていた。

31

神楽は椅子から立ち上がると傍らの戸棚を開けて何かを探し始める。落ち着きのある物腰から大人の女性と思っていたが、近くで見ると艶《つや》のある髪や瑞々《みずみず》しい肌に同世代以上の若々しさも感じられた。もしかすると自分とそう変わりない年齢、まだ十代なのかもしれない。そんな年齢不詳な容姿も、魔術師・香具土深良の血族を証明しているように思えた。

「それで、生き神様の気分はどう？　ハテナちゃん」

神楽は背を向けたまま尋ねる。いつの間にか畳に寝転がっていた果菜はむーっと返事した。

「なんか変な気分。お人形さんみたい」

「神様じゃないの？」

「だって自分で歩いちゃダメだし、手を使ってもダメなの。みんなはお行儀良くして座っていなさいって言うし、ウタ婆ちゃんはしょっちゅう拝んでくる。神様って大変だよね」

「へえ。本当に崇《あが》められているんだね」

「でもご飯はめちゃ美味《おい》しいよ。それにお着物も可愛いから良い」

「着物も着せられるんだ。どんな着物？　色は？」

「紫の振袖《ふりそで》。帯は金色なの」

「こんな色？」

神楽はそう言うと抽斗《ひきだし》から薄紫色をした小さな蝶《ちょう》の髪飾りを見せる。果菜はぱっと起き上がって目を大きくさせた。

「うん、そんな感じ。それも可愛いね」

「気に入った？　ちょっと頭下げてごらん」

神楽は果菜の頭に髪飾りを付けて手鏡を向ける。

「……うん。いい感じね」

「ほんと？　お着物を着た時はお花の髪飾りを付けていたの」

「じゃあ蝶の飾りもちょうどいいね。良かったらあげるよ」

「え？　いいの？　神楽ちゃん」

「ええ。私には似合わないからずっとしまったままだったの。付けてあげて」

「ありがとー、神楽ちゃん大好き！」

果菜はそう叫んで神楽の胸に飛び込む。神楽も笑顔を見せて果菜の頭を撫《な》で回した。

二人の仲睦《なかむつ》まじいやり取りを眺めていた黒彦はふと思い出して声を上げた。

「でも神楽さん。ハテナはもう着物を着ませんよ」

「あ、そうだったね」

果菜は神楽の豊かな胸に顔を伏せたまま返す。

「そうなの？　ああ、やっぱり逃げてきたのね」

神楽は果菜を抱きながら黒彦の方を向いた。

「やっぱり？　分かっていたんですか？」

「そうね。だってそれだけ大事に扱われている生き神様が、ふらっと屋敷を出てうちに来るなんておかしいから。それに今朝も何かあったみたいだし、居たたまれなくなったんでしょ？」

「……その通りです」

黒彦は素直に認める。なかなか鋭い。まるでその場にいたかのような神楽の慧眼《けいがん》に驚きつつも感心した。

「作市様が亡くなられたって聞いたけど、殺されたの？」

「亡くなったことは誰から聞いたんですか？」

「母さんから。母さんは誰からかな」

弓削が言っていた通り、この村では話が伝わるのが早い。駐在の釜松や医師の恋塚が屋敷に向かう姿を誰かが見ていたのだろう。

「話していいかどうかは分かりませんが、作市さんが土蔵の中で殺されました」

「そうなんだ……」

神楽は果菜を離して元の椅子へと戻った。

「誰が殺したの？」

「それはまだ分かりません」

「黒彦君の推理では？」

「そんなもの、ありませんよ」

憶測で話す訳にはいかない。神楽は信用しているが、それでも噂話が広まるのは恐かった。

「神楽ちゃんは作市さんを知ってんの？」

果菜は髪飾りを付けたまま尋ねる。

「顔は知っているよ。昨日のお葬式でも見たからね。でもその程度よ」

「家も村外にあるそうですね」

「そうらしいね。私の世代だと作市様じゃなくて、その子どもと話す方が多いかな。市之介様と雫様」

「じゃあ洋滋郎さんも？」

「ええ……そうね」

神楽はなぜか苦笑いを見せる。

「久弥さんも？」

続けて果菜が尋ねると今度は軽く首を傾げた。

「久弥さんって誰？」

「久子さんの息子さんです。体の大きな人です」

「ああ、お葬式の時にいたね。でもその人はよく知らない。何にしても、私自身はあまりあの家と付き合いはないのよ」

「そういうもんですか」

村の権力者とはいえ、直接関わる機会のない彼女にとってはそんなものなのだろう。他の大人たちも普段はあの家については話したがらないようだから、伝わる情報も少ないのかもしれない。

「それで、作市様が殺されて屋敷はどうなったの？」

「今どうなっているかは知りませんが、俺たちが出た時はあまり穏やかな雰囲気ではなかったです。事件は駐在の釜松さんが捜査していると思いますが」

「あの人には無理でしょうね」

「そうかもしれません。殺人事件も初めてだと言ってたし」

「いいえ。もしあの家の人が犯人と分かっても、釜松さんでは手が出せないってことよ」

「ああ、そうですね……」

綾樫家に対する釜松の態度を見るとそうかもしれない。しかし駐在が動けないとなると、事件は誰が解決するのだろうか。

「神楽さん。もし綾樫家の中に犯人がいるとしたら、これからどうなると思いますか？」

「……ややこしい話にはなるでしょうね」

神楽は目線を軽く右上に向ける。妙に愛らしい仕草だった。

「可能性は三つ、考えられるかな」

「三つもありますか？」

「一つは、家族内で犯人探しが行われる」

「俺はそうなると思います。釜松さんが頼りないこともありますが、当事者同士で探した方が早いでしょう」

「でも当事者同士の話し合いは危ないんじゃないかな。言い争いの結果、事実を無視して力の弱い者が犯人にさせられるかもしれないよ」

「そうか、それはまずいですね」

「もう一つの可能性は、事件そのものがなかったことにされる」

「なかったこと？」

「作市様は残念ながら心不全で急死された。お葬式をして埋めておしまい」

「それはあり得ないですよ。みんな作市さんが刺し殺されていたのは知っています」

「でも村の大人たちは誰も逆らえない。黒彦君だけが作市様は殺されたんだと叫んでも誰も聞いてくれないよ」

「……時枝さんが認めませんよ。あの人は作市さんの奥さんなんですよ」

「そうね。でもそのせいで綾樫家が崩壊するかもしれないと思ったら、少なくとも対外的には穏便に済ませるかもしれないよ」

「そんな……」

「あと一つの可能性は、黒彦君なら分かるんじゃないかな」

「まだ何かありますか？」

「作市様は、生き神様とその使いの者によって殺された」

「何だって？」

黒彦は驚いて声を上げる。

「生き神様は本当は死に神様だった。屋敷に招いた者たちはただの旅行者じゃなくて悪党の二人組だった。綾樫家の金品に目が眩《くら》んで、夜になってから土蔵に忍び込んだ。そこを作市様に見つかってしまったからやむを得ず殺してしまった」

神楽は黒彦の目をじっと見つめる。思ってもいなかった推理だった。

「……本当に、そう思いますか？　俺たちがそんな奴らだと」

「高校生と中学生が二人だけでこんな村に来るなんて怪しいよ。おまけに今も勝手に抜け出してここに来たんでしょ？」

「だってしょうがないじゃん。お兄さんいないんだもん」

果菜が頬を膨らませる。神楽は眉《まゆ》を寄せて頷《うなず》いた。

「困ったお兄さんね。でも君たちがどんな人たちかなんて関係ないのよ。綾樫家がそう決めてしまえば、もうこの村ではそれが事実になってしまうんだから」

あまりにも強引な話だが、その危険性は黒彦も感じていた。ウタが作市の死を生き神様のせいにするかもしれないという不安。あの一族もそれに便乗しようとするなら、そんな状況を捏造《ねつぞう》するかもしれない。

「……もしあの人たちがそんなことを言い出したら、俺は本気で怒りますよ」

黒彦は神楽に向かって決意を告げる。神楽はやや驚いた顔を見せてから目を細めた。

「私はどう思うかと聞かれたから答えたまでよ。言いたかったのは、まともに犯人が捕まるとは思えないってことよ」

「そうですね……」

これまでに感じたことのなかった不安が頭をもたげる。前代未聞の、解決できない殺人事件。たとえ完璧《かんぺき》な推理と言い逃れのできない証拠を揃えて犯人を暴き出しても、捕まえられないかもしれない。作市は殺害されたのか、事件は起きたのか。この村ではそれすらも綾樫家の思うがままなのだ。

32

「何とかなりませんか？　神楽さん。村人の中で綾樫家に口出しできそうな人はいないんですか？」

世間一般とはかけ離れた村の常識に黒彦は戸惑う。『事件体質』か香具土深良の魔術かは知らないが、これ以上巻き込まれる訳にはいかなかった。

「いないでしょうね」

だが神楽は冷たく返す。

「綾樫家以外で村の仕切り役といえば、役場の弓削さんや駐在の釜松さんになるわ。二人があてにならないのは黒彦君も知っているでしょ？」

「……医師の恋塚先生は？」

「無理でしょうね。前に聞いたけど、綾樫家の人たちは先生の話も聞いてくれないみたい。先日亡くなったご当主様の不摂生や、たまに村へ帰ってくる作滋様にお酒の飲み過ぎを注意したけど、怒鳴られて追い返されたとか」

「他に誰かいませんか？　そういえば、この村に村長さんはいないんですか？」

「村長と呼ばれるような人はいないよ。弓削さんや釜松さんが一応のまとめ役だから。古老の顔役といえば、連水寺の延寿《えんじゅ》住職がいるけどね」

「あの寺の住職さんですか。その人はどうですか？」

「屋敷の中に怪しげな黄金像を建てて、外から来た女の子を生き神様だなんて言う人たちが、古寺の坊主の説得なんて聞くと思う？」

「……聞かないでしょうね」

昨夜、夕食の席でウタは作市に向かって当主久作の墓を中庭に移す計画を伝えていた。その際、連水寺を『邪教』と呼び、『文句など放っておけばよい』とまで言っていた。

「誰もいないんですね……」

「そうね。でも実際には君たちが犯人にされることはないと思うよ。あの閉鎖的で狡猾《こうかつ》な一族が、村民でない者にまで無理を押し付けるとは思えないから」

「生き神様になれとは言われましたよ」

「大奥様を止められなかったのは彼らの失敗でしょうね。でも今はきっと屋敷から出て行ってくれと思っているんじゃない？　君たちも、もうあの人たちとは関わらない方がいいよ」

「そう思っているんですが……」

「でもこの村からも出られないの」

果菜が言葉を続ける。

「雪で車が動かないし、弓削さんも綾樫さんちに内証で僕たちを村から出す訳にはいかないって言うの」

「あの人の言いそうなことね。でも雪道が走れないのは本当よ。私たちも冬場はほとんど村から出られないの」

「やっぱり仕方ないですか」

黒彦の言葉に神楽は頷く。村から逃げられない上に、またしても帰る場所がなくなってしまった。窓の外は既に日も落ち、景色は黒く塗りつぶされている。どうしたものかと思って果菜を見ると、彼女は分かったとばかりに口を開いた。

「だからお願い神楽ちゃん、この家に泊めて」

「また言うか」

黒彦は思わず突っ込む。殺し文句を待っていた訳ではなかった。

「そうね、そうすればいいんじゃない」

ところが、意外にも神楽はあっさりと了承した。

「やったあ！　神楽ちゃん大好き！」

「……いいんですか？　それで」

「部屋は空いているから、他に行くあてがないならいいよ。お屋敷と比べて貧相な家と、私たちが香具土深良の血族でも良ければね」

「全然気にしません。ありがとうございます」

黒彦は膝《ひざ》に手を突いて深く頭を下げる。あのどこか重苦しい雰囲気が漂う綾樫家に戻ることを思えば、不満などあるはずもなかった。

しかし話が終わると同時に、部屋の入口から男の声が聞こえた。

「神楽、いるかい？」

「父さん？　はいどうぞ」

神楽は顔を上げて返事する。やがて襖《ふすま》が開くと色白で痩《や》せた中年の男が顔を見せた。

「お帰りなさい、父さん。早かったね」

「ああ、ただいま」

父、香具土融が返す。神楽とはあまり似ていないが、電器屋というか技術者らしい知的な印象が窺《うかが》える。ただなぜか訝《いぶか》しげに眉を寄せてこちらを見ていた。黒彦は思わず畳から腰を上げる。果菜も座椅子に座り直した。

「……どうも、ええと、お邪魔しています」

「ああ、ここにいたのか」

「はい？」

「よお、邪魔するぜ」

融を押し退けて、後ろから綾樫《あやかし》洋滋郎が顔を出した。

「あ、洋滋郎さん……」

「迎えに来たぜ。手間かけさせやがって」

洋滋郎は獲物を捕らえたキツネのような顔で黒彦たちを見下ろす。逃げ切れないとは思っていたが、予想よりも早く見付かってしまった。

「……どうしてここにいるって分かったんですか？　村中の家を探し回ったんですか？」

「仕事熱心な役場から連絡が入っただけだよ」

「弓削さんが……」

黒彦は唇を噛《か》む。裏切ったと思うのは筋違いだろう。彼はこの村の人間として当然の対応を取ったのだ。洋滋郎は神楽の方に目を向ける。

「おい神楽、お前こいつらを匿《かくま》うつもりだったのか？　俺たちに逆らう気か？」

「まさか、探しているなんて知らなかったわよ」

神楽は頬杖《ほおづえ》を突いたまま答える。

「連れ戻したかったのなら事前に伝えておいてくれないかしら？　僕たちは今日からこの女の子を神様にしました。だから見つけたらお家に届けてくださいって」

「舐《な》めた口利くんじゃねぇぞ。お前も俺の部屋に連れ込んでやろうか」

「何も知らないと思っているの？　マリイさんに怒られるわよ」

「あん？　関係ねえよ。ありゃ使用人だ」

「最低ね……」

神楽は冷たい眼差《まなざ》しを洋滋郎に向ける。何か事情がありそうだが詳しくは分からず、ただ村民でありながら綾樫家に対しても物怖《ものお》じしない彼女の態度に驚かされていた。やはり只者《ただもの》ではない。同時に、自分までもがいつの間にかこの一族の雰囲気に飲まれてしまっていたことに気付いた。

「神楽、お前もいつか絶対に潰《つぶ》してやるからな」

「反抗的なのは香具土家の伝統よ。でも今日は私と遊んでいる場合じゃないんでしょ？」

「……まあな。おら、行くぞ！」

洋滋郎は果菜の腕を摑《つか》んで強引に立たせる。少女の、あっという声が聞こえた瞬間、黒彦は思わず彼の腕を摑んだ。

「ハテナを離せよ」

「あん？」

洋滋郎は眉間《みけん》に皺《しわ》を寄せて睨《にら》む。黒彦も目を逸《そ》らさずに彼を睨んだ。

「……乱暴するなよ。俺たちはもう屋敷には戻らない」

「そんな口が通用すると思ってんのか？」

「あんたら、俺たちを作市さんを殺した犯人にするつもりか？」

「はあ？」

洋滋郎は果菜の腕から手を離す。だが黒彦は洋滋郎の腕を握り締めたままだった。

「……なるほど。そういう話もありかもな」

「ある訳ないだろ」

「でもそれじゃ伯母《おば》さん二人が納得しねぇな。俺がお前らを連れ戻しに来たのは、婆様が倒れたからだよ」

「ウタ婆ちゃんが？」

果菜が声を上げる。洋滋郎は冷たい視線を向けた。

「ああ。婆様、せっかく朝のショックから目覚めたのに、お前がいなくてまた泣き出したんだよ。『しぇんのん様』が出て行ってしまった。わしが作市のことで責めたから逃げられてしまったってな。お陰でまた大騒動だ」

「そんなの、もうあんたらで解決しろよ」

黒彦が吐き捨てるように言うと、洋滋郎は再びこちらを睨んだ。

「そうはいくか。一旦《いったん》屋敷に入ったからには、最後まで付き合ってもらうからな」

「俺は作市さんと約束したんだ。あの人がいないなら知ったことじゃない」

「俺は生き神様を取り返してくるように言われたんだ。今からお前を潰してこいつだけ持って帰ってもいいんだぜ」

「ちょっと、人の家でケンカしないでよ」

神楽はぼやくが、黒彦と洋滋郎は睨み合いを続ける。その間にも黒彦は、これからの展開を模索していた。洋滋郎を凌《しの》いで果菜と逃げ出すことはできるだろうか。自動車もなければ金もない。雪の降る山奥で、綾樫家と村民に逆らって生き抜けるだろうか。いい方法が全く思い浮かばなかった。悪い状況に焦りを抱いていると、果菜が服の袖《そで》をきゅっと握って洋滋郎に迫った。

「洋滋郎さん、僕、お屋敷に帰るよ」

「ハテナ……」

黒彦は名を呼ぶが果菜は振り向かない。

「殺人事件は嫌だし、生き神様も退屈だけど、ウタ婆ちゃんが泣いているなら会いに行くよ。洋滋郎さんもそれでいいでしょ」

「……おう。最初からそう言えばいいんだよ」

洋滋郎は大きく腕を振って黒彦の手を無理矢理離す。黒彦は再び手を伸ばすが、果菜がそれを制した。

「でもその代わり、クロちゃんも一緒に連れて行くよ。それともうケンカはしないって約束して」

「調子に乗んじゃねぇぞ、このガキ」

「約束しないなら僕は行かない！　歩いて村から出て行くよ！」

「あ、歩いてってお前」

黒彦は呟《つぶや》くが、蝶《ちょう》の髪飾りを付けた少女の頭は答えない。

「遭難して死んじゃったら洋滋郎さんのせいだからね！　ウタ婆ちゃんが泣いて、作滋のおじさんが怒っても知らないからね！」

「ああもう分かったよ。約束でも何でもしてやる。おら、さっさと付いて来い！」

洋滋郎は苛立《いらだ》たしげに背を向けると、再び融を押し退《の》けて部屋から出て行った。果菜は鼻から大きく溜息《ためいき》を吐《つ》くと、ようやくこちらを振り向いた。

「しょうがないからお屋敷に戻ろ。クロちゃん」

「あ、ああ。そうだな……」

黒彦はぼんやりと返す。果菜は生き神様の特権を利用したとはいえ、見事に一触即発の事態を回避してくれた。普段は陽気で子どもっぽい癖に、たまに驚くべき行動をする少女だ。神楽の方を見ると、彼女も楽しげに微笑んでいた。

「面白い子。ちょっと心配したけど大丈夫みたいね」

「はあ……たまに変なスイッチが入るんです」

「でもあの子のスイッチを持っているのは君でしょ」

「俺が？」

「そして君のスイッチを持っているのはあの子よ。そういうのを何て言うか知ってる？」

「……持ちつ持たれつ、ですか？」

曖昧《あいまい》に答えると神楽は黒彦に顔を近付けて耳打ちした。

「恋愛関係に決まってるでしょ」

「え……」

「どうしたの？」

果菜がこちらに目を向ける。黒彦と神楽はお互いに首を振った。

「……そういうことなので、俺たちやっぱり綾樫家に戻ります。すみません」

「ごめんね神楽ちゃん」

「わがままな人たちに付き合わされて大変ね。またおいで、ハテナちゃん」

「うん！　髪飾りありがとう」

果菜はにっこり微笑む。神楽も笑顔で返してから、黒彦に目を向ける。

「でも気を付けてね。洋滋郎の様子だとまだ事件は解決していないみたいだから。どこかに犯人がいるかもしれないよ」

「そうですね……」

黒彦はわずかに不安を抱きつつ頷《うなず》く。無関係な立場であっても、一つ屋根の下で犯人とともに過ごすのは不安だ。解決できない殺人事件よりも自分たちの身の安全を優先すべき状況だった。

33

綾樫家に戻った途端、果菜は待ちかねていた雫とマリィに手を引かれてウタの部屋へと連れて行かれる。任務を終えた洋滋郎も部屋へと戻り、一人残された黒彦は再び客間で過ごすことになった。夕食も既に済んでいたらしく、膳《ぜん》は盛貴の手によって部屋へと直接運ばれた。

「ウタさんの具合はどうですか？」

黒彦は机に膳を置く盛貴に尋ねる。彼はああ、と返してからこちらに向かって疲れた笑顔を見せた。

「泣いて喜んでおられました。私たちも一安心です」

「……感情の激しい人ですね」

「それでも塞《ふさ》ぎ込んでおられるよりはいいことです。お二人が帰って来てくれて助かりました」

「連れ戻されたんですよ、洋滋郎さんと弓削さんに」

「父が？」

「こっちに連絡があったと聞きました」

「ああ……」

盛貴は気まずそうな顔を見せる。

「申し訳ございません。告げ口みたいな真似になってしまいまして」

「いえ、村の人がこの家に逆らえないのは分かりましたから」

「そう……特に父は仕方がないんです。ここに私がいますから」

盛貴は頭を下げて呟く。確かに息子が使用人として雇われている手前、弓削は綾樫家に背くことはできないだろう。彼に会う前に気付くべきだった。

「黒彦君。実はもう一つ謝らないといけないことがあるんです」

「何ですか？」

「君とハテナちゃんのバッグが、やっぱり見つからないのです」

「本当ですか？　一体どうして？」

「分かりません。お二人がバッグを持っていたことは知っているのですが、なぜかどこにも見当たらないのです」

「綾樫家の人たちにも聞いてくれましたか？」

「はい。皆さんご存じありませんでした。マリイや淵さんも同様です」

「そうですか……」

「ただ作滋様からは、もし本当に紛失したのなら代金は支払うとのお話をいただいています。それで許してはもらえないでしょうか」

「いや、それは……」

黒彦は喉《のど》の奥で唸《うな》る。作滋の性格から察するに、文句があるなら金で解決してやると言ったのだろう。だがこれは金額の問題ではない。屋敷内で盗まれたことが問題だった。

「……盛貴さん、作市さんのことはどうなりましたか？」

「作市様は、恋塚医院に安置されています。また通夜と葬儀が行われることになるでしょうが……」

「そうじゃなくて、殺人犯は見つかりましたか？」

「ああ……いえ、まだです」

盛貴は短く答える。

「……釜松さんが捜査をされていますが難航しているようです。私たちには見当もつきません」

「綾樫家の人たちはどうですか？」

「同じです。どなたも何も見ていないし、どうしてこうなったのかも分かりません。皆さん酷《ひど》くお嘆きです」

「そうですか……」

洋滋郎が言った通り、少なくともこちらに罪を擦《なす》り付ける気はないらしい。それどころか朝に死体を見つけた時から何も進展していないようにも思えた。

「盛貴さん。犯人、見つかると思いますか？」

黒彦は盛貴の顔をじっと見つめる。彼は少し視線を躍らせた後、一度ぎゅっと目をつぶってからこちらを見た。

「見つからないかもしれません。ともかく黒彦君は夕食を済ませて、一息ついたら風呂《ふろ》にお入りください。膳はこのままで結構です。後で片付けに上がります」

「……分かりました、ありがとうございます」

盛貴はあっさりと会話を打ち切ると、そそくさと部屋を退出する。黒彦は一応は礼を述べたものの、本心では彼に感謝する気にはなれなかった。山奥の村の、雪深い屋敷で起きた殺人事件。そんな閉鎖的な現場にもかかわらず、盛貴は犯人が見つからないかもしれないと答えた。つまり彼自身は犯人を捜す気がないのだろう。なぜなら、どう推理しても綾樫家に繋《つな》がることは分かりきっているからだ。

34

食事を終えて風呂から部屋に戻ると、既に膳は片付けられて布団まで敷かれていた。盛貴かマリイか、どちらの仕事かは分からないが使用人としては実に有能だと感心する。同時に、頼むからもう何も考えずに寝てくれと強要されているような気分にもなった。逆らう気もない。明後日《あさって》まで大人しくしていれば、金輪際この窮屈な屋敷と村に関わることもないだろう。

部屋の向こうからノック代わりに襖《ふすま》を叩《たた》く音が聞こえる。黒彦は風呂上がりのタオルを首にかけたまま、ふぁいと間延びした声を返した。

「……入ってもいいですか？　時枝です」

「え、時枝さん？　はいはい」

黒彦は慌てて立ち上がる。襖が開くと、凜《りん》とした表情の時枝が姿を現した。

「もうお休みでしたか？」

「いえ。風呂から出たところです。どうぞ入ってください」

「そうですか」

時枝は戸惑う黒彦を気にすることなく部屋へと入る。だが腰を下ろすつもりはないらしく、背筋を伸ばして睨《にら》むような視線をこちらに向けていた。

「ど、どうしたんですか？　時枝さん」

「黒彦君、昼間はどこへ出かけていたんですか？」

「……役場に行って、その後香具土さんの家にいました」

黒彦はわずかに萎縮《いしゅく》しつつ返す。叱られるいわれはないと思っていてもどこか居心地が悪い。授業中、恐い女教師に名前を呼ばれた時のような気分だった。時枝は無言で頷き、さらに言い訳を待つような顔で澄ましていた。

「……あの、俺たち戻って来ない方が良かったですか？」

「どうしてそう思うんですか？」

「だって、今朝あんな事件がありましたから、部外者の俺たちがいては迷惑じゃないかと思って」

「今日出て行ったのもそういう理由ですか？」

「まあ、そうです」

「あなた方が気にすることは何もありません。勝手に村を出歩かれては、綾樫家に何かあったのかと村の者たちに不安を与えてしまいます。そちらの方が私たちにとっては迷惑です」

「……そうですね。せめて誰かに伝えておくべきでした」

黒彦は刃向かわずに協調する。黙って村から出て行くつもりだっただけに、戻って来てしまうときまりが悪い。おまけに夕食も風呂も用意されては立場も弱かった。時枝は肩を上下させて大きく溜息《ためいき》をつく。誇張したのではなく、本当に疲れている風に見える。彼女は今朝、夫を亡くしたばかりだ。

「それで、村の者たちからは今朝のことで何か聞かれましたか？」

「作市さんのことは、俺が言う前から皆さん知っていました」

「あなたからは何か伝えましたか？」

「……曖昧《あいまい》な噂が広まるのも良くないと思いましたので、特に何も伝えませんでした。作市さんが亡くなったことについては認めましたけど」

黒彦は時枝の考えを先読みして返す。香具土神楽との会話については黙っておくことにした。時枝は頷《うなず》きつつもその場を動く気配はない。どういう訳か、いわれのない嫌疑をかけられているような気がした。

「黒彦君。これだけは言っておきます。あなたとあの子がこの屋敷にいることについては何の問題もありません。お義母様《かあ》が直々にお招きになったことですし、作市もここに留《とど》まるようあなたに頼んだと聞いています。お二人の判断に不満など一切ありません」

「はい……」

「ただし、あなたが綾樫家や今朝の出来事について関わりを持つことは許しません。これは私たちの問題であって、あなたには何の関係もないことです。あれこれ詮索《せんさく》されるのは不愉快です。部屋に閉じこもっておけとは言いませんが、余計な真似はしないように気を付けなさい。いいですね」

「……どういうことですか？」

黒彦は軽く苛立《いらだ》ちを覚える。時枝の言葉は単なる予防線ではなく、まるで自分がこの家や事件について調べ回っているかのように聞こえた。

「俺の行動が何か気に入らないんですか？　黙って屋敷を出たことは謝りますが、別に村の人たちに噂を広めた訳じゃない。そもそも俺が言う前から村の人たちは……」

「その話ではありません」

時枝は黒彦の口をぴしゃりと止める。

「……あなた昨日の夜、久子義姉《ねえ》さんと何を話していたのですか？」

「昨日の夜……」

黒彦は驚き戸惑う。昨日の夜といえば、屋敷の廊下で久子と軽く会話をした。どうしてそれを時枝は知っているのだろうか。辺りには誰もいなかったはずだが、どこかで聞き耳を立てていたのだろうか。

「世間話ですか？　長旅を労《ねぎら》われたのですか？　そんな話だけで終わったとは思えませ

ん」

時枝は鋭い言葉で詰め寄る。マリィだ、と黒彦は頭の中で呟《つぶや》いた。久子との会話の後、待っていたかのようにマリィがこちらに顔を出して来た。彼女が時枝に告げ口をしたのだろう。

「……ひとつ、頼まれごとをされました」

黒彦は諦《あきら》めて答える。時枝は目を大きくさせて先を促した。

「ハテナを使ってウタさんに伝えて欲しいと言われました。綾樫家の後継者を決めなければいけない。それは先の当主の長子がいいだろうと……」

「やっぱりあの人は……」

時枝は我が意を得たりといった表情を見せつつ、赤い唇を噛《か》む。黒彦は密告者のような罪悪感を抱いた。

「黒彦君。その話はもうお義母様にされたのですか？」

「いえ。今朝あんなことが起きたのでまだ何も。ハテナにも言っていません。でもちょっと待ってください、時枝さん」

「何ですか？」

「……時枝さんは、久子さんが作市さんを殺したと思っているんですか？」

黒彦は単刀直入に尋ねる。時枝は何も答えず、その目はわずかにも揺らぐことはなかった。

「もしそうだとしたら、それは変です。だって久子さんはハテナを使ってウタさんに後継者を選ばせようとしたんです。作市さんを殺して後継者になろうとした訳じゃない。俺の話は殺害の動機とは正反対なんですよ」

「そんなもの、心変わりしただけかもしれませんよ」

「しかし……」

「あなたの話はよく分かりました。もう結構です。ゆっくりお休みなさい」

時枝は黒彦の訴えを退けて背を向ける。まともに話し合う気もないようだ。

「時枝さん」

「黒彦君」

時枝は首だけ振り向くと横目でこちらを見た。

「綾樫家に関わることは許しません。明後日《あさって》になればあなたたちは全て忘れて村を出なさい」

そう言って彼女は部屋から出て行く。襖が閉まると黒彦は重い疲労を感じてその場に腰を落とした。

「……言われなくても、そのつもりだよ」

見知らぬ田舎の事件に首を突っ込む気などない。部外者の自分が家族や使用人たちに何かを言えるはずもない。誰が死のうが、誰が後継者になろうが知ったことではない。そう思っているのに、なぜかやるせない気持ちが収まらなかった。それが正義感だとは思わない。ただ、真実が隠されつつある様を傍観するしかない状況が気に入らず、見通せない未来が不安でならなかった。

35

その日、黒彦は犬神家のダイニングで木製の椅子に腰を下ろしていた。

冬の始まりが感じられる夜。右手にはなぜか楽しそうな顔をした果菜が座っている。目の前のテーブルには大きな丸いベイクドチーズケーキが置かれ、向こうに見えるキッチンでは三鳥が紅茶用のお湯を沸かしていた。

「ん？」

黒彦はなぜかぼんやりとする頭で考える。どうしてここにいるのか、今何が起きているのか。二回目だ、と気付いた瞬間、暴走しかけた感情を押し留《とど》める。そしてこの世界が壊れないように気持ちを落ち着かせてから口を開いた。

「また、夢なのか……」

「ね、夢のようだね」

思いがけず隣の果菜が同調する。だが彼女が言っているのは黒彦の話ではなく、テーブルに置かれたチーズケーキについての感想に違いなかった。飴色《あめいろ》の表面からは濃厚なチーズの香りと、わずかに焦げた甘い香りが感じられる。中央には白いホイップクリームが角を立てていた。

「このチーズケーキは……そう、三鳥さんが作ったんだ」

「うまく焼けていればいいんですけど」

黒彦の呟きに三鳥が答える。やはり覚えがある。綾樫家の客間で眠った自分は、再び過去の記憶に入り込んだ夢を見ているのだ。

「……犬神さんはどこかへ出かけて、まだ帰って来ていないんだったか」

「さっき電話があったからもうすぐだよ。三鳥ちゃんがチーズケーキを作ったから早く帰っておいでって言っておいたよ」

「犬神様のお口に合いますでしょうか……」

紅茶ポットとティーカップを乗せた盆を持って三鳥が来る。

「お兄さんは好き嫌いしないよ。確か何か一個だけ食べられない物があるって言ってたけど」

「もしやそれがチーズケーキではないでしょうか？」

「ううん。チーズケーキは好きなはず。だって前に『成分的には最高においしいチーズケーキ』を作ってくれたことがあるんだから」

「……犬神様はお料理もなさるんですね」

「気が向いた時と、僕がおねだりした時はね。いつかはベランダで大きなマグロさんをバラバラにしていたよ」

「そ、そうですか……」

果菜の笑顔とはうらはらに三鳥は顔に不安の色を浮かべる。料理上手の三鳥なら心配いらないはずだが、一方で犬神が白々しくお世辞を言うとも思えなかった。

「ハテナ、三鳥さん。ちょっと話があります」

黒彦は二人の会話に紛れ込むように声を上げる。対照的な二人の顔がこちらを向いた。

「……今からおかしな話をしますけど、聞いてください」

「なになにクロちゃん、落語？」

ハテナが目を輝かせる。

「笑い話じゃない。それでこの話を、来年の初めまで覚えておいて欲しいんです」

「恐い話じゃないですよね？　忘れてはいけないとかいう、あれ、覚えていちゃいけないんでしたっけ？」

三鳥が声を震わせる。黒彦は片手を上げて首を振った。

「……来年の年明け早々、俺とハテナは旅行に行きます。中国地方にある、露壜村という田舎です」

「ほんと？　やったあ！」

「旅行のご計画ですか？」

二人は全く要領を得ない反応を示す。

「旅行じゃないです。先にその村へ行ったはずの犬神さんに誘われたんです。でもそこで俺たちは犬神さんに会えずに、代わりにおかしな屋敷に招かれてしまいます」

「よく分かんない」

「ほら、やっぱり恐い話じゃないですか……」

「本当の話です。そして覚えておいて欲しいのは、俺たちはそこへは絶対に行ってはいけないということです。露壜村には行かないで欲しいんです」

黒彦は真剣な眼差《まなざ》しで訴える。今ここで露壜村の状況や綾樫家の事件を話す必要はない。村には行くなということだけを覚えていてもらうだけで充分だった。

「分かったー。でもそれならクロちゃんが覚えていればいいんじゃないの？」

ハテナは至極真っ当な質問をする。

「……それは多分できない。なぜなら俺は今まさにその露壜村にいるんだ。そしてここは俺が見ている夢の中、俺が記憶している過去の世界なんだ」

「はあ、ここが夢の中ですか？」

三鳥はきょろきょろと辺りを見回す。半信半疑ののんびりとした態度だった。

「じゃあ、僕はクロちゃんの夢の中にいるの？　クロちゃんが僕を夢に見ているの？」

「そういうことだと思う」

「そうなんだー。ふふふ……」

果菜はなぜか嬉《うれ》しそうに含み笑いする。

「ええと、つまりそれは、予知夢というものでしょうか？　いや、ここが過去の世界だから、過去夢？」

三鳥は首を傾げる。

「俺が夢の中で過去に戻って、三鳥さんに未来の事件を警告しているんです。でもややこしいことは考えないでください。ただ来年まで、露壜村には行くなということを覚えておいてください。もし俺やハテナがそこへ行くと言い出したら、何が何でも止めてください」

「分かりました。その日が来れば必ず止めてみせます」

三鳥は神妙な面持ちでしっかりと頷《うなず》く。

「僕も、僕も止めるよ！　クロちゃんがどれだけ行きたいって言ってもダメって言うからね」

果菜も鼻から息を吹いて胸を張る。二人に頼もしさを感じる反面、突拍子もない話をあっさりと受け入れた態度に違和感を覚えた。所詮《しょせん》これは夢の中での会話に過ぎないのか。過去に戻って未来の事件を伝えることなどできやしないのだろうか。

「おや、今日は何のパーティだい？」

声が聞こえて顔を上げると、白衣に山高帽を身に付けた犬神がいつの間にかダイニングの前に立っていた。傍らには大きな旅行トランクが置かれている。確か、一週間ほどの旅から帰ってきたところだった。

「お兄さんのお帰りパーティだよ！　三鳥ちゃんが作ってくれたの」

「そうか。じゃあいただくとしよう」

犬神は驚きも感動もなく席に着く。同時に三鳥が立ち上がって皆にケーキを切り分けはじめた。

「ふ、不慣れながら作ってみました。チーズケーキです」

「いいね。世界最古にして最高のケーキのひとつだ」

六等分されたケーキは大皿に二切れを残して四人の皿に配られる。いただきますの挨《あい》拶《さつ》もそこそこにハテナはさっそくフォークを突き立てた。

「……おいしい。すごくおいしいよ、三鳥ちゃん」

「そうですか。ありがとうございます」

口の端にホイップクリームを付けた果菜に向かって三鳥は微笑む。黒彦も一口味わってから少女の感想が決して誇張ではないと実感した。

「本当においしいですね。俺、あまり甘過ぎるのは苦手だからこれくらいがちょうどいいです」

「白鷹様も。ありがとうございます」

三鳥は小さくお辞儀をするものの、その目線は犬神の方に向けられている。彼は無表情のまま機械仕掛けのようにフォークを口に運び続けていた。

「い、犬神さんも、おいしいですよね？」

黒彦は緊張に耐えかねて犬神に尋ねる。彼は切れ長の冷たい目をこちらに向けた。

「何がだい？」

「それです。今食べているケーキです」

「ああ、うん……」

犬神は目線を下げてじっとケーキを見下ろした後、三鳥の方を見た。

「そうだね。よくできているよ」

「本当ですかぁ！　犬神様」

三鳥は胸の前で両手を合わせる。犬神は頷いてからさらに口を開いた。

「砂糖の甘さがチーズの旨味《うまみ》を引き立てて、カラメルソースのかすかな苦みと絡み合っている。加えてホイップクリームが強気な味を中和しつつ、後味を引きずらないように薄めている。近所のスーパーマーケットで買った程度の材料を使ったとしたら、かなりの高水準でバランスが保たれているね」

犬神は科学者のような口調でケーキを評価する。三鳥は目を大きくさせながら何度も頷いていた。

「……ただ、生地と焼き加減には一考の余地があるだろうね」

「な、何かいけませんでしたか……」

「ベースと生地が崩れかかっている。ベースの材料に使ったビスケットはもっと細かく砕いて、完全に粉々にしてからバターをしっかりと馴染《なじ》ませないといけない。丁寧さが足りなかったね」

「すみません……」

「生地は焼き過ぎている上に急冷し過ぎている。オーブンの温度はもう少し下げて時間をかけた方がよかった」

「一応、温度も時間もレシピ通りに従ったのですが」

「料理のレシピはあくまで参考文献だよ。機械のマニュアルとは違う。その場の環境、材料の品質、調理器の程度によって出来上がりは異なる。うちのオーブンは温度にばらつきがある上に、加熱ポイントが少し右に偏っている。しかしそれもレシピじゃなくてケーキそのものの状態をよく見ていれば分かったはずだよ」

「そ、そうですね」

三鳥の頭がどんどんうつむく。犬神はそれでも話を続けた。

「このチーズケーキは丁寧さと雑さが混在している。それは君の、おこがましくもケーキを作ってやろうという傲慢《ごうまん》さの表れでもあるだろうね。料理は作るのではなく、作らせてもらうものだ。素材は生き物であり、料理は彼らの協力によって生まれるものなんだ。ゆえに君が成すべきことは、彼らを無理矢理型に塡《は》めるのではなく、注視を怠らずに適切な方向へと道案内してやることなんだよ。それに気付いていれば、たとえどんな道具を使っていても決して失敗することはなかっただろう」

「そ、そういえば、犬神さんはどこへ行っていたんですか？」

黒彦は二人の会話というか、犬神の一方的な話を打ち切る。三鳥は既に眼鏡の奥の目を潤ませていた。

「ハテナから、一週間ほど出かけているって聞いていましたが」

「京都のとある大学に行っていたよ。知人の教授からウイルスに関する研究報告があるから聞いて欲しいと頼まれたんだ」

「ウイルスって、コンピュータのウイルスですか？」

黒彦は犬神がかつてコンピュータウイルスの研究も行っていたことを以前に聞いていた。だが彼は首を振る。

「いや、タンパク質のウイルスだよ。この分野は研究が盛んで年々発見と発展が続いている」

「インフルエンザになる奴だよね」

果菜が言う。

「それも一つだね。その研究と論文作成にアドバイスしていたんだよ」

犬神はフォークを持った腕を大きく伸ばすと、大皿にあった残りのチーズケーキを一つ取り上げる。腹が減っているのか、文句を付けた割には珍しく食欲旺盛《おうせい》だった。

「お兄さん。ウイルスって何なの？　虫？」

「ウイルスはウイルスだよ。虫よりももっとずっと小さくて単純な存在だけど、人間みたいなものだよ」

「人間？　あれが？」

黒彦は意味が分からずに尋ねる。大して知っている訳でもないが、人間に似ているとはとても思えなかった。

「ウィルスは人間と同じく単独では非常に微力で弱々しい。だが仲間が増えると爆発的な力を生み出すことができる。奴らが自分よりもはるかに巨大な生物を病気にしたり、死に至らしめたりすることは知っているだろう」

「でもそれは、他の生き物だって同じじゃないですか」

「他の生き物はまだ自重している。お腹が一杯になれば襲わないからね。でもウィルスは他者の細胞を利用して自身のコピーをどこまでも増やし続ける。抵抗を受けると凄《すさ》まじい速度で突然変異を発生させて被害を無効化する。そして人間と同じく、生息環境を破壊し尽くしても増殖を止めることはできないんだ。活動をセーブして環境を守ろうという意識は全くない。その先に絶滅があったとしても自らの愚行を止めることはできないんだ」

「人間はもう少し賢いですよ」

「そうだといいね。でも人という字は所詮、倒れゆく人同士が何とか支え合っている姿に過ぎない。おまけに逆《さか》さにすれば、二つに増殖するウィルスのVになるんだよ」

犬神は皮肉ともジョークともつかない話をする。黒彦はそれでも両者が似ていると感じることはできなかった。絶滅する前にきっと誰かが何とかしてくれるだろう。そんな漠然とした期待もまた、倒れゆく人々の甘えに過ぎないのかもしれないが。

「あのう、犬神様。ひとつお聞きしてもよろしいでしょうか」

いつもの温和で優しげな顔に戻った三鳥が尋ねる。どうやら泣くのは持ち堪《こた》えられたようだ。

「犬神様は、どうして博士をお辞めになったのでしょうか？」

その質問に黒彦と果菜は目を大きくさせる。

「今回もそうですけど、時々お知り合いの先生方に会いに向かわれていますよね。それはきっと犬神様のお知恵を借りたいという方が大勢おられるからだろうと思いますが、犬神様自身が博士に戻られることはないのでしょうか？」

当然といえば当然の質問だった。犬神が博士を辞めたのは、ここに座っている果菜という人間を作ったからだと聞いている。だが、それは犬神兄妹《きょうだい》と黒彦しか知らない秘密の事情だった。犬神の対応に固唾《かたず》を飲む。彼は紅茶を一口含んでからおもむろに口を開いた。

「僕は博士を辞めたんじゃなくて、辞めさせられたんだよ。だから復帰はあり得ない。たまに知人たちの研究を手伝ったり、色々な施設に籠《こ》もることもあるけど、あくまで期間限定のゲスト扱いを受けているのさ」

「犬神様ほどの方がどうして辞めさせられたのでしょうか？」

「神の領域に足を踏み込み、神をも凌《しの》ぐ答えを得ようとしたからだよ」

「それは、どういう……」

「簡単に言うとね、未来を予知しようとしたのさ」

「未来を予知？」

犬神の思わぬ返事に黒彦は声を上げる。果菜の開発とは異なる理由を話し始めた。

「そう、未来。未来。未来って何だと思う？」

「あしたのこと！」

果菜が答える。

「明日にならなくても、この先起きる出来事のことでしょうか？」

三鳥が答える。

「それとも何十年や何百年も先の話ですか？」

黒彦が答える。犬神はどの答えにも首を振った。

「未来とは、過去の続きのことだよ。石を投げれば地面に落ちる。春になれば草木は芽吹く。打てば響く鐘の音。因果応報。定石踏襲。そんな前例ございません。幾重にも積み重ねられた過去が未来を決定付けている。すなわち、過去を完全に掌握すれば未来をも読み取れるということだよ」

「凄《すご》い！　でもよく分かんないや」

「大体の意味は分かりますけど、どうやって過去を掌握するんですか？　歴史を勉強するんですか？」

「それも決して無駄なことではないが、それでは不完全だ。たった千年、二千年を遡《さかのぼ》るだけでも穴だらけ、継ぎ接《は》ぎだらけで話にならない。それだけの情報量で未来を予知することは不可能だろう」

「じゃあどうするんですか？」

「僕は、宇宙の誕生を再現して、そこから歴史を辿《たど》ることにしたんだよ」

「宇宙の誕生？」

三人は訳が分からず目を白黒させる。未来を予知する話のはずが、とてつもない過去へと遡ってしまった。

「もっとも、宇宙についてはまだまだ謎が多い。だから地球の誕生から進めることで妥協した。ざっと四十六億年くらいだよ」

「そんなのどこで、どうやって再現するんですか？」

「コンピュータの中でだよ。データ化された疑似宇宙の中で必要な要素を入れた疑似地球を発生させる。そこから高速処理で時間を早めて僕らのいる今現在まで辿り着かせるんだ。現在はあらゆる過去によって導き出せる。データが完全であれば疑似地球はこの地球と全く同じ歴史を辿ることになるんだよ」

「では、そこには小さな私たちも現れるんですか？」

理解力のある三鳥が質問する。

「小さな僕たちというよりは、データ化された僕たちだ。そこでも僕らはテーブルを囲んで、チーズケーキを前にしているはずだ。ただ違うのは、時間の流れを自由に加速できることにある。原子の振動を何万倍、何百万倍もの速度で動かせられる。四十六億年の時を経て、現在時間をも飛び越えてしまったとしたら？」

「未来が始まる……」

黒彦の呟《つぶや》きに犬神は口角を上げた。とてつもない計画。彼は未来を予知するために、宇宙を作り上げようとしたのだ。

「じゃあお兄さんは、明日のことが分かるの？　何が起きるのとか、僕が何をするのかとか」

「ハテナが何をするかくらいは分かるさ」

「ウソ！　僕、何するの？」

「僕に起こされて、シリアルを食べて、黒彦君と学校に行くのさ」

「すごいや！　さすがお兄さん！」

「それで、本当に未来は予知できたんですか？」

黒彦が呆《あき》れつつ尋ねる。すると犬神は平然とした顔で首を振った。

「できなかったよ。それをしようとして僕は追い出されたからね」

「え、なぜですか？」

「プログラムの開発に膨大な時間と莫大《ばくだい》な予算を費やしてしまったんだ。中途半端なところで資金が底を突いてしまって、おまけに誰にも言わずに使い込んだからすごく叱られた。それで、もう君の面倒を見きれないと言われてしまったんだ」

「それは……あんまりじゃないですか」

「数千万円の予算を無断で使い込まれては見逃せなかったんだろうね。せめて計画実行の承認をもらっておくべきだった。それともっと小規模、アメリカの二百年前とかヨーロッパの二千年前くらいから実験を繰り返すべきだった。お陰で僕は籍を失い、人類の未来は闇に閉ざされてしまったのさ」

犬神はそう言って三鳥を見る。

「もっとも未来予知だけじゃなくて、他の色んな研究についても嫌われていたけど、大体そんな理由で僕は今ここにいるのさ」

「分かりました、残念ですね」

三鳥は溜息《ためいき》をついて納得する。犬神はフォークを持った腕を伸ばすと、さらに大皿から残りのケーキを取り上げた。

「ちょっちょっとお兄さん！　食べ過ぎだよ！」

果菜も慌ててフォークを突き出す。確かに犬神はいつになくよく食べていた。

「あんまり食べると太るよ！」

「太って悪いことなど何もないよ。それに今夜は僕のお帰りパーティじゃないか」

「お帰りパーティだけどダメ！　僕が食べるの」

「分かった。ジャンケンで決めるとするか」

「それもダメ！　お兄さんが絶対勝つから」

「あ、すみません。もっと作れば良かったですね」

三鳥が見かねて声を上げる。とても足りない量とは思わなかったが、なぜかそんな風になってしまった。犬神は横目で三鳥を見つめる。

「三鳥さん、また作る機会はあるのかい？」

「え、ええ。作ります。作らせてください！」

「そう、じゃあ僕は我慢するか」

「やったあ！」

果菜は素早くケーキを奪い取る。

「でもハテナ、黒彦君と半分ずつにしなさい。君の方こそあまり食べると太るよ」

「太って悪いことなど何もないよ！」

「そうか。じゃあ遠慮なく豚に進化するといい」

「……でも僕は優しいから、クロちゃんにも半分あげるね」

「分かった……」

黒彦は皿に置かれた半分のケーキを見つめてから、三鳥に目を向ける。彼女は目を潤ませて、でも先ほどとは全く違う表情で犬神の横顔をじっと見つめていた。

「……なんか凄いな、犬神さん」

「うん。お兄さんはいつだって僕に優しいからね」

果菜は嬉《うれ》しそうにケーキを頬張る。犬神は憮然《ぶぜん》とした顔で紅茶を飲んでいた。

「あ、そうだ。お兄さん、さっきクロちゃんも未来予知をしてくれたんだよ」

「へえ、何を予知したんだい？」

「何だっけ？」

果菜はこちらを振り向く。黒彦が答えようと口を開いた瞬間、足下がぐらりと揺れた。

「何だ、地震か？」

だが三人は平然とした顔でこちらを見つめている。地震ではない、眩暈《めまい》でもない。うっかりと現実を思い出してしまったために、夢から醒《さ》めようとしているのだ。黒彦はテーブルに手を突いて身を乗り出す。

「犬神さん、みんな、露壜村には行くな！　これが俺の未来予知だ。絶対に忘れないでくれ！」

「それはできない相談だな」

犬神は黒彦の焦りを受け流す。

「未来は変えられない。僕らは宇宙の誕生から決められている歴史を辿っているだけなんだよ」

「じゃあ俺とハテナはどうすればいいんですか！　犬神さん！　あなたはどこにいるんですか！」

「未来を見る機会はなくなった。僕がどこにいるのかは僕にも分からない。でも君が何をすればいいのかは知っている」

「何をすればいいんですか！」

「決まっているさ。ハテナを守るんだよ。そのための手段を考えて、行動すればいい」

「未来の僕によろしくね、クロちゃん」

ハテナはこちらを見上げて歯を見せる。黒彦がその小さな頭に触れようと手を伸ばした途端、床が抜け落ちたような感覚が背筋を通り抜けた。夢から醒める。世界が戻る。なぜか理解できない寂しさに胸が締め付けられた。

36

目が覚めると、やはり綾樫家の客間だった。

露壜村へ来て三日目の朝。何が起きて、どうしてここにいるのかも全て知っている。皮肉にも犬神が言った通り、過去の続きの未来が訪れていた。

「やっぱり夢だったのか」

黒彦は天井を見上げたまま呟く。いつか見た日の風景と、いつか聞いた会話。過去の人たちに警告を与えて未来の危機を回避する。映画や漫画で見たことあるような方法も、この現実では何の役にも立たなかった。自分は超能力者でもなければタイムトラベラーでもない。だからあれは未来予知でもなければ過去へ戻った訳でもない。ただ自分の脳内だけで展開されている夢に過ぎなかった。

「じゃあの夢を見た意味は何だ？」

考えるまでもない。この現実から逃げ出す方法、取るべき行動を求めている内に、過去の記憶から掘り返された思い出だった。その答えは犬神が、あるいは犬神を通して自分自身が教えてくれた。未来は変えられない。そして、ハテナを守れ。

「そんなの分かっているよ……」

遠くから声が聞こえてくる。夢ではない。鼓膜を震わせる外界からの刺激だった。

『おい、起きろ親父！　起きるんだよ！』

「洋滋郎さん？」

黒彦は反射的に覚醒《かくせい》して体を持ち上げる。聞き覚えのある声と、聞き覚えのある言葉。

切迫した声色は、昨日の作市が殺された朝と全く同じものに聞こえた。

「まさか、時間が戻ったのか？　一日だけ？」

あり得ない状況に戸惑う。だが続く洋滋郎の声に黒彦の想像は無残にも打ち砕かれた。

『起きてくれよ親父！　死ぬんじゃねえよ！』

「作滋さんが？」

過去は変わらなかった。そして、さらに恐ろしい未来がやって来た。

作滋の部屋の前で時枝と市之助と雫が立ち尽くしている。三人とも黒彦の方にちらりと目を向けたが、何も言わずに視線を部屋に戻した。

「ど、どうしたんですか？」

黒彦が近付いて尋ねるも、三人は何も答えない。そのまま作滋の部屋を覗《のぞ》くと、布団の上にうつ伏せになって倒れる男と、その前に座り込む洋滋郎の背中が見えた。洋滋郎に隠れて倒れる男の顔は見えない。

「親父、ウソだろ、おい……」

洋滋郎は布団に向かって語りかけている。部屋は黒彦のいる客間と同じ作りと広さだが、テレビやタンスや小型の冷蔵庫が生活感を漂わせている。机の上には日本酒らしい大きな酒瓶とガラスコップ、ツマミらしい干物を乗せた皿が置かれていた。

「失礼します、黒彦君」

背後から声が聞こえて廊下の脇に身を寄せる。盛貴に続いて、昨日見た医師の恋塚が部屋へと入った。

「洋滋郎様、よろしいですか」

恋塚が声をかけると洋滋郎は立ち上がって布団から下がる。そこにはやはり作滋が大の字になって倒れていた。鼻と口から筋のような血を流し、目を大きく見開いて額に皺《しわ》を刻んでいる。だが昨日見た作市の死体とは違って、大量に出血したような痛々しさは見られない。作滋はただうつ伏せに倒れて、驚いたような顔で天井を睨《にら》みつけていた。

「……首が、捻《ねじ》れている」

黒彦は異常に気付いて息を飲む。顔は上を向いているが、体は下を向いている。つまり作滋の頭は真後ろまで捻られていた。また、投げ出された腕は肘《ひじ》と手首の間でひとつ折れ曲がり、足も膝《ひざ》と足首の間でくの字に曲がっている。作務衣《さむえ》のような服を着ているので中身は分からないが、強い力で骨が折り曲げられているようだ。痛々しいどころではない。体の芯《しん》が寒気を覚えるような光景だった。

「な、亡くなられているんですか？　作滋さん」

黒彦は隣に立つ雫に尋ねる。彼女は無言のまま小さく顎《あご》を引いた。

「今朝、マリイが作滋叔父《おじ》様を起こそうとした時にはもう……」

「黒彦君」

雫の隣の市之介が声をかける。

「……昨夜、気付かなかったか？　作滋叔父さんの部屋に向かう人や物音なんかは」

作滋の部屋は黒彦の部屋から二間隣になる。黒彦は昨夜のことを思い返すが、特に何かを見たり聞いたりした覚えはなかった。いつの間にか眠ってしまい、あの夢を見続けていた。そして地震のような震動とともに起こされた。

「地震……」

「何だ？　黒彦君。何か知っているのか？」

「……いえ。俺は何も気付きませんでした。すみません」

黒彦は頭を振って否定する。夢から目を覚ます寸前、体を揺すられるような感覚を受けた気がする。だがそれが本当に外的なものだったのか、覚醒前の錯覚だったのかは分からなかった。

「謝らなくてもいい。俺や雫だって何も知らないんだ」

市之介は口惜しそうに呟《つぶや》く。彼や雫の部屋も作滋の部屋とは廊下を挟んだ対面にある。単純に距離だけならば黒彦の部屋よりも近いはずだった。

「さ、作滋が死んだって本当なの？」

廊下の向こうから慌てたような声が聞こえる。どたどたと足音を響かせながら久子と久弥が駆け付けてきた。

「止まってください！　久子伯母《おば》さん」

市之介が身を翻して立ち塞《ふさ》がる。久子は昨日のように死体に近付かずに足を止めた。

「市之介、本当ですか……」

「……はい。作滋叔父さんは、恐らく首の骨を折られて殺されています」

「首の骨を……」

久子は茫然《ぼうぜん》と立ち尽くす。その姿に向かって時枝が冷たい視線を向けていた。

「どうして、どうしてまた、こんなことに……」

雫は震える声で呟く。遅れて駆け付けた釜松が黒彦の横を擦り抜けて部屋に入った。

「……誰だ」

刃物のように鋭い声が通り抜ける。振り向くと畳の上に座り込んだ洋滋郎が、取り囲む全員を睨み付けていた。

「誰だよ、親父を殺したのは。ふざけんじゃねぇぞ！」

「やめろ！　洋滋郎」

市之介が立ち上がろうとする洋滋郎の前に立つ。

「邪魔すんじゃねぇ！」

洋滋郎は白手袋を着けた拳《こぶし》で市之介の頬を殴った。

「お兄様！」

「市之介！」

雫と時枝が叫ぶ。だが市之介は怯《ひる》まず、無言で洋滋郎の腕と体を摑《つか》んだ。

「てめぇら、よくも親父を殺しやがったな！　親父を殺して遺産を横取りする気だな！

許さねぇ、絶対許さねぇぞ！」

「落ち着け、洋滋郎！」

洋滋郎が暴れ出すも、市之介が押し倒す。盛貴や釜松がその腕を押さえ付けた。異常な姿で殺害された父と、ためらいなく恨み節を叫ぶ息子。周囲の者たちはただ青ざめて立ち尽くすしかなかった。

37

広間にはウタを除いた綾樫家の者たちと、盛貴と淵の使用人二人、駐在の釜松と医師の恋塚、そして黒彦と果菜が集まっていた。ウタはまだ隣の部屋で眠っており、マリイが付き添っている。老婆に作滋の死を伝えるのは目を覚ましてからでも良いだろうと家族は判断したようだ。

「今度は作滋さんが死んじゃったの？」

上座に座る果菜が隣の黒彦に小声で尋ねる。

「ああ……信じられないな」

黒彦は呟くように返す。目の前の膳《ぜん》には軽い朝食が並べられているが、誰も手を付けようとはしない。湯気の立つ湯飲みだけがさかんに持ち上げられていた。

「作滋様の状況をお伝えします」

広間の端に座る恋塚がそう告げる。皆は振り向いて彼を見た。

「作滋様の死因は頸椎《けいつい》骨折、首の骨が折れて亡くなられたものと思われます。また両腕の前腕、両足の臑《すね》、両手の親指を除く八指、肋骨《ろっこつ》の五本も骨折しており、それに伴い内臓にもいくつか損傷があるようです」

「酷《ひど》い……」

時枝が呟く。まるで交通事故のような被害。作滋は体の内部でバラバラになっていた。

「凶器は鈍器か、あるいは固い物を押し当てて捻ったのかもしれません。肌に裂傷はなく、打撲の痕《あと》が多数見られます。死亡推定時刻は昨日の深夜から本日の未明、午前二時辺りだと思われます。詳しいところは解剖してみないと分かりませんが、おおよそそのような状況です」

恋塚は軽く頭を下げて説明を終える。続いて釜松がおずおずと手を上げて口を開いた。

「ちゅっ、駐在の方からもいくつか質問したいのですが、構いませんでしょうか」

一同は軽く目を向けるが特に反応は見せない。釜松はなぜかぺこぺこと頭を下げていた。

「その、作滋様の昨夜のご様子はいかがだったかお尋ねしたいのですが……」

釜松の声が広間に響き、消えてゆく。久子はじっと目を閉じ、時枝は軽く天井を仰いでいた。息の詰まるような緊張感が漂っている。他の者たちもうつむいたり、ぼんやりとどこか遠くを見たりと彼の質問に答える様子はなかった。

「昨夜は夕食の後、九時過ぎにご入浴いただきました」

見るに見かねてようやく盛貴が答える。釜松はふんふんと頷《うなず》いては手帳に鉛筆を走らせた。

「その後はお部屋で、恐らくテレビを観ながらお酒を飲まれていたかと思います。私もマリイも特に用事を申し付けられることはありませんでした。十二時頃に私が使用人部屋に戻った時には、窓の明かりは消えていたかと思います」

「なるほど、なるほど。では、その後に何かおかしな物音などを聞かれた方はおられませんでしょうか？」

釜松は改めて皆に尋ねる。久子と時枝は相変わらず無反応だが、市之介と雫は軽く首を振った。黒彦と果菜も軽く目を合わせてから首を振る。昨夜は不意に時枝の訪問を受けた後、恐らく日付が変わる前には寝たと思う。その後はあの夢を見て朝まで目覚めることもなかった。しかし他人の屋敷と布団では熟睡できたとも思えず、また昨日の事件の後なので身の回りの危険には敏感だったはずだ。それでも屋敷内の異変に気付かなかったのだから、作滋が殺害された際にもほとんど物音はしなかったのだろう。

「洋滋郎。お前は何も知らないのか？」

市之介は向かいの席に座る洋滋郎に尋ねる。父親の死体を前に取り乱した彼はもう大人しくなったが、顔も上げずに憮然《ぶぜん》とした面持ちのまま固まっていた。

「お前の部屋は作滋叔父さんの隣だ。畳の振動だって伝わりそうなものだが……」

「知らねぇよ。知ってたら親父を助けていたよ」

「……洋滋郎。お前、昨日は自分の部屋にいたんだろうな」

「当たり前だ。でも知らねぇもんは知らねぇんだよ」

洋滋郎は顔を上げて言葉を吐き捨てる。黒彦には市之介の質問がよく理解できなかった。彼が自分の部屋にいないとすれば、どこにいたというのだろうか。

「よお釜松、それで親父を殺した奴は見つかったのかよ」

さらに洋滋郎は当てつけのような口調で釜松を責める。当然、釜松はうつむいて頭を振った。

「い、いいえ。私にはまだ何とも……」

「それでも警察かよ。いつも暇そうにしてんだから、こういう時くらい活躍しろよ」

「止めなさい、洋滋郎君」

時枝は落ち着いた口調で洋滋郎を諭す。

「釜松に絡んでも仕方がないでしょう」

「……まあな、この中に犯人がいても釜松じゃ言えねぇもんな」

「洋滋郎君」

「だってそうだろ。作市のおっさんに続いて親父までこの屋敷で殺されたんだ。まさか強盗が二日連続で来るはずがねえ」

洋滋郎は皆を眺め回す。その鋭い目付きからは疑いと怒りの感情が窺《うかが》えた。

「おまけに外から親父の部屋に行くとしたら、門の鍵《かぎ》を開けて、使用人どもの部屋の脇を通って、玄関を開けて、土間から廊下に上がって、黒彦と俺の部屋の前を通らなきゃならないんだ。そんな強盗、いるはずがねえよ。なあ、時枝伯母さん」

「……そうね。作滋さんの部屋にも荒らされた様子はなかったものね」

時枝は洋滋郎と示し合わせたかのように返す。

「きっと犯人は強盗じゃなくて、作滋さんを殺すことが目的だったのでしょう。夫と同じように」

「ああそうだ。だからこの中に親父を殺した奴がいるんだよ。親父を殺して、後継者としてご当主様の遺産をぶん取ろうとしている奴がよ」

洋滋郎の目ははっきりと斜め前の久子へと向けられている。だが久子は口を真一文字に閉じて時枝の方を睨《にら》んでいた。

「釜松よぉ」

洋滋郎の声に釜松は肩を震わせる。

「てめえ、手錠とか持って来てんだろうな」

「てて、手錠？　手錠なんてどうするんですか？」

「バカか？　捕まえるに決まってんだろ！　今から……」

「いい加減にしなさい、洋滋郎」

久子は横目で洋滋郎を見る。

「あなた、誰を捕まえる気でいるんですか？」

「あんたに決まってんだろ。よくも親父を殺してくれたな」

洋滋郎はためらいなく返す。久子が口の奥で歯を嚙《か》み締めるのが見えた。

「作市のおっさんと親父が死ねば、ご当主様の子どもはあんただけになる。だから殺したんだろ」

「……そんな理由で私が作滋を、弟を殺したって言うの？　冗談じゃないわよ」

「図星だろ。あんたは後継者の座を横取りするために親父たちを殺したんだ」

「伯母《おば》をあんたなんて呼ぶんじゃありません！」

久子は握った拳《こぶし》を膳に叩《たた》き付ける。がちゃん、と何かが割れる音が響いた。

「それに横取りとはどういう意味ですか！　昨日も言った通り、この家の後継者になるのは私よ。私がご当主様の長子なのよ！」

「婆様が許すのかよ」

「当たり前よ。作市と作滋は弟！　私は弟たちと助け合って綾樫家を守るつもりだったのよ！　殺すなんてとんでもないわ！」

「それなら、黒彦君に頼みごとをしなくても良かったのではないですか？」

二人の脇から時枝が口を挟む。久子はやや目を大きくさせてから、素早く黒彦の方を睨んだ。

「黒彦君……」

黒彦は直視できずに目を逸《そ》らす。まさか時枝が、こんなところであの話を持ち出してくるとは思わなかった。

「綾樫家に関わるなって言った癖に……」

「クロちゃん、なんかあったの？」

果菜が心配そうに尋ねるが、何も答えられなかった。

「黒彦君は悪くありませんよ。私が厳しく問い質《ただ》したから、仕方なく教えてくれたのです」

時枝は黒彦を庇《かば》いつつ久子を責める。

「……生き神様のハテナちゃんを使って、お義母《かあ》様にご自身を売り込むつもりだったそうですね」

「何だと！　本当かよ。きったねえな」

洋滋郎が吐き捨てる。

「そんな大切な話を家族以外にするなんてどういうつもりですか？　それが綾樫家を守ることになると言うのですか？」

「それはあなたたちが……」

「義姉《ねえ》さん。一族の後継者は家長の長男に任されるのが当然です。これは露壜村の掟《おきて》であり綾樫家の掟です。長男が相応《ふさわ》しくなければ次男が代わります。女が入る例などないのです」

「だから二人とも殺したんだろ」

洋滋郎が続けて言う。久子は怒りと困惑が入り混じった表情を見せていた。黒彦は上座の脇から彼らの様子を見つめる。夫を殺された時枝、父親を殺された洋滋郎、そして無傷の久子。彼女が疑われるのも無理はないが、本当に彼女が自分の弟たちを殺害したのだろうか。

「久子伯母さんが犯人だと言うのなら、どうやって殺したんだ？」

別の方から声が聞こえる。これまで黙っていた市之介が三人に向かって尋ねた。

「父さんも作滋叔父《おじ》さんも男だ。作滋叔父さんは酒を飲んで寝ていたかもしれないが、父さんは土蔵で仕事をしていた。女の久子伯母さんでは手に余るだろう」

「不意を突いて襲ったのでしょう」

時枝は息子に向かって冷静に返す。

「二人ともまさか義姉さんに襲われるなんて想像もしていなかったでしょうからね。作市には姉として近付いて、いきなりナイフで刺したのよ。相手が男だろうと一溜《た》まりもないでしょう」

「だが一回じゃない。父さんの体を何度も刺している。これは言うのは簡単だが体力的にも精神的にもかなりきついと思うんだ。しかも翌日の今朝には作滋叔父さんの骨を何本も折っている。骨というのは軽い事故でも折れるものだが、折ろうとしてもなかなか折れるものじゃない」

市之介は軽く恋塚に目を向ける。医師も無言で頷《うなず》いた。

「市之介、あなた義姉さんを庇うつもりですか？」

「そうじゃない。だが久子伯母さんがやるには重労働過ぎる気がするんだ」

「一人でやったとは限らねぇだろ」

洋滋郎は片膝《かたひざ》を立てる。

「殺したのはでかい男の方かもしれねぇぞ」

「でかい男？」

市之介が尋ねると洋滋郎は顎《あご》をしゃくる。その先には驚いた顔をした久弥が座っていた。

「え、ぼ、僕が……」

「久子伯母さんが後継者になれば、その次はお前になる。二人でやれば作業も早いだろう」

「そ、そんな、言いがかりは止めろよ」

「ああ？　誰に向かって口利いてんだ」

「ひぃ」

久弥は喉《のど》の奥から高い声を漏らす。

「久子伯母さんが指図して、実際にはお前が殺したんだろ。デブのお前が体重をかければ骨くらい折れるさ」

洋滋郎は眉間《みけん》に皺《しわ》を寄せる。なるほど、黒彦も共犯者の可能性までは考えていなかった。若者で体の大きい久弥ならば、中年の作市や作滋が抵抗しても押さえ込めるかもしれない。彼が殺人を引き受けるなら、久子も黒彦への頼み事を捨てて、より具体的な手段をもって後継者の座を求めても不思議ではなかった。

「よお、久弥」

洋滋郎は年上の従兄弟《いとこ》を呼び捨てにする。久弥は額に汗を浮かべて震えていた。

「お前が、俺の親父を殺したのか？」

「ち、違うよ。僕はそんなことしてない……」

「聞こえねぇよ！　親父を殺してただで済むと思うなよ。お前も同じ目に遭わしてやるからな」

「お黙りなさい！　洋滋郎！」

久子がほとんど叫ぶように声を上げる。

「時枝、洋滋郎、妄想も大概になさい！」

「何が妄想だよ！」

洋滋郎も叫ぶ。

「妄想は妄想よ！　私が後継者に選ばれるために弟を殺したとか、一人じゃ無理だから久弥に殺させたとか、全部勝手な妄想じゃない！　あなたたちはそんなに私を人殺しにしたいの！　そんなにこの家を貶《おとし》めたいの！」

「でも義姉さん、あなたしかいないじゃないですか！」

時枝がなおも追及する。

「私は夫を殺されて、市之介と洋滋郎君は父親を殺されました。二人が死んで得をするのはあなただけじゃないですか！」

「じゃあ私はどうやって作滋を殺したっていうの？　私の部屋と作滋の部屋はちょうど

屋敷の正反対にあるのよ。廊下を右に進めばお母様、ハテナちゃん、時枝、市之介、雫の部屋がある。左に進んでも久弥と黒彦君と洋滋郎の部屋がある。どっちに行ってもあなたたちに出会うかもしれないのよ」

「深夜だから、たまたま出会わなかっただけかもしれません」

「たまたま？　あなたは偶然出会わなかったから私と久弥を人殺しにするの？　誰も見ていないのに私たちを犯人と決め付けるの？」

「中庭を突っ切ったのかもしれねぇだろ。そしたら一直線だ」

洋滋郎が言う。

「それだって、そうかもしれないってだけでしょ。淵！」

久子は末席に座る庭師の淵を呼ぶ。

「昨夜は雪も降らなかったわね。中庭の雪に私や久弥の足跡は残っていましたか？」

「……ございませんでした」

淵は頭を下げたまま答える。

「本当かよ、おっさん」

「はい。俺はお屋敷に来るといつも自分が手入れをしているお庭を見ます。だから今朝も自然と見ていました。お庭の様子は昨日とちっとも変わりません。昨日は作市様が亡くなられたので、誰もお庭に下りていませんでした。だから今日も足跡ひとつございませんでした」

「ほら見なさい。どうなの洋滋郎」

「……中庭を通ったかどうかなんて、単なる俺の思い付きだよ」

「なら今話す必要もないでしょうが！」

久子はふて腐れた洋滋郎を叱りつける。

「それに、凶器はどうなったの？　作市を刺した刃物はどこへ行ったの？　作滋の骨を折った道具はどこへ行ったの？　釜松、見つかったの？」

「……申し訳ございません。昨日から方々を探し回っているのですが、まだ見つかりません」

釜松は正座したまま深く頭を下げる。

「私や久弥の部屋も見たわよね？」

「はい。皆様の部屋も拝見いたしましたが、やはりどこにも……」

「あなたの目は節穴かしら？　市之介の部屋に日本刀があったはずよ」

「何を言い出すんだ！　久子伯母さん」

市之介は目を剝《む》いて声を上げる。

「あれは父さんから譲り受けた刀だ。凶器なんかじゃない！」

「刀は刀じゃない。人殺しの道具よ」

「釜松さんにもちゃんと確認してもらった。半年前に手入れした後は鞘《さや》からも抜いていなかった」

「釜松の検証なんてあてにならないでしょ。抜いたかどうかなんて分かるものですか」

「部屋に凶器を飾っておく奴がどこにいる！　本物の凶器はどこかに隠されたんだ！」

「じゃあどこに隠したって言うの？　私と久弥を人殺し呼ばわりするなら、凶器の隠し場所だって分かっているんでしょ？　洋滋郎！　時枝！　凶器があるならここに出してみなさい！」

久子は二人を順番に見る。どちらも体を震わせるばかりで口を開かなかった。

「……クロちゃん。あの人たちって仲良しさんじゃなかったの？」

彼らの言い争いを見つめながら果菜が尋ねる。今まで何を見て来たのかと思ったが、生き神様としてウタの相手をさせられてきた彼女は、これまで彼らのこんな姿を目にしていなかった。

「二人も殺されたんだ。仲も悪くなる」

「でも、みんな家族なんでしょ？」

「……今は家族だからこそ、厄介なんだろ」

黒彦は果菜の方は見ずに小声で返す。両親が早世し、叔父《おじ》夫婦に放任されている自分は、家族というものをあまり知らない。ロボットの果菜にとっては犬神以外に存在もしなかった。他人でもなく親友でもないが、最も親密な関係。その軋轢《あつれき》が目の前で明るみに出ていた。

「おお……」

遠くから不機嫌な犬のような声が聞こえる。広間の全員がそれに気付いた瞬間、ぽんぽんと襖《ふすま》を叩《たた》く音が聞こえた。

「あ、あの、よろしいですか」

雫が慌てたように立ち上がる。

「マリイからの合図です。お婆様がお目覚めです」

「お母様が？　分かりました」

広間はざわめき、久子が立ち上がる。

「作滋のことを伝えないと……」

「なら私も参りましょう」

時枝も素早く腰を上げる。二人は一瞬視線を交差させたが、どちらも何も言わなかった。

「……洋滋郎君も来なさい。あなたの口から報告しなさい」

「おう……」

洋滋郎も素直に従う。恐らく三人とも、ウタに伝える内容を警戒し合っているのだろう。

「ハテナちゃんも一緒に行きましょう。お婆様にお顔を見せて安心させないと」

雫はこちらに向かって手招きをする。

「あ、そうか。じゃあ行って来るね、クロちゃん」

「ああ……」

　黒彦は果菜に向かって頷《うなず》く。少女は左手で黒彦の手を握った。

「……クロちゃん。また、僕のせいで作滋さんが死んじゃったって言われたらどうしよう」

「そんなの知るかって言えよ」

「言ってもいいの？」

「……いや、何も言わない方がいいと思う。ハテナはウタさんの顔を見ておくだけでいい」

　黒彦は果菜の小さな手を強く握る。不安は残るが、今はウタの下に行かせるより他になかった。

「私も気を付けておきます。さあハテナちゃん」

　雫は黒彦に向かってそう言うと、果菜の手を引いて隣の部屋へと向かう。少女の手は中指の先まで触れてから離れた。

「ひとまず解散しよう」

　市之介は残った者たちに向かって言う。

「俺は部屋に戻る。恋塚先生はまたお婆様に呼ばれるかもしれないから少し残っていてください。釜松さんは、何かあれば俺か盛貴に言ってください。盛貴、淵、後は任せた」

市之介はそう言って広間を出る。皆はそれを見送ってから、ようやく溜《た》め込んでいた重い息を吐いた。手持ち無沙汰《ぶさた》になった黒彦も立ち上がって広間を出る。今、自分ができることは何もない。意見を交わす相手もいなければ、誰からも求められてはいないだろう。

「おい、黒彦」

「はい？」

名前を呼ばれて振り返る。大柄でくしゃくしゃ頭の久弥が細い目をこちらに向けていた。

「やることないんだろ？　ちょっと僕の部屋まで来いよ」

「はあ……」

黒彦は戸惑いつつも頷く。久弥はふんと鼻を鳴らすと背を向けてのしのしと歩き始めた。

38

久弥の部屋は黒彦の客間から見て右手、土間を挟んだ反対側にあった。開いた襖から部屋に入って最初に感じたのは、何やらじっとりと湿った空気と生臭い匂い。次に気が付いたのは部屋を埋め尽くすほどの雑多な物の山だった。

「その辺に座れ。本とかCDを踏み潰《つぶ》すなよ」

久弥は奥に置かれた自分専用の座椅子にどっかりと腰を下ろす。黒彦はその手前のスペースに体を曲げて何とか座った。周囲には漫画本やグラビア雑誌やCDやDVDがうずたかく積み上げられている。座椅子の正面にあたる壁には大きなテレビが置かれ、周囲には白色や黒色のゲーム機が転がっていた。

「物が溢《あふ》れていますね……」

「雪国の冬は退屈なんだよ。村に来ても引き籠《こ》もるしかない。ちょくちょく荷物を持ち込んでいたらこうなった」

久弥はペットボトルのコーラをがぶ飲みする。どこかで交わした会話に似ていると感じて、それが香具土神楽であったことを思い出した。ただ、彼女の部屋も本に埋め尽くされていたが、きちんと整理されており清潔感が漂っていた。それに部屋の主《あるじ》の姿も全く違うだけに、連想するのも失礼に思えた。

「あーもう、腹立つなぁ！」

「な、何ですか？」

「洋滋郎だよ！　僕を脅しやがって！　年下の癖に！」

久弥はだだっ子のように足を投げ出して憤る。

「あいつ、作滋叔父さんが死んでバカになったんじゃないか？　思い込みだけで人殺し呼ばわりされちゃたまんないよ！」

「……父親が殺されたのだから取り乱すのも無理ないですよ」

「ママがいなかったら本当に殴り合いになるところだったぞ。あいつの方が死ねば良かったんだ！」

久弥は緩《たる》んだ頬を膨らませる。どうやら彼は部屋に戻ると態度が変わる人らしい。だがこの幼稚な姿が本来の彼だとしたら、作市や作滋を殺害した凶悪な男とはとても思えなかった。

「……広間での話、久弥さんはどう思いますか？　久子さんも随分と責められていましたけど」

「あんなのみんな嘘っぱちだよ。時枝叔母さんも作市叔父さんが殺されたからって酷《ひど》いよ」

「……嘘ってことは、本当のことを知っているんですか？　誰が二人を殺したのか」

「何だよお前、そんなことにも気付かないのかよ」

「はあ、俺にはさっぱり分かりません。ここの人じゃないですから」

黒彦はできるだけ気楽な調子で返す。久弥は少し見下したような目を見せてからこちらに少し顔を近付けた。傷んだ魚のような匂いが強くなる。

「誰にも言うなよ……」

「はい」

「犯人は作滋叔父《おじ》さんと時枝叔母さん、あと市之介と洋滋郎だよ」

「ええ？」

「あいつらは潰し合ってるんだよ」

久弥は黒彦から離れると座椅子に大きく体を反らせた。

「誰がどこまで関わっているかは知らないよ。でも作市叔父さんを殺したのは作滋叔父さんだよ」

「どうして作滋さんが作市さんを？　兄弟なのに」

「広間での話を聞いていただろ。ご当主様が死んだ後の後継者の話。このままじゃ長男の作市叔父さんが選ばれるから、その前に次男の作滋叔父さんが殺したんだ。でも作滋叔父さんは酒で体を壊しているから、息子の洋滋郎も手助けしたはずだよ」

「じゃあ、作滋さんを殺したというのは……」

「今度は時枝叔母さんの復讐《ふくしゅう》だよ。あの人が黙っているはずがない。でも一人じゃ無理だから、実際には市之介が殺したんだろう」

「市之介さんが？　まさか」

「あいつ、骨を折るのは大変だとか言ってたじゃないか。あんなのやったことのある奴じゃないと気付かないさ。妹の雫まで関わっていたかどうかは知らないけど、隣の部屋なんだから気付かなかったとも思えない。きっと黙っているんだよ」

久弥はやけに大きな福耳を揉《も》みながら自信満々に語る。広間では唯一被害が及ばなかった久子と久弥に疑いの目が向けられたが、彼の推理でも事件の動機に成り得ると感じた。

「久弥さん。その話、皆さんにはしないんですか？」

「ああ、しないよ。だって証拠がないもん。ママが他の奴らに妄想だって言ったんだから、僕の名推理を話したってみんな文句を言うだろ。ママだってきっと話すタイミングを窺《うかが》っているんだ」

「そうですか……」

「それに、もう言わなくたっていいんだよ。これでママが後継者に選ばれるのは決まったようなものだからな」

「でもそれは、時枝さんや洋滋郎さんが許さないんじゃないですか？」

「決めるのはお婆様だよ。時枝叔母さんは女じゃ後継者になれないって言ってたけど、死んだご当主様の子どもはもうママしかいないもん。それに作市叔父さんの家も、作滋叔父さんの家も、どちらも家長が殺されているんだ。信心深いあのお婆様がそんな不吉な家に屋敷と遺産を渡すはずがないよ」

久弥はにたにたと笑みを浮かべる。言動は子どもっぽいが、考え方は意外と鋭い。それが真相なのだろうか。

「まあ黒彦、お前には関係のない話だよ。ごたごたに巻き込まれて大変だったな」

「そうですね……」

「ところで聞いてもいいか？」

久弥は再びずいと顔を近付ける。よく見ると歳の割には髪が薄い。額から頭頂部にかけて地肌が透けて見えていた。

「あの、ハテナって子は何なんだ?」

「何なんだって、何ですか?」

「だから、お前と付き合っているのか?」

「あ、いや……」

突然の質問に黒彦は戸惑う。

「……そういうのじゃないです」

「でも二人で旅行しているんだろ。しかも泊まりがけで」

「それは昨日お話しした通りですよ。ハテナの兄とこの村で会うはずだったんです」

「ああそうだったな。ふうん……」

久弥は口をすぼめて納得していない素振りを見せる。

「何ですか? 俺とハテナのことなんてどうでもいいじゃないですか」

「どうでも良くないよ。だってあの子は生き神様だぞ」

「生き神様だから、何なんですか?」

「生き神様なんだから、その、しょ、処女じゃないとダメじゃないか」

「はあ?」

「お、お婆様が心配してたんだよ。作市叔父さんが殺されたのは、生き神様が穢《けが》れているからではないだろうか。処女じゃないから神通力が弱いんじゃないだろうかって」

「……本当ですか？」

「ほ、本当だよ。どうなんだよ！」

久弥はなぜかむきになって言う。正直言って気持ち悪い男だと感じた。

「……知りませんよ。俺とはそんなんじゃないですから。でもそうだと思いますよ」

「そうって、どうなんだよ」

「だから、その、処女だと思いますよ」

黒彦は頭を掻《か》きつつそっぽを向く。久弥はようやく離れて座椅子に戻った。

「そうか、そうだよな。ははは……」

「……処女じゃなければ、生き神様から解放してもらえるんですか？」

「バカ。それじゃあお婆様を裏切ったことになるだろ。生きて帰れると思うなよ」

「もう充分裏切っていると思いますよ」

作市に続いて作滋まで殺された今、ウタはそれでも生き神様を信じているのだろうか。やはり自分たちは早々にこの屋敷から退散した方がいいように思えた。

「……久弥さん。ウタさんに頼んではもらえませんか？　そろそろ俺たちを屋敷から解放してやれって」

「何だよ、僕がお婆様に言うのかよ」

「俺が言っても無駄でしょう。孫の久弥さんの話なら聞いてもらえるんじゃないですか？」

「ふん。まあお婆様は僕の頼みなら断らないからな。じゃあお前だけでも逃がしてやるよ」

「いや、俺だけ出てもダメですよ。ハテナも一緒にお願いします」

「黒彦、ハテナは諦《あきら》めろよ。どうせもうこの屋敷からは出られない」

「はあ？」

黒彦は意味が分からずに声を上げる。久弥は太った腹を突き出してにやにや笑っていた。

「だって生き神様だもん。帰るなんて訳にはいかないだろ」

「そんな無茶な。作市さんとは長くても明日には解放してもらえる約束だったんですよ」

「作市叔父さんなんて、もういないじゃん」

「それでも、いつまでもあいつを崇《あが》めている訳にはいかないでしょう。どうせ贋物《にせもの》なんだから、ウタさんが落ち着いたら二人を離すべきですよ」

「ああ。これで殺人事件も終わって後継者も決まることだから、お婆様もゆっくり休めるだろうな」

「だったら……」

「でもその後は、僕がもらうんだよ」

「え、何言ってんですか？」

黒彦は驚いて目を大きくさせた。久弥は再び福耳を揉み始めた。

「僕、ハテナが気に入ったんだ。可愛いし、明るいし、小さいし。だからママが次の当主になった暁には、僕もハテナをもらうことにしたんだよ」

「もらうって何ですか？　結婚でもするんですか？」

「結婚にはまだ早いだろ。だからまずはお手伝いさんかな」

「お、お手伝いさん？」

「うん。僕専属のお手伝いさん。色んなお手伝いさん。うふふ……」

久弥は顔を紅潮させて語る。彼の周囲には何冊ものグラビア雑誌が積まれている。表紙に載っている少女たちは、テレビでよく見るアイドルたちよりもさらに幼い顔立ちに見えた。

「……そんなの、他の人たちが認めないでしょう」

黒彦は嫌悪感を覚えて反論する。だが久弥はふふんと鼻で笑った。

「他の人って誰だよ。盛貴やマリイはうちに口出しできないぞ」

「綾樫家の人たちですよ」

「ママが当主になったら時枝叔母さんは追い出されるさ。作市叔父さんがいなければもう赤の他人だよ」

「市之介さんと雫さんがいるじゃないですか」

「あの二人は放っておいても出ていくさ」

「放っておいても？」

「どっちも後継者の話には興味なさそうだったろ？　市之介は真面目な奴だから揉《も》め事が嫌いなんだよ。それにあいつらは……おっとこれは言えないな」

久弥はわざとらしく太い手で口を隠す。黒彦は聞く気にもなれなかった。

「あと洋滋郎は絶対に追放してやる。遺産も渡さず、会社も奪って、身ぐるみ剝《は》いで綾樫家から追い出してやる。ママが当主なんだから何でもできるさ」

「だからってハテナを……」

「あの子は本物の生き神様だよ。僕とママにとってはね。ああ、もちろん金は払うよ。人さらいじゃないんだから、ハテナにも家族にも大金を握らせてやる。僕に楯《たて》突かなければ何不自由ない生活を送らせてやる。だから心配すんなよ」

久弥は黒彦に全く意味のない安心を語る。彼は見た目通りのとんでもない奴だった。屋敷を出るために協力してもらえるかと考えたのが大間違いだった。

「なあ知ってるか、黒彦。ハテナって、いい匂いがするんだよ」

「……匂いを嗅《か》いだんですか？」

「だって僕、あの子を背負う役だもん。持ち上げた時にこう、ふわっと匂いがするんだよ。髪の匂いなのかな、体臭なのかな。女の子って不思議だよなあ。何でだろ」

「……知るかよ」

「あとすっごく軽いし、それにこう、背中にささやかな胸の感触があるんだ。だから僕、わざと体を揺すって擦《こす》りつけるように歩くんだ。そしたらハテナは……」

「お邪魔しました、久弥さん」

黒彦はいきなり話を打ち切って立ち上がる。久弥は慌てたように手を伸ばして身構えた。

「明日、必ず帰りますから。二人で」

「な、何だよ。怒るなよ。別に恋人同士じゃないんだろ」

「だからって、あんたの好きなようにさせてたまるかよ」

「ふん、もう手遅れだよ。綾樫家と露壜村は僕とママのものだ。明日はお前だけ出て行け。ハテナは僕が可愛がってやるよ。ほら、今謝ったら旅行費くらい払ってやるぞ」

久弥は口の端に泡を溜《た》めてにやつく。黒彦はその顔を押し潰《つぶ》すかのように勢いよく襖《ふすま》を閉めた。

39

久弥への憤りを抱きつつ綾樫家の廊下を歩く。やはりこの屋敷は、この村は異常だ。殺人事件がどうなろうと知ったことではない。明日、無事にこの村を出ることだけを考えなければならなかった。

「あら、黒彦君」

廊下の先で雫が立ち止まって声をかけてくる。黒彦は早足の勢いを止めずにそのまま彼女の方へと近付いた。

「雫さん、どこへ行くんですか？」

「お婆様のお部屋です。これからご祈禱《きとう》が始まるそうなのです」

「ご祈禱？」

「『しぇんのん様』、ハテナちゃんへのご祈禱です。他の方々は上手《うま》く逃げましたけど、私とマリィは参加させられてしまいました」

雫は力ない声で軽く笑う。久弥の推理によると彼女も事件に関わっている可能性がある。少し挙動不審な顔や口振りを見せるが、それが演技なのか大人しい性格によるものなのかは判断できなかった。

「……ハテナの様子はどうですか？　ウタさんから責められましたか？」

「いいえ。作滋叔父《おじ》様が亡くなられたと聞いて茫然《ぼうぜん》とされましたが、その後すぐに『しぇんのん様』に祈りを捧《ささ》げると仰《おっしゃ》って準備を始めました」

「殺人事件や後継者についての話はされましたか？」

「お母様や久子伯母《おば》様や洋滋郎さんがされていましたけど、何と言うか、興味の無いような顔をされていました。きっとショックが大きすぎたのでしょう」

相継いで起きる身内の不幸。夫と長男と次男を立て続けに失ったウタにとっては、ただ信仰する『しぇんのん様』へ祈りを捧げるという現実逃避しかできなかったのだろう。

だがその心の拠《よ》り所も、贋物の生き神様だった。

「……雫さん、ハテナは明日のバスで連れて帰りますよ」

「あ、それは……」

「作市さんとは約束しました。それに俺たちも明後日《あさって》からは学校があります。帰らなきゃならないんです」

「そうですか……」

雫は戸惑う素振りを見せてから、考え込むような表情を見せる。彼女のこんな顔をよく見ている。きっといつも困っているのだろう。

「……でも、お婆様がお認めになるでしょうか」

「雫さん」

黒彦は雫に一歩近付く。はっと見上げた彼女の顔は、少し赤みを帯びて美しかった。

「……あまり言いたくないですけど、俺たちは無関係です。誘われるままにここへ来たのは良くなかったと思いますが、生き神様だけでなく殺人事件にまで巻き込まれて迷惑しているんです」

「そう、そうですね」

「お願いします。もう帰らせてください」

「……私の一存では決められないのです。家で一番若い私の判断では」

「認めてもらえなければ勝手に帰るしかありません。ハテナも無理矢理引っ張っていきます。ウタさんを悲しませたくないですが、仕方ないです」

黒彦は強気で訴える。綾樫家で最も立場の弱い末娘を責めるのは忍びないが、こちらも引き下がる訳にもいかなかった。彼女は震えるように頷《うなず》いた。

「……お兄様、市之介に相談させてください。お兄様ならきっと分かってくれます。二人ともちゃんと村から出られるようにしてくれるはずです」

「分かりました。お願いします」

黒彦は頷いて一歩退く。雫はまるで少女のように弱々しく頭を下げてから、ウタの部屋へと向かって行った。

「大丈夫かな……」

黒彦は人気のなくなった廊下に佇《たたず》む。納得したものの、やはり不安は拭《ぬぐ》えない。市之介は頼りになりそうだが、もう綾樫家の人間は誰一人として信用できなくなっていた。だが周囲を見ても自分たちに協力してくれそうな味方はいない。告げ口をする盛貴やマリィは信用できず、弓削、釜松、恋塚も村八分を恐れて綾樫家には逆らえないだろう。

「……古老の顔役といえば、連水寺の延寿住職がいる」

黒彦は昨日聞いた香具土神楽の言葉を思い出す。ウタに邪教と呼ばれた寺の人間。それだけに自分たちの味方になってくれるかもしれない。ウタの部屋からは女たちの読経《どきょう》がかすかに聞こえる。顔を上げると中庭に立つ巨大な黄金像が嘲笑《あざわら》うかのようにこちらを見下ろしていた。

40

連水寺は綾樫家を出て坂を下った後、役場や駐在所とは反対の道をしばらく歩いた先にあった。遠景から見た通り、山の裾《すそ》に沿って長い石段が続いた先に古びた小さな寺がある。辺りは静かで人の姿もない。暗い空からはまたひらひらと雪が降り始めていた。

石段の中程まで登ったところで一人の老人が箒《ほうき》で雪を掃いている。寒そうな禿頭《とくとう》に紺色の作務衣《さむえ》を着ているので寺の僧侶《そうりょ》だとすぐに分かった。

「どうも、こんにちは」

黒彦が挨拶《あいさつ》をすると老人も顔を上げる。顔の下半分が白いヒゲに覆われていた。

「おお……お前さんは、旅行に来ているという子じゃな」

老人は訝《いぶか》しげな視線を向ける。低く、嗄《しわが》れた声だった。

「そうです。よくご存じですね」

「村の者は皆知っておる。屋敷におるとか」

「はい。あの、お寺の方に行ってもいいですか？」

「寺に？　ああ構わんよ。だが今は雪を掃いておるからちょっと待っていてくれ」

老人はそう返して箒を動かす。

「ああ、いえ。一人で行けますから大丈夫です」

「そうかい。門は開いとるから勝手に入ってくれ」

「分かりました。それと住職さんは今お寺におられますか？」

「住職？　ああおるよ、ここに」

「あれ？」

「わしが住職を務めておる、延寿という者じゃ」

「そ、そうですか。すみません気付かなくて」

黒彦は驚いて声を上げる。まさか住職が一人で掃除をしているとは思わなかった。延寿は軽く溜息《ためいき》をついた。

「袈裟《けさ》も着ず数珠《じゅず》も持たんと、ただの爺《じじい》じゃからな」

「いえ、そういう訳でも……あの、手伝います」

「気にせんでよい。先に寺で待っていてくれ」

「二人でした方が早いです。下に雪を落としていくんですよね」

「……お前さん、名前は？」

「白鷹黒彦といいます」

「そうか。じゃあよろしく頼む」

延寿はそう言って箒を手渡す。誤解したお詫《わ》びの意味でもあったが、老人一人の重労働を見かねる気持ちもあった。

「それにしても、どうして住職さんが掃除をされているんですか？」

「住職とて掃除はするわな。階段に雪が積もっていては危ないじゃろう」

「それはそうですけど、他の人は手伝わないんですか？」

「ここにはわし一人しかおらんよ」

延寿は黒彦の掃いた雪を柄付きのちりとりに集めて脇に捨てる。小さな寺だが弟子の一人もいないとは思わなかった。

「そうですか……でも、それなら村の人たちも手伝ってはくれないんですか？」

「村の者はもう誰も近寄らんよ。手を貸すなと言われておるからな」

「手を貸すな？　誰がそんな酷《ひど》いことを……」

黒彦はそう言ってから手を止める。村人たちにそんな命令を下せる者などひとつしかなかった。

「まさか、綾樫家ですか？」

「ああ……お前さんも色々と聞いておるようじゃな」

延寿は顔も上げずに認めた。

41

石段の雪かきを終えた後、黒彦は延寿とともに連水寺へと向かう。寺は予想通り小さなもので、大きな本堂と小さな仏堂が並び、脇には寺務所とそれに隣接する延寿の自宅らしき建物があった。黒彦は寺務所の一間に招かれて、奥に消えた延寿を待つ。綾樫家よりも広い部屋は襖《ふすま》を閉めてもやはり寒い。ゆっくりと流れる冷たい空気からは線香の匂いが感じられた。

「待たせたの。さあ一服しよう」

延寿は茶と菓子を乗せた盆を持って部屋に戻る。何から何まで一人でしなければならないのは大変だ。

「わざわざすみません」

「わしが休憩するついでじゃ。足も崩しなさい」

延寿は素っ気なく言って茶をすする。禿頭と白ヒゲのせいで年齢は分かり難いが、あまり元気そうには見えなかった。

「それで、寺とわしに何か用か？　それともただの見物か？」

「……実はちょっとお願いしたいことがあって来たんです」

黒彦はあぐらをかいて軽く延寿を見上げる。

「俺、ハテナというもう一人の女の子とこの村に来たんですけど、明日には定期バスで帰ろうと思っています。でもちゃんと綾樫家から出られるかどうか心配なんです」

「はて、それは一体どういう意味じゃ？　綾樫家の者に捕まるとでも言うのか？」

「はい。俺じゃなくてハテナの方が」

「ああ……村の者が生き神様とか言っておったな」

延寿はヒゲを撫《な》でる。

「つまり、ウタさんが逃がさんかもしれんと言いたいんじゃな」

「そうです。そりゃあ屋敷を飛び出して逃げることはできると思います。でも結局はその後バスに乗らないといけませんから、無理矢理止めて捕まえられるかもしれないんです」

「なるほど。それでわしに便宜を図ってくれと」

「はい。延寿さんなら何とかできるんじゃないかと思って。お願いできますか？」

黒彦は延寿に向かって頼み込む。だが老人は細い喉《のど》を震わせてうなった。

「ふーむ。しかしその様子だと、ウタさんは相当熱心なようじゃな」

「はい。ハテナが傍にいるだけで元気になって、いなくなると寝込んでしまいます。だから大人しく帰してくれるとは思えないんです」

「……そうなると難しいのう」

「何とかなりませんか？　延寿さんは、上手《うま》く言えませんが、この村でも偉い立場の方なんでしょう？」

「偉くはないが古くはある。だがそれゆえに綾樫家からも嫌われておる。さっきも言った通り、今のわしは村の者たちからも避けられておるんじゃよ」

寺には他に誰もおらず、寒い中一人で掃除をするしかない住職。彼はもう村人を指導できる立場ではないようだ。

「……だが、余所《よそ》の者が帰ると言っているのに、帰さんと止めるのも無茶な話じゃ。わしも一応は皆に働きかけてみよう」

「そうですか、お願いします」

黒彦は膝《ひざ》に手を置いて頭を下げる。どこまで頼りになるかは分からないが、協力してもらえるのは有り難い。延寿は盆に湯飲みを置いて溜息をついた。

「まったく、ウタさんのマジナイにも困ったもんじゃな」

「マジナイ……あの『しぇんのん様』というのは、この寺のものではないんですよね？」

「もちろん違う。あれは久作さん、この間死んだ当主がどこからか持ち込んできたものじゃ。綾樫家は仏教よりもこっちを信仰すると言ってな、檀家《だんか》からも出てしまいおった」

「それで延寿さんとも仲が悪くなったんですか？」

「まあの。わしは好きにすればいいと思っておったが、久作さんとウタさんからは酷く嫌われた。邪教などと呼ばれてな。それもやむなしとしておったが、あいつらは村の者たちにまでそれを強要するようになった。『しぇんのん様』を崇《あが》めよ、連水寺には協力するなとな」

「でも村の人たちは『しぇんのん様』なんて信じていませんよね」

「信仰は簡単には変えられん。だからこそ皆困っておるんじゃよ」

綾樫家に逆らうと村から追い出される。だが村の寺と住職を見捨てる訳にもいかない。迫害はしないが、手を貸すこともないこの寺の現状は村人たちの迷いを表しているように見えた。

「……久作さんも、こちらのお墓に埋められていると聞きました」

「ああ。寺の裏が皆の墓地になっておる。作市さんに頼まれたんじゃ。村の者を集めて葬儀を行い、この墓地に埋めたいと」

「作市さんからは嫌われていないんですか」

「いや、あいつは要領が良かったんじゃよ。久作さんの葬儀なら村の者を全員集めなければならない。だが綾樫家は『しぇんのん様』を信仰しているが、村の者はそうでもない。それに遺体を埋める墓もない。それで一旦《いったん》はウタさんに『しぇんのん様』のことは目をつぶってもらうことにしたんじゃろう」

「延寿さんは、それで良かったんですか？」

「わしは良いも悪いもない。久作さんを弔ってくれと言うのなら弔ってやるのが寺の務めじゃ。だがウタさんはやはり不満を持っておったようじゃな」

延寿の話を聞いて黒彦は気付く。ハテナが『しぇんのん様』の生き神として屋敷に招かれたのは、他ならぬウタの一存だった。あれは作市たち家族が久作を連水寺の墓地に埋葬したことへの反発だったのかもしれない。

「……ウタさんは、屋敷の中庭にお墓を作るつもりのようです。久作さんのご遺体をここから移し替えたいとか」

「なんと、本当か？　いつじゃ？」

「そこまではまだ決まっていないようです。それにもう、それどころでもなくなりましたから」

「ああ、作市さんまで死んだそうじゃな」

「それと作滋さんも、今朝」

「何？　また殺されたのか？」

延寿は掠《かす》れた声を上げる。黒彦が黙って頷《うなず》くと、肩を大きく上下させて息を吐いた。

「何事じゃ、誰がそんなことをしておる」

「まだ分かりません。ただ、やはり家族内の揉《も》め事のようです」

「何を揉めておる？　久作さんをここに埋めたことか？」

「違います。恐らく綾樫家の後継者と遺産のことのようです」

「おお……」

延寿は眉《まゆ》をひそめて嘆く。

「……くだらん。そんなくだらん話でか」

「でも綾樫家の後継者となると、村にとってもかなり重要な話じゃないんですか。それに遺産も、俺にはよく分かりませんけど」

「後継者になればそれこそ村では生き神のように扱われるじゃろう。久作さんの遺産となればかなりの金と、この辺りの土地や山、村外にあるいくつもの会社の経営権が得られるじゃろう」

「それならやはり……」

「だが、それがどうしたというのか。そんな理由で一族を殺してどうするというのか」

延寿は初めて嫌悪感を抱いたような顔を見せる。自分や寺が虐げられても穏やかに受け入れていたが、今回の事件については我慢できないようだ。

「……因果かもしれんな。同じ家の者同士が殺し合うのも」

「因果？」

「善い行いをすれば善い結果が返る。悪い行いをすれば悪い結果が返る。自分の行いは自分に返る。それが因果応報というものじゃ」

「……それが、綾樫家の者たちが殺し合う理由ですか？」

黒彦は首を傾げる。悪い行いをすれば悪い結果が返る。それは人を殺すと死ぬという分かりきった話だろうか。いや違う、そんな短い時間の話ではない。延寿は少し間を空けてから改めて話し出した。

「黒彦君は、綾樫家がこの村で幅を利かせている理由は知っておるかな」

「確か、屋敷の裏手に露壜湖を持っているからだと聞きました。田畑に引く水を支配しているから誰も逆らえないと」

「他には？」

「……お金持ちだからですか？」

「そうじゃな。露壜村は昔から貧しい村じゃった。綾樫家はそんな皆の面倒を見てやっていた。悪く言えば金を撒《ま》いて言うことを聞かせておったのじゃ」

「でもそれって、そんなに悪い話なんですか？　困っている人たちを救っていたんじゃないですか？」

「では綾樫家がこんな村でなぜ金持ちになったか知っておるか？　皆が貧しければ綾樫家も貧しかろうに」

「それも聞きました。『露壜』という薬を作っていたそうですね。山の薬草と湖の水を調合していたとか、それが村外でよく売れたとか」

「表向きは、そうじゃな」

「え？」

「表があれば裏もある。綾樫家が作っていたのは薬だけではない。山の毒草と湖の水を合わせて作った毒薬、『毒露壜《どくろびん》』も売り歩いておったのじゃよ」

「毒露壜……」

ドクロのマークが描かれた茶色い小瓶が安易に思い浮かぶ。それがどういった物かは知らないが、薬を作る方法を知っているならば、毒を作り出せても不思議ではなかった。

「どこに売っておったのかは知らん。だが『毒露壜』は『露壜』とは比べものにならんほどの富をあの家にもたらした。そしてその金を村の者たちに撒き手なずけたのじゃ」

「毒を売って得られた富、ですか」

「やがて村の内外から不自然な死人が多く出るようになったが、村の者たちは誰も綾樫家を噂したり、警察に訴えたりすることはなかった」

「村の人たちも、金を受け取っていたからですね」

「ああ。その上毒露壜の効果は遺体から検出されにくかったらしい。それでも綾樫家を疑い、恨み、刃向かおうとする者もいたが、皆村を追い出されたのじゃ」

延寿は淡々とした口調で語る。露壜村と綾樫家にまつわる暗い過去。黒彦はこの村に漂う閉鎖的で重苦しい雰囲気の理由が分かったように思えた。

「あの家は呪われておる。毒を売って、恨みを買って大きくなったのじゃ。そして今は、その遺産を巡って身内同士が殺し合っている。だからわしは因果と言ったのじゃ」

現在の不幸は、過去の悪行の報い。黒彦は夢でも見た犬神との会話を思い返していた。未来は過去によって作られる。これから起きることは、これまで起きたことの結果である。綾樫家の者たちは潜在的に、毒露壜を売って間接的に人を殺し続けてきた祖先の過去を背負っているのだ。

「何とか、できないんでしょうか」

「何ができると言うのじゃ」

「今あの家の人たちはお互いに疑い合って、いがみ合っています。このままではまた殺人が起きるかもしれませんし、起きなくても元の関係を修復できるとは思えません」

「……余所《よそ》者は関わらん方がいい。黒彦君は村を出たいと言っておったじゃないか」

「出ます。もちろん明日帰ります。でもあの家のことも心配なんです。事件が無事に終わるとは思えないんです」

綾樫家に義理もなければ借りもない。寝食の恩は生き神様の働きで返したつもりだ。それでも全てを忘れて村を出るのは気が引けた。これは正義感などではない。これから起きるであろう、さらに陰惨な事件への恐怖心だった。

「何もできんじゃろう。わしらにできることといえば、せいぜいあの家の凶事が村にまで及ばぬよう願うくらいじゃ」

だが延寿は黒彦の頼みを聞き入れず、胸の前で静かに合掌した。

42

黒彦は延寿との話を終えると連水寺を出て石段を下る。話に聞いた通り住職は、古老の顔役として村に詳しく綾樫家にも対抗できる人物のようだが、事件に対しては他の者と同じく消極的で関わることを避ける様子が窺《うかが》えた。明日村を出ることについては協力すると約束してもらえた。だがそれ以上に何がいるかと問われたら、所詮《しょせん》は余所者の自分には何も言えなかった。

「……恋塚さんにも会ってみようかな」

屋敷に戻る気にもなれず、他に行く宛《あて》を探してみる。駐在とはいえ釜松には期待できそうにないので、医師の恋塚に事件に関する見解を尋ねてみようと考えた。彼は作市と作滋の死体を間近で見ている。その死因や死亡状況から何か事件を解く鍵《かぎ》を持っている可能性があった。

「あ、黒彦君」

道端で声をかけられて振り返る。あぜ道のように細い通りの向こうから、白いコートを着た香具土神楽の姿が見えた。

「どうしたの？　何でこんな所を歩いているの？」

「連水寺に行ってたんです。延寿さんにお話を聞いていました。神楽さんは？」

「家に帰るところ。父さんの仕事を手伝っていたの。と言ってもただの荷物持ちだけどね」

神楽は黒彦の傍まで近付いて微笑む。雪がちらつく中の彼女は、まるで妖美《ようび》な雪女のように見えた。

「黒彦君もお屋敷に帰るの？」

「いえ、ちょっと恋塚先生の病院にも行ってみようかと思って」

「あら、先生ならお屋敷の方に行ったみたいよ。大奥様の様子を見てくるって、さっき道で会ったの」

「あれ、そうなんですか？　大奥様の様子って、またウタさんの具合でも悪くなったのでしょうか」

「ううん。私も聞いたけど特にそうじゃないって。ご当主様がいた頃から週に一度は定期検診に伺っていたからね」

「ああ、そういうことですか」

ウタの体は傍目《はため》にも元気そうには見えず、特に感情によって体調が大きく変化しているようだ。立て続けに事件が起きている現状を思うと、医師としても気が気ではないのだろう。

「そうか、恋塚先生は病院にいないんですか」

「どうしたの？　何か先生に用事があったの？」

「いや、まあそういう訳でもないんですが……」

「あ、分かった」

神楽はぐっと首を伸ばして顔を近付ける。

「お屋敷に帰りたくないんだね」

「……そうかもしれません」

黒彦は苦笑する。用事がなければ屋敷で大人しく過ごしていればいいのだが、事件のことが気になるのか、綾樫家の者たちに会いたくないのか、どうもそうしたくはない気分だった。神楽は予想が当たって満足げな顔を見せる。

「じゃあちょっと遊ぼうか。私についておいで」

「はあ、何かあるんですか？　また神楽さんの家に行くんですか？」

「ううん。いいところ。さ、行くよ」

神楽は黒彦の手首を摑《つか》んでやや強引に引く。黒彦は訳が分からないまま彼女とともに歩き出した。


神楽に手を引かれて連れて来られたのは、村はずれにある一軒の古びた民家。玄関前にもわずかに雪が積もっており、人が行き来した様子もなかった。

「ここは何ですか？　誰の家ですか？」

「空き家よ。もう誰も住んでいないの」

神楽は鍵のかかっていない引き戸を開けて玄関に入る。家の中は閑散としており、土間には靴の一足も見当たらなかった。

「お邪魔します……」

「誰もいないって。やっぱり人がいないと寒いね。ストーブいれるよ」

神楽は遠慮なく居間に入ると、天井から下がった照明を点《つ》けて薪《まき》ストーブに火を点ける。部屋には古い机やタンスといった家財道具が置き去りにされていた。

「ここ、私の隠れ家なの。家に帰りたくない時はたまにここで過ごしているの」

「この家の人はどこへ行ったんですか？」

「知らない。村から出て行ったのか、みんな死んじゃったと思う。村にはそんな家も結構あるのよ」

神楽は薪ストーブの火が落ち着くのを確認してから、コートを脱いで振り返る。雪国の者だけに寒さには強いのか、中は割と薄手のチュニックとショートパンツ姿だった。

「ね。外にいるよりまだましでしょ。何もないけど、誰も来ないからゆっくりするといいよ」

「助かりました。ありがとうございます」

黒彦は畳に腰を下ろして笑顔を返す。行く宛もなく、無闇に村を彷徨《うろつ》くことも気兼ねしていただけにこの隠れ家は有り難い。神楽と秘密を共有するのも何となく楽しかった。

「連水寺に行ってたって言ったよね。どうしたの？」

「協力してもらおうと思ったんです。明日、俺たちが無事に村を出て帰れるように」

「ああ、綾樫家に捕まらないようにか。何とかしてくれそうだった？」

「一応は、皆さんに口添えをしてくれるそうです。あまり期待できませんが」

「延寿さんも難しい立場みたいね。それにしても大奥様はまだハテナちゃんを拝んでいるの？　少しはましになった？」

「……もっと熱心になっています。今朝、作滋さんが殺されてしまいましたから」

「ウソ、作滋様も？」

神楽は目を大きくして驚く。静かな空き家に声が響いた。

「……いよいよ呪われてきたね。香具土深良の魔術の本領発揮かな」

「そうは思いたくありませんが……」

黒彦は否定しきれずに口籠《くちご》もる。呪いや魔術と決め付けてしまうと、どうやっても逃れられないように思えてしまうのが恐かった。

「神楽さんに詳しくは話せませんが、事件の背景は大体分かってきました。犯人も徐々に見え始めてきましたが、決定的な証拠はまだ見つかっていません」

「へえ、やるね。さすが黒彦君だ」

「皆さんの会話を聞いていただけです。ただ昨日神楽さんが言った通り、まともに事件が解決するかどうかは怪しくなってきました。綾樫家の皆さんは犯人を探すよりも、誰を犯人にするかで言い争っているみたいです」

「黒彦君はどうするの？　謎を解いて犯人を見つけて、皆を助けてあげるつもりなの」

「いえ……俺にはそんなことできません」

黒彦は少し迷ってから顔を背ける。

「どうせ他人の家の話ですから。それに犯人を見つけても、本当にあの家のためになるかどうかも分かりません」

「それでも何とかしてあげたいと思うから落ち着かないんだね。でもどうすることもできないから苛《いら》ついているんだね」

「……くだらないんですよ。後継者とか、遺産とか。そのために言い争ったり、殺したりするなんて俺には理解できないんです」

黒彦は吐き捨てるように言う。だが神楽は目を細めて微笑んだ。

「優しいね、黒彦君は。理解してあげようとするんだから」

「……間違っていますか、俺」

「黒彦君は何も間違っていないよ。だけどあの家については関わらない方がいいと思う。みんな犯人を探す気がないんだから。君が思い悩んでも仕方ないよ」

「そうですね……」

彼女の言葉は正しい。だがそこまで割り切れるほど自分は冷たくはない、もとい、賢くはなかった。

「犬神さんがいれば……」

「え？」

「……ハテナの兄です。あの人がいれば、あるいは何とかなるのかなって」

「無理よ」

「え？」

神楽はなぜか即答すると、膝《ひざ》を詰めて下からこちらを見上げた。

「犬神さんのことは知らないけど、多分その人だって同じことを言うと思うよ。君たちの言う通り、超・頭が良くって何でもかんでも簡単に解いちゃう人だとしても、そんな人だからこそ構うなって言うと思うよ」

「……そうかもしれません」

黒彦は素直に頷《うなず》く。賢い人は賢い人を知るということだろうか。神楽は少し困った表情を見せる。

「私の言っている意味、分かってる？」

「はい。あんな家に付き合うなんてバカバカしいってことですね」

「違うわよ」

神楽はさらに顔を近付ける。

「……心配しているんだよ、君を」

「あ……それは、ありがとうございます」

黒彦は戸惑いを隠すように笑って立ち上がる。思いがけず、神楽の魅力に引き込まれそうになってしまった。

「……分かっています。俺があれこれ考えても仕方ないことです。どうせ明日には帰るんだから」

「帰っちゃうんだよね」

「はい。ようやく定期バスも来てくれますから」

黒彦は神楽に背を向けて部屋の奥を見る。わずかに見える襖《ふすま》の奥は真っ暗で、冷たい風が通り抜けていた。

「奥の部屋へは行かない方が良いよ。オバケが出るから」

「冗談に聞こえませんよ」

言われなくても行く気はない。広い家は人がいないと一層寂しげに感じられた。傍らに目を向けると、小さな木製の文机《ふづくえ》が置かれている。全体的に古く黒ずみ、天板にも深い傷が付いている。抽斗《ひきだし》に手を掛けて引くが、木が歪《ゆが》んでいるせいか酷《ひど》く重い。力を込めると、軋《きし》む音とともに口を開けたが、やはり中には何も入っていなかった。

「あれ？」

黒彦は抽斗の奥から一枚の紙片を見つけて引き出す。ハガキくらいの大きさの黄ばんだ厚紙。右上から左下にかけて、手でちぎったように破れていた。

『露壜村　村民許可証　平成2……』

「何だろう、これ」

黒彦は紙片を見つめて首を捻《ひね》る。文字は印刷されており、周囲には賞状などで目にする額縁のような模様が描かれていた。それ以外の文字は擦《かす》れている上に途中で破れているので分からない。村民許可証と書かれているが、これが一体何なのかさっぱり分からなかった。

「黒彦君」

すぐ近くで神楽の声が聞こえる。黒彦は振り返ろうとしたが、その前に背後から腕を回して抱き付かれた。

「え、神楽さん？」

「本当に、明日帰っちゃうの……」

神楽の声が耳元で響く。黒彦は全身に鳥肌が立った。

「は、はい。明日には帰らないと、学校もありますから……」

「そう、残念ね」

神楽はさらに強く黒彦を抱き締める。何事か。心臓の鼓動まで伝わってきそうな気がした。

「ど、どうしたんですか、神楽さん」

「……帰るって聞いたら、何だか急に寂しくなっちゃった」

「どうして……」

「だってこの村、退屈なんだもん。カッコイイ子もいないし」

「だからって」

「都会の人には分かんないだろうね。この村は雪が降ると閉じ込められて、誰とも出会えなくなるんだよ」

「それは、つまらないと思いますけど」

「うん。全然面白くないの」

神楽の白い手が胸の辺りをまさぐる。思わず身をよじって振り返ると、今度は正面から抱き付かれてしまった。

「神楽さん……」

「ごめんね黒彦君。驚かせちゃって。急にこんなことされたら嫌だよね」

「いえ、嫌じゃないですけど……」

「じゃ、いいの？」

神楽はいたずらっぽく目を輝かせる。身長はほとんど変わらず、ほぼ真正面に魅力的な顔があった。

「神楽さん、近いですよ」

「ね。ドキドキするね」

「楽しそうじゃないですか」

「寂しいのは本当だよ。せっかく知り合えたし、香具土深良の話もできたし。黒彦君は？」

「……まあ、このまま別れるのは残念だとは思いますけど」

「ほんと？　嬉《うれ》しい！」

「わあ！」

神楽は黒彦にしがみついて体重をかける。支えきれずに二人は畳の上に倒れた。

「だ、大丈夫ですか？　神楽さん」

「……ううん。大丈夫じゃないよ」

神楽は黒彦に覆い被《かぶ》さったまま動かない。長い髪が黒彦の首筋に触れていた。

「もう全然、大丈夫じゃない……」

「あの……」

「黒彦君。今だけ付き合って」

顎《あご》の下に、熱く、柔らかい感触が伝わる。そのまま彼女の頭は斜め前に上がり、右耳に唇が触れた。

「冗談ですよね？　神楽さん」

「……私じゃ嫌？」

「嫌とかじゃなくて、突然そういうのは……」

「だって明日には帰っちゃうんでしょ？」

「そうですけど」

黒彦は逃げ出したいような、誤魔化したいような感覚を抱く。神楽の突拍子もない行動に驚くが、もしかするとそのためにこの家に誘い込んだのかもしれないと思った。

「……それとも、ハテナちゃんに負い目を感じているの？」

「ハテナは……」

「もっとぎゅって抱いて！」

強い口調で言われて、黒彦は思わず抱き締める。芯《しん》の入った羽毛布団のような感触に胸が高鳴った。髪の甘い匂いが鼻の奥を刺激する。神楽は顔を上げて目前にまで迫った。

「……別に、あの子から君を取ろうだなんて思っていないよ。だから今だけって言ったの。どうせもう二度とこんな村には来ないでしょ」

神楽は切ないような、嬉しいような顔で見つめる。美しく聡明《そうめい》な香具土深良の子孫。もしかすると彼女もその魔術を受け継いでいるのではないかと思えた。

「今だけ……」

「うん、今だけ。誰も見ていない、だから誰にも知られない。私と君だけの秘密」

神楽の指先が黒彦の体を這《は》い回る。

「ずっと我慢しているんでしょ？　黒彦君は優しいから、絶対あの子を悲しませたりしない。私にはみんな分かるよ」

「神楽さん……」

「だから私がしてあげる。黒彦君も好きにしていいんだよ。ハテナちゃんにできないことも、みんな私がしてあげる」

「ハテナにできないこと……」

黒彦はそう呟《つぶや》いた瞬間、はっと気付いて神楽を押し退《の》けた。

「きゃ！」

「……ダメです。止めてください」

「黒彦君……」

「そういうのは、止めた方がいい」

黒彦は捕まえられるのを避けて立ち上がる。神楽は畳に両手を突いて顔を上げた。

「どうして？　ハテナちゃんに気兼ねするの？」

「違います。神楽さんに申し訳ないからです」

「良いって言ってるでしょ。私は」

「ダメです。神楽さんは、その、もっと自分の体を大切にしてください」

「私の体……」

神楽は急に顔を強張《こわば》らせて黒彦を睨《にら》む。

「私の体をどう使おうと、私の勝手でしょ！」

「どうしてそんなことを言うんですか！　神楽さんはそんな人じゃない！」

「私のことなんて、何も知らない癖に！」

神楽の瞳《ひとみ》が潤んでいる。黒彦はなぜか強い同情心を抱いたが、彼女に近付こうとはしなかった。今度近付いてしまうともう止められない。暗い空き家の中でじっと見つめ合っていた。

「……俺、綾樫家に戻ります」

「……あの子を引き合いに出したのがまずかったね」

神楽は自嘲《じちょう》気味に呟いて立ち上がると、ふうっと強く溜息《ためいき》をついた。

「強引なことしてごめんね、黒彦君」

黒彦は唇を噛《か》んで頷《うなず》く。彼女に謝らせてしまったことが酷《ひど》く辛《つら》かった。

「屋敷に戻ってからも気を付けてね。明日、無事に村を出られることを祈っておくよ」

「はい……あの、神楽さん」

「何？」

「……すみません。俺、神楽さんが嫌いだとか、そういうのじゃないですから」

黒彦はうまく説明できない思いをたどたどしく呟く。神楽は近付くと人差し指で黒彦の口を押さえた。

「君ってほんと可愛いね。でも、あんまりお姉さんに恥かかせちゃダメ」

神楽は離した人差し指で自分の唇にも触れる。黒彦はもう一度頷くと、彼女に背を向けて逃げるように空き家を後にした。外はいつの間にかもう夜になっていた。

43

綾樫家に戻ると入口の門は既に閉ざされて、辺りもひっそりと静まり返っていた。門の脇に呼び鈴はあるが、屋敷内に音が響くかと思うとためらわれる。どうしようかと迷っていると、気配に気付いたのかマリィが現れて出迎えてくれた。

「お戻りにならないのかと思って心配しました。もう皆様お休みですから、お静かにお願いします」

「遅くなってすみません、マリイさん」

「おかえりなさいませ、黒彦君」

マリィはかすかに笑みを浮かべる。風呂上《ふろあ》がりらしく、生乾きの髪と少し上気した頬を見せていた。

「お食事は厨房《ちゅうぼう》で済ませていただけますか？　お風呂も冷めない内にお入りください」

「大丈夫です。ちゃんとしておきますから」

「はい……それと、ごめんなさい。黒彦君」

「え、何がですか？」

「時枝様に、黒彦君と久子様との話を教えてしまって……」

マリィは気まずそうに目を逸《そ》らす。やはりあのことを時枝に伝えたのは彼女だった。

「時枝様、作市様が亡くなられて凄《すご》く悲しんでおられましたので。何かなかったかとあまりに私に聞いてくるものですから、つい……」

「気にしないでください。俺は平気ですよ」

黒彦はマリィの横顔を見る。

「確かにあの場で話を出されたのは参りましたけど、時枝さんも久子さんも俺が悪いとは思っていないようです。それに皆さんに知られたことで、あの依頼も果たさなくて良くなったから、正直助かりました」

「そうですか？　それならいいのですが」

「ただ、そのせいで時枝さんと久子さんの仲がさらに悪くなってしまったように思います」

「そうですね……大奥様がおられるとはいえ、お二人がケンカをされていてはこれからが心配です」

「マリィさんもやりにくいでしょうしね」

「私？　いえ、私は別に……っくしゅん」

マリィは話の途中でくしゃみをする。日の落ちた露壜村は身も凍るほど寒かった。

「ごめんなさい、黒彦君」

「いえ、立ち話をしてしまってすみません。あの、もう俺のことは気にしないで部屋に戻ってください」

「はい。分からないことがありましたら放っておいても結構です。私は、その、一度寝たらちょっとやそっとじゃ起きないもので。盛貴さんにもそれでよく叱られてしまうのですが」

「起こしに行ったりしませんよ。おやすみなさい」

「おやすみなさい」

黒彦は笑って頷く。マリィは鼻を鳴らしながら使用人部屋へと帰って行った。

夕食と入浴を静かに手早く済ませた後、黒彦は誰とも顔を合わせることなく客間へと戻る。布団の上に座って一息つくと、ぴんと張った静寂を感じた。露壜村の夜は自動車もなく、かえって耳が緊張した。都会では耳に慣れた低音ノイズのような喧噪《けんそう》も走っていなければ深夜営業の店もない。

「今夜はもう、何も起きないだろうな」

閉め切った部屋にいても意識は外へと向いてしまう。どこからともなく聞こえてくる物音、襖《ふすま》を開ける音、廊下の軋《きし》む音、ぼそぼそという話し声。それら全てが神経を震わせて、治まりきらない恐怖心を刺激し続けていた。やはりこの屋敷は落ち着かない。とはいえ避難できる場所もない。暖かい隠れ家と、美人で積極的な年上の女からも逃げ出してしまった。

遠くで襖を引く音が聞こえた後、みしりみしりと廊下を歩く音が聞こえる。その音は小さく、まるで足音を殺しているかのようにも感じた。何者かがこちらに向かって歩いてくる。隣の部屋の洋滋郎ではない。遠くの部屋の久子か時枝ではないだろうか。黒彦は静かに呼吸を繰り返しながら、部屋の襖に目を向けた。もしや殺人鬼が徘徊《はいかい》しているのだろうか。腰を浮かせて身構える。足音が部屋の前で止まった。襖はわずかに押された後、音もなく暗闇の口を開ける。

笑みを浮かべた顔が半分覗《のぞ》いている。ただ、その頭は随分と低い位置にあった。

「うふふ……おかえりぃ、クロちゃん……」

「……お前かよ」

黒彦はがっくりと腰を落とす。果菜は襖を大きく開いて部屋へ入ってきた。

「こそこそ入ってくるなよ。誰が来たのかと思ったじゃないか」

「だって音を立てたらみんなにバレるじゃん。バレたら僕、また連れ戻されちゃう」

「ウタさんは？」

「もう寝ちゃったよ。だからこれからは僕の時間なのだ」

果菜は物珍しそうに部屋を眺め回した後、布団の上にちょこんと座る。浴衣《ゆかた》のような寝間着の上に分厚い褞袍《どてら》を羽織っていた。

「えへへー、やっと二人で話せるね」

「隣の部屋に洋滋郎さんがいるから静かにしろよ」

黒彦は果菜の目を直視できずに逸らす。胸の奥になぜか痛みを覚えた。

「晩ご飯にも来なかったけど、どこへ行ってたの？　神楽ちゃんのところ？」

「何で神楽さんが出てくるんだよ」

黒彦は素早く返答する。反応が早過ぎたかと思ったが少女は特に気にする様子は見せなかった。

「……連水寺に行って来たんだ。それこそ神楽さんが教えてくれた住職さんに会おうと思って」

「あ、いいないいなー。どうだった？」

「色々と話を聞かせてくれたよ」

黒彦は延寿住職から聞いた話を果菜に伝える。明日、自分たちが村を出ることには協力してもらえる。だが殺人事件の捜査に関わることには協力してもらえそうにない。その理由には、連水寺と延寿が村民から避けられている現状と、彼が因果と呼んだ綾樫家にまつわる暗く重い歴史があった。

「……そっか、悪いことをしていたんだね、このお家」

果菜は腕を組んで頷く。

「きっと随分昔のことだろうと思うけど、それでは済まされない思いやしがらみがあるみたいだな」

「もしかして、ウタ婆ちゃんが呪いだーって言ったりお祈りに熱心だったりするのもそういうことなのかな？」

「呪いを受ける覚えがあるってことか」

あの家は呪われておる。毒を売って、恨みを買って大きくなったと延寿は言っていた。その歴史は当然ウタも知っているだろう。当主久作が突然死した時、老婆は何の迷いもなく呪いの仕業と決め付けて、『しぇんのん様』の生き神としてハテナを屋敷に招聘《しょうへい》した。その予感は、続く作市と作滋の死によって確信へと変わったのだろう。

「ハテナは今日、何をしていたんだ？」

「僕？　僕はずっとお祈りだよ。お祈りされて、ご飯食べて、お祈りされて、お昼寝して、お祈り。何時間もお祈りフィーバー」

「それは大変だな。それだけ続けるウタさんの執念も凄いけど、ずっと祈られている身も疲れるだろ」

「そうでもないよ。スイッチを切っていたから楽勝だよ」

「スイッチ？」

「うん。省エネモード。でも時間がすぐに経つからつまんないよね」

果菜は平然と答える。居眠りの比喩《ひゆ》にしては彼女らしくないが、そんなスイッチはどこにも見当たらない。黒彦は深くは追及せずに話を変えた。

「他の人たちはどうだった？　また大騒ぎしていたのか？」

「ううん。静かにしていたよ、ウタ婆ちゃんの前だからね」

「ああそうか。昼に雫さんから聞いたけど、後継者や遺産の話も進まなかったらしいな」

「そうだね。ウタ婆ちゃんは、そんなことより作滋さんのお弔いが先だってみんなを叱ってたよ。早く呪いを祓《はら》わないと、さらに不幸が続くぞって」

果菜は裸足《はだし》の白い足を伸ばしてぱたぱたさせる。やはり皆は事件の解決よりも自分たちの都合しか考えていないようだ。

「呪いか……」

「でも絶対、作市さんと作滋さんは誰かに殺されたよね」

「……多分な」

「多分？」

果菜は不思議そうに瞬きをする。黒彦はぼんやりと天井を見上げていた。

「決めるのは、綾樫家だ。俺たちじゃない」

「……どうしたの？　クロちゃん」

「何がだよ」

「だって、いつもなら呪いなんてあるはずないって言うじゃん」

「呪いなんてあるはずないさ」

黒彦は首を戻して果菜を見る。

「……でも、俺たちには関係のない話だ。綾樫家の人たちが呪いだと言うのなら、もうそれでいい」

「でも、それじゃあ本当に何が起こったのかも分かんないよ」

「それがどうしたんだよ。誰も真相なんて求めていないんだよ。この家の人はみんな、自分の都合のいいように事件を利用しようとしているだけなんだ」

「でもでも」

「でも俺たちはそれに文句を言える立場じゃない。どうせ明日には村から出て、もう二度と戻って来ないんだからな」

「クロちゃん……」

「殺し合うなら好きにすればいい。俺たちがすべきことは、無事にここから出て行くことだけだ」

黒彦は自分に課せられた唯一の役目を告げる。だが果菜は何も返さず、大きな瞳《ひとみ》でじっと見つめていた。

「何だよ……」

「……分かった」

果菜はそう呟《つぶや》くと伸ばしていた足を戻して立ち上がる。

「じゃあ、早く明日になるようにもう寝るね」

「おい、ちょっと待てよ」

「わっ」

黒彦は背を向けた果菜の手を引く。彼女は体勢を崩して後ろ向きに倒れると、そのまま黒彦の腕の中に収まった。

「どうしたんだよ、ハテナ」

「……何でもないもん」

黒彦は果菜を抱きかかえたまま見下ろす。横に逸《そ》らした少女の目はなぜか涙に潤み、頬は少し赤みを帯びている。大きめの浴衣はわずかに乱れて、開いた裾《すそ》からは真っ白な太腿《ふともも》が覗いていた。

「ハテナ、俺の言うことが分かるだろ。俺はお前を……」

「言っちゃダメ」

「何？」

「……今日はもうそれ以上、僕に何か言っちゃダメ」

果菜は体を起こすと手早く浴衣を整える。そのまま背を向けて襖《ふすま》の方へと歩いて行った。

「……おやすみ、クロちゃん」

黒彦は何も言わずにその小さな背を見つめている。

「……おやすみの挨拶《あいさつ》は、大切だから言ってもいいの」

「ああ……おやすみ、ハテナ」

果菜は頷《うなず》くように頭を下げると、そのまま襖を開けて部屋から去って行った。黒彦は閉じた襖をしばらく見つめた後、静かに布団に倒れ込む。目を逸らせた彼女の顔が頭から離れなかった。

「……気に入らないんだな」

果菜が見せた態度は、紛れもなく自分への失望だった。だからもう、これ以上は話も聞きたくなかったのだろう。心身の疲労が背中の上からのしかかる。事件も呪いもお家騒動も、この村で起きた全ての出来事を放っておいて、自分たちは立ち去ろうとしている。そう、誰よりも失望しているのは自分自身であり、少女にもそれを見抜かれたのだと気付いた。

44

その日、黒彦は犬神家のリビングで教科書を見つめていた。

ある冬の日の夕方。隣にはプリントに向かう果菜の頭が見える。テーブルを挟んだ向こうでは犬神がタブレット型コンピュータを無表情で眺めていた。黒彦の目の前には数学の教科書が開かれている。ざっと見た内容から中学生の物であると気付き、つまり中学二年生の果菜の教科書だと分かった。

「三回目か」

黒彦は声に出さずに呟く。ついに自分は三夜連続で過去の記憶を夢に見ていた。前回のやり取りからこれが現実ではなく、自分の思い出でしかないことを知っている。それでも目を覚まさずにこの世界を繋《つな》ぎ止めたいと思ったのは、傍に先ほど別れたばかりの果菜がいたからだった。

「むーん……」

果菜は珍しく真剣な顔で宿題のプリントに向かっている。白い紙には数学の問題が印刷されており、既に半分ほどが解答されていた。

「俺が見ようか？　ハテナ」

「うん……ダメ。クロちゃんヘルプはもう後一回しか使えないから」

　果菜はこちらを見ずに返す。高校生の黒彦はたまに中学生の彼女の宿題に付き合っている。その際には『クロちゃんヘルプ』として、三回まで回答を手伝えることがルールとなっていた。彼女が苦手な科目は数学と国語らしい。記憶力が抜群に良いので暗記物の科目は得意だが、思考を巡らせたり応用を利かせたりする科目はまだ難しいようだ。

「……お兄さんの妹として、こんなところでつまずいている訳にはいかない」

「犬神さんと比べちゃ大変だろ」

「でも僕、将来はお兄さんの美人助手になるんだもん。お兄さんとお勉強のお話ができるくらい賢くなって、背もいっぱい高くなって、はち切れんばかりのナイスバディになるんだもん」

　果菜は小さな肩をいからせてテーブルに向かう。その壮大な夢の中では、少なくとも賢さだけならまだ実現の可能性はありそうだった。

「犬神さんの得意科目ってやっぱり数学なんですか？」

　黒彦は目の前にいる果菜の兄・犬神に尋ねる。彼はタブレットから顔を上げると、果菜が取り組んでいるプリントにちらりと目を落とした。

「……xイコール7、yイコール13。xイコール9、yイコール4。xイコール１３０度。xイコール75度……」

「あ、ダメですよ！　犬神さん。答えを言っちゃダメです」

「あー、ちょっと待って待って！　お兄さんもう一回」

果菜はプリントに向かって叫ぶ。犬神は妹の宿題を一目見ただけで、すらすらと解答していた。彼ならば中学生の数学など物ともしないだろう。だがそれでも解答のスピードが尋常ではなかった。

「僕に得意な科目も不得意な科目もないよ。ただ学生の頃、唯一成績が悪かったのは数学だったかな」

犬神はタブレットに指を走らせながら答える。

「あれ、数学が苦手だったんですか？　意外です」

「苦手じゃないけど成績は悪かったんだよ。数式や証明を書かずに答えだけを書いて済ませていたからね。それでは点はやれないって言われたんだ」

「答えが分かるなら証明もできるんじゃないですか？」

「証明ができているから答えも分かるんだよ。未《いま》だ解答が得られていない難問ならともかく、既知の問題に証明を書かせる意図が当時は分からなかったんだ」

「今なら分かるんですか？」

「もちろん。あれは僕以外の学生たちに向けられた問題だったのさ。そして僕にとっては知能レベルを周囲に合わせるという問題だったと分かったんだ」

犬神はそう言うと黒彦にタブレットを手渡す。画面にはどこかのニュースサイトの記事ページが表示されていた。

「何ですか？」

「未だ解答が得られていない難問のひとつだよ」

「……『高層ビルから転落死。飛び降り自殺か？』」

記事は他の地方で起きた事件を報道していた。昨日、某市にある十階建てのビルの八階非常階段から男性が転落。救急車で運ばれたがまもなく死亡した。警察の調べにより男性は、別の市に住む五十三歳の会社員と判明。事故の経緯を調査中とあった。町の名前もビルの名前も、死亡した男についても黒彦には何の覚えもなかった。

「これが何か？」

「最後の行まで読んでごらん」

「……『なお当ビルに現在入居者はおらず、三、六、九年前にも同様の事故が起きている』……何ですか、これ？」

黒彦は犬神が読ませた意図に気付いて驚く。三年に一度、転落死が起きているビル。短い記事では詳細が分からないが、明らかに異常な状況だった。

「僕も気になったから過去の事件を少し調べてみた。記事にある通り、このビルでは過去に三件転落死が起きている。動機は不明だが、全員自殺と断定されている。でも落ちた人たちは住所も性別も年齢も職業も共通点がなく、関連性は全く見られなかった」

「じゃあ、一体何が起きているんですか？」

「唯一共通しているのが、同じ建物で起きていることだけだとしたら？」

果菜はプリントから顔を上げて叫ぶ。

「そのビルって絶対呪われているんだよ。だから人が死んじゃうんだよ」

「お前は宿題をしろよ」

黒彦は言うが果菜は首を振る。

「やだ。大事件だよ！」

「目の前の事件も解決できない者が、他の事件に首を突っ込む資格はないよ」

犬神は横目で果菜を見る。彼女はなおも口を開くが、うまい言い分が見つからなかったのか、うつむいて宿題に戻った。

「しかし呪いのビルという発想には僕も賛成だ。恐らくその街に住む人たちからもそう呼ばれているだろうね。あのビルには自殺者が集まる。きっと呪われているんだってね」

「本気で言っているんですか？」

黒彦はタブレットを犬神に返す。犬神はそれを親指と人差し指で摘んで引き寄せる。

「……やっぱりタブレットはもっと軽い方がいい。黒彦君は呪いのビル説には反対かい？　我が身を振り返ってみても否定するのかい？」

「我が身を振り返る？」

建物そのものが持つ超自然的な力。繰り返される痛ましい事件。

「呪いのビルだ！」

「……まさか、犬神さん。このビルって、あの香具土深良が建てた作品じゃないですか？　また彼が魔術を施した建物だとか」

「僕らとしては、やはりそう考えてしまうよね」

犬神は再びタブレットに触れて操作する。呪いなど信用しない黒彦だが、魔術については否定しきれないものがある。それは香具土深良の建てた作品の中で、殺人事件を通じて実感していたからだった。

「これが、その呪いのビルだよ」

犬神はタブレットを返してこちらにビルの写真を見せる。どうやら地図サイトにある町の写真を表示させたようだ。ビルはベージュ色の壁面を持った、ごく普通の商業ビルらしい。外観からは特に印象的な箇所も見当たらず、自殺志願者を引き寄せそうな禍々《まがまが》しい雰囲気も感じ取れなかった。

「見ての通り、香具土深良の作品ではないよ」

「ですよね……」

「このビルは二十年ほど前に建てられたものらしい。その前はまた別のビルが三十年ほど建っていたそうだ。さらにその前はただの畑だった。どこにも香具土深良の痕跡《こんせき》もなければ、呪われるような過去も見当たらなかった」

「じゃあ、このビルは一体何なんですか？」

「偶然、呪われる性質を持ってしまったビルだと僕は思う」

犬神はタブレットをテーブルに置いてこちらを見つめる。黒彦は何も反応できなかった。

「黒彦君。『事件体質』の話は覚えているかい？」

「事件体質？　ああ、はい」

黒彦は記憶を呼び戻しつつ答える。自分の身の回りでは陰惨な殺人事件がよく発生する。それは自分が制御できない『事件体質』であるために巻き込まれてしまうのだと犬神は説明していた。

「恐らく、このビルは呪われる性質を持っている。呪われるという言葉が適切でなければ、自殺されやすい環境にあると思うんだ」

「自殺されやすい環境って、何ですか？」

「それは詳しく調べてみないと分からないし、調べてみても分からないかもしれない。現段階で分かることとなると、このビルは現在入居者がいないにもかかわらず、比較的侵入しやすい状況にあること。それと周囲の他の建物よりもわずかに背が高いこと。さらにはビルの入口は東側にあり、自殺現場となった非常階段は北側にあることだろう」

「入口が東にあって、現場が北側だとまずいんですか？」

「どちらも午後になると日光が遮られる。日射しが眩《まぶ》しい南側や、夕日が美しい西側よりは自殺しやすいとは思わないかい？　他にも周辺には消費者金融会社やギャンブル施設があり、つまりはお金に関わる場所も多いらしい。それら複合的な性質が合わさって、このビルは自殺されやすくなり、つまりは呪われやすくなったんじゃないかと思うんだ」

「それが、呪いの正体……」

「呪いというものはあり得ない現象ではない。それはただ、現代の科学や常識では解明されていない法則のひとつに過ぎないんだよ。地震、雷、火事、大嵐。疫病、奇病、難病、死病。かつて神の怒りや悪魔の呪いと恐れられていた現象も、今ではすっかり解明されてしまった。でもこれで全てではない。より複雑な法則性を持った現象は、未だ呪いとして残されたままなんだよ」

犬神は黒彦に向かって語る。彼は呪いの存在を信じている。だがそれは恐れではなく、学者として挑戦すべき問題のひとつと捉《とら》えているようだ。

「その法則は、いつか解き明かされる日は来るのでしょうか？」

「解き明かした上に、利用できた人物がいるじゃないか。呪いを自由に扱えた建築家が」

「香具土深良……」

「そう。彼の魔造建築の神髄はそこにある。怪しげな像やおかしなレイアウトだけじゃない。壁の素材か、柱の角度か、あるいは空気の流れか。魔術の本質は見えない部分にこそ宿っているはずだよ」

「宿題できた！　ばばーん！」

突然、果菜が顔を上げて効果音を叫ぶ。その瞬間、三度地面がぐらりと揺れた。夢から醒《さ》める。黒彦は少し考えた後に口を開いた。

「犬神さん！　それじゃ犬神さんでも香具土の魔術は解き明かせないんですか？　巻き込まれた俺たちはもう為《な》す術《すべ》もないんですか？」

「呪いを否定した君の揺らぎが見えるね。香具土の魔術を解明し、証明することはまだできない。それは僕に与えられた宿題の一つだ。でも為す術もないかと言うとそうでもないよ」

犬神は揺れ動く黒彦を興味深そうに眺めている。

「黒彦君。呪いだとか魔術だとかを祓《はら》う、一番確実な対処方法を知っているかい？」

「知りません！　分かりません！　教えてください！」

目の前の振動がさらに激しくなり、もう犬神の顔もまともには見えない。足下に開いた暗黒の穴がリビングの床に広がり始めた。

「少しは考えてみようとも思わないのかい？」

「時間がないんだ！　早く！」

黒彦が叫ぶと、見えない犬神から呆《あき》れたような気配が感じられた。

「その方法はね、みんなぶっ壊すことだよ。呪いや魔術の在処《ありか》が分からなくても、全部破壊すれば留《とど》まらずに霧散するはずさ」

「え？　そんな……」

随分と乱暴な話だと思った瞬間、黒彦の体はがくんと闇に転落した。

45

闇に落ちたその先は、やはり綾樫家の客間だった。三回目ともなるともう驚くこともなくなったが、それでも鎖に繋《つな》がれ引き戻されたような感覚は気分のいいものではなかった。ゆっくりと体を起こして目を覚ます。障子窓の向こうから明るい日射しが部屋に入り込んでいた。

「みんなぶっ壊す、か……」

黒彦は部屋の周囲をぼんやりと見回す。全部破壊してしまえば解放される。もしも今回の事件がこの屋敷、つまりは香具土深良の作品に施された魔術によって引き起こされているとしたら、確かに有効な手段には違いないだろう。

「でも、どうやって壊すんだよ」

ノコギリやトンカチで壊せるレベルの物ではない。チェーンソーなど貸してもらえるはずもない。木造なので火を放てば瓦礫《がれき》と灰にすることもできそうだが、綾樫家が許すはずもない。つまり犬神の教えてくれた方法はとても使えそうにもなかった。

「やっぱり、逃げるしかないよな」

溜息《ためいき》をついて立ち上がる。犬神は破壊することが確実な対処方法だと言ったが、現場から立ち去れるのならそれに越したことはないだろう。今日はようやく村から出られる。定期バスが来るのは昼過ぎになる。壁掛け時計の針は八時を過ぎていた。

「……あれ、朝食の時間を過ぎている」

綾樫家の朝食は午前八時に広間で始まる。その前に盛貴かマリィが部屋まで呼びに来てくれるはずだった。黒彦は襖《ふすま》を開けて廊下へと出る。中庭から見える空は今日も暗いが雪は降っていなかった。

「あ！　黒彦君！」

遠くから大声で呼び掛けられる。中庭の向こう、黄金像を超えた広間の方の廊下から雫がさかんに手を振り回している。その隣には険しい顔をしたウタが立っていた。

「ちょ、ちょっと来てください！　お願い！」

「どうしたんですか！」

黒彦は驚いて廊下を駆け出す。雫の様子はただごとではない。きっとまた何かが起きたのだ。しかもこれだけ大声で呼び掛けられても他に誰も顔を見せない。まるで屋敷から人が消えたかのようだった。

「良かった！　黒彦君は残っていたんですね」

雫は大きく息をつくが表情は崩さない。ウタも皺《しわ》だらけの顔を強張《こわば》らせ、よく見れば小刻みに震えていた。黒彦が戸惑っていると雫は顔を近付けて小声で話した。

「お願い。ハテナちゃんを担いであげてください。私一人じゃ大変なんです」

「え、一体どうしたんですか？　洋滋郎さんが」

「……亡くなられたの、洋滋郎さんが！」

黒彦は驚いて振り返る。客間の隣、洋滋郎の部屋はぴったりと襖が閉じられていた。

「部屋じゃないの。屋敷の裏手にある露壜湖で……」

「露壜湖で？　どうして……」

「雫！　さっさとせんか！」

ウタは待ち切れない様子で廊下を歩き出す。

「はい！　では黒彦君、お願いします」

雫はそう告げるとウタを追う。黒彦はしばらくその背を見つめた後、踵《きびす》を返して果菜の部屋へと入った。

「ハテナ、いるか」

「あ、クロちゃん。おはよ」

果菜も既に起きて畳の上に座っている。生き神様の彼女はウタの前では歩くことすら許されなかった。

「……話は聞いていたよな。雫さんたちに付いていくから背中に乗ってくれ」

「うん……」

果菜が背に乗って体重を預ける。黒彦はできるだけ冷静さを保ちつつ、ゆっくりと腰を上げた。

「あ、重い？　大丈夫？」

「平気だ。軽いと思ったくらいだよ」

「良かった……あの、昨日はごめんね、クロちゃん」

「……俺の方こそ、ごめん。でもその話はまた後でいいよな」

「うん、行こ」

果菜は手足を伸ばしてさらに強く黒彦にしがみついた。

露壜湖は屋敷を出て裏手へと回り、川沿いの坂を登った先にある広い湖だった。遊歩道が周囲を取り囲み、景色を眺めるために屋根付きの休憩所が数箇所設けられている。白く靄《もや》の立つ湖の方へは数本の桟橋が伸びており、それぞれ三艘《そう》ほどの小舟が繋ぎ止められていた。黒彦たちは一番手前の桟橋の前に立つ数人の人影を見つけてさらに歩を進めた。

「あ、お母様！」

最初に久子の声が聞こえて、その後皆が振り返る。綾樫家の家族に加えて、盛貴、マリイ、淵、恋塚、釜松が既に揃っていた。

「よ、洋滋郎はどこじゃ……」

雫に手を引かれたウタが皆の下へと歩み寄る。そこには雑草の上に敷かれた筵《むしろ》の上に仰向《あおむ》けで横たわる洋滋郎の姿があった。

「おお、洋滋郎。どうしたのじゃ。こんなに冷たくなりおって……」

ウタは洋滋郎の顔に触れつつ、弱々しい声で語りかける。フードの付いた厚手のブルゾンにジーンズを着ており、左胸の辺りに開いた切れ目から血が滲《にじ》んでいた。長い髪は水に濡《ぬ》れ、目を閉じて顔は青白く血の気がなかった。

「恋塚、洋滋郎は、洋滋郎はもう助からんのか？」

「……残念ではございますが、既に亡くなられております」

恋塚は腰を落として老婆に答える。

「盛貴君が今朝、日課である湖の水質と水量を調べに行きましたところ、桟橋の先の水の上に上半身を水に沈めた洋滋郎様を発見したそうです。その後私も呼び出しを受け駆け付けて、皆様とともにここまで引き上げました」

「では、洋滋郎は露壜湖に落ちよったのか？　やんちゃ坊主が足を滑らせおったということか？」

「……いえ、洋滋郎様は胸を刃物で刺されて絶命しておられました。その後、湖に投げ込まれて、薄い氷を割って頭を沈められたと思われます」

「刃物で刺されて……殺されたのか。おお、また我らの血族が殺されたのか……」

老婆は洋滋郎の遺体に縋《すが》り付いて泣き崩れる。またもや、綾樫家の人間が殺害された。目付きが鋭くて喧嘩《けんか》っ早く、だが要領の良さげだった洋滋郎。昨日、父作滋の殺害に怒りを露《あら》わにしていた姿が目に浮かんだ。

「洋滋郎君……一体どうしてこんな所で……」

時枝が眉間《みけん》に皺を寄せて呟《つぶや》く。洋滋郎は作市や作滋と違って、屋敷の外で殺害されている。黒彦も疑問を抱いていた。

「盛貴。洋滋郎はいつ屋敷を出たの？」

久子は傍らに立つ盛貴に尋ねる。だが彼は即答できずに軽くうなだれた。

「……申し訳ございません、久子様。深夜のこととは思いますが、私も確認できておりませんでした」

「玄関と屋敷の入口の鍵《かぎ》はどうなっていたの？」

「どちらも施錠されておりました。ただ皆様と同じく洋滋郎様も合鍵をお持ちでしたので、外に出た後ご自身で鍵を掛け直されたのだと思います」

「そんな夜中にどこへ……」

そう呟く時枝に向かって、久子は冷たい目を向ける。

「どうせ、どこぞの女の下でしょう。色々と遊んでいるって聞いているわよ。マリィ！」

「は、はい」

不意に呼ばれてマリィは返事をする。

「あなたも知らないの？　洋滋郎が昨日出て行ったことを」

「はい……申し訳ございません」

マリイは顔を伏せる。洋滋郎が屋敷から出て行ったのは、恐らく黒彦が帰って来た後だ。まさかその後に出て行く者がいるとも思えず、彼女もそのまま部屋に戻って眠りについたのだろう。一度寝たらちょっとやそっとじゃ起きないとも言っていた。

「本当、使えない使用人たちね。じゃあ洋滋郎が通っている女のことも知らないのね」

「はい。私は何も……」

「……マリイ。あなたも洋滋郎には良くしてもらっていたそうね。村へ帰って来る度に夜な夜な使用人部屋へ招き入れていたと聞いてるわよ」

「ま、招き入れていたなんて、そんな……」

マリイは激しく動揺する。二人がそのような関係だったことを黒彦は今初めて知った。周囲の者たちもある者は驚き、ある者は平然と受け止めている。一番衝撃を受けていたのは、もちろん彼女の父である恋塚だった。

「おい、マリイ。どういうことだ？　お前本当に洋滋郎様と……」

「お父さん……」

「落ち着きなさい、恋塚。そのことについて今、あなたたち親子を責めるつもりはありません。ともかく、それでもあなたは昨日の洋滋郎を知らないということなのね」

「存じ上げません！　私は何も……」

「どうかしらね」

うか」

「でも義姉《ねえ》さん。洋滋郎君がどこかの女の子の所に行ったと決め付けるのもどうでしょうか」

「久子様！」

時枝が冷静に返す。

「彼は昨日、父の作滋さんを失ったばかりなのですよ」

「あら、私は決め付けてなんかいないわよ。でも他に何か理由があるのかしら？」

「やはり、夫や作滋さんが殺されたことと関係があるのではないでしょうか」

「どういう関係？　作市と作滋が殺されて、その後に洋滋郎が殺されたのよ。誰が、何のためにそんなことをしたのかしら？」

「それは……私には分かりませんが」

「そうね、私にも分からないわ」

二人は妙に探り合うような視線を交わす。お互いこれまでのように激高して言い争う気配を見せないのは、洋滋郎の死による影響を測りきれていないからだろう。それに加えて傍にウタがいることも関係しているのだろう。老婆は洋滋郎の死体の前に座り込んだまま動かない。余程ショックを受けているようだが、傍に恋塚が付いているので心配はなさそうだ。桟橋の方では久弥が腰を下ろして足を伸ばしている。市之介と雫は釜松と小声で話をしており、淵は一人で湖を眺めていた。

「クロちゃん、クロちゃん」

背中に乗った果菜が頰を寄せて声をかける。反射的に顔を向けようとしたが、何とか堪《こら》えて正面を向き直した。今振り返ると唇が触れてしまう。

「クロちゃん、疲れたでしょ。もう地面に下ろしてくれていいよ」

「そうだな……じゃあベンチの方に行こう」

黒彦は皆から離れると、少し遠くにある屋根付きベンチに果菜を下ろす。さすがに足腰に疲れを感じていた。

「ありがと。大変だったでしょ。マッサージする？」

「ウタさんがいるからいい」

「ちぇー」

果菜はベンチに座って投げ出した足を振る。黒彦もその隣に腰掛けた。

「まさか、洋滋郎さんが殺されるとは思わなかった」

「うん。でも洋滋郎さんも綾樫さんの人だから、やっぱり狙われていたんじゃない？」

「いや、殺される順番がおかしいんだよ。だって洋滋郎さんは作滋さんの息子。亡くなった当主久作さんの次男の息子だ」

「順番って、どういうこと？」

「綾樫家の後継者や遺産を受け継ぐ順番だ。当主久作さんの後、順当ならば長男の作市さんが受け継ぐはずだった。それが殺されてしまったから、次は次男の作滋さんに移るはずだったが、作滋さんも翌日に殺されてしまった」

「じゃあその後は？」

「その後は、はっきりしていないと思う。でも女にも資格があるなら久子さんと時枝さんがいる。孫の男に資格が移ったとしても、久弥さんと市之介さんがいる。洋滋郎さんは綾樫家の序列では下から二番目、女で年下の雫さんの上でしかないはずなんだ」

「よく分かんないけど、偉い人の順番だったらそうなるのかな。じゃあ、違う理由だったんじゃない？」

「違う理由となると、恨みか」

黒彦は昨日久弥から聞いた推理を思い出す。作市の殺害は作滋と洋滋郎親子の犯行であり、作滋の殺害は時枝と市之介と雫の復讐《ふくしゅう》による犯行。彼らは後継者の地位を巡ってお互いに潰《つぶ》し合っているという話だった。もしその推理が正しいならば、洋滋郎の殺害を目論《もくろ》んだのは時枝であり、実際に犯行に及んだのは市之介の可能性が高い。しかし、もし久弥が嘘を吐いているとすれば、久弥本人による犯行の可能性もあるだろう。

「洋滋郎さんを殺して湖に投げ捨てるとなると、男手がないと大変だ。しかし綾樫家の男となるともう市之介さんか久弥さんしかいない」

「洋滋郎さんを殺したのは、綾樫の人じゃないかもしれないよ」

果菜は体を屈《かが》めて黒彦の顔を覗《のぞ》き込む。

「だってこんな所で殺されているんだもん。お屋敷の中じゃなくてね」

「確かにそれも不自然だよな。一人だけ屋敷の外で殺されたなんて……」

黒彦は頰杖《ほおづえ》を突いて皆の様子を見つめる。

「……それにしても、どうして俺は洋滋郎さんが外へ出て行ったことに気付かなかったんだろう」

「あ、それ僕も気になった。洋滋郎さんってクロちゃんの隣の部屋にいたんでしょ？」

「おまけに屋敷の玄関も俺の部屋の隣だ。誰かが出入りをすれば気付きそうなものだと思うんだ」

「何も覚えていないの？　ぐっすり寝てたの？」

「寝てはいたけど……夢を見たな」

「どんな夢？　エッチなの？」

「違う。ハテナも出てきた」

「……エッチなの？」

「違うって言ってるだろ」

黒彦はベンチに背を押し付けてのびをする。綾樫家の後継者にはほど遠い洋滋郎が、いつの間にか屋敷の外へ出て、なぜか裏手にある露壜湖で殺害されていた。一体どんな動機があって、どんな方法を使えばこんな状況になるのだろうか。

「あ、雫ちゃんだ」

「黒彦君」

果菜が声を上げた後、なぜか男の声で呼びかけられる。体を戻すと目の前には市之介と雫が立っていた。

46

亡き当主久作の孫、殺害された長男作市の子である兄妹《きょうだい》が目の前に立っている。黒彦が言葉に迷っていると、先に市之介が口を開いた。

「色々とすまないな、二人とも」

「いえ、気にしないでください」

黒彦は市之介の精悍《せいかん》な顔を見つめる。この数日間で少し頬の影が濃くなったように感じられた。

「まさか洋滋郎までもがこんな目に遭うとは思わなかった。一体何がどうなっているのか……」

「お兄様、そのお話はまた……」

雫が小声で呼びかける。こちらは元から薄幸そうな顔だけに、さらに弱々しく見えた。

市之介は軽く首を振ってから、改めて黒彦を見る。

「念のために伝えておこうと思ったんだ。二人とも、約束通り今日のバスで帰ってくれ」

「……いいんですか？」

「ああ。長く引き留めて悪かった」

「ウタ婆ちゃん、大丈夫？」

果菜は少し眉《まゆ》を寄せて雫を見る。雫も似たような表情で頷《うなず》いた。

「心配してくれてありがとう。後は私たちで何とかします。本当に助かりました」

「……せっかく、みんなとお友だちになれたのにね」

果菜は左手で軽く頭に触れる。そこには雫から借りた小さな花の髪飾りと、神楽からもらった蝶《ちょう》の髪飾りが乗っていた。

「その髪飾り、ハテナちゃんにあげる。大事に使ってあげて」

「うん。ありがとう雫ちゃん……」

「連水寺に行って来たらしいな。黒彦君は」

市之介は黒彦の隣にどっかりと座る。

「昨日の夜、延寿住職から俺に電話があったよ。もう君たちを帰してやれ。村の外の者を巻き込むなって」

「そうだったんですか。すみません、告げ口したみたいで」

「いや。俺も思っていたことだ。お婆様のことを思って引き留めていたが、やはりこんなことをしていては良くない。そろそろ正気に戻ってもらわないといけないからな」

「そうですね……」

「それに、もう君たちを屋敷に置いている場合でもなくなった。綾樫家の問題とはいえ、屋敷にいては君たちにも危険が及ぶかもしれないからな」

「……まだ、誰か殺されるのでしょうか」

黒彦は市之介に目を向けて尋ねる。彼は地面の一点をじっと見つめていた。

「それは、もう君には関係のないことだ」

「そうですけど……」

「どうして、こんなことになってしまったんでしょうか……」

雫は黒彦の前でか弱い声を上げる。

「……私はただ、家族みんなで仲良くできたらいいと思っていたのに。後継者なんて……

…」

「雫、もういい」

市之介が返す。

「……誰も殺させるものか。お前も、母さんも俺が守る。父さんの代わりに」

黒彦は市之介と雫の暗い表情を交互に見る。二人が嘘を吐いているとは思えない。彼らの決意と嘆きの奥に、犯人に対する底知れない恐怖が潜んでいるように感じられた。市之介は雫と時枝を守るという。彼にとってはもう、それ以外の者たちは敵でしかないのだろう。

「まだしばらくは皆もここにいるだろう。黒彦君、バスが来るにはまだ早いだろうが今の内に屋敷から立ち去った方がいい」

「分かりました。ああ、でも……」

　黒彦は直前になって大事なことを思い出した。

「すみません、市之介さん。俺たちバッグがなくなってしまったんです。交通費お借りできませんか？」

「ああそうか。そう言えば盛貴がそんなことを言っていたな。ちょっと待ってくれ」

　市之介も思い出して懐から財布を取り出す。こちらの事件も謎のままだが、もう探し回ることもできないだろう。

「すまない、黒彦君。今はこれだけしか持っていないんだ」

　そう言って市之介は茶色い札の束を手渡す。全て一万円札で、ざっと見ても十枚程度はあった。

「え、こんなに？」

「雫、お前もいくらか持っていないか？」

「ごめんなさい。お財布は部屋に置いてきたので今は何も持っていません」

「いや、大丈夫です。というか、交通費にしては多すぎますよ」

「いいんだ。帰り道で何があるか分からんだろ」

　市之介は金を返そうとする黒彦の手を押し返し、そのまま握手でもするかのように摑《つか》んだ。

「それと、無事家に帰ったら俺に電話をくれ。口座は持っているか？」

「口座？　銀行口座ですか？」

「後日改めて、今回の謝礼を支払いたい」

「そんな、いいですよ。俺は」

　黒彦は首を振る。事情はどうであれ、三日三晩寝食の世話になっている。宿代を払う気はないが、謝礼をもらう訳にもいかなかった。しかし市之介は真剣な眼差《まなざ》しを向ける。

「遠慮はいらない。父さんと約束したんだろ？　お婆様も君たちのお陰で喜んでくれた。受け取ってくれ」

「そうですか。まあ、その方がいいのなら……」

「百でいいか？」

「ひゃ、百？」

　市之介の申し出が分からずに瞬きする。どうやら謝礼の金額の話らしいが、まさか百円ではないだろう。しかしそれ以上で百が付く金額は一つしかない。

「……冗談ですよね？　そんな大金、受け取れませんよ」

「構わない。その代わり、今回のことは誰にも言わないと約束して欲しいんだ」

「今回の、事件のことですか……」

「それと生き神様のこともだ。綾樫の名は出しても構わない。つまり君たちは露壜村に来て、綾樫家に招かれただけという話で通してもらいたい。田舎者たちに珍しがられて、長く引き留められてしまったことにして欲しいんだ。親にも、友達にも」

「お兄さんには？」

隣の果菜が尋ねる。

「お兄さんもだ」

「ちぇー。お兄さんなら絶対楽しんで聞いてくれると思ったのに」

「なおさらだ。頼む、黒彦君」

「それは、まあ……」

黒彦は市之介に握られた右手に痛みを感じる。村を支配する名家は、名家なりに面子《メンツ》がある。破格の金額の口止め料からもその重さが感じられた。

「分かりました。気軽に言い触らしていい事態でもありませんから、それは守るようにします」

「ありがとう。男と男の約束だぞ」

市之介はもう一度強く手を握る。黒彦はわずかに顔をしかめつつ頷いた。

「僕、女だぜ」

「じゃあハテナちゃんは私とお約束してね」

果菜と雫は指切りをする。やはりこの兄妹《きょうだい》が作滋や洋滋郎の殺害に関わっているとは思えない。するとやはり久子と久弥の親子が事件を起こしているのだろうか。執拗《しつよう》に後継者にこだわる久子と、綾樫家を支配し果菜を屋敷に閉じ込めようと目論《もくろ》んでいた久弥。疑う理由は充分にあった。

「ん？　どうした、淵」

市之介が顔を上げる。庭師の淵がわずかに離れた場所からこちらの様子を窺《うかが》っていた。

「……話が、あります」

「何だ？　俺にか？」

「皆様にです」

淵はそう返して小柄な体を近付ける。

「誠に、すまないことです。黒彦様、ハテナ様。市之介様、雫様」

「え、どうしたんですか？」

先に名前を呼ばれた黒彦が戸惑う。淵は顔を上げて小さな目をこちらに向けた。

「……お二人のカバンを隠したのは、俺なんです」

47

四人は淵とともに露壜湖から離れて屋敷へと戻る。他の者たちはこちらの動きに気付いていたが、特に声をかけようとはしなかった。屋敷に戻ると廊下を歩いて中庭へと出る。淵は縁側の下から柄の長いスコップを持ち出すと、巨大な黄金像『しぇんのん様』の前の土を掘り返し始めた。

「中庭の、こんな所に俺たちのバッグを？」

「はい……穴を掘って埋めたんです」

「それじゃあ、どこを探しても見つからないはずだ」

淵は呆《あき》れる黒彦を尻目《しりめ》に忙《せわ》しなくスコップを動かす。そういえば初日の午後、彼がこの場所で穴を掘っていたのを見かけた。確かウタの命令で、当主久作の墓穴を掘っていたはずだ。しかし作市が別の方法を提案して作業を止めさせた後、穴はいつの間にか埋め直されていた。

「あ、出てきた出てきた。うへえ、泥だらけー」

果菜は黒彦の隣から首を伸ばす。掘り進められた穴からは、土にまみれた二つのバッグが顔を覗《のぞ》かせていた。

「作市の旦那《だんな》様が死んだ朝、皆さんが土蔵に集まっている間に屋敷へ来て埋めたんです」

淵はバッグを穴から引っ張り上げた後、再び穴を埋め直す。黒彦は自分のバッグのファスナーを開けて中身をあらためた。外側は土と湿気でどろどろに汚れているが、幸いにも内側までは染み込んでいない。財布や携帯電話をはじめ、持ち物もそのまま入っていた。果菜の方を窺うと、彼女も頷《うなず》いてから親指と人差し指で丸を作った。

「一体どういうことだ、淵」

市之介は眉《まゆ》を上げて淵を睨《にら》む。穴を埋め直した庭師はスコップを置くと、汚れるのも構わずその場に膝《ひざ》を突いて土下座した。

「本当に……すまないことです」

「謝って済む話じゃないだろ！」

市之介は屋敷を震わすほどの大声で叱りつける。洋滋郎なら手足が出る所だろうが、さすがに彼は暴力を振るうことはなかった。

「彼らはうちの客、綾樫家が招いた客人なんだぞ！　それに対して使用人のあんたがこんなコソ泥みたいな真似をして、どういうつもりなんだ！」

「市之介さん、抑えてください。俺たちなら平気ですから」

見かねて黒彦が制するが、市之介は首を振ってそれを拒否した。

「淵！　しかもあんたは、みんなが死んだ父さんを見ている隙にやったと言ったな。よくもそんなことができる。あんたも父さんの世話になっていたじゃないか！」

「作市の旦那様には本当にお世話になっとりました。弁解のしようもありません」

淵は土に額を押し付ける。市之介は喉《のど》の奥で唸《うな》った。

「……まさか淵。父さんが殺されたことに何か関わっているんじゃないだろうな。その理由でこんな真似をしたんじゃないだろうな」

「滅相もない。俺は、何も知らんです」

「じゃあどうして、二人のバッグを盗んだんだ！　金が欲しかったのか？　給料が足りなかったのか？」

「いいえ。給料は充分にもらっとります」

「じゃあ何だ！　言え！　言わないと屋敷から追い出すぞ！」

「待ってください！　お兄様」

雫が手を伸ばして市之介の手を摑む。黒彦と果菜は気迫に押されて立ち尽くしていた。

「……お兄様。淵の目的はお金ではないと思います」

「どういうことだ？　雫、何か知っているのか？」

市之介が我に返って戸惑っていると、雫は淵の前で腰を屈《かが》めた。

「淵、そうですよね？　あなたもやりたくてやったのではないですね？」

「雫様……」

淵は顔を上げて雫を見上げる。地面に押し付けていた額が赤く染まっていた。

「……理由を言わないことで気付きました。淵はお婆様に頼まれたのではないですか？

二人のバッグを隠すようにと」

「ウタさんが？」

黒彦は雫の背後から声を上げる。淵は観念した面持ちで再び頭を下げた。

「左様です。大奥様の命令で俺は、こんなことをしてしまいました」

「どういうことだ、淵！　なぜお婆様がこんなことを……」

市之介も驚いて叫ぶ。

「……生き神様を、屋敷に繫《つな》ぎ止めておくためなんです」

「僕を？」

果菜は人差し指で自分の鼻を押した。

「作市の旦那様が死んだ後、大奥様は生き神様が屋敷を出て行くんじゃないかと大層心配されとりました。それでハテナ様と黒彦様の荷物がなくなれば逃げられんと思われて、お二人様のバッグを盗んで隠すよう俺に命令しました。ここに掘った穴へ隠すことも大奥様の指示でした」

「そんなことを……淵も大人しく従ったのか？」

「初めは、俺にはできないと言いました。人様の物を盗むなんてできない。それに、こんなことをしても意味はないだろうと。しかし聞いてはもらえず、俺もそれ以上文句は言えませんでした」

「お婆様に言っても聞かないでしょうからね」

雫は同情の眼差《まなざ》しを淵に向ける。

「お二人が今日のバスで帰ることは聞いとりました。当然、バッグがなくても何とかするだろうと思いました。それならば、もう返しても良かろうと思ったんです」

淵は地面に向かって説明する。市之介はもう怒りも冷めたのか、顔を逸《そ》らして大袈裟《おおげさ》に溜息《ためいき》をついた。黒彦も呆れて何も言えない。ウタの気持ちも分からなくはないが、あまりにも幼稚な理由だった。

「すまない、黒彦君。こんなことになってしまって」

「いえ……」

「淵を許してやってくれ。お婆様も、生き神様を傍に置いておきたい一心でこんな真似をしたんだろう」

「本当に、本当にすまないことです」

淵は再び地面に穴を開けるかのように額を擦《こす》りつける。黒彦はもうこの中年男を怒る気にはなれず、腰を屈めて手に触れた。

「顔を上げてください、淵さん。事情は分かりました。バッグも戻ってきたので俺たちは大丈夫です。そうだな、ハテナ」

「うん、いいよ……」

果菜は珍しく歯切れの悪い口調で返す。黒彦は淵を立たせると、その固い手に握手をした。

「屋敷を出る前に告白してくれてありがとうございます。これで心置きなく立ち去れます」

「黒彦様、ありがとうございます」

「私、タオルを取ってきます。そのバッグ、せめて泥だけでも拭《ふ》いておかないと」

雫は少し小走りになって浴室の方へと向かう。

「あ、僕も行くよ」

果菜もその後を追って行く。どこか元気がなさそうに見えたのは気のせいだろうか。

「そろそろ皆が屋敷に帰って来るかもしれない。黒彦君たちはタオルを受け取ったらそのまま出て行くといいだろう。使った後は役場にでも預けておいてくれ」

市之介は黄金像を見上げつつ言う。黒彦もつられて顔を上げた。こんな状況で見る『しぇんのん様』は、やはり神というよりは鬼の姿に見えた。

「ありがとうございます。色々とお世話になりました」

「こちらこそ礼を言う。ありがとう」

「また、お会いできるといいですね」

「そうだな、また……」

市之介は呟《つぶや》くような声で返す。その言葉にはまるで感情は籠《こ》もっていないように聞こえた。

48

黒彦と果菜はタオルで泥を軽く拭《ぬぐ》うと、他の者たちが戻って来る前に屋敷を出て役場へと向かった。相変わらず風は冷たく、凍りついた地面は踏む度にシャーベットのような感触が足に伝わる。灰色の空からはまた雪がちらつき始めていた。

「マリイちゃんや盛貴さんにさよならも言えなかったね」

果菜は心残りのように背後を振り返る。黒彦はもう振り返る気はなかった。

「ウタ婆ちゃん、大丈夫かな。僕たちがいないって分かったら、また泣いちゃったりしないかな？」

「……洋滋郎さんのことで頭が一杯だろうから、しばらくは忘れているだろう。市之介さんがうまくやってくれるはずだ」

黒彦は正面を向いたまま返す。一昨日《おととい》、神楽の家まで果菜を迎えに来た洋滋郎はもういない。綾樫家の者たちもさすがにウタばかりに付き合ってはいられないだろう。

「でも本当に、誰が事件を起こしているんだろうね」

「……多分、久子さんと久弥さんだろう。もうあの人たちしかいない。市之介さんと雫さんが関わっているとはとても思えない」

「でもそれなら、作滋さんを殺すのは大変なんじゃないの？　作滋さんのお部屋に行くには時枝さんたちの部屋の前を通るか、クロちゃんと洋滋郎さんの部屋の前を通らないといけないよ」

「絶対に無理かというと、そうでもないだろ。部屋には鍵《かぎ》もないし、作滋さんは酒を飲んで寝ていたかもしれない。久子さんが辺りを監視しながら、久弥さんが殺害したんじゃないかな。二人とも慣れた屋敷なんだから、何とかできたんだろう」

「じゃあ洋滋郎さんは？　どうしてあんなところで殺されちゃったの？　どうやってクロちゃんにもバレずにお屋敷から出られたの？」

「ハテナ」

黒彦は遠くに見える山々に向かって言う。

「……もういいだろ。後はもう、あの家の人たちの話だ」

「うん……そうだね」

果菜は声を落とす。彼女が事件に関心を持ち、何とか解決したい気持ちはよく分かる。だが、今まさに事件から遠ざかりつつある自分たちが興味本位で推理を巡らせても仕方がない。気軽に交わしてもいい話でもなかった。

「ねえ、クロちゃん」

「何だよ」

「神楽ちゃんにも会わずに行っちゃうの？」

果菜の声に黒彦は体を震わせる。だが歩き続けているので幸いにも気付かれることはなかった。

「……やめておこう。挨拶《あいさつ》くらいはしておきたかったけど、またどこかの誰かが綾樫家に連絡するかもしれない」

「むー、そっかー」

「誰にも知られず、いつの間にか村から出て行ったことにした方がいい」

黒彦は自分に言い聞かせるように話す。香具土神楽。寂しい村に住む、賢い美女。あの空き家での秘密の出来事が目に浮かび、胸が締め付けられる。だが今会えばお互いに未練が残るだけだと思った。

役場に着くと弓削も既に席に着いており、バスが来るまでここにいることを了承してくれた。黒彦はソファに座るとバッグに付着した泥をタオルで拭い始める。果菜は雫から朝食代わりに受け取った惣菜《そうざい》パンと菓子パンをテーブルに並べ始めた。

「クロちゃん、クロちゃん。四つあるから二つずつしようよ。コロッケパン、ホットドッグ、あんパン、クリームパンがあるよ。どれがいい？」

「随分もらってきたんだな。俺はどれでもいいよ」

「そう？　じゃあクロちゃんはコロッケパンとホットドッグね。僕はあんパンとクリームパンにするよ」

「……いや、普通その分け方はおかしいだろ」

「弓削のおじさん、牛乳ある？」

「牛乳？　茶ならあるぞ」

弓削は事務机に片肘《かたひじ》をついてこちらを見る。

「台所のポットに入ってる。淹《い》れてきてやろうか」

「いいよ。僕が淹れてくる」

果菜はそう言うなり奥の台所へと向かって行った。

「それで、どうしたんだ？　何でお前さんたちのバッグはそんなにドロドロなんだ？」

「色々とあったんですよ」

黒彦はごしごしとタオルを動かす。地面に埋められていただけあって拭った程度では取りきれるものではない。家に帰った後、水洗いもした方が良さそうだった。

「色々って、何があったんだ？」

「……言いませんよ。弓削さんは告げ口するから」

「ああ……」

弓削は溜息をつく。

「悪かったよ。叱られたか？」

「叱られはしませんけど、連れ戻されました」

「俺の立場もあるんだよ。お前さんも綾樫家のことはよく分かっただろ」

「今日もウタさんには内証でここへ来たんです」

黒彦は振り返って弓削を見る。彼は少し戸惑う素振りを見せたが、片手を上げて頷《うなず》いた。

「大丈夫、今日はもう何も言わねぇよ。連水寺からも言われたからな」

「延寿さんから連絡があったんですか？」

「ああ、二人をちゃんと村から帰してやりなさいってな。だから今も追い出さずにここに入れてるんだ。綾樫家の者が来ても言ってやるさ」

弓削は窓の外に向かって言う。あまり期待をしていなかったが延寿に頼み込んだのは効果的だったようだ。果菜がぱたぱたと足音を響かせながら戻って来る。

「はい。弓削のおじさんお茶だよ」

「おお、悪いな。俺の分も淹れてくれたのか」

「はい。クロちゃんもお茶」

「ああ、ありがとう」

「はい。僕のバッグ」

「拭けってか」

黒彦は自分のバッグを脇に置いて果菜のバッグを拭《ふ》き始める。彼女は笑顔を見せながらホットドッグを頬張った。

「ところで黒彦君、今日も何かあったのか？　また守が走って出て行ったようだが」

「……洋滋郎さんが殺されました」

黒彦は顔を上げずに返す。こちらの話は隠したところで仕方がない。どうせすぐに知れ渡るだろう。弓削は湯飲みを持つ手を固めて驚いていた。

「……信じられんな。一体どうなっているんだ、あの家は」

「分かりません」

「誰が殺したとか、そういう話にはなっていないのか？」

「あの家について、その話はしない方がいいんじゃないですか？」

「ああ、まあそうだな……」

弓削はずずずと音を立てて茶をすする。果菜は両手でパンを持ちつつ、上目遣いでこちらを見ていた。

「……なあ、黒彦君。ひとつ、俺の頼みを聞いてくれんか」

「頼み？　何ですか？」

黒彦は拭き終わったバッグを果菜に返して顔を向ける。

「お前さんはこれから帰ってしまうが、帰った先の人たちにこの村のことは黙っていて欲しいんだ」

「ああ、その話ですか」

黒彦は静かに茶をすする。

「市之介さんからも言われました。村にいたことは隠せないと思いますが、綾樫家の事件については黙っているつもりです」

「市之介様から……そうか、それならいい」

「でも、俺が言わなくてもいずれ世間に知られることになるんじゃないですか？　お家騒動とはいえ三人も殺されてしまった訳ですし、それぞれの会社や周囲の人たちにも影響あると思います」

「まあ、そうだろうな」

弓削は考え込むような表情を見せる。

「……どうしたんですか？　弓削さんが気にすることなんですか？　綾樫家の人でもないのに」

「そりゃあ気にもするさ。無関係では済まない」

「あ、息子の盛貴さんが使用人として働いているから……」

「違う、露壜村の人間だからだ。綾樫家の事件は露壜村の事件だ。何事もなく済むはずがない。村外から警察も大勢来るだろうし、マスコミも関心を持つかもしれん」

「それもそうか、騒がしくなりますね」

「村の者たちは騒動を嫌う。穏便に済ませられればいいが……」

事件は既に釜松駐在員の手に負えるものではなく、やがて村外の警察署が捜査に当たることになるだろう。その時に綾樫家がどういう判断を下すのか、露壜村がどういう対応を迫られるのかは分からない。弓削は役場の人間としても、また露壜村の村民としても気が気ではないのだろう。

「しかし、まずは事件を解決しないことにはどうしようもないでしょうね」

黒彦はタオルで泥を拭った手をじっと見つめる。未《いま》だ犯人が突き止められず、殺人が続いている現状では対策も講じようがないだろう。

「……そうだな。綾樫家が何とかするだろうが、せめてそれまではお前さんたちには黙っていてもらいたいんだ」

「分かりました。その約束は守ります」

「村で見聞きしたことも忘れてくれ。それだけが俺の頼みだ」

弓削は窓の外に目を向ける。綿毛のように大きな雪が静かな村に降り続けていた。

49

役場の外からガリガリと地面を削る音とともに、排気量が大きそうな車のエンジン音が響き始める。どうやら定期バスがやって来たらしい。黒彦と弓削は互いに顔を見合わせて頷く。果菜はスイッチでも切っているのか、ソファに埋まってうつむいていた。

「黒彦君。シンさん、バスの運転手は村外の男だ。だから事件も何も知らないはずだ」

「分かりました。じゃあ何も言わないことにします」

「ここへ立ち寄るはずだから待っとけ」

弓削はそう言うと台所へと新しい湯飲みを取りに向かう。黒彦は果菜に向かってテーブルを軽く叩《たた》いた。

「起きろ。バスが来たらしいぞ」

「うん……」

果菜はうつむいたまま即答する。どうやら寝ていなかったらしい。

「……どうした？　具合でも悪いのか？」

「ううん、別に」

果菜は顔を上げて黒彦を見る。その表情はなぜか冴《さ》えなかった。やがてがらがらとガラス戸を開ける音とともに、村へ来る時にも出会った運転手の老人、シンさんが顔を見せた。

「へいどうも……おお、お前さんたちか。元気にしてたか？」

「こんにちは。お疲れ様でした」

黒彦は愛想笑いを見せて挨拶《あいさつ》する。果菜はシンさんの方をじっと見つめていた。

「おおシンさん、ご苦労さん」

弓削は慣れた調子で声をかけると、湯飲みに茶を入れて渡す。シンさんはいただきますわと言って口を付けた。

「何だ盛三さん、こりゃお茶じゃねえか」

「お茶だよ。これからバス走らせるのに酒なんて出せるかよ。雪はどうだい？」

「問題ねぇ。だけど日がある内に山を下りるつもりだ。お前さんたちも帰るんだろ？」

シンさんはそう言ってこちらに目を向ける。黒彦は黙って頷いた。

「そういや、知り合いか誰かに会うって言ってたけど、ちゃんと会えたか？」

「ああ……会えませんでした」

「何？　それじゃお前さんたちどうしたんだ？」

「ええと……」

「綾樫家に行ってたんだよ」

弓削が代わりに答える。シンさんは目を大きくさせて驚いた。

「綾樫家？　何であんなおっかねぇ所に？」

「知らん。珍しがられたんだろ」

「ふうん、お偉いさんたちの考えることは分からんね。そうか、この間、追加で食材を頼まれたのもお前さんたちのためか」

「あ、そうでしたね。すみません、何度も往復してもらったそうで」

黒彦は思い出して頭を下げる。確かそんな話があった。

「なあに、運賃もらってるから何度でも回るよ。でもまあ、あの家に呼ばれたなら飯も寝床も豪華だったろう」

「そうですね。とても良くしていただきました」

黒彦は当たり障りのない返事をする。弓削がじっと目を向けていた。

「シンさん。分かってると思うが、あんまり聞いてやるなよ」

「おっと。触らぬ神に祟《たた》りなしってな。ごちそうさん」

シンさんはそう言って湯飲みを置く。

「じゃ、そろそろ行こうか」

「はい、お願いします。行くぞ、ハテナ」

黒彦も湯飲みを置いて立ち上がる。だが果菜はソファから動こうとはしなかった。

「……どうした、ハテナ」

「クロちゃん……」

果菜はじっとこちらを見上げている。先ほどからどうも様子がおかしい。黙って見つめていると、思い切ったように口を開いた。

「クロちゃん、本当に帰るの？」

役場が静寂に包まれる。黒彦は即座に反応できなかった。

「あの人たちを放っておくの？　クロちゃん」

「何言ってるんだよ、今さら……」

黒彦は苦笑いする。だが果菜が真剣な表情を見せているのですぐに笑顔を消した。

「……もう、俺たちには関係のないことだろ」

「でも、あの人たちには凄《すご》く関係のあることだよ」

「それがどうしたんだよ。他人じゃないか」

「じゃあ僕たちだって他人だよ。クロちゃん、僕が困っていたら助けてくれるよね？」

「お前は……」

黒彦はソファに座り直す。弓削とシンさんの視線が後頭部に感じられた。

「……市之介さんが言っていただろ。このままじゃ俺たちにも危険が及ぶかもしれないんだ。あの屋敷にいる限り、俺たちだって無事でいられる保証はないんだ」

「それなら、なおさら何とかしないとダメだよ」

「俺たちに何ができるって言うんだよ」

「クロちゃんは、まだ何もしていないじゃん」

果菜の言葉が胸に刺さる。

「でも何か考えているんでしょ？　どこかおかしいって。何かあるはずだって。それを突き止めずに帰っちゃうの？」

誰が作市を殺害したのか、どうやって作滋を殺害できたのか、なぜ洋滋郎が殺害されたのか。あの家で、綾樫の屋敷で一体何が起きているのか。

「僕もまだ何もしていないよ。生き神様って呼ばれたのに、誰も救っていない」

「生き神様なんて、ウタさんが勝手に言い出したことじゃないか。お前のせいじゃない」

「うん。僕は神様じゃない。露壜村の人でもないし、お屋敷の人でもない。でも、ウタ婆ちゃんは助けて欲しかったから僕を呼んだんだ。婆ちゃんの目には僕が神様に見えていたんだよ」

ハテナはそう言ってテーブルに身を乗り出す。

「ウタ婆ちゃんは、僕を死んだ娘さんにそっくりだって言ってくれた。だから顔を見ているだけでも嬉《うれ》しい。世話をしているだけでも楽しいって言ってくれた。僕は藤子さんじゃないし、藤子さんなんて知らないけど、それでも嬉しかった。お兄さんでもない、三鳥ちゃんでもない、クロちゃんでもない。みんなが言ってる、お母さんの優しさってこういうのなんだって教えてくれたの」

「ハテナ……」

「クロちゃん。僕、裏切りたくない。神様じゃなくても、死んだ娘さんじゃなくても、ウタ婆ちゃんを助けてあげたいよ」

果菜の決意が黒彦の頭に響く。少女は自分とは違い、何としても事件を解決しなければならない意志を胸に抱いていた。恐らく、それでも帰ると言えば、自分は残ると言い返すだろう。

「クロちゃんだって、きっとそう思っているんでしょ。僕が知っているクロちゃんは、絶対に誰かを見捨てたりなんてしないもん」

「……このままいると、お前だって危険なんだぞ」

「僕？　僕なら全然平気だよ」

ハテナは得意気に顎《あご》を上げる。

「だって、クロちゃんがいるからね」

「お前なあ……」

黒彦はソファにもたれると目を閉じて溜息《ためいき》をつく。こうやって、自分は事件に巻き込まれてゆくのかと気付いた。果菜の意志に逆らうことはできない。なぜならそれは自分の意志でもあるからだ。少女は自身が危険に晒《さら》されることも顧みず、本心を代弁してくれたのだ。

「お、おい、何言ってんだ？　お前さんたち」

弓削が戸惑った口調で話しかける。

「何の話だ？　バスに乗らないのか？」

シンさんが不思議そうに話しかける。黒彦は前後から三人の視線を感じていた。このバスで帰らないと、次はまた月曜日まで待つことになる。四日間も寝泊まりする家を探さなければならないし、高校も新学期から欠席が確定してしまう。どう考えても愚かな判断だ。目を開き、果菜に向かって答えた。

「……バスには乗りません。俺たちは、この村に残ります」

それでも帰る訳にはいかなかった。果菜はパッと笑顔を見せる。後二人の表情は見えなかった。

「ありがとう、クロちゃん……」

「また久子さんと時枝さんに睨《にら》まれるだろうな」

黒彦は自虐的な笑顔を見せる。自分の力で犯人を見つけられるかどうかは分からない。だが、自分が居座ることで犯人の動きを制限させることはできるだろう。もちろん危険に晒されるだろうが、まずはそれだけが狙いだった。もうこれ以上、あの屋敷で殺人事件を起こさせる訳にはいかない。

「おいおい、何を言い出すかと思ったら……お前さんたち本気かよ。悪いこと言わねえから考え直せよ」

弓削は驚き、呆《あき》れたような声を上げる。黒彦と果菜は彼に向かって同時に首を振った。腹が据わるというのか、決めてしまえば一気に気が楽になった。

「ハテナ、じゃあ綾樫家に戻ろうか。もう一度事件を整理してみよう」

「うん。頑張れクロちゃん！　僕も本気で神様を目指すよ！」

果菜は胸を張って力強く頷《うなず》く。もちろん、いくら鼻息を荒くしても小さな中学生女子にしか見えなかった。

「神様か……本当にハテナにそんな力があれば良かったんだけどな」

「神は、行動だよ」

突然、役場の外から若い男の声が聞こえる。黒彦と果菜は互いに目を丸くさせた。

「存在ではなく、行動によって神は生まれる。いかに巨大な力を有していても、使われなければ僕らには見えない。見えなければ存在しないことと同じなんだよ」

弓削でもなければシンさんでもない。露壜村の誰の声でもない。黒彦はソファから振り返り、ハテナも身を乗り出す。弓削は首を傾げ、シンさんは軽く背後に目を向けた。

「僕らはいつも執拗《しつよう》に神の奇跡を求める。そうしなければ実感することができないからだ。神ですら行動を求められるのは気の毒な話だけど、逆に言えば行動によって神を生み出すこともできるだろう」

黒彦はソファから腰を上げる。だがハテナはテーブルに乗り上がると、そのまま一気にソファを飛び越えた。

「他人のために退路を断ち、悪に立ち向かおうとするならば、それは紛れもなく神の行動だ。その瞬間、人は神になるのだと僕は思うね」

「犬神さん！」

黒彦が思わず叫ぶ。

「お兄さん！　来てくれたんだね！」

ハテナが役場の入口に立つ男に抱き付く。

「もちろん来たよ。なぜなら僕もまた神の一人だからね」

犬神清秀は笑顔も見せず、当然のようにそこに立っていた。

50

露壜村での滞在が延びたので、黒彦はひとまず役場の電話を借りて家に連絡をとる。叔父《おじ》からは、果菜ちゃんを新学期に登校させせないのはいけないと叱られたが、バスが来ないことには村から出られないと説明して一応は理解してくれた。叔母からは、果菜ちゃんが世話になっている綾樫家にお礼を伝えたいと言い出されて、それには及ばないとなだめるのに一苦労した。二人とも自分の甥《おい》よりも同行の少女の方が心配でならないようだった。

「おじさんたち、分かってくれた？」

果菜はソファに座る犬神の膝《ひざ》の上に座って微笑む。先ほどとは違い、この村に来てから一番の笑顔を見せていた。

「ああ、ハテナちゃんをあまり連れ回すな、だってよ」

黒彦は向かいのソファに座る。目の前には白衣に山高帽の犬神が平然と茶を飲んでいた。弓削は背後の事務椅子に腰掛けてこちらの様子を窺《うかが》っている。バスの運転手のシンさんは、弓削から先ほどの話は聞かなかったことにしろと強く釘《くぎ》を刺された上で村から去って行った。

「それで、君たちはこんな所で一体何をしているんだい？」

犬神はさらりと言う。そのあまりに他人事《ひとごと》のような態度に黒彦は怒る以上に呆れてしまった。

「何をしているんだいじゃないでしょう。犬神さんこそどこへ行っていたんですか？」

「どこって、ハテナから聞いていないのかい？」

「どこだっけ？」

ハテナは顔を上げて犬神に尋ねる。

「詳しくは言えないけど、ネバダの南の方だよ」

「ネバダって、何県ですか？」

「ネバダ州はアメリカ合衆国だ」

「アメリカ？」

黒彦は驚いて声を上げる。まさか外国にいたとは思わなかった。

「……だから、ケータイも繋《つな》がらなかったんですか」

「アメリカでも携帯電話は繋がるよ。でも、僕のいた所は全て使用禁止だったんだよ。

ある施設にずっと籠《こ》もっていたんだけど、そこは入る前に持ち物チェックがあってね。携帯電話は電源を切って出る時まで預けてしまうんだよ」

犬神は軽く肩をすくめる。それほど警戒が厳重な施設とは何だろう、そこで彼は何をしていたのだろうと気になったが、今そんな話は関係なかった。

「ハテナ……お前、犬神さんがネバダ州にいたのは知っていたのか？」

「え、知らないよ？　だって僕、最初は東北の方へ行ったと思ってたもん」

「お前の東北にはネバダがあるのかよ」

「ネバダ……ねぶた？　ねぶたって何かなかった？」

「ねぶたは東北、特に青森県の各地で行われるお祭りの名前だね。ラッセラーの掛け声と豪華絢爛《けんらん》な山車《だし》でよく知られている」

犬神は澄まし顔で説明する。

「それ！　それだ！」

「しかしあれは夏祭りだよ。冬に行っても見られないだろうね」

「そうなんだ。残念だったね」

「だから僕は東北へは行っていないよ」

犬神はテーブルの急須《きゅうす》から茶を注ぐ。

「でもネバダ州をねぶたと間違えた君たちが、どうして岡山のこんな村にいるんだい」

「……本気で言ってるんですか？」

黒彦は睨むが犬神は素直に頷く。

「ここへ来いって年賀状を出したでしょ！　ハテナに！」

「年賀状？　なぜ僕が？」

「あー、お兄さん忘れてるー。ちょっと待って」

果菜はテーブルに乗り上げてバッグを開ける。後から弓削がおいおいと呟《つぶや》いていた。

やがてバッグから一枚の年賀状を取り出して犬神に突き付けた。

「これが動かぬ証拠だ！　お兄さんは僕にこんな物を送り付けていたんだ！」

「これは……」

犬神は果菜から年賀状を受け取ってまじまじと見つめる。

「どうよ、お兄さんどうよ」

「確かに僕の字だ。露壜村に来いって書いてあるね。黒彦君の名前まである」

「でしょ！」

「一体誰がこんないたずらをしたんだろうね」

「うにゃ、本当に知らないの？」

果菜はぽかんと口を開ける。黒彦は思わず身を乗り出した。

「とぼけているんじゃないでしょうね？　犬神さん」

「どうして僕がハテナに年賀状を送るんだい？　一緒に住んでいるのに」

「一緒に住んでいても送ってくれてもいいじゃん。お正月だよ」

「こんな特徴的な文字と文面で書く人が他にいるんですか？」

「いるんだろうね。僕自身も良くできていると感心したよ」

「一度この村へ来て、年賀状を送ってから移動したんじゃないんですか？」

黒彦が追及するも、犬神は首を振り続ける。彼がそんなくだらない嘘を吐くとも思えない。それに改めて考えてみると不自然な行動には違いなかった。

「僕は去年の二四日に家を出て、そのまま渡米して連絡の取れない施設に入っていた。昨日帰宅したけど果菜はいなくて、黒彦君に電話をしても繫がらなかった。それで何かあったのかなと思って三鳥さんに電話をして、この村に行ったと聞いたから来たんだ。その間の出来事に僕は一切関与していないよ」

「それじゃ、この村には来なかったんですか？」

「誰か僕を見た人でもいたのかい？」

黒彦は首を振る。弓削も釜松も綾樫家の者たちも神楽も、村に住む者たちの誰一人として犬神のことは知らなかった。

「それじゃ、露壜村のことも何も知らないんですか？」

「僕はこんな村が存在することすら知らなかったよ」

犬神は真っ直ぐに目を向けてそう言う。黒彦は茫然《ぼうぜん》とした面持ちでソファに沈んだ。

それでは一体、誰が年賀状を送ったのか、なぜ自分たちをこの村に呼び寄せたのか。

「……どうして、こんなことになったんだ？」

「あ、分かった。これぞ『しぇんのん様』のお導きだよ」

「そんなバカな……」

そんな筆まめな神様などいるはずがない。何かがおかしいが、何がおかしいのかが分からない。ただ、ここにいること自体が酷《ひど》く奇妙に思えてきた。

51

犬神を騙《かた》った謎の年賀状に呼び出され、殺人事件に巻き込まれ、帰るに帰れなくなり、犬神が迎えに来た。狐に抓《つま》まれたような状況に戸惑うが、今はこだわっている場合でもないと思い出した。

「犬神さん、俺たちのことも気になりますけど、今この村ではそれ以上に大変なことが起きているんです」

「そう！　僕、生き神様になっちゃったんだよ」

果菜が得意気に言うが、もちろんそれだけでは犬神には伝わらない。黒彦はこの村に来た時から起きた出来事をできるだけ詳しく犬神に語った。綾樫家の当主久作の葬儀の後、ウタに果菜が『しぇんのん様』の生き神として招かれたこと。屋敷の土蔵で長男作市が殺害されて、後継者問題が勃発《ぼっぱつ》したこと。続く次男作滋が部屋で殺害されて一族の睨《にら》み合いがさらに激しくなったこと。今朝、なぜか作滋の息子洋滋郎までもが露壜湖で殺害されていたこと。犬神は相変わらず感情の変化が全く窺い知れない表情のまま、相槌《あいづち》すら打たずに話を聞いていた。

「へえ、それは大変だね」

そして全く感情の籠もらない感想を述べると、隣に座る果菜の頭をわしわしと撫《な》でた。

「それにしても生き神様とはね。僕の知らない内に果菜は一足飛びに神様にまでなってしまったのか」

「えへへー、いいいっしょー」

果菜は目を細めつつ、ぐいぐいと頭を押し付けている。黒彦は溜息《ためいき》をつく。

「……笑いごとじゃないですよ、犬神さん。また人殺しが起きるかもしれないんですよ」

「その話からするとそんな気がするね。でも僕は見知らぬ家の騒動になんて興味はないよ」

「俺たちは関わっているんです。力を貸してください」

「いいとも。じゃあ月曜日に来るバスに乗って帰ろう」

「ダメだよお兄さん。僕、あの人たちを助けたいの」

果菜は犬神の手を持って訴える。だが彼は冷たい眼差《まなざ》しで妹を見下ろしていた。

「自分たちで揉《も》め事を起こして、自分たちで殺し合って、一つの財産を奪い合っている。誰かを助けるということは、その人以外を否定することに他ならない。その選択を僕たちが下すのかい？　綾樫家の後継者を僕たちが選ぶのかい？」

「ううん。僕、ウタ婆ちゃんを助けたい！」

「黒彦君の話からすると、そのウタさんが一番の問題だよ。さっさと後継者と遺産分配を済ませれば事態は変わっていたんじゃないかな。何をためらっているんだろう」

「ウタさんは、もう結構な年齢だから色々と分からなくなっているんです」

　黒彦が返す。

「……それに今までそういったことは亡くなった当主の久作さんが全て行っていたようです。ウタさんだけではあまりそういう判断ができないように思えます」

「なるほど。現代社会の縮図とも呼べる難しい状況だね」

「しかも毎日一人ずつ家族が殺されています。頼りになりそうな長男の作市さんも、次男の作滋さんも殺されました。だからウタさんはもう何も考えられなくなって、ハテナを拝むことくらいしかできないんです」

「呪いだとか言っているそうだね」

「犬神さん、そんな状況でも彼らを救う気はないんですか？」

「黒彦君。呪いを祓《はら》う一番確実な対処方法を知っているかい？」

　犬神はどこかで聞いたような言葉を口にする。

「……それはね、全員いなくなることだよ。みんな死んでしまえば呪いも取り憑《つ》く相手を見失ってしまうんだよ」

「犬神さん！」

「悪いけど、誰が死のうと生きようと僕には関係ない。自ら渦中に飛び込んで殺人事件を解決しようなんて気は毛頭ないよ」

犬神は長い人差し指で果菜の膨れた頬を突く。協力するどころか、こちらのやる気まで萎《な》えさせる。顔を見た瞬間は事態が好転する予感を抱いたが、やはり彼は相変わらず頼りにならない天才だった。あらゆる学問を究めたゆえに、人の生死に興味はなく、ごく普通の正義感すらも持ち合わせてはいない。彼はただ、自分の好奇心の赴くままにしか行動しない性格だった。

「……分かりました。じゃあ犬神さんが興味を持ちそうなことをお話しします」

黒彦は腹立ちを抑えて犬神に言う。

「綾樫家の屋敷は、香具土深良の作品です」

「……聞いたことのある名前だね」

犬神はわざとらしく眉《まゆ》を上げる。

「しかしなぜ彼の作品がこんな山奥に？　サインでも遺《のこ》していたのかい？」

「香具土深良の生家がこの露壜村にあったんです。その子孫にあたる人が知っていました」

「神楽ちゃんって言うんだよ。すっごい美人」

果菜が付け加える。犬神は美人という言葉にも全く反応を示さなかった。

「香具土深良が残した建物の中で殺人事件が起きている。僕らも何度か体験したことがあるね」

「そうです。もしかすると綾樫家の事件も、香具土深良の魔術が関わっているかもしれません」

「心にもないことを口にしない方がいいよ。君はそんなものを信用していないじゃないか」

犬神は鋭く指摘する。だが黒彦が無言で見つめ続けていると、やがて諦《あきら》めた風に溜息をついた。

「分かったよ。殺人事件はともかく、香具土深良の作品とその子孫に興味を惹《ひ》かれたのは確かだ。どうせしばらく帰れないのなら君たちに付き合ってみよう」

「やったねクロちゃん。お兄さんも来てくれるって」

果菜はそう言ってVサインを見せる。神楽に会うのかと思うと気が重いが、ここで犬神のやる気を削《そ》ぐ訳にはいかなかった。

「おいおいお前さんたち、ちょっと待ってくれよ」

背後からうんざりしたような声が届く。話がまとまる気配を感じて弓削が思わず口を挟んだ。

「一体何をするつもりなんだ？　村から出るのも止めて急に元気になっているけどよ」

「すみません、弓削さん。やっぱり俺たち、綾樫家の事件が気がかりなんです」

黒彦はソファから腰を上げて言う。

「だからもう少し、事件のことを調べてみようと思います」

「調べるって言っても、綾樫家の者でもなければ村の者でもないお前さんたちがどうしようって言うんだ」

「でも綾樫家の人たちも、この村の人たちも事件を解決する気はないようです。村外から警察やマスコミが来るかもしれないと言うのならその前にケリを付けた方がいいと思います」

「あのなあ、黒彦君」

弓削は眉をひそめて顔を曇らせる。

「……お前さんたちのその気持ちは本当に有り難いと思うけどな、それもこっちとしては困るんだよ。だってお前さんたちも村外の人間じゃないか。もし何か危ないことが起きたらどうするんだよ」

「それは、気を付けますけど……」

「ああ、お前さんなら大丈夫だろう。でもハテナちゃんの身に何かあったらどうする？　誰が悪いとか誰の責任とか言う話じゃないぞ。全部ひっくるめて、村が悪いことになるんだよ。俺たちが一番恐れているのはそこなんだよ」

「あ……」

黒彦は言葉に詰まる。小さく慎ましいこの村は事件を極度に恐れている。それは長く綾樫家の支配の下で根付いた文化と呼べるものなのだろう。自分たちの行動はこの村の者たち全てに影響を与えてしまう。それが事件解決を阻んでいる原因だとようやく気付いた。

「黒彦君、頼む。後で俺が車を出してやるからそれで帰ってくれ。君たちがここにいるのはもう迷惑なんだ」

「でもそれは……」

「何の話だい？」

役場から出ようとしていた犬神が戻って来る。弓削は彼にも不安げな顔を見せた。

「ああ、お前さんはハテナちゃんのお兄ちゃんらしいな」

「うん。色々と世話になったらしいね。これからもよろしく」

「お前さんの方からも黒彦君に言ってくれんか。もうこの村には居座らないでくれ」

「ああ、心配しなくてもすぐに帰るよ。ちょっと今から気になる家に立ち寄ってみるだけさ。それと黒彦君が殺人事件を解決したらね」

犬神はさらりと言ってのける。弓削は激しく首を振った。

「い、いや、それが困ると言っているんだ。話は今黒彦君に伝えたが、あまりお前さんたちに村をうろついて欲しくないんだよ」

「どうして？　道もそこまで狭くはないよ。下校途中の高校生じゃないから、ちゃんと一列にも並ぶよ」

「道幅の問題じゃない！　村外の者たちが村のことに関わるなと言っているんだ！」

「ああ、そういうことか。それが村のルールなんだね」

「そうだ、分かってくれるか」

「もちろん。郷に入っては郷に従えというものだ」

犬神は力強く頷《うなず》く。てっきり、そんなものは知らないとでも言い出すのかと思ったがそうではなかった。弓削も溜息《ためいき》をついて頷いた。

「それじゃ、僕らはこの村に移住するよ」

「はあ？」

弓削と黒彦は同時に声を上げた。

「ちょうど役場に来ているんだ。今日付けで僕らは露壜村に移住して村民になる。住民票は取り寄せるから、手続きの準備をしておいてくれ」

「待て待て、そんなことできる訳ないだろ！」

「できるさ。だって僕らは自由だからね。国内ならどこにだって住む権利を持っている。そして君にそれを止める権限はないはずだよ」

「えー！　僕も露壜村の人になるの？」

果菜がなぜか楽しげに言う。

「土地は充分にありそうだから、三人で暮らしても問題ないだろう」

「クロちゃんと一緒に暮らすの？　うきゃー」

「え、俺も？」

黒彦は訳が分からずに戸惑う。犬神兄妹《きょうだい》は大きく頷いた。

「本気かよ、お前ら……」

一番呆気《あっけ》に取られた弓削が呟《つぶや》く。犬神は横目で冷たくそれを見ていた。

「僕はいつでも本気だよ。村外の者が気に入らないなら、村内の者になってやる。君たちのこだわりやルールなんて所詮《しょせん》その程度のものなのさ。村に入れたくなければ移転届は作らなくてもいい。その代わり僕らの行動にも口出ししないように」

犬神は軽く右手を上げると荷物を入れたカートを引いて役場を出て行く。果菜も黒彦に満面の笑みを見せるとその後を追って行った。

「……すみません、弓削さん。そういう訳ですから」

黒彦はさすがに同情して弓削に謝る。

「でも、この村の迷惑になるつもりはないですから安心してください」

「何を言い出すかと思えば……」

弓削も諦めた風に溜息をつく。

「とんだバカ野郎だな、あいつ」

「いえ……世界最高の知性です」

黒彦は自分で言っておきながら、少し笑った。

52

　雪の降り積もる露壜村を再び歩いて香具土家へと向かう。果菜は覚えたての村を得意気に話しては犬神を先導する。黒彦はその後で妙に重く感じられる足を引きずっていた。昨日別れた後に今日会うのはきまりが悪い。神楽は自分を見て何と言うだろうか。聡明《そうめい》な彼女がいきなり罵詈雑言《ばりぞうごん》を浴びせかけるとは思えないが、無視して一言も口を利いてくれないかもしれない。どのような理由があったにせよ、彼女の好意を裏切ってしまったのだからそれも仕方がないだろう。

「どうしたの？　クロちゃん」

　果菜が振り返って尋ねる。

「何か元気なくない？　なくなくない？」

「別に……」

「そう？　うわっ！」

　すてんっと音が鳴るように、果菜は雪に足を滑らせて転んだ。

「いたーい。お尻《しり》打ったー」

「……お前は浮かれすぎだ」

「お兄さん！　僕お尻打ったよ！」

「うん。見ていたよ」

犬神は果菜が上げた右手を摑《つか》むと、そのままずるずると引きずって歩き続けた。

香具土家に着くと果菜はためらいなく引き戸を叩《たた》く。静かな村にシンバルを叩いたような音が響いた。

「かーぐーらーちゃーん、あーそーぼー」

果菜が間延びした声で呼び続けていると、引き戸が開いて痩《や》せた中年男が顔を出した。神楽の父、香具土融だった。

「ああ、君たちか」

「おじさんこんにちはー」

果菜は屈託のない笑顔で挨拶《あいさつ》する。融はやや戸惑いながらも笑顔で返した。

「……神楽さんのお父さんで、融さんです」

黒彦は犬神にそっと告げる。彼は頷くなり融に近付いて右手を差し出した。

「初めまして、犬神です。そこのハテナの兄をしています。どうぞよろしく」

「ああ、そう……こちらこそ」

融は軽く首を傾げつつ犬神と握手を交わす。雪国の農村には似付かわしくない光景だった。

「今日のバスで来たのかい？　妹さんたちのお迎えに？」

「そんな所です。ちょっとお邪魔してもいいかな」

犬神はそう言うなり融の返事も聞かずに玄関へと入る。融も特に止めようとはせず黒彦の方を向いた。

「ええと黒彦君だったね。一体何事だい？」

「いきなりお邪魔してすみません。ちょっとお聞きしたいことがあって立ち寄りました」

黒彦は会釈をしつつ答える。融は見た目通り温厚な性格のようだ。

「何だ、普通の家じゃないか」

犬神は家の天井を眺め回したり、首を伸ばして奥の部屋を覗《のぞ》き込む。こちらがハラハラするほど遠慮のない行動だった。

「この家は多分、香具土深良の作品ではないと思います」

「そうらしいね」

「ねえねえ、おじさん。神楽ちゃんは？」

果菜は融の手を握って尋ねる。

「ああ、神楽かい。神楽なら家にはいないよ、出かけたんだ」

「そうなんだ。どこに行ったの？」

「岡山市だよ。定期バスに乗って行ったんだ。友達に会うとか言ってたけど」

「うにゃ、村から出て行っちゃったの？」

果菜と黒彦は驚いて融を見る。彼は顎《あご》を引いて頷いた。

「定期バスで行ったの？　でも僕たちもさっきまで役場にいたんだよ。お兄さんもバスに乗って来たのに会わなかったね」

「ああ、バスはその後こっちにも寄ってもらったんだよ。頼んでおいた荷物があったからね。神楽はそのついでにここから乗ったんだよ」

「そうなんだ、残念。じゃあ次にバスが来るまで帰って来ないの？」

「そう。また月曜日の定期バスに乗って帰って来るはずだよ。せっかく来てくれたのにすまないね」

融は優しく果菜に語りかける。月曜日の定期バスには自分たちが乗って村を出るつもりにしている。神楽とはもうそのタイミングで一瞬会えるだけになってしまった。それにしても彼女は昨日、そんな話は一度もしなかった。もしかすると、自分を村外まで見送るために乗ったのだろうか。それとも自分と顔を合わせないために村から出て行ったのだろうか。

「お兄さん、神楽ちゃんいないんだって」

「ああそう……」

犬神は興味なさそうに返事をすると、なぜか鼻を鳴らして周囲の匂いを嗅《か》ぐ。その後あらためて融の方に向き直った。

「ここは香具土深良の生家で、融さんはその子孫らしいね」

「ああ、神楽がそんな話をしていたね。そう、僕の祖父の兄がその深良という人物だったらしいよ」

「会ったことはないのかい？」

「ないなあ。僕が生まれる前に亡くなったそうだからね。詳しくは知らないんだよ」

「何か彼に由来するものは残っていないかな？　物とか写真とか」

「うーん……神楽が色々と探していたようだけどねぇ」

融は腕を組んで首を捻《ひね》る。怪人の親族とはいえ彼はいたって普通の男に見える。深良の存在は知っていてもあまり興味はないようだ。

「おじさん、おばさんもお家にいないの？」

果菜が尋ねる。

「ああ。あっちは近所のお家に遊びに行っているよ。その内帰って来るだろう」

「おじさん一人で寂しいね」

「ははは、そうでもないさ」

「……犬神さん。どうやらそんな状況らしいです。色々と間が悪かったようですね」

神楽の不在に安堵《あんど》する反面、犬神に会わせられなかったのは心残りでもあった。ただ彼自身はあまり神楽には関心がないらしく、黒彦の言葉を聞いても微《かす》かに頷《うなず》くだけだった。

「ところで融さん。あなたも建築家なのかい？」

「僕？　いや、僕は違うよ。考えたこともない。今は農業と、少し電気を扱っているくらいだよ」

「電気を扱う？」

「大したものじゃない。村の人たちのために電器屋と、簡単な工事を請け負っているんだよ」

「ふうん、奥さんも？」

「ああ、妻も手伝ってくれているよ」

融はごく普通の返答をする。だが犬神はなぜか彼の顔をじっと見つめていた。

「……電気関係の仕事をしているということは、そういった関係の学校を出たのかい？」

「いや……大学は経済学部だったよ。だから難しいことはできないよ」

「じゃあ、幼い頃に事故に遭ったか大病を患ったことでもあるのかな？」

「え、どうしたんだい？　僕のことも聞きに来たのかい？」

「そんなつもりはなかったんだけど、急に君にも興味が湧いてきたんだ」

犬神は自分よりも遥《はる》かに年上の男に向かって気楽に話す。おかしなことに彼は深良や神楽よりも、融に興味を持ったようだ。

「でもまあいいや。それじゃ娘さんに……名前は何だっけ？」

「神楽です」

融と黒彦と果菜が同時に答える。

「そうそう、神楽さんによろしくね」

犬神はそう言うとあっさり香具土家から出て行った。

結局、神楽とは会えないままに黒彦たちは香具土家を後にする。ただ目的は犬神の興味を惹《ひ》くことだけだったので、綾樫家の事件を放って長話をするよりは良かったとも思えた。時刻はもうすぐ夕方五時を迎える。雪まじりの北風にそろそろ骨身まで冷え始めていた。

「さっむーい。香具土さんのお家で暖まって行けば良かったね」

果菜が小さな体をさらに縮めて言う。

「そこまで図々《ずうずう》しい真似はできないよ。初対面の融さんにも迷惑だろう」

犬神は珍しく相手に気遣う言葉を吐く。先ほどまで初対面の融に学歴や病気のことを尋ねていた男とは思えなかった。

「犬神さん。さっきはどうしたんですか？　融さんの学校や病気のことを聞いたりしていましたけど」

「うん。なかなか面白い人だよ、彼も」

「そうですか？」

黒彦は首を捻る。色白で痩《や》せた体付きの、温厚そうな村の電器屋。香具土家の人間であることを除けばそれほど気に留めるような男とも思えなかった。

「あの家のどこからか、微かに酢酸《さくさん》の匂いがしたんだ」

犬神はぽつりと呟《つぶや》く。彼は香具土家の中でしきりに鼻を鳴らしていた。

「酢酸の匂いって何ですか？」

「何と聞かれても困るけど、君が知るところで言えば理科室の匂いというものかな。全然珍しいものじゃないけど、家で嗅ぐことはあまりないから気になったんだ」

「はあ、何でしょうね」

「それと、融さんの右手の親指と人差し指に指紋がなかったんだ」

「指紋がない？　握手をした時に気付いたんですか？」

黒彦は自分の手の指を擦《こす》る。普段は感じることもないが、そこには確かに指紋の細かな溝があった。

「どういうことですか？　それは」

「分からないよ。それで幼い頃に何か障害を被るようなことがなかったかと尋ねたんだよ。単なる電気工事や農作業でそうなることもあまりないからね」

「犯罪の匂いがするね！」

果菜は実際に二人の間に割り込んで口を挟む。

「匂いがしたのは酢酸だよ」

犬神は冷静に返す。

「指紋がなかったら証拠が残らないんだよ。融さんは悪いことをするために指紋を消したんだよ」

「親指と人差し指だけでできる犯罪があるならそうかもしれないけど、どうせ消すなら他の指の指紋も消すだろうね」

「じゃあ融さんは何で消したのさ？」

「消したんじゃなくて消えたんだと思う。まあまた今度会うことがあれば聞いてみよう」

犬神は謎を残したまま話を打ち切る。酢酸の匂いが漂う家に住む、指紋のない香具土家の子孫。確かに興味深い人物のようにも思えてきたが、それ以上のことは何も分からなかった。

「ところで黒彦君、僕たちは今、どこへ向かっているんだい？」

「ええと、香具土深良の生家を見せたので、次はその作品も見せようかと思います」

黒彦は犬神の方を見ずに、遠くに建つ屋敷を指差して言う。

「なるほど、そうやって僕まで事件に巻き込むつもりかい？」

「こんな雪国で野宿なんてできませんよ」

「ハテナ、融さんの家でもっとゆっくりしていけば良かったね」

「そこまで図々しい真似はできないよ」

果菜は犬神に向かって笑顔で返す。珍しく言い負かされた犬神はもう何も言わず、ただ得意気な少女の鼻をそっと摘んだ。

53

綾樫家の門は既に固く閉ざされており、中はひっそりと静まり返っていた。毎回事情は違えども、何度逃げ出しても帰って来てしまう屋敷。これも呪い、あるいは魔術のなせる業なのか。黒彦は悪い予感を払拭《ふっしょく》するように頭を振ると、自らの意思で門の呼び鈴を強く押した。

「はい……あれ？」

玄関から現れたマリイが驚いた顔を見せて小走りで近付いて来た。

「マリイちゃんただいま！」

果菜は笑顔で手を振る。

「ハテナちゃん……お帰りになったのでは？」

「そのつもりでしたが戻って来ました。お願いします。また屋敷に入れてください」

黒彦は真剣な眼差《まなざ》しで訴える。ここで断られると話にならない。マリイは黒彦の顔を見つめた後、背後に立つ犬神に目を向けたが、何も言わずに再び果菜の方を向いた。

「お戻りになったのですね。良かった……」

「良かった？」

「ハテナちゃん、すぐに来てください！　また大奥様が体調を崩されているのです！」

マリィは門の鍵《かぎ》を開けるなり果菜の手首を摑《つか》んで引き込む。そして屋敷に向かって走り出した。

「うわわわ……」

果菜は声を震わせながら引きずられて行く。どうやら市之介と雫だけではウタを落ち着かせることはできなかったようだ。

「犬神さん。俺たちも行きましょう。場所は分かっています」

「これが、香具土深良の作品なのかい？」

黒彦は犬神の先を歩いて屋敷を目指す。彼はぼんやりと辺りを見回しながら首を傾げていた。

ウタの部屋の前では市之介と雫の兄妹《きょうだい》と盛貴が佇《たたず》んでいる。三人はマリィに手を引かれた果菜を見て驚いた顔を見せるが、引き留めようとはせずに廊下を空けて部屋へと通した。

「お、大奥様！　ハテナちゃんがお戻りになりました！」

マリィは慌てながら声を張り上げる。ウタは部屋の中央に敷かれた布団に眠り、久子と時枝がその傍らで正座している。その周囲には使い古して黒く艶《つや》を帯びた和箪笥《わだんす》や衣紋掛《えもんか》けや三面鏡などが置かれていた。

「おお……おおお……」

ウタは幽霊のようなか細い呻《うめ》き声を漏らすとともに、ゆっくりと瞼《まぶた》を開ける。白い顔がさらにやつれたようにも見えた。果菜は時枝に促されて老婆の細い手を握る。

「お婆ちゃんただいま！　僕、帰って来たよ」

「おお、『しぇんのん様』……よう戻られた……」

ウタは途端に顔をくしゃくしゃにすると、体を持ち上げて果菜の頰を撫《な》でる。糸のように細い目からは涙が零《こぼ》れていた。

「すまんかったのう。孫が、市之介が追い出しおって……寒かったろうに……」

「ううん。市之介さんは悪くないよ。僕が勝手に出て行っちゃったの。でもお婆ちゃんが心配だから帰って来ちゃった」

「ほほ、そうですか……ありがたいことじゃ……」

異様な光景に一同は複雑な表情を浮かべる。ウタが喜んでくれたのは良かったが、この状況を認めたくはないようだった。

「黒彦君、あれが話に聞いた『しぇんのん様』というものかい？」

廊下に立つ犬神は中庭の黄金像を指差す。

「そうです。ウタさんはあれを神様だと言っています。とてもそうは見えませんが」

ここからは黄金像の背中側が見えている。犬神はふうんと返事をすると、回り込んで正面から見るためか廊下を歩き出した。

　黒彦は襟首を掴まれて、ぐいっと廊下に引き出される。険しい顔をした市之介に捕まった。

「……どうして戻ってきたんだ」

「すみません。やっぱり放っておけなくて」

　黒彦は小声で答える。市之介は辺りを憚《はばか》るように忙《せわ》しなく目を動かしていた。

「お婆様のことならもういいって言っただろ」

「ウタさんのことも心配でしたけど、殺人事件のことも気になっていたんです」

「殺人事件？　それがどうしたと言うんだ。君には関係のないことだろ」

「……やっぱり何も解決していないんですね。市之介さんはどうするつもりなんですか？　また誰かが殺されてもいいんですか？」

　黒彦はこれまでと違って積極的に市之介を責める。屋敷に戻ると決めた時から、もう気を遣って行動するのは止めることにしていた。

「……帰って来てくれてありがとう、黒彦君。お婆様もとっても嬉《うれ》しそう」

　雫はウタの方を見つめて呟く。隣から市之介の溜息《ためいき》が聞こえた。

「なるほど。話に聞いた通り、随分と熱心なようだね」

　犬神がいつの間にか部屋に入り込んでウタと果菜を見下ろしている。その場にいた全員が目を丸くさせた。

「黒彦君」

「……どなたかしら？」

久子が顔を上げて尋ねる。

「こんばんは、犬神です。そこのハテナの兄をしています」

「ああ、お兄さんね。確か学者さんだとかいう」

「昨日まで学者をさせられていたよ」

「はあ……今日のバスで村に来たのかしら」

「うん。それでせっかく来たもんだからこちらにも立ち寄ってみたんだ。ハテナと黒彦君が大層世話になったらしいね。どうもありがとう」

犬神は山高帽のつばを軽く持ち上げて礼を言う。さすがの久子も対応に困っていた。

「あの、犬神さん？」

時枝が代わりに口を開く。

「ええと。せっかく来ていただいた所を申し訳ないのですが、手前どもは今、少々取り込んでおりますので……」

「三人殺されたらしいね」

「ええ？」

「でももう安心だよ。この通り生き神様が帰って来たからね」

「はあ？」

再び全員が目を丸くさせる。だが犬神は胸を張って周囲を見回した。

「おお、そうじゃ。生き神様が帰って来られたのじゃ。もう安心じゃ……」

ウタが何度も頷《うなず》いて犬神に賛同する。お陰で誰も口を挟めなくなった。

「大奥様はよく分かっている。今朝までの生き神様は力及ばず三人もの犠牲者を出してしまった。だから一度屋敷を出て、新たな力を蓄えて再びここへ戻ってきたんだ。今度の生き神様は強いよ。もうどんな呪いにも負けることはないだろうね。良かった良かった」

「うん！　もう僕、誰にも負けないよ！」

果菜も調子に乗って自信満々の笑顔を見せる。

「なんと、頼もしいことですじゃ……」

ウタは少女の手を両手で挟み額を付けた。

「……黒彦君、彼は何だ？」

市之介が明らかに不機嫌な顔で尋ねる。

「ああいう人なんです」

黒彦は溜息混じりに返す。犬神清秀にとっては綾樫家の掟《おきて》も呪いも関係ない。彼はどこにいても彼だった。周囲の白い目も気にせずに涼しい顔で立っている。そして静まり返った一同に向かって再び口を開いた。

「ところで、僕は今夜どこで眠ればいいんだい？」

54

その夜、黒彦は息の詰まるような雰囲気の中での夕食を終えて、入浴も済ませて客間へと戻る。久子と時枝からは疎まれ、市之介からも睨《にら》まれるようになった自分は、今や果菜のお陰で何とか屋敷に置いてもらっているような境遇だった。犬神の立場はさらに弱く、部屋は屋敷の外にある使用人部屋の一つをあてがわれた。ただ彼自身は冷遇されているとは思わず、追い出されるかと思ったけど言ってみるものだねと喜んでいた。

「犬神さんに会いに行ってみるか」

一人で部屋にいても仕方がない。果菜は恐らくウタの祈禱《きとう》に付き合わされているだろうから近付かない方がいいだろう。廊下を出て玄関へと回り、木枠の引き戸を静かに開ける。がらがらがらと案外大きな音が響いた。

「やっぱり、派手な音が鳴るよな」

昨夜、洋滋郎もこの音を立てて屋敷を出て行ったはずだ。それでも自分は一切気付かずに眠り続けていたらしい。どうして起きなかったのだろうか。そして洋滋郎はなぜ殺されるために出て行ったのだろうか。

屋敷の外には使用人部屋が四戸連なっている。犬神の部屋は手前から二つ目、盛貴とマリイの部屋の間だった。軽く戸を叩《たた》いて呼びかけるが返事はなく、開けようとしても鍵《かぎ》が掛けられていた。

「あれ、外へ出掛けたのか？　いや……」

ふと気付くと、隣の盛貴の部屋から女の声が微《かす》かに聞こえる。恐らくマリイだろう。

黒彦は少し迷ってから、隣の部屋の戸を叩いてみた。盛貴と二人で過ごしていたとしたら迷惑かもしれないが、どうせもう既に自分は厄介者になっているのだ。

「すみませーん。盛貴さーん」

呼びかけてからしばし待つと戸が開いて盛貴が顔を出した。

「おお、黒彦君。どうした？」

「もしかして、犬神さんはこっちにいますか？」

「博士ならいるよ。入りなよ」

盛貴は不思議と気さくな態度で黒彦を通す。狭い畳の一間には犬神とマリィが座っており、卓袱台《ちゃぶだい》には酒瓶や干物が置かれていた。

「何やってんですか？　犬神さん」

「やあ黒彦君。お隣さん同士の親睦《しんぼく》会だよ」

犬神は茶色の液体が入ったグラスを持ち上げる。

「いらっしゃい黒彦君。遠慮せずにおいで」

マリイは顔を赤く染めて、眠そうな目をしている。黒彦は誘われるままに彼女の隣に腰を下ろした。

「お酒を飲んでいるんですか？」

「博士が持って来てくれたんだよ。せっかくだから一緒に飲もうという話になって、マリイも誘ってこの部屋に集まったんだよ」

盛貴は腰を下ろすなりイカの足を口にくわえる。使用人二人は仕事を終えて部屋に戻っているせいか堅苦しい敬語を止めていた。

「昨日までは博士だったけど、今日はもう無職だよ。酒はアメリカから帰る時に友人からもらったウィスキー。綾樫家の人にあげようかと思ったけど、あまり喜ばれそうな雰囲気じゃなかったから盛貴さんに受け取ってもらったんだ」

犬神は平然とした顔で言う。一体どういう技を使ったのか、いつの間にか彼はこの場に馴染《なじ》んでいた。

「さすが博士。こんないいお土産ならいくらでもいただくよ。黒彦君も飲むかい？」

「い、いや、俺はまだ未成年ですから」

「気にするな。俺なんて十の頃からのんべえだ」

「犬神さんもお酒を飲んでいるんですか？」

「いや、僕が飲んでいるのはウーロン茶だよ。酒は酔うから飲まないんだ」

「じゃあ俺もそれでいいです」

「あ、黒彦君はコーラを飲みなよ。盛貴さんコーラあったよねコーラ」

なぜかマリイが急に騒いで立ち上がる。どうやら酔っぱらっているらしい。

「ああ。冷蔵庫に入っているから取ってやりな。マリイ、お前もほどほどにしておけよ」

盛貴は部屋の隅に置かれた小さな冷蔵庫を指差す。マリイは、あーいと言いながら幽霊のようにフラフラと手を伸ばした。

「……盛貴さん。マリイさん大丈夫ですか？　綾樫家の人に怒られませんか？」

「今日はもういいさ。何かあったら俺が出て行く。たまには息抜きさせないと、あいつまでくたばっちまうよ」

盛貴はグラスを回して氷を鳴らす。これだけ立て続けに事件が起きると使用人の苦労も大きいだろう。マリイはコーラが入ったグラスをこちらに差し出す。お礼を言うとへらへらと笑っていた。随分な変わり様だ。

「犬神さん、屋敷へ来てみてどうですか？　事件のことは見えてきましたか？」

「そうだね。事件については何も知らないけど、色々と気になるところはあったかな」

犬神はのんびりとした口調で話す。

「ひとつに、この屋敷は香具土深良が建てた物じゃなさそうだね」

「え、なぜですか？」

「だって、どう見ても和風じゃないか。彼は西洋建築家だったはずだよ」

「それは役場でも話した通り、綾樫家に頼まれて仕方なくそうしたんじゃないかと思います。ここに石造りの家が建っていてもおかしいですよ」

「そんな理由ですぐに木造建築に移れるものかな。それにこの屋敷には香具土深良らしさというか、魔術っぽさが感じられないんだよ」

「でも神楽さんは手紙に書いてあったと言ってましたよ。それに木造建築に精通していても不思議じゃないですし、必ずしも全ての屋敷に魔術を施していた訳でもないかもしれません」

「そこまで言われたら何にも言い返せないな。僕も彼のことを全て知っている訳ではないからね」

犬神はあっさりと引き下がる。神楽の話を聞いた印象では、香具土深良は案外器用で親切な人物だったようにも思えていた。

「魔術的な物といえば中庭の黄金像がそうだけど、あれも香具土深良が作った訳ではなさそうだね？」

「作市さんの話によると、ウタさんが作らせた物だそうです」

黒彦は盛貴とマリイの方をちらりと見る。二人とも軽く顎《あご》を引いた。

「でも、あれもちょっとおかしいよね」

犬神が三人に向かって言う。

「どうして、ウタさんの部屋や広間にお尻《しり》を向けているんだろう。信仰しているなら正面を向いてもらった方が良いんじゃないかな」

「それは、屋敷が中庭を取り囲む形になっているからじゃないですか？　どっちを向いても、どこかの部屋からは背中が見えますよ」

「だからといって黒彦君のいる客間や、死んだ洋滋郎さんの部屋の方を向かなくてもいいんじゃないかな。盛貴さんやマリイさんは理由を知っているかい？」

「いや……そういえばそうだなあ。気付きもしなかった」

盛貴が感心した風に返す。

「あの黄金像は俺が雇われた時からあった物だ。その時から向きは変えられていないし、ご当主様とウタ様のお部屋も今のままだ」

「私も、盛貴さんの後にここへ来たから同じよね」

マリイも答える。

「じゃあ、方角の問題じゃないですか？　幸運を呼ぶ方角とかあるじゃないですか」

黒彦は思い出しながら言う。風水などにそんな話があったと思う。ただ、それならばウタが部屋を移動すれば良さそうなものだが、そうは考えなかったのだろうか。

「まあ信仰している宗教の話だから、理屈では説明できないのかもしれないね。あるいは、背中側に重要な意味があるのかもしれないけど」

「黄金像の背中側ですか？　何かありましたか？」

「黄金像については特に何も気にならなかったよ。ただ、下の台座部分には小窓が付いていたね」

「台座に窓なんてありましたか？」

「うん。同じく金色で目立たないけどね。引き戸のような窓があったよ。台座の中は空洞だろう。ウタさんはそれを見張るためにあの部屋を住処《すみか》にしていたんじゃないかな」

「そんなところに何が入っているんですか？」

「さあね。釈迦《しゃか》の遺骨ではないだろうから、教典とか法具とか、『しぇんのん様』に縁《ゆかり》のある物じゃないかな。もしかすると大金が隠されているかもしれないけどね。ウタさんに聞けば教えてくれるかな」

「そんなに大切な物なら、教えてくれないかもしれませんね」

黒彦は気乗りしない態度を見せる。犬神は気になっているようだが殺人事件とは関係なさそうだった。

55

「ウタさんといえば、今いくつくらいなんだろうね」

犬神はまるで連想ゲームのように話を続ける。

「年齢ですか？　ええと……」

「七十四歳になられた。亡くなられたご当主様と同じだ」

盛貴が伝える。確か洋滋郎からもそう伝えられていた。犬神は少し目を大きくさせる。

「思ったよりも若いんだね。その割には白髪ばかりだし、皺《しわ》だらけの顔も真っ白だし、歯も少ないし、手足もやけに細い。何か持病でもあるのかな」

「恋塚先生が定期的に来ていると聞きました」

黒彦が言うとマリィはピーナッツの袋を開けながら頷《うなず》く。

「うん、父さんはよく来るよ。大奥様からもよく呼び出されるみたい。でも特別に何かのご病気を患っておられる訳ではないと思う。お歳と見た目については人それぞれよ。ご当主様だってそのお歳で亡くなられたんだから」

「なるほど。つまり『露壜』に若返りの効能はなかった訳だ」

犬神はウーロン茶に口を付ける。黒彦はふと疑問を抱いて盛貴を見た。

「盛貴さん、『露壜』って薬はまだあるんですか？」

「ああ……古い話だね。いや、今はもうないだろう。大奥様もそんな物は飲んじゃいない」

「万病に効く薬水だったんじゃないんですか？」

「そうらしいけど、あれは単なる漢方薬のような物だったと思うよ。確かに効果があったからよく売れたんだろうけど、そんな奇跡的な物じゃないだろ。今は普通に薬があるからね」

「そうなんだ。じゃあ『毒露壜』も今はないのかな？」

犬神が続けて尋ねると、盛貴とマリィは驚いて息を飲んだ。

「……どこでその話を聞いたんだ？」

「役場で黒彦君から聞いたよ」

「いや、俺は連水寺で延寿住職から聞きました」

黒彦が続けて答える。盛貴は視線をあちこちに動かしながら何度も頷いた。

「延寿様が話されたのか……」

「やっぱり内証の話だったのかい？」

「そりゃそうだよ。俺も親父から軽く聞いただけだ。それも絶対に触れちゃいけない話題として、あえて教えられたんだ」

盛貴は声を落として話す。綾樫家の裏の顔。大きな富をもたらした毒薬、『毒露壜』。その存在を露壜村で語ることは決して許されないようだ。

「……その薬も今はもうないだろう。少なくとも俺は見たことはない」

「そりゃ残念だ。どちらも是非とも一目見たかったんだけどね」

「なぜ興味を持つんだ？」

「この僕をして見たことがないからだよ。どういう成分の薬で、どんな瓶に入れられていたのか。興味を持つのは当然だよ。ハテナを使ってウタさんにでも聞いてみようかな」

「犬神君！」

盛貴は語気を強めて睨《にら》み付ける。

「……その話はしないでくれ、頼む」

「追い出されるかな？」

「君たちはその程度だろうが、俺たちゃ話をした延寿様はそれだけじゃ済まない。『毒露壜』なんて単なる噂話だ。少なくとも綾樫家では存在しなかったことになっているんだ」

「分かったよ。それじゃ聞いても教えてくれないだろうしね」

犬神は頷いて了承する。黒彦も気にはなっているが、殺人事件とは別にトラブルを起こしてまで聞く気はなかった。

「ウタさんが年齢よりも老けて見えるのは、心も弱っているからじゃないですか？　ここ数日で四人もの家族が死んでしまったのだから、ショックを受けていると思います。気落ちすると老け込むって話も聞いたことありますよ」

黒彦は犬神の連想ゲームに沿って話を持ち出す。犬神は、そう、と返して頷いた。

「心労によって老化が進行するのは事実だよ。脳と体は密接に関係している。脳が弱ると免疫力も低下するし脳内麻薬の分泌も少なくなってやる気がなくなってしまう。だから老人が明るく前向きに過ごそうとするのも間違いじゃない。無理矢理にでも笑顔になれば効果があるんだよ。今のウタさんには難しいだろうけどね」

「そのためにも殺人事件を解決しなきゃいけないと思うんです」

「うまく引っかけたね。でも僕はそっちの話には一切興味はないよ。夫婦喧嘩《げんか》は犬も食わぬ、家族の揉《も》めごと猫またぎだよ。早く落ち着くといいね」

「そうですか……」

「でも会話を断ち切るのも惜しいよね。黒彦君が話すのなら聞いてもいい。君の疑問はなんだい？」

犬神は掌《てのひら》を見せて話を促す。

「……一番気になっているのは、洋滋郎さんのことです」

黒彦は盛貴とマリィにも目を向けて話す。

「作市さんと作滋さんが殺害された理由も方法も何となく分かっています。二人とも綾樫家の後継者であり、遺産を受け取れる立場でした。それぞれ夜中に土蔵と部屋で襲われたのも、屋敷内の者であれば誰でも可能だと思います」

「でも洋滋郎さんはそうじゃなかったんだね」

「そうです。作滋さんの息子の洋滋郎さんは、綾樫家の中でも低い立場にありました。彼が殺害されても後継者の順位は変わりません。おまけに彼は夜中にこっそり屋敷を出て、露壜湖まで行って殺されました。それなら犯人もその前か、あるいは同時に屋敷を出て行かなければならない。一体どうしてそんなことをしたのか。家族にも使用人にも俺たちにも気付かれずにどうやって抜け出せたのかが分からないんです」

黒彦は落ち着いて疑問を説明する。犬神も盛貴もマリィも口を開かなかった。

「どう思いますか？　犬神さん。この状況から何か分かりますか」

「いや、さっぱり分からないよ」

犬神は考える素振りもなく即答する。

「……やっぱりその場にいないと何も分からないものだね。椅子に座ったままで事件を解決できる名探偵なんてファンタジーだよ」

「まあ、そうでしょうね」

「でも黒彦君の話だけを聞いて考えると、洋滋郎さんは別の理由で殺されたのかもしれないね。後継者や遺産の話とは関係ないんじゃないかな。どうやって外へ出たかどうかは、それこそその場にいなかったから何とも言えないね。出られたから出たんだろうけど」

「俺も洋滋郎さんについてはきっと別の理由があったんじゃないかと思います」

「盛貴さんはどうだい？　僕たちよりも彼に詳しい君は、何か思うことがあるかい？」

「俺？　いや、俺は……」

盛貴は口籠《くちご》もる。彼はこれまで綾樫家を恐れて、事件については口を挟まなかった。

黒彦は卓袱台《ちゃぶだい》に身を乗り出す。

「盛貴さん。俺は綾樫家のためにも、皆さんのためにも殺人事件を解決したいと思っています。知っていることがあれば教えてください」

「……洋滋郎様は、確かに夜中に外出されることもあった」

盛貴は俯《うつむ》いたまま答える。

「久子様も話されていたが、洋滋郎様は村に帰るとよくどこかの女の下へ行くんだ。その時は俺にも知らせずに勝手に出て行ってしまう。夜中の内に帰って来ることもあれば、朝まで帰って来ないこともあった」

「誰の所に行くのかは知っていますか？」

「何人かいるらしい。でもそれ以上は分からないし、誰に聞いても答えてくれないよ」

　これまであまり見かけなかったが、露壜村には若い女も何人かいるらしい。その時、黒彦はふと思い付いて尋ねた。

「もしかして、香具土神楽さんもその中に入っているんですか？」

「香具土の娘さん？　ああ、あの子は違うな」

　盛貴は即座に否定する。

「美人だから洋滋郎様も気になっていたようだけど、あの子はこの村では珍しく気が強い。前に一度久子様や作滋様に訴えて大騒ぎになったことがあったんだ。それからは洋滋郎様も寄り付かなかったようだ」

「確かに、俺が会った印象もそうでした」

　黒彦は納得して安心する。もしや神楽が事件に関わって、それゆえに今日村を出たのかと疑った。ただ、完全に否定はできないが、彼女らしい行動とは思えなかった。

「……じゃあ、洋滋郎さんは昨日の夜にどこかの女の人に会いに行って、そこで殺されてしまったんでしょうか？　殺した方はもしかすると、綾樫家の事件に便乗したのでしょうか？」

「いや、時枝様も話されていたが、作滋様が亡くなられた日の夜に女に会いに行くだろうか。あの方は荒っぽいところもあったけど、父親の作滋様は敬愛しておられた。身勝手ではあったけど、筋は通っている人だった。そう思うと、父親が亡くなられて通夜も葬式も済んでいない内に夜遊びに出るとは思えないんだ」

「じゃあ何のために外へ出たんでしょうか？」

「さっき黒彦君が言った通りかもしれない。もう一人、綾樫家のどなたかと一緒に出られたんじゃないだろうか。だって殺されていた場所は屋敷の裏手にある露壜湖なんだ。洋滋郎様が村の者を誘って、わざわざ屋敷の傍まで行くには不自然に思えるんだ」

盛貴は辺りを憚《はばか》るような小声で話す。それでは洋滋郎は綾樫家の誰かに父親殺害の罪を訴えて、返り討ちにあったのだろうか。考えがまとまらずに隣を見ると、マリイがうつむいて鼻をすすっていた。

「ど、どうしたんですか？　マリイさん」

「ううん、いいの。ごめんね」

マリイはハンカチで目頭を押さえる。盛貴は心得たように彼女の肩を叩《たた》いた。

「悪い、黒彦君。マリイは洋滋郎様のことを思い出したらしい」

「あ……」

黒彦は露壜湖での会話を思い出す。久子の話によると、洋滋郎とマリイは関わりがあったらしい。はっきりとは分からなかったが、どうやら男女の関係だったのではないかと気付いた。

「マリィさんは、その、洋滋郎さんと仲が良かったんですね」

「……仲が良いって言うよりは、一方的に遊ばれている感じだったかな。あっちは綾樫家のご子息様で、私はただの使用人だから。酷《ひど》いことも一杯されてきた」

「そ、そうだったんですか」

「でも、こんなことになると情が湧いてきたっていうか、何だか急に可哀想に思えてきちゃったの」

涙目のマリィは黒彦に弱々しい笑顔を見せる。そこには真面目で冷たくもある普段の彼女とは違い、女らしさのようなものが強く感じられた。

「ごめんね黒彦君。一生懸命考えてくれているのに……」

「大丈夫だ、マリィ。俺も話し込んで悪かったな」

盛貴が優しい声で代わりに答える。マリィは深い溜息《ためいき》をついて卓袱台に顔を伏せた。

「黒彦君」

犬神はじっとこちらに目を向ける。

「君はそろそろ部屋に帰って寝る時間だよ」

「はあ……」

黒彦は唐突な指示に戸惑う。壁掛け時計の針は午前〇時を過ぎている。犬神は目線だけをマリイの方へと向けた。

「いいことを教えてあげよう。女性の涙というのは、年上の男性には武器になるけど、年下の男性には恥になるんだよ。君の悪い癖は、たまに自分が高校生なのを忘れることだろうね」

「ああ、ええと、そうですね。そろそろ帰って寝ます」

黒彦は居たたまれずに立ち上がる。マリイが泣くのを堪《こら》えているのは自分のせいだと気付いた。

「お邪魔しました。おやすみなさい」

「おやすみなさい、黒彦君」

犬神は抑揚のない声で返す。盛貴は詫《わ》びるような表情で頷《うなず》いていた。

56

盛貴の部屋を出ると横殴りの雪風に顔と首筋を冷やされる。夜が更けると外はほとんど吹雪のような状況になっていた。足下は新雪によって真っ平らにコーティングされている。使用人部屋の入口にともる常夜灯はオレンジ色に光っていた。

「雪が降れば足跡も消えてしまう……」

黒彦は思い浮かんだトリックを呟《つぶや》きながら屋敷の玄関へと向かう。よくある話だがこの殺人事件では使えそうにない。玄関前に立って、音を立てずに引き戸を開ける方法を少し考える。ふと左を向くと、脇道の左側には四つ連なった使用人部屋があり、奥には大きな土蔵の影が見えた。地面には今歩いてきた自分の足跡が残っている。

そして脇道の右側には障子窓が並んだ屋敷の壁があった。

「障子窓？」

黒彦は吹雪に晒《さら》されるのも構わずその場に立ち尽くした。障子窓は三つ並んでおり、一番手前だけが光っている。黒彦の部屋の明かりであり、奥の二つはもう人のいない洋滋郎と作滋の部屋だった。障子窓は地面から二メートル弱の高さにあり、五十センチ四方ほどの障子が二面並んでいる。黒彦は脇道を引き返して自分の部屋の前に立つ。両腕を伸ばして障子窓に触れ、そっと引くと簡単に窓が開いた。

「……ここから出たのか？」

黒彦は軽く飛び上がって窓の桟を摑《つか》むと、そのまま懸垂の要領で体を持ち上げた。目の前には黒彦の部屋の様子が窺《うかが》える。屋敷の壁に足を掛けてさらに体を持ち上げて窓から頭を入れる。少し肩をすぼめると上半身まで部屋の中に潜《くぐ》らせることができた。

「と、通った……」

上半身を再び外に出して、雪の地面に着地する。ぼすっと、ほとんど聞こえない音が響いた。

「部屋の中から障子窓を潜れば、玄関へ行かなくても屋敷から出られる……だけじゃない。外から潜れば廊下を通らずにどこの部屋にも入り込めるんじゃないか？」

黒彦は赤くなった自分の手をじっと見つめる。作市が土蔵で殺害された時も、作滋が部屋で殺害された時も、洋滋郎が屋敷から外へと出た時も、誰一人としてその姿を目撃していない。それは皆が眠っていたからではなく、そもそも犯人は廊下を歩いたり玄関を開け閉めしたりしていなかったのではないだろうか。自分の部屋の障子窓から外へ出て、殺人事件を起こして、再び障子窓から部屋へと戻る。誰にも見られずに移動できて、足跡も雪によってすぐに隠されるだろう。

「これか？　これがトリックだったのか？」

黒彦は胸を押さえて興奮を鎮める。喜ぶのはまだ早い。まだ誰の仕業かも分かっていなかった。

「そうなると、部屋の障子窓から外へと出られない者は犯人から除外されるな」

この方法はある程度の体力がないと使えない。二メートルほどの高さを音も立てずに上り下りして、五十センチ四方の隙間を潜り抜ける。犯人とは疑っていなかったが、ウタにはまず不可能な運動だろう。だが、その他の者たちができないかどうかは分からない。市之介にはたやすいだろうが、女の久子、時枝、雫の身体能力も分からない。あの大柄な久弥が窓枠を潜れるかどうかも怪しいが、今はまだ除外できないだろう。

「それと、他の部屋からもこれができるかどうかだ」

黒彦は屋敷の壁面に沿って、玄関とは反対方向に歩き始める。物理的な問題として、部屋の作りや障子窓の外に障害があればこの方法は使えない。それを調べるには屋敷の外周を回ればいいと考えた。黒彦の部屋と同じく、洋滋郎と作滋の部屋からは難なく障子窓から出入りができるだろう。土蔵の脇を通り、屋敷の角を曲がる。見える障子窓は三つ。手前から雫の部屋、市之介の部屋、作市と時枝の部屋だ。どの窓も暗く、部屋の明かりが消えていることが分かる。音を立てずに雪を踏み歩く。道は少し狭いがこの三部屋も窓から出入りができるだろう。

ふと、壁の向こうから話し声が聞こえた。

「何だろう……」

黒彦は立ち止まって壁を見る。この向こうには雫の部屋があるはずだが、そこからぼそぼそと声が聞こえていた。内容も、誰の声かもよく聞き取れない。ただ、暗い部屋の中で会話をしているというのが気になった。

「どうしよう……」

障子窓を見上げて少しためらう。隙間を空けて部屋の様子をこっそり窺ってみるべきだろうか。女の、雫の部屋を覗《のぞ》くことに少し抵抗を感じる。

「でも、もし雫さんが犯人に襲われているとしたら……」

吹雪の中で逡巡《しゅんじゅん》している場合ではない。黒彦は手を伸ばして障子窓をほんのわずかに開けると、先ほどと同じように窓の桟に手を掛けて体を持ち上げた。頭の中に不安と恐怖と、少しの期待が渦巻いている。首を目一杯伸ばして隙間から部屋の中を覗いた。

暗闇の部屋に豆電球の明かりだけがともっている。

綺麗《きれい》に整頓《せいとん》された部屋。中央に布団が敷かれている。

布団の中には長い黒髪の女、雫が横向きに寝ている。

同じく、対面するように寝る市之介の顔が見えた。

「え……？」

黒彦は声に出さずにそう呟くと、慎重な動作で体を下ろす。二の腕の筋肉も声にならない悲鳴を上げていた。

「雫さんと市之介さんが、一緒の布団に寝ていた……」

殺人事件の現場ではなかったが、それと同じくらい衝撃的な光景を目にしてしまった。大人の兄妹《きょうだい》が一つの布団に入って囁《ささや》き合っている。二人は何をしているのだろう。いや、どういうことだ。

「……ともかく、障子窓を先に調べよう」

色々な想像が思い浮かぶが、今すべきことは障子窓の調査だ。次の角を曲がると屋敷の裏手の壁になる。障子窓は手前に二つと奥に一つ。果菜の部屋とウタの部屋、窓のない広間を超えて久子の部屋があった。明かりはウタの部屋にだけともっていた。

「ウタさん、まだ起きているのか？」

屋敷と壁に挟まれているので吹雪もいくらか大人しい。この三部屋も障子窓から外へと出られそうだった。だが果菜とウタはそんなことはしない。

「久子さんも、ここから出ればどこにでも行ける」

瘦《や》せて背が高い彼女ならば、割と楽に抜け出せるかもしれない。玄関を通らずとも外へと出られるし、廊下や中庭を通らずとも土蔵や作滋の部屋へも侵入できるだろう。これで屋敷の一番奥の部屋だという彼女の主張は通らなくなった。最後の角を曲がると、広めの窓と、小さな窓二つと、他と同じ障子窓が見える。それぞれ厨房《ちゅうぼう》の窓、トイレの窓、浴室の窓、そして久弥の部屋の窓だった。全て明かりは消えているが、久弥の部屋の窓からも外へと出られる。あの巨体が窓から這《は》い出る姿は異様だが、他の部屋とは隣接せず、屋敷の玄関にも近い彼の部屋は一番犯行に適した場所とも思えた。

その時、パタンッという物音が背後から聞こえてきた。

「何の音だ？」

黒彦は振り返るが、特に変わった所は見当たらない。どうやら物音は屋敷の中から聞こえてきたようだ。左側には屋敷の壁面が伸び、久子の部屋、窓のない広間、ウタの部屋、果菜の部屋が続いている。障子窓の明かりは一番奥の部屋にだけともっていた。

「あれ？　ハテナの部屋の明かりが点《つ》いている」

先ほどとは違い、障子窓の明かりがウタの部屋から果菜の部屋へと移動している。ウタが明かりを消すと同時に果菜が点けたというのもおかしいので、恐らくウタの部屋にいた果菜が自分の部屋へと戻ったのだろう。物音もその時にしたようだ。

「こんな時間まで何をやっていたんだろう……」

黒彦は好奇心を抱いて道を引き返す。殺人事件を解決すると決めた以上、もう僅《わず》かな疑問も放っておけなくなっていた。

57

果菜の部屋の前に立ち、障子窓をそっと開ける。両腕を窓の桟にかけてゆっくりと体を持ち上げた。三度目となると相当辛《つら》いが、体を『く』の字に曲げて壁に足を着けるといくらか腕が楽になった。もっと慣れればさほど力を使わずとも上り下りができるだろう。首を伸ばし、桟に顎《あご》を置いて、顔を窓の隙間に近付ける。大きな鏡台や紫の着物が吊《つる》された果菜の部屋が見える。

下着姿の果菜と真正面から目が合った。

「あ……」

「ひゃ……」

果菜が驚いて口を開ける。悲鳴を出されると気付いて、黒彦は慌てて首を振った。

「ハテナ、俺だ。静かにしろ」

小声で素早く訴える。果菜は両手で口を押さえて声を飲み込んだ。

「なになに？　何してんの？　クロちゃん」

果菜は近付いて障子窓を開ける。黒彦は顔を下げてだらりと腕を伸ばした。

「いや、ちょっとその、実験を……」

「覗きの実験？」

「違う。こうやって外から部屋に入れるかどうかの実験だよ」

「へえ、そうなんだ。どう？　部屋に入れそう？　入ってみてよ」

「いいのか？」

「いいよ。でも静かにね。僕が手を貸さない方がいいんだよね」

黒彦は深呼吸をしてから再び体を持ち上げる。そのまま障子窓から上半身を潜らせた。

「すごーい。こんなところから通れるんだー」

果菜は拍手の手振りをする。黒彦は少女の方を見てすぐに顔を下げた。

「ハテナ、早く……」

「あ、手伝うの？」

「違う。早く服を着ろ」

「うにゃっ」

果菜は白い背を向けて逃げる。黒彦は顔を逸《そ》らしたまま下半身も潜らせると、靴を脱いで部屋へと入った。

「クロちゃんのエッチ。僕、びっくりしたよ」

果菜は小声で文句を言いつつ浴衣《ゆかた》を身に纏《まと》う。

「悪かったよ。まさか着替えているとは思わなかったんだ」

「いつから覗いてたの？　まさか全部脱いでた時から？」

「え、全部脱いでたのか？」

「ぬ、脱いでないよ……」

ハテナは真っ赤な顔をこちらに向ける。黒彦はようやく暖かい部屋に座れて安堵《あんど》の溜《ため》息《いき》をついた。

「これで謎が一つ解けた。障子窓を潜ればどの部屋からでも簡単に屋敷内を行き来できるんだ」

「そっか。廊下や玄関を通らなくてもいいんだね。それじゃ誰にもバレないよね」

「でも問題は、誰がこの方法を使ったかだな……」

黒彦は天井を見上げる。久子、久弥、時枝、市之介、雫。疑わしい者もそうでない者もいるが、どれも決定的な動機には欠ける気がした。

「ねえ、クロちゃん。お兄さんはどうしてるの？」

果菜は黒彦の膝《ひざ》の上に白い素足を乗せる。

「犬神さんなら使用人部屋にいる。盛貴さんの部屋で親睦《しんぼく》会を開いていた」

「えー、いいないいなー。親睦会ってパーティでしょ。僕もやりたいー」

「まあ、そんな大袈裟《おおげさ》なものじゃなかったけどな」

黒彦の脳裏にマリィの泣き顔が浮かぶ。彼女は機嫌を直してくれただろうか。

「そだ！　窓から抜け出したら誰にもバレずに出られるよね！」

「……やめとけ。俺もそろそろ寝ろと言われて追い出されたんだ。それにもう終わっているかもしれない」

「ちぇー、つまんない」

果菜は足で黒彦の太腿《ふともも》をごしごし擦《こす》った。

「……そういえば、ハテナはこんな時間まで何をしていたんだ？　さっきまでウタさんの部屋にいたようだけど」

「うん。僕ずっとウタ婆ちゃんと一緒にいたよ。さっきやっと寝てくれたから帰って来たの」

「寝るまで付き合わされるのか。またお祈りか？」

「そう、お祈りとお話。それと、僕の捜査」

「捜査？」

「僕だってちゃんと捜査してんだよ。でもウタ婆ちゃんから離れられないから、婆ちゃんに聞くくらいしかできないけどね」

果菜はぐっと顔を突き出す。浴衣の胸元がだらりと下がった。

「……偉いな。何か聞き出せたか」

黒彦は果菜の頭を撫《な》でてから襟元を持ち上げて浴衣を直す。彼女は気にせず大きく頷《うなず》いた。

「聞き出せたよ。綾樫さん家《ち》の後継者と遺産」

「え、本当か」

黒彦は思わず大きくなった声を抑える。

「……で、どうだった？　後継者は誰にするって言ってたんだ？」

「それがね……誰にも渡さないんだって」

果菜は顔を近付けて小声で返した。

「……ご当主様の後継者は誰にも務まらん。死んだとはいえ、綾樫家の当主は久作様であり、財産も久作様のものなんだって」

「そうか……」

黒彦は腕を組む。やはりウタにはまだ現実が受け入れられていないらしい。

「……でも、そういう訳にはいかないだろ」

「うん。だから僕言ったの。でも死んじゃったんだから次を決めないとダメなんじゃないのって。ウタ婆ちゃんだってその内死んじゃうんだよって」

「お前、強いな」

「生き神様だからね。そしたらウタ婆ちゃん、作市さんも作滋さんもいなくなったから決められないって言ったの。後継者は男系男子っていうの？　息子が受け継ぐのが掟《おきて》なんだって」

「じゃあその次の代となると、やっぱり市之介さんが……」

「ダメなんだって」

果菜が即答する。

「僕も聞いたの。その次は作市さんの息子の市之介さんになるんじゃないのって、そしたら、あいつはダメだって言ったよ」

「……ウタさんは、市之介さんが嫌いなのか？」

「ううん。そうじゃなくて、市之介さんは久作さんとは縁もゆかりもないんだって」

「何だって？」

黒彦は果菜の顔をまじまじと見る。久作の息子作市の、さらに息子が市之介だ。それなのに縁がないというのはどういうことか。

「……まさか、市之介さんは作市さんの息子じゃないのか？」

「それ以上は教えてくれなかったけど、僕もそう思ったよ」

「じゃあ、時枝さんと別の誰かとの息子か、あるいは全く無関係の養子なのか」

黒彦は先ほど雫の部屋で見た光景を思い出す。豆電球の明かりの下、市之介と雫が一つの布団に入って語り合っていた。怪しく危険な兄妹《きょうだい》の姿。だがあれは実の兄妹ではなかった。

「……そうか。だから洋滋郎さんが殺されたんだ」

「え、どういうこと？」

「綾樫家の当主と遺産は男系男子に受け継がれる。久作さんの次は長男の作市さん、その次は次男の作滋さん、その次は市之介さんだと俺は思っていたんだ。でもそうじゃなかった。市之介さんは綾樫家の男ではなかったんだ。そうなると、次に選ばれるのは作滋さんの息子の洋滋郎さんだった。だから殺されたんだ」

黒彦は早口になる。洋滋郎は順番通りに襲われたのだ。果菜もようやく気付いて口を開いた。

「ええと、じゃあ犯人は？」

「久子さんか久弥さん、あるいは両方だろう。三人が死んで得をするのはあの人たちしかいない。そしてもう、跡を継げるのは久弥さんしかいないんだ」

事件解決の光明が得られたと同時に、後悔が湧き起こる。手遅れだった。この家を救うために事件の捜査を決意したが、既に事件は終わってしまっていた。綾樫家は久子母《お》子《や》の物となったのだ。

「……これが、真相だったのか」

「そっか、そういうことだったんだね」

果菜は首を傾けて鼻から息を吹く。

「……じゃあ、もう誰も殺されないの？」

「ああ、市之介さんが部外者である以上、時枝さんと雫さんだけではどうしようもない。ウタさんも久子さんを選ばざるを得ないだろう」

「でも、この話をみんなにしたら変わるかもしれないよ。ウタ婆ちゃんも許さないと思う」

「……そうだな。明日《あした》の朝、みんなに話してみよう。それでどうなるかは分からないが」

この話を聞いて彼らは何と思うだろうか。久子と久弥が追放されれば時枝や市之介は喜ぶかもしれないが、同時に直系の血族は失われて綾樫家の崩壊を招く事態にもなりかねないだろう。それでも自分は、この家を救ったと言えるのだろうか。それが彼らの望む結果だったのだろうか。

「でも、もう誰も殺されないんだね。それだけでも……」

果菜はぽつりと呟《つぶや》く。そう。生き神様としての責任を感じ、バスで帰ることを拒否した彼女にとっては、その確証が得られただけでも戻ってきた甲斐《かい》があった。心残りはあっても納得して村を去れるだろう。自分たちにできるのはここまでだった。

「あ、そうだクロちゃん」

思い出したように声を上げて、少女は膝立ちで部屋の隅へと行く。紫の着物が吊《つる》された衣桁《いこう》の辺りを探ってから、何かを手に持って戻ってきた。

「これお兄さんに渡して。ウタ婆ちゃんからもらってきたの。このままだと僕、いつ会えるか分かんないから」

果菜はそう言うと、見慣れない茶色の小瓶を手渡す。高さ五センチほどの大きさで、黒いキャップが塡《は》められている。ラベルのような物は付いておらず、中には砕いたガラス片のような物がいくつか入っていた。

「何だこれ？」

「露壜」

「露壜？　これが？」

黒彦は小瓶を持ち上げて果菜とともに見つめる。万病に効く薬、露壜。その姿は想像とは違う物だった。

「……固形物なのか？　露壜湖の水で作るって聞いたけど」

「水に溶かして使うんだって。でも僕は使っちゃいけないって言われたよ。効き目が強いからとか」

「ふうん。盛貴さんはもうないと言っていたけど、ウタさん持っていたのか」

「『しぇんのん様』の足の下に入っていたの」

「あの、黄金像の台座のことか？」

「そう。あの台座って裏から開けられるようになっているんだよ。そこに沢山入っているんだって」

「犬神さんの言った通りだったのか……」

「うん。きっと持っているはずだからもらってきて欲しいって言われたの。やっぱりお兄さんは凄《すご》いよね」

果菜は嬉《うれ》しそうに答える。犬神の好奇心は誰にも止められない。彼は自分たちに話す前から既に行動に移っていたようだ。

58

殺人事件は解決の兆しが見え、それ以外の謎も解き明かされようとしている。決して満足のいく真相ではなかったが、それでもここ数日間の呪縛《じゅばく》からようやく解き放たれたような安心感に満たされていた。

「じゃあ、そろそろ俺は部屋に戻るよ」

「え、帰っちゃうの？」

果菜は急に顔を曇らせる。黒彦にはその意味がよく分からなかった。

「何だ？　まだ何かあるのか？」

「え、ううん……何もないけど。でも、もっとお話しすればいいと思うよ」

「もう遅いよ。明日でいいだろ」

「いいじゃん。せっかくこんな所にいるんだから、夜更かししても」

果菜はなぜか引き留めようとする。それもいいかと思ったが、すぐに考えを改めた。

「……いや、明日は大騒動になりそうだ。俺もみんなに話さないといけないし、寝惚《ねぼ》けている訳にはいかないだろ。やっぱり寝よう」

「うん……」

「じゃあ、おやすみ」

黒彦はそう返して襖《ふすま》を開ける。帰りは障子窓から出なくてもいいだろう。

だが廊下を出る前に、不意に背後から果菜に抱き締められた。

「な、何だ？　ハテナ」

「行かないで、クロちゃん。お話ししなくてもいいから、夜更かししなくてもいいから……」

腰の上に細い腕が巻き付いている。黒彦は立ち止まったまま、腕を伸ばして襖を閉めた。

「……お願い、一緒に寝て」

「いきなりどうしたんだよ、ハテナ……」

黒彦は体を回して果菜と向き合う。胸の前に潤んだ大きな瞳《ひとみ》があった。

「……恐いの。一人で寝るのが。お祈りの声が聞こえてくるの」

「お祈りの声？」

「ウタ婆ちゃんの恐い声。昨日辺りからずっと……」

果菜は黒彦の胸に顔を埋《うず》める。耳を澄ましてみるが、どこからもそんな声は聞こえてこなかった。

「聞こえてこないぞ。ウタさんだってもう寝ているだろ」

「聞こえるの。お布団に入って、目を閉じたら、遠くの方から」

「……幻聴って奴か」

黒彦はようやく意味が分かる。生き神様として毎日何時間も祈禱《きとう》に付き合わされたせいで、老婆の声が耳から離れなくなってしまったのだろう。だが果菜の様子を見ると気のせいでは済ませられない状況のようだ。

「寝ようとしたらお祈りの声が聞こえてくるの。その内どんどん近付いてきて、耳元で言われているようになってくるの。そしたら地面の方もぐらぐら揺れてきて、凄く恐くなるの」

「ハテナ……」

「僕、どうしちゃったんだろ。壊れちゃったのかな？　お兄さんに言わないとダメかな？」

果菜は涙に濡《ぬ》れた顔を上げる。女性の涙は年上の男性には武器になる。そんな古臭い大人の話になど興味はないが、このまま少女を放っておけるはずもなかった。

「……壊れたのかどうかは、俺には分からない。でも、一緒に寝て欲しいなら、それでもいい」

「ほんと？」

「まあ、どこで寝ても一緒だしな」

黒彦は触れるか触れないか程度に果菜の頭を撫《な》でる。彼女は安心したように温かい溜《ため》息《いき》をついた。

部屋の電気を消して、黒彦と果菜は一つの布団に入る。生き神様の布団は客間の物よりも遥《はる》かに豪華で分厚かった。広さも充分にあるので問題ないと思っていたら、当然のように果菜がしがみついてきた。

「……この体勢で寝るのか？」

「うん……」

果菜は肩の上に顎《あご》を乗せて、頬が触れるほどに重なる。髪の匂いと体の感触に思わず胸が高鳴った。

「ごめんねクロちゃん。わがまま言っちゃって」

「いや、いいけど……お祈りの声は聞こえるか？」

「聞こえない。不思議だよね」

「……犬神さんに怒られそうだな」

「なんで？　お兄さんにこうやっても怒られないよ」

果菜は嬉しそうに頭を振る。毛先が首筋に触れて鳥肌が立った。はだけた浴衣《ゆかた》から出た肩に唇が触れる。

「……ねえ、クロちゃん。目を閉じてもとても眠れそうになかった。聞いてもいい？」

「何だ？」

「……昨日、神楽ちゃんと何かあったの？」

胸の奥で心音が大きく響く。ただ果菜の胸にまでは伝わらなかったようだ。

「……何でそう思ったんだ」

「だって今日、クロちゃんの様子がおかしかったもん。神楽ちゃんの話をしたがらないし、家にいないって聞いたらほっとしてたもん」

「よく見ているな」

「えへへ、クロちゃんのことなら何でも分かるよ」

果菜はくすくすと笑う。黒彦はややためらってから口を開いた。

「……昨日、会ったことは会ったよ。神楽さんに」

「何か嫌われるようなことをしたの？」

「いや……何もしなかったから嫌われたんだと思う」

「何それ？　どういうこと？」

「またいつか話すよ」

「むー」

果菜は黒彦の耳の裏でふんふんと鼻を鳴らす。自分たちに何も言わずに村を出た神楽は今、どこで何をしているのだろう。彼女の気持ちに応《こた》えてやれなかったことが、今さらながらに気になっていた。

「クロちゃん、寝辛《ねづら》いの？　僕、邪魔？」

「……楽じゃないけど、邪魔でもないよ」

「ありがと。優しいね」

「それはいいけど……お前ももうちょっと気を付けた方がいいんじゃないか？」

「何を？」

「だから、その、あんまり男に抱き付いたりしない方がいいと思う……」

黒彦はたどたどしく答える。果菜は小さく首を振った。

「誰にでもする訳ないじゃん。僕がぎゅってするのはクロちゃんとお兄さんだけだもん」

「俺は犬神さんと一緒かよ」

「ううん、全然違う。だって、お兄さんに抱き付いたら凄《すご》く安心できるもん。お兄さんと合体したみたいに、もう何も恐くなくなって、無敵モードになれるの」

「俺じゃ安心できないのか」

「クロちゃんはね、なんかドキドキする」

果菜は耳元で囁《ささや》き続ける。

「ドキドキして嬉《うれ》しくなるの。何も考えられなくなって、それが何だか楽しいの」

「そうか……」

「クロちゃんは？」

「え？」

「クロちゃんは、僕に抱き締められたらどうなるの？」

「俺は……俺も、ドキドキするかな」

「へえ、何で？　僕が可愛いから？」

「うん、まあ、そういうことだと思う」

黒彦は思わず口を滑らせる。果菜は微《かす》かに体を震わせた後、顔を伏せてさらにしがみついた。

「何か言えよ。お前が聞いたんだろ」

「……でも、時々苦しそうな顔をするよね、クロちゃん」

「それは……」

今度は黒彦が言葉に詰まる。もどかしいような無言の時が流れた。

「……クロちゃん、僕、寝るね」

果菜は黒彦に巻き付けていた腕を解放する。

「ああ……」

「……僕ね、どうしたらいいのか分かんない」

「何が？」

「どうしたらいいのか分かんないから寝るよ。寝たらもう絶対起きないから」

「え……」

「だから、だからクロちゃんが好きなようにすればいいと思う。僕のお願いを聞いてくれたから、僕もクロちゃんのお願いなら何でも聞くよ」

果菜は独り言のように呟《つぶや》くと、小さな口を閉じて丸くなる。黒彦は暗闇の中、じっと少女を見つめていた。

「ハテナ……」

小声で呼びかけても、果菜はもう返事をしない。小さな頭に細い体。整った顔は僅《わず》かに頰を染め、乱れた浴衣から綺麗《きれい》な鎖骨と丸い肩が覗《のぞ》いていた。

「本気かよ……」

頭の中で葛藤《かっとう》が繰り返される。自分は果菜をどうしたいのだろう。静かに手を伸ばして彼女の首筋に触れる。ふっという息を漏らすような声が聞こえた。陶器のような滑らかな肌。まるで人形のような、という言葉は彼女を傷付けるだろう。彼女に相応《ふさわ》しいのは、やはり生き神様、むしろ天使という言葉かもしれない。ゆっくりと顔を近付ける。ふっくらとした、小さな桃色の唇。心音が響くたびに胸がぐいぐいと締め付けられる。目前まで近付いたが、ふと彼女の頰の赤みが消えて、鼻息が規則正しく繰り返されていることに気付いた。

「……おい、ハテナ」

黒彦は再度呼びかけるが、果菜は僅かにも反応しない。首筋に触れた指先を鎖骨の辺りにまで動かしても一切動じなかった。

「本気で寝やがった……」

宣言通りの行動に拍子抜けの気分を味わう。緊張の糸が切れて、ざわついた気持ちも落ち着きを取り戻した。

「……まあ、安心して寝てくれたのならいいか」

果菜の首筋から離した手で、細く柔らかい前髪をそっと持ち上げる。白く綺麗な額が見えて、黒彦は思わずそこに口付けした。彼女の体温を唇から感じる。ただそれだけでも、軽い達成感のようなものを抱いて胸の締め付けから解放された。

ぱたんっと、何かを閉めたような音が外から聞こえる。うつ伏せになって顔を上げると、僅かに開いた襖《ふすま》の隙間から廊下が覗けて、遠い突き当たりに男の人影が見えた。

「市之介さんだ……」

廊下にともる常夜灯の暗い光が市之介の精悍《せいかん》な顔を照らす。先ほどの音は恐らく、雫の部屋の襖を閉めた音だろう。市之介はミシミシと微かな音を立ててこちらへと向かって来る。そして自分の部屋の前で立ち止まると、襖を開けて中へと消えていった。

「雫さんの部屋から自分の部屋に戻ったのか」

血の繋《つな》がらない義理の兄妹《きょうだい》だった二人は、今まで一つの布団の中にいたのだろうか。どういう関係で、何をしていたのかは分からないが、多分、額に口付けをして終わった訳ではないだろう。市之介は雫を大切にしている。雫も市之介を頼りにしている。二人は兄妹愛としてではなく、男女の愛で結ばれているのだ。

「待てよ……もし、雫さんが作市さんと時枝さんの実の娘だとしたら？」

綾樫家の掟《おきて》から考えても、女の雫を養女として迎える必要はない。ならば雫は実子であり、市之介を養子として迎えたのではないだろうか。その理由はもちろん、綾樫家の後継者のため、作市の次の代のためだ。養子とはいえ次の代にも男子がいるならば、問題なく作市が後継者に選ばれるだろう。しかも、もし市之介が雫と結婚するならば、彼はより強固な綾樫家の縁者になれる。

「そうなると、また後継者問題がややこしくなるのだろうか……」

寝返りを打った果菜の腕が、黒彦の首裏に突き刺さる。思考が中断されたものの、再開してまで考えようとは思わなかった。この話は殺人事件にも、自分たちの今後にも無関係だ。生き残った綾樫家の者たちが好きに決めればいいだろう。

「クロちゃん……」

隣から呼びかけられて振り向く。だが果菜は目を閉じたまま、すうすうと寝息を立て続けていた。いつの間にやらほとんど脱げかかっている浴衣《ゆかた》を戻して布団を掛け直す。結局、こんな状況では眠れそうにもない。黒彦は細く伸びた廊下の景色を眺めつつ、寒村の静かな夜に浸っていた。

59

夜が明けて、障子窓から白い光が射し込み始める。いつの間にか雪は止んでいるが、空は変わらず灰色の雲に覆われているようだった。黒彦は繰り返される微睡《まどろ》みの中で一日の始まりを意識する。やはり熟睡には至れず、三日続いた過去の夢を見ることもなかった。

「うにゅ……」

猫のような鳴き声が聞こえた後、隣でもぞもぞと果菜が動き始める。薄く開いた目で部屋を見て、黒彦を見つけた後、腕に絡まって目を閉じた。

「うにゃ？」

だがすぐに離れて目を開ける。そっと布団を開けて中を覗いた後、僅かに体を震わせた。

「……クロちゃん、起きてる？」

「ん？　ああ……」

掠《かす》れた声で返事をする。果菜は布団に顔を半分埋めて、じっとこちらを見つめていた。

「どうした？　起きたのか？」

「……あのね、クロちゃん」

果菜はもじもじと体をくねらせる。

「あの、僕、好きにしていいよって言ったと思うんだけどさ」

「あ、ああ……」

「……でも恥ずかしいからさ、僕が起きる前に浴衣は戻しておいて欲しかったよ」

「ちょっと待て」

黒彦は素早く突っ込む。酷《ひど》い誤解だ。果菜は背を向けて、どうやら浴衣を着直しているようだ。

「俺、知らないぞ。お前がまた勝手に脱いだんだろ」

「ううん。いいの。怒ってる訳じゃないから」

「違う。何もしていないぞ、俺は」

「うん、それでいい」

「それでいいって何だよ」

「だって、僕も寝ちゃうとは思わなかったからさ。寝るって言ったけど、あれは、目を閉じるけど起きてるよって言う意味だったの」

果菜は振り返ってネタ晴らしをする。

「でも本当に寝るとは思わなかった。びっくりだよね。ごめんね」

「いや、寝たならそれでいいけど……」

「だから昨日の話はなしにして。僕らはいい子にねんねしただけ、ね？」

「なしも何も、それが真実だよ」

反論しようにも、自ら否定されてしまっては言葉もない。黒彦は呆《あき》れて仰向《あおむ》けになると、帯を締め直した果菜が腕を抱くように寄り添ってきた。

「……でも、僕に何したの？」

「だから……」

黒彦がうんざりとした顔で口を開いた瞬間、どすんっと遠くで何かが落ちる音が響いた。

「何だ？」

「いやああぁぁ！」

続けて女の大きな悲鳴が聞こえる。二人は完全に目を覚まして立ち上がった。

「ただごとじゃないぞ。行こう、ハテナ！」

「う、うん！　あ、でも僕歩いちゃダメなの」

「じゃあ背中に乗れ！」

黒彦は中腰になって果菜に背を向ける。そんな馬鹿な。考えられないことだが、また事件が起きたに違いなかった。

悲鳴を聞きつけたのは黒彦たちだけではない。襖を開けて廊下へと出ると、ちょうど時枝、市之介、雫の三人も顔を出していた。

「い、今の声は何？」

時枝は動揺を隠せずに狼狽《うろた》えている。

「……皆さんの声じゃなかったんですか？」

黒彦は予想違いに驚く。もし次に殺人事件が起きるとすれば、作市の妻の時枝か、血の繋がりはないとはいえ作市の息子にあたる市之介が襲われるものと考えていた。

「久子伯母《おば》様が！」

雫は中庭の方を指差す。振り向くと中庭を挟んで反対側の廊下で久子がこちらに背を向けて腰を落としていた。彼女の目の前には開けっ放しになった部屋が見える。

「それじゃあ、久弥さんが？」

市之介はそう言うなり廊下を駆け出す。黒彦たちもその後に続いた。まさか久弥が殺害されたのか。玄関の方から盛貴とマリィもやって来る。

「どうしたんだ！　久子伯母さん」

市之介は足下の久子に向かって尋ねるが、彼女は放心したように目を大きく開き首を振り続けている。その視線の先に皆の目が移った。

雑然とした部屋の中央に、血塗《ちまみ》れの巨体が転がっていた。

「これが……久弥さんか？」

黒彦は自分の目が信じられなかった。こちらに太い足を投げ出して仰向けに倒れた男の顔は、確かに久弥のものだ。だがその肥満した体は切り裂かれており、真っ赤な肉塊、内臓のような物があちこちに散乱していた。まるで交通事故に遭ったような、あるいは猛獣にでも襲われたような惨殺死体だった。

「……盛貴。恋塚先生と釜松さんに連絡だ」

市之介は素早く目を逸《そ》らして命令する。盛貴は声も出さずに頷《うなず》いて玄関の方へと引き返した。黒彦は首の裏に重みを感じる。背負っていた果菜が顔を伏せたようだ。

「大丈夫か？　ハテナ」

「うん……」

「……俺が、迂闊《うかつ》だったのか？」

昨夜までの安堵《あんど》感が急速に失われてゆく。完全に油断していた。作市、作滋、洋滋郎を亡き者にした久子と久弥は、ついに後継者の地位を揺るぎないものにした。ゆえにもう殺人事件は起きないものと信じ込んでいた。だがそれは違っていた。久子たちの目的が達成された今、次に始まるのは残された者たちからの復讐《ふくしゅう》だった。

「どうしてまた、こんなことに……」

中庭の方へと目を逸らせたまま時枝が呟《つぶや》く。雫は俯《うつむ》いたまま黙って立ち尽くしていた。時枝、市之介、雫。彼らの中の誰かが、あるいは全員がこの殺人に関係しているに違いない。

「やあ、おはよう。朝早くから何事だい？」

廊下の向こうからのんびりとした調子で犬神が現れる。果菜がパッと顔を上げ、黒彦も彼の傍に近付いた。

「……大変なことが起きました。久弥さんが殺されました」

「久弥さん？　誰だっけ？」

「久子さんの息子さんです」

「ああ、あの大きい人か。どれどれ」

犬神は全く動じることなく久弥の部屋に入る。

「お、おい。君……」

市之介が声を上げるが、彼も死体のある部屋には足を踏み込めない。犬神は部屋を眺め回した後、膝《ひざ》を曲げて久弥の死体に目を落とした。相変わらずの恐いもの知らずだった。

「……腹部を切られて内臓が引っ張り出されている。出血多量か、いや……」

犬神はぶつぶつと呟きながら久弥の体に触れている。黒彦は部屋に半歩だけ入って彼の背中を見つめていた。

「ど、どうですか？　犬神さん」

「うん……顔付きの若さの割には頭髪が薄いね。それに耳が随分大きい。見事な福耳だ」

「いや、外見の話じゃなくて」

「彼の口が臭いのは元からかい？」

犬神は首を回して横目で黒彦を見る。

「口が臭い？」

「うん。これは元からそうだったのかな？　それとも殺された際にこうなったのかな？」

「久弥さんはお口臭い人だったよ」

果菜は黒彦の肩越しに顔を出して答える。

「なんか、傷んだお魚みたいな臭いがしてたの」

「ああ、あれは口臭だったのか」

黒彦も思い出す。確かこの部屋で久弥と向かい合った際、そんな臭いが気になってい
た。

「きゅ、久弥、久弥は死んでいるの？」

廊下から久子の弱々しい声が聞こえる。

「うん、死んでいるよ」

犬神は振り返らずに返す。

「生き返る気配すらない、これは完全な死体だ」

「そんな……」

久子は大口を開けて茫然《ぼうぜん》とする。だがすぐに我に返ると、歯を食い縛って背後に顔を
向けた。

「……時枝、時枝だね。お前がやったんだね」

「ね、義姉《ねえ》さん、いきなり何を言い出すの？」

時枝は戸惑うように返す。すると久子は勢いよく立ち上がって彼女の肩を摑《つか》んだ。

「とぼけたって無駄よ！　お前が久弥を殺したんだ！　久弥を逆恨みして殺したん
だ！」

「言いがかりはよしてください！　私がそんなことをするはずがないでしょ！」

　時枝が青ざめた顔で反発する。だが久子は細い目を血走らせて首を振った。

「いいえ、あなたよ！　この人殺し！　よくも久弥を殺したわね！　今まで我慢してきたけどもう許せない！」

「久子伯母さん！　止めてください」

　市之介が慌てて久子を背後から抱く。彼女は足をばたつかせて抵抗した。

「市之介！　お前も時枝の肩を持つのか！　おお、お前たちが久弥を殺したんだね！　お前たちが綾樫家を潰《つぶ》すんだね！」

「馬鹿なことを！」

「久弥！　久弥！　目を覚ましてちょうだい！　お前だけなんだよ！　お前だけがこの家の後継者なんだよ！」

　久子はひとしきり叫んだ後、不意に力を失ったようにぐったりと市之介に倒れかかった。

「久子伯母さん？　久子伯母さん！　……気を失っているぞ。雫、伯母さんの部屋から布団を持ってこい」

「あ、はい！」

　雫が目を丸くさせて久子の部屋へと向かう。

「雫様。私も行きます」

マリイも慌てて後を追った。黒彦も手伝おうかと思ったが、生憎果菜を背負っているので動けない。久弥の死体を調べていた犬神が立ち上がって口を開い[illegible]

「市之介さん。久子さんはひとまずそこに寝かせてあげなさい。呼吸は[illegible]

「呼吸？　あ、ああ、大丈夫だ」

市之介は久子の口元に耳を付けつつ、彼女を廊下に寝かせる。

「呼吸があるなら衣服を緩めて楽にしてあげなさい。ああ、舌が喉《のど》に落ちるから頭と[illegible]は横向きに。足も軽く持ち上げて」

「あんた……何者だ？」

「昨日名乗ったばかりじゃないか」

犬神は軽く首を傾げる。空気の読めない男はこういう時も冷静だ。市之介は釈然としない顔を見せつつも頷いた。

「黒彦君。検死は誰かがするという話だったね？」

「はい。医師の恋塚先生と駐在の釜松さんがいます。盛貴さんが呼んだはずだからもうすぐ来るでしょう」

「そう。ところで君はなぜハテナをおぶっているんだい？　そういう関係になったのかい？」

「どういう関係ですか。ウタさんの命令でハテナは自分で歩いちゃいけないことになっているんですよ」

黒彦は犬神を見上げて答える。そのウタはまだここへは現れていなかった。頭上で果菜が声を上げる。

「お兄さんどうしよう。久弥さん死んじゃったよ」

「そうらしいね。でもどうしてハテナが困っているんだい？」

「だって僕、生き神様だもん。この家の人を守れなかったら、またウタ婆ちゃんに叱られちゃうんだよ」

「ああ、それなら心配いらないよ」

犬神は冷たい眼差《まなざ》しを中庭の方に目を向ける。

「神仏に刃向から傲慢《ごうまん》な人間には、天罰が降る定めだから」

そしてさらりと、とんでもないことを言った。

60

廊下に寝かされた久子はしばらくすると意識を取り戻す。だが一気に脱力したらしく、もうそれ以上時枝や市之介に絡むことなく布団の上に横たわっていた。一方、盛貴ばれた恋塚と釜松も駆け付けて現場検証を始める。四日連続となるとさすがいたらしく、到着が早い上に検証作業も淡々と行われていた。

「酷《ひど》い有様だ……」

恋塚は久弥の遺体の前に腰を下ろして細かく調べている。釜松もその隣で付き合っているが、青い顔をしてほとんど動けないままでいた。

「……お分かりのことと存じますが、久弥様は既に亡くなられています。腹部を数回刺されて、臓器の一部が激しく損傷しています。死因はそれによる失血死。死亡推定時刻は昨日深夜、逆算して午前一時から三時辺りと思われます」

恋塚は振り返ると皆に向かってそう告げる。ああ、という久子の声が足下から聞こえた。

「午前一時から三時……」

黒彦は口の中で呟《つぶや》く。確か使用人部屋での親睦《しんぼく》会から去ったのは午前〇時だったと思う。そこから屋敷の外周を調べ回って、果菜の部屋に入って、彼女が寝たのは恐らく午前一時を回っていただろう。黒彦はそのまま襖《ふすま》の隙間から覗《のぞ》く廊下を眺めつつ、ぼんやりと寝起きを繰り返していた。

「凶器は何ですか？」

市之介が恋塚に聞く。

「刃物です。傷口から推測するに刃渡り十五センチ程度。ごく一般的な文化包丁のようなものと思われます」

「釜松さん。部屋にそういう物は捨てられていないようですね」

「はあ、今見ている感じではそのようです」

部屋の中を調べ回っている釜松が答える。久弥の部屋は本や雑誌やテレビやゲーム機やらと物が溢《あふ》れ返っていた。

「恋塚先生。犯人についてはどう思いますか?」

「それは……」

「俺たちのことなら構いません。推測でもいいから言ってください」

「……久弥様は酷い殺され方をしていますが、直接的な死因は刺殺のようです。恐らく寝込みを襲われたのでしょう。そう考えると力の強い弱いはあまり関係ないかもしれません。むしろ、その、屋敷に詳しくて顔見知りの者の方が、目を覚ましても隙を突けるのではないかと思われます」

恋塚はためらいつつ語る。つまり犯人は屋敷内の者であり、男女どちらの可能性もあると言うことだろう。

「違うよ」

しかし思わぬところから声がする。縁側に座る黒彦の隣、同じく現場からは背を向けて足を遊ばせていた犬神が振り返った。

「久弥さんは刺殺じゃない。絞殺だ」

「絞殺だって? いや、君は誰だ?」

「これが噂のお兄さんです!」

犬神の反対隣に座る果菜が声を上げる。

「太っているせいで分かり辛《づら》いけど、久弥さんの首に細い紐《ひも》のような痕《あと》があるよ。顔が鬱血《うっけつ》した形跡もある。腹部の血の少なさから見ても、刃物で切られたのは殺された後だよ」

「……なるほど、確かにそうだ」

　恋塚は久弥の遺体を改めて調べる。皆は恋塚と犬神を交互に見ていた。

「その方法で首を絞めるとなると、結構な力がいる。おまけに屋敷の人が誰も気付かなかったとなると、かなり素早く、久弥さんが暴れ出す前に処理されたんじゃないかな。女性には無理だとは思わないけど、やはり男性の方がやりやすいだろうね」

「……君は医者か？」

「医者じゃないけど医学全般は修めている。病院には通っていないけど、人をバラバラにして組み立て直すくらいのことならできるよ」

「……ええと、皆さんすみません。今彼が言った通り、確かに絞殺の痕が確認できました。方法も彼の言う通り、殺害された後に腹部を刺されたものと思われます」

「じゃあ犯人は男ですか？」

　市之介が尋ねるが、恋塚は首を傾げた。

「はっきりとは分かりません。私は女性でも不可能だとは思いません。さらに、殺害とは別に腹部を刺されて内臓を露出させられていたことが気になります。そこに、犯人の恨みというか、執念のようなものが感じられます」

「恨み、何の恨みだ……」

市之介は口を閉じてうつむく。その言葉が演技なのか本心なのかは分からない。黒彦は昨夜遅くに廊下を歩く彼を見ていた。雫の部屋から自分の部屋へと帰る姿。久弥が殺害されたのもそれくらいの時刻だったのではないだろうか。彼はそれ以外には朝まで廊下を出ていない。時枝も雫も姿を見なかった。それでも彼ら全員が疑わしいのは、廊下を出ずとも久弥の部屋へと入り込める方法を発見したからだ。自分の部屋の障子窓を潜れば屋敷の外から回り込める。殺害は女性でも可能であり、夫であり父でもある作市を殺害された恨みも皆が抱いているはずだった。

「おお……おおお……」

廊下の向こうから、マリィに手を引かれたウタがやって来る。その悲壮感漂う姿を見るに、老婆も既に何が起きたかを知らされているようだった。

「久弥が、久弥が殺されおったってか……」

「お義母《かあ》様……」

時枝が小走りになって近寄るものの、ウタは目を向けずに歩みを進める。久子も布団から半身を起こすと、土下座でもするかのようにその場に両手を突いた。

「お母様……久弥が、久弥が……」

ウタはその言葉も無視して久子の前を通り抜ける。そして久弥の部屋の前に来ると、そのまま膝《ひざ》を落として呻《うめ》き声を上げた。

「なんということじゃ、これが久弥か……痛かったろうに……苦しかったろうに……おお……」

そして膝立ちでこちらを振り返ると、首を伸ばして果菜の下まで近付いた。

「なんでですじゃ、ハテナ様……」

「ええ、そんな……」

果菜は身を反らして怯《ひる》む。

「なんで、久弥を殺してしもうたんですか……帰って来てくださったのではないのですか……これで、これでもう安心だと言ってくださったじゃないですか……」

ウタは細い手を伸ばして果菜に縋《すが》り付く。その目は涙を流しながら怒りにぎらついていた。

「なぜ殺した！　わしらが何をしたと言うのじゃ！　綾樫家が滅びれば、お主にも罪を償ってもらうことになるぞ！」

「ちょっとウタさん！」

黒彦《くろひこ》は思わずウタの手首を摑《つか》む。あまりにも理不尽な話だった。ウタは振り解《ほど》こうと身を捩る。

「何をするか！　わしは綾樫の長じゃぞ！　痛い痛い！」

「黒彦君！　乱暴は止めてくれ！」

市之介も声を上げる。黒彦は止むを得ず両手を上げた。

「俺は何もしていませんよ！　市之介さんも何とか言ってください」

「分かっている。お婆様、落ち着いてください」

「おお、市之介。お前までわしを虐《いじ》めるのか！　お前なぞ、作市がおらねば屋敷の敷居も跨《また》げんぞ！」

「ああ、それは構いませんよ。でも今はその子から手を離してやってください」

市之介は反論せずに受け流す。やはり彼は綾樫家との繫《つな》がりが薄いようだ。周囲の者はただ狼狽《うろた》えるばかりで手を出せない。その時、犬神が果菜の襟首を摑んで一気に持ち上げた。

「うにゃ！」

「おおう……」

果菜は体を丸めて持ち上げられる。ウタは手を外されて市之介の方によろめいた。

「いい加減にしてもらいたいね、ウタさん」

犬神は冷たい眼差《まなざ》しで老婆を見下ろす。手に提げられた果菜はなぜか黒彦の背に乗せられた。

「久弥さんの死をハテナのせいにされては、さすがの僕も黙ってはいられないな」

「黙れ！　お主に何が分かるというのか！　この、わしの祈りが……」

ウタは掠《かす》れた声で叫ぶ。だが犬神はわざとらしく肩をすくめるばかりだった。

「僕は何でも分かるのさ。君がいかに愚かな怒りを晒《さら》しているのかも、誰がみんなを殺しているのかもね」

「え！」

皆は一様に驚きの声を上げる。まさか犬神が、昨日の午後に来たばかりの彼が犯人を知っているというのか。

「だ、誰じゃ！　誰が皆を殺しておるのじゃ！」

「この連続殺人事件の犯人はただ一人……」

犬神は右手の人差し指を高々と持ち上げる。そして皆の視線が集中した後、一気に振り下ろした。

「犯人は君だよ、ウタさん」

「はあ？」

今度も皆は一斉に声を上げる。いくら何でもそれはない。当のウタも茫然《ぼうぜん》としていた。

「正確に言うと、ウタさんの祈禱《きとう》だ。あんないい加減なことをしているから、こんな事態になってしまったんだよ」

「わ、わしの祈禱がいい加減と言うのか！」

「どうだろう。みんなもそう思っているんじゃないかな？」

犬神は周囲を見回して尋ねる。だが当然、皆は首を振って否定した。いかにウタの祈禱がくだらなくて、いい加減なものであったとしても、それを止められる者はいない。また老婆を殺人事件の犯人とすることにも皆は賛同できなかった。

「誰もいないのかい？　なるほど、みんな実に信仰心がお篤《あつ》い。あの、何とかという神様……」

「当然じゃ！　皆も『しぇんのん様』を崇《あが》めておるのじゃ！」

「ああそうそう。この家では『シンノウ』を崇拝しているそうだね」

犬神は振り返って中庭の黄金像に目を向ける。言い間違えたのかと思ったが、ウタはなぜか驚いたような表情を見せていた。

「神仏の神に、農業の農と書いて、神農《しんのう》。中国語の発音でシェンノン。古代中国の皇帝にして神様の一人。神農大帝、五穀大帝、薬王大帝とも呼ばれているそうだね」

「お主、『しぇんのん様』を知っておるのか？」

「その名前だけでは分からなかったけど、あの黄金像を見てこの家のことを知ってピンと来たよ」

「本当に神様だったのか……」

黒彦は思わず呟《つぶや》く。『しぇんのん様』などウタの創作とは思わないまでも、さほど有名でもない適当な民間宗教の類《たぐい》だと思い込んでいた。

「老人の顔付きに特徴的な頭部の瘤《こぶ》、粗末な衣服を身に纏《まと》った粗野な姿、そして杖《つえ》と雑草を口に運ぶ姿。黄金であることを除けば、あの像は世に聞く神農の姿そのものだ」

犬神は黄金像を指差して話す。あの鬼のような角も神農の特徴らしい、そして左手に持っているのは手羽先のような肉塊ではなく、雑草のようだ。

「神農が司《つかさど》るのは、その名の通り農業と、それに繋がる薬草の知識だ。山野を歩いては百草を舐《な》めて調べ、民衆に農業と薬を伝えた。そのため神農自身は身体を毒草におかされ、やがては病んで亡くなった。この逸話から分かるのは、崇高なる知恵と民衆への慈愛。そして自己犠牲の精神だ。薬を作って人を救い、財を成して家を盛り上げた綾樫家が神農を崇めるのもごく自然な成り行きと言えるだろうね」

「ううむ、そうじゃ」

ウタは先ほどまでの怒りを忘れて頷《うなず》く。信仰する神の話をそこまで詳しく出されては文句も言えないのだろう。周囲の者たちも犬神の話の方向性が分からず口出しできない。

「ウタさんはその神に縋って、この家に訪れる不幸ごとを祓《はら》おうとした。その行為は正しい。しかしやり方がまずかった。あれでは救えるものも救えない。自らの不始末を改めずにハテナを責められても困るというものだ」

「不始末？　このわしが何をしたと言うのじゃ。何がいかんと言うのじゃ！」

「ウタさんは当主久作さんの葬儀の時にハテナを見つけたそうだね。そしてこの子を屋敷に招いて、ともに神農こと『しぇんのん様』への祈禱を始めた。その後、作市さんが死に、作滋さんが死に、洋滋郎さんが死んだ。その度にウタさんはさらに祈りを深く、熱心に繰り返し続けた」

「そうじゃ、それの何が悪いのか！」

「当主の久作さんはいつまで放っておくつもりだい？」

「お？　おお……」

　犬神の指摘にウタは小さな体を震わせる。

「『しぇんのん様』の化身を屋敷に招いて祈りを捧《ささ》げる。ウタさんはそんな重要な儀式を、当主に報告もせず行っているんだよ。一体いつから君はそんな身勝手な真似ができるようになったんだい？　当主の了解は得ているのかい？」

「し、しかしご当主様はもう墓の中に……」

「そう。連水寺とかいう、『しぇんのん様』とは何の関係もない寺の墓地に埋められているそうだね。異教の墓地など魂の牢獄《ろうごく》に他ならない。当主を冷たい土の中に閉じ込めたのは誰だ？　いかな理由があろうとも、その責任は妻であり綾樫家の現在の長であり、露壜村の支配者である君にあるはずだ」

　犬神はウタを指差して捲《まく》し立てる。ウタは頬を涙で濡《ぬ》らしていた。

「何と言うことじゃ……わしの、わしのせいじゃったのか……」

「綾樫家は『しぇんのん様』と当主との契約によって守護される。当主を蔑《ないがし》ろにして家を守れるものか。『しぇんのん様』が生き神様として現れたのは何のためか？　自らの存在を示すためであり、当主亡き後も屋敷を守り続けるためだ。だが一番重要なのは、当主の下へと弔問し魂に癒しを与えることに決まっている」

「お主の言う通りじゃ……これでは作市や作滋、洋滋郎や久弥が死んでも仕方がない。ハテナ様、申し訳ございませぬ……」

ウタはハテナに向かって土下座する。ハテナは黒彦の上であたふたと両手を振っていた。

「え、あ、そうなの？　ええと……」

「わしが悪うございました。どうすれば良いじゃろうか、どうすればこの婆の不手際をお許し頂けますでしょうか……」

「そんなこと言われても……」

「そんなことは決まり切っている」

犬神が代わりに口を開く。

「今すぐ当主に報告に行くべきだ。そして許しを得て今度こそ屋敷とみんなを守ってもらうんだ」

「おお、連水寺か、墓場に行けと言うのじゃな……」

「そう。連水寺に行こう。そしてみんなで久作さんの死体を掘り返そう」

「ええ！」

皆は一斉に声を上げる。だがウタは深々と頭を下げていた。

61

とんでもないことになったと、恐らく誰もが思っているだろう。犬神の話を聞いたウタはすぐさま墓地に行くと言い出したので、マリィと恋塚と釜松を屋敷に残して皆は連水寺へと向かうことになった。墓地は寺の裏手に広がる、雪に覆われた敷地に設けられている。露壜村にある家々の墓が立ち並ぶ中、ほぼ中央に構える一際大きな墓石が綾樫家のものだった。

「この墓前に、ご当主様は埋められている」

市之介は不機嫌そうな顔で皆に伝える。

「おい、お主ら何をやっとるんじゃ」

ざくざくという玉砂利を踏む音とともに、寺から住職の延寿が駆け寄って来た。

「墓を掘り返すとは一体何事じゃ。ウタさん！　止めなされ！」

「黙れ邪教徒！」

杖を両手で持って立つウタが甲高い声を上げる。

「『しぇんのん様』に刃向かう不届き者め！　貴様のせいでご当主様はここに閉じ込められてしまったのじゃ！」

「な、何を言い出すんじゃ。わしが何をしたと言うんじゃ」

「貴様と話をしている暇などないわ。淵！　盛貴！　早《はよ》う掘り返せ！」

ウタは延寿を無視して使用人たちに指示を出す。朝早くから呼び出しを受けた淵は訳も分からない内に参加させられている。二人は神妙な顔付きのまま、スコップを手に穴を掘り始めた。

「やるなら早い方がいいな。僕も手伝おう。さあ黒彦君も」

犬神はいつになく積極的な態度を見せてスコップを取る。黒彦は背中に果菜を背負ったまま佇《たたず》んでいた。

「見ての通り、俺は動こうにも動けません」

「両手は空けられるだろ。ハテナがしっかりしがみついているといい」

「嫌ですよ、そんなの」

「僕だけに掘らせる訳にはいかないだろ。じゃあハテナは市之介さんの背を借りなさい」

犬神は勝手なことばかりを言って背を向ける。隣に立つ市之介も仏頂面を崩さなかった。

「……あの、市之介さん」

「聞いていたよ……好きにしろ」

市之介はこちらに背を向けてしゃがむ。黒彦もその隣にしゃがんで、果菜を背中から背中へと移動させた。市之介は目の前の雪を見つめている。

「黒彦君。あの男は何だ？　何をしようとしているんだ？」

「……俺にもさっぱり分かりません」

「犯人が分かったというのは嘘だろ？　『しぇんのん様』に詳しいのは驚かされたが、お婆様を死んだご当主様への報告なんて無意味もいいところだ。じゃあこれは何だ？

その気にさせて、あいつは何を企《たくら》んでいるんだ？」

「さあ……とにかく俺も手伝ってきます」

「平気だよ。お兄さんに任せておけば大丈夫！　市之介さんの背中、あったかいね」

果菜は市之介の真上から話しかける。

「……君たちも相当な変わり者だが、あいつは根本的にどこかおかしいぞ」

市之介は笑顔も見せずに返す。綾樫家最後の男は的確な判断をするが、黒彦がそれを認める訳にもいかないので黙ってスコップを手に取った。

墓穴はさほど掘ることもなく目当ての棺桶《かんおけ》へと辿《たど》り着く。地上へと引き上げるのが大変かと思ったが、犬神がそのままでいいと言ったので周囲の穴を広げて土を払うだけで済ませることができた。棺桶は巨大な長方形の箱で、桐と思われる白く滑らかな素材で作られている。上部には観音開きの小窓が付いており、いわゆる死に顔を拝めるようになっていた。犬神は淵と盛貴に蓋《ふた》ごと開けるように指示を出す。ただ蓋といっても一度閉めると二度と開ける必要のない物なので、打ち込まれた釘《くぎ》を抜いて持ち上げなければならなかった。

「おお、ご当主様……」

穴の傍まで近付いていたウタが跪《ひざまず》いて合掌する。開いた棺桶の中には和装の老人が横たわっていた。

「これが、久作さん……」

黒彦は初めて見る当主の姿に妙な感動を覚える。死体は極寒の地中に埋められていたせいか損傷も少なく、ただ眠り続けているようにしか見えなかった。両脇に白髪を残した禿頭《とくとう》に長いヒゲ、長身で大柄な体型は不思議と『しぇんのん様』の黄金像に似ている気がする。皺《しわ》の残る顔は穏やかだが、閉じられた目は大きく、鼻や口も大作りで派手な印象があった。

「歳の割にはなかなか立派な顔付きと体付きだ。生前はさぞ恐い人だったろうね」

犬神は何の遠慮もなく棺桶の傍に立つと久作の髪を整え、体に触れて姿勢を直す。市之介が、根本的にどこかおかしいと感じたのも分かる気がした。

「しかも見事なまでの福耳だ。これがさらに彼を大物に見せているんだろうね。そう言えば、この人はいつどうなって死んだのかな？」

「……元日の夜に、脳内出血で亡くなられました」

ウタの隣で手を合わせる時枝が答える。

「脳内出血ということは、何か事故でもあったのかい？　それともいきなり倒れたのかい」

「屋敷内でいきなり倒れてしまわれました」

「動脈でも詰まったのかい？　見たところかなり肥満していたようだし、高血圧の気もありそうだね」

「あなたの言う通りです。恋塚先生もその辺りの影響が大きいと話していました」

「しかし、その後あの屋敷で起きたことを思うと、それ以外の理由もあるかもしれないね」

「それ以外の理由？」

「呪いじゃ……」

ウタが代わりに声を上げる。

「魑魅魍魎《ちみもうりよう》の呪いによってご当主様は亡くなられたのじゃ……」

「やはりそうかもしれないね。よし。じゃあ存分に拝んでくれ」

犬神は久作の死体を一通り整えると穴から外へ出る。

「さあ、ハテナ様もわしの隣に」

「う、うん……」

ウタに呼ばれて果菜は渋々返事する。市之介の背から下りて老婆の隣に腰を下ろした。

「久弥、久弥……」

久子も息子の名をうわごとのように呟《つぶや》きながらウタの後に座る。時枝、市之介、雫も互いに顔を見合わせた後、諦《あきら》めたようにその場で膝《ひざ》をついた。

「何ということじゃ……」

延寿は呆《あき》れたような顔で皆に背を向けるが、綾樫家の愚行を止めようとはしない。もはや何を言っても無駄だと思っているのだろう。黒彦は犬神とともにそれらを後ろから眺めている。犬神は先ほどとは打って変わっていつもの無表情に戻っていた。

「どういうつもりなんですか、犬神さん」

黒彦は正面を向いたまま尋ねる。返事はない。

「……あなたが殺人事件に興味がないことは知っています。でもこの事件の原因が呪いや神様でないことも分かっているでしょう」

「紐《ひも》を使って首を絞めたり、包丁を使って刺したりしているからね。久作さんの脳内出血ならまだしも、呪いの仕業とするにはあまりにも不器用だ」

犬神はちらりとこちらに目線を向ける。

「久作さんは自然死ですよ。それなのに墓を掘り返してまで、一体何をしているんですか？　ハテナを犯人呼ばわりされた仕返しというのなら、明らかにやりすぎですよ」

「言うなれば、呪いの元を探しているんだよ」

「呪いの、元？」

「この村の人たちは皆、何かを恐れている。普通の村民は綾樫家を恐れており、綾樫家も過去の歴史と今の殺人事件に脅えている。それでいて誰もこの村から出て行こうとはしない。これはなぜだろう」

「……それでも慣れ親しんだ村だからじゃないですか？　歴史とか伝統とか、その辺のことは俺にもよく分かりませんけど、住み慣れた土地や家を離れたくない気持ちがあるんじゃないですか？」

「閉鎖的な精神というのは、開放的な精神があって初めて生まれた言葉だよ。二十一世紀の自由な世の中において、それを守り続けるのは大変だ。僕はこの人たちがこの村に居続ける理由を知りたい。もしも確たる理由もないままに縛られているとしたら、それこそが呪いというものじゃないだろうか」

犬神は足下に目を落とした後に、膝を曲げてしゃがむ。

「そのために久作さんの墓を掘り返した。今のウタさんや綾樫家の人たちでは話にならない。圧倒的な存在感を持って支配していた前当主に会ってみたかったんだ」

「でも久作さんは既に死んでいます。こう言っては何ですが、死体を見て何か分かるんですか？」

「ある程度はね。ところでこれは何だろう」

犬神は地面から一枚の紙片を拾い上げる。ハガキくらいの大きさの黄ばんだ厚紙だった。

「あ、それは俺が村の空き家で拾った物です。さっき穴掘りをしている時にポケットから落ちたみたいです」

「……露壜村　村民許可証？」

「はい。何のことかよく分かりませんけど」

「ふうん……これ、僕が預かってもいいかな？」

「それはいいですけど、何か分かるんですか？」

「うん。さっぱり分からないよ」

犬神はそう返して厚紙を白衣のポケットに収めた。

「それにしても、この寒空の下で一体いつまで拝んでいるつもりなんだろうね。さっさと終わってくれないかな」

「誰のせいでこんなことになったと思っているんですか」

黒彦は軽く音を立てて玉砂利を蹴《け》った。

62

墓場でウタの祈禱《きとう》が済むと、当主久作の棺桶は再び蓋を閉めて埋め直される。ウタは屋敷に持ち帰りたいと言ったが、犬神はその必要はないと諭して納得させた。険しい顔をした延寿を残して連水寺を後にする。身を切るような寒さの中、皆は不安と困惑が入り混じった顔で身をすくませていた。ウタだけは呪いが祓《はら》えたものと思っているのか、いくらか安堵《あんど》の表情を浮かべていた。

「ああそうだ。僕は今から駐在所に立ち寄るけど、黒彦君も来るかい？」

帰り道の途中で犬神は黒彦に話しかける。彼もまた普段通りの気楽そうな表情を見せていた

「駐在所？　何しに行くんですか？」

黒彦は振り返って尋ねる。背中に負ぶされた果菜も連動するように首を回した。

「何も考えていないよ。でも多分、みんな僕には屋敷にいて欲しくないと思っているだろうからね。君もきっとそうだよ」

「……まあ、いいですけど。これはどうしますか？」

黒彦は背中を曲げて果菜を見せる。

「僕も行くよー」

「ウタさん、まだハテナを拝むつもりかい？」

「はい。祈禱の続きがありますゆえ」

ウタは目を細めて黒彦たちを見上げる。

「ご当主様への祈りの後は、『しぇんのん様』への祈りも必要ですじゃ。ハテナ様には是非ともわしらの祈りを聞いて頂きとうございますじゃ」

「えー……」

「断る訳にはいかないようだね。仕方ない、じゃあハテナはそれに付き合ってあげなさい。ウタさん、分かっているだろうね。生き神様は丁重に扱うんだよ」

「無論のことですじゃ。犬神様のご心配には及びませぬ。ほれ、市之介。黒彦からハテナ様をお預かりせよ」

ウタは杖《つえ》を振って命令する。黒彦は扱いの差に釈然としないものの、老婆の機嫌を損なわないよう速やかに果菜を乗せ替えた。市之介も黙って命令に従う。その陰鬱《いんうつ》そうな目は、勝手にしろとでも言いたげに見えた。昨日と今日の騒動のせいで、彼には随分と嫌われてしまった。

綾樫家の者たちと別れた後、黒彦と犬神は駐在所へと向かう。途中で幾人かの村民たちを見かけたが、皆は自分たちを避けるように顔を逸《そ》らした。

「駐在員は、今朝見た釜松さん一人だけなのかい？」

犬神は周囲の景色を眺め回しながら尋ねる。

「そうみたいです。普段は暇らしくて農業もやったりしているそうです」

でも今はそうも言っていられないだろう。紺色の制服の上にある、不安げな顔が目に浮かんだ。

「……釜松さんはあまり頼りになりませんよ。態度は大きいけど、やっぱり綾樫家には全く口出しできないようですから。あの人では事件も呪いも解決できないと思います」

「そうだろうね。でも僕の目的はそこじゃないよ」

犬神はあっさりと同意すると駐在所の引き戸を叩《たた》きもせずに開いた。

「お邪魔するよ」

所内には釜松と、役場の弓削がいる。二人とも突然の来訪に驚いた顔を見せていた。

「お？　おお、黒彦君。それと……」

「犬神君だ。ハテナちゃんの兄貴だそうだ」

弓削はぶっきらぼうに伝える。そう言えば釜松に犬神は紹介していなかった。黒彦は釜松から勧められたパイプ椅子に腰を下ろした。

「釜松さん、もう駐在所に戻っていたんですね」

「ああ、一通り検証が済んだからな。後はマリィちゃんに任せて帰って来た。お前たちがここへ来たってことは、綾樫家の皆さんも屋敷に戻られたのか？」

「はい。そろそろ着いている頃だと思います」

「おい、犬神君。ウタさんたちはとうとう久作様のご遺体まで掘り返したらしいな」

弓削は眉《まゆ》をひそめる。犬神もそれに合わせて眉間《みけん》に皺《しわ》を寄せた。

「さっき埋め直したよ。僕たちまで付き合わされて、一緒に拝ませられたんだ。訳が分からないよ」

「守はお前さんが焚《た》き付けたと言っていたぞ」

「誰が言い出したかなんて関係ないよ。君は他人から親の死体を見たいと言われて墓を掘り返すのかい？」

「そりゃそうだけどよ……それで、久作様はどうだった？」

「ああ、まだ綺麗《きれい》なままだったんじゃないかな。あまり良い気分じゃないからはっきり見ていないけど」

犬神は口から出任せを言っては弓削を煙に巻く。黒彦は釜松に尋ねた。

「釜松さん。事件の捜査はどうですか？」

「ああ、いや、もう俺の手に負えないから市警の方に任せることにした」

「そうですか。すぐに来てくれるんですか？」

「いや、雪道の不便があるから次の月曜日になるだろうな」

「月曜日まで来ないんですか……」

今日はまだ金曜日。月曜日は次の定期バスが来る日であり、黒彦たちが帰る日でもある。事件解決に警察を待ってはいられないだろう。犬神が続けて質問する。

「じゃあ殺害された四人の死体もまだ埋めていないんだね。今はどこに置いているんだい？　司法解剖は済ませたのかい？」

「皆様はまだ恋塚医院に安置されている。司法解剖は済ませているが、お前の言う通り市警が来るまでは埋葬する訳にもいかないだろう。恋塚先生は何とか保《も》たせるから大丈夫と言ってくれている」

「ああ、そっちにあるのか。先生もそこにいるのかい？」

「今は往診に出ている頃だろう。村には寝たきりの老人もいるからな。お屋敷の事件も大変だけど、普段の仕事もあるから先生は大忙しだ」

村民たちへの出張診察。そこではもちろん世間話も交わされることだろう。黒彦は村で噂が広まる仕組みの一端に気付いた。

「まったく、こんなこと初めてだな。村で殺人事件など……」

弓削は溜息《ためいき》をついて茶をする。

「初めて？　初めてのことなのかい？」

犬神はなぜか話に食い付く。

「当たり前だろ。お前さんたちの都会じゃ日常茶飯事かもしれないけどよ」

「さすがにそこまで危なくはないよ。でもこの村だって古いんだから、今までにもあったんじゃないの？」

「そりゃ落ち武者狩りの一つや二つはあったかもしれんけどな」

「え？　そんなに古いのかい？」

「いや、冗談だ。村は古いけど俺は爺《じい》さんの代くらいからしか知らないよ」

「でも役場なんだから資料くらいはあるはずだよ」

「さあて、無いんじゃないかな。この村は今も昔ものんびりだからな」

「そのようだね。それにしても不便な村だ。車も通れなければ携帯電話も使えない」

「慣れれば特に困らねぇよ。山奥の村なんてこんなもんだ」

「そんなものかな。ところで、これに見覚えはあるかい？」

犬神はそう言うなり白衣のポケットから一枚の紙を取り出す。墓場で黒彦が渡した『村民許可証』だった。弓削は一目見て目を大きくさせた。

「……お前さん。こいつをどこで見つけたよ」

「黒彦君のポケットから見つけたんだ？」

「いいえ、村の空き家で見つけました」

黒彦は説明を加える。勝手に空き家に入ったことを責められるかと思ったが、弓削は喉《のど》の奥で唸《うな》るばかりだった。

「……これは、新しく村民になった者に渡す物だ。役場で発行している」

「住民票はないのかい？」

「住民票はもちろん作るさ。許可証はそれとは別に露壜村独自のものだ。村の有力者たち、綾樫家や連水寺から入村を許されたという証《あかし》だ」

「許可を取らないといけないのかい？」

「形式だけだ。昔の風習の名残だよ。田舎は色々とややこしいんだ」

「そんな大切な物が破かれていたのはなぜだい？」

「空き家にあったということは、前に住んでいた奴が捨てていったんだろう。まあ村に馴染《なじ》めん奴もいるわな」

「そうだろうね。僕にもとても馴染めそうにない。何より綾樫家にも連水寺にも嫌われている。許しも得られそうにないな」

「ああ、それは形だけだから問題ない。住みたい奴を断ることはない」

「嫌だよ。こんな村に住みたくない」

「なら住むなよ」

弓削は呆《あき》れ顔を見せつつ、『村民許可証』の切れ端をゴミ箱に捨てた。

その後も適当な話を続けていたが、犬神がそろそろ帰ろうと言ったので駐在所を出る。弓削や釜松はもちろん、自分にとっても特に得られるもののない時間だったと黒彦は思っていた。

「もう屋敷に戻るんですか？　犬神さん」

「いいや。僕はこれから恋塚医院に立ち寄ってみるつもりだよ」

犬神は黒いコートの前ボタンを留めながら返す。黒い山高帽にロングコートの彼は見るからに怪しげだった。

「恋塚医院に何をしに行くんですか？」

「僕が来る前に死んだ三人、作市さんと作滋さんと洋滋郎さんの死体を見に行くのさ。そもそも駐在所に行ったのもそれが理由だよ」

「はあ。でも釜松さんが、恋塚さんは往診に行ったって言ってましたよ。病院にはいないんじゃないですか？」

「まあ何とかなるさ。君も死体見物に来るかい？」

「……遠慮しておきます」

黒彦は顔をしかめる。三人の死体なら事件の起きた日に充分目にしていた。

「それがいい。ハテナも寂しがっているだろうから屋敷に帰ってやってくれ」

「そうですね。あの家に一人で残しておくのはやっぱり気になります」

「ところでハテナは見慣れない二つの髪飾りを付けていたけど、あれも生き神様のアイ

「テムかい？　それとも君からのプレゼントかい？」

「どちらもこの村に来てから付けています。花の方は雫さんからもらって、蝶《ちょう》の方は神楽さんからもらっていました」

「ああ、そうなんだ……」

「どうかしたんですか？」

「いや、よく似合っているから付けておくといいと伝えておいてくれ」

犬神はわずかに間を空けてから返す。彼が何を考えているのかは分からない。

「ああそうだ、犬神さん。ハテナから預かっている物があるんです」

黒彦はポケットを探って取り出した茶色の瓶を犬神に手渡す。

「何だい？　これは」

「露壜です。ウタさんから手に入れるように頼んでいたんでしょ？」

「ああ、そうだったね。なるほど、こういう物だったのか」

犬神は瓶を持ち上げて薄暗い陽光に透かせる。

「俺はてっきり液体だと思っていました」

「水に溶かして使うんじゃないかな。それとも火で炙《あぶ》るのかな」

「水に溶かすそうです。でも作用が強いらしくて、ハテナは使ってはいけないと言われたそうです」

「やっぱり黄金像の台座の下に隠されていたのかい？」

「そうらしいです。別に隠していた訳ではないでしょうけど」

「ふうん……ウタさんはこれを素直に渡してくれたのかな？」

「素直に渡す？」

　黒彦は意味が分からずに首を傾げる。

「……そこまでは聞いていませんけど、ハテナが無理矢理奪ったとも思えませんよ」

「分かった。ありがとう」

　犬神は特に追及せずにコートのポケットにしまった。

「そんなのもらってどうするんですか？」

「さて。成分を調べて、飽きたら誰かに売りさばいてもいいな。これぞ中国山地深くにて、古《いにしえ》より伝わる奇跡の薬。高天原《たかまがはら》の朝露を、集めて固めたその名も露壜。一度使えば万《よろず》の病も祖先の呪いも、たちまち退散間違いなし。今なら一瓶十万円、ご奉仕価格でご提供」

「……売れるといいですね」

　黒彦は犬神の口上を冷ややかに聞き流す。この人は詐欺師になってもきっと天才と呼ばれたことだろう。

綾樫家に戻って初めに気付いたのは、これまで以上に重苦しい雰囲気だった。密閉されている訳でもないのに、澱《よど》んだ空気が閉じ込められているような気がする。それは屋敷の門を通った黒彦が思わず足を止めるほどの陰鬱《いんうつ》さだった。

「……何かおかしい」

黒彦は辺りを見回すが、特に変わったところは見当たらない。強いて言えば、いつもならすぐに顔を出すはずの盛貴やマリイが現れないことが奇妙ではあった。訝《いぶか》しみつつ玄関を開けて土間へと入る。すると今度は聞き慣れない音の波が耳に届いた。

「何の音だ？　いや、声か？」

抑揚のない低音が屋敷に響き渡る。音楽を鳴らさずに最大音量まで上げたスピーカーを前にしているような、気味の悪い圧迫感に体が震えた。靴を脱いで屋敷に上がり、廊下を歩いて中庭に目を向ける。

篝火《かがりび》が焚《た》かれる中、綾樫家の者たちが黄金像に向かって読経《どきょう》していた。

「これは……」

黒彦はその異様な光景に言葉を失う。一番近くにいたマリイがちらりとこちらに目を向けたが、何も言わずに再び背を見せて手を合わせた。その隣には盛貴が座り、その前には雫がいる。さらに前には久子と時枝が並び、先頭にはウタが小さな体をさらに縮めていた。

「ハテナ……」

ウタの正面、黄金像の足下には、着物に着替えて化粧を施したハテナがこちらを向いて鎮座していた。篝火の炎に赤く染まる少女は、息を飲むほどに美しく、神秘的な光に包まれている。だがその表情は暗く、どこか悲しげにも見えた。ハテナは黒彦の視線に気付くと静かに顔を上げて困ったような表情を見せる。花と蝶の髪飾りがぶつかり、ちりんと音が響いた。

「……大丈夫だから、そのまま座っていろ」

黒彦は声には出さずにそう伝え、身振りでそのまま留《とど》まるように指示を出した。祈りを捧《ささ》げられる生き神様というよりは、呪詛《じゅそ》を浴びせかけられる生贄《いけにえ》のようにも見える。だが今はこの場を乱してまで果菜を取り返しても仕方がない。また少なくとも身の安全は確保されているので心配はいらないだろう。廊下を歩いて角を曲がる。ただ一人、この場にいない男の様子が気になった。

「……市之介さん、部屋にいますか？」

「……黒彦君か、入れ」

返事が聞こえてから黒彦は襖《ふすま》を開ける。整理と清掃が行き届いた部屋の中央で、市之介があぐらをかいて座していた。

「ちょっと話があるんですけど、いいですか？」

「襖は閉めてくれ」

市之介は凜《りん》とした眼差《まなざ》しでこちらを見つめる。黒彦は襖をぴったり閉めると彼の前に正座した。

「遠慮せずに足を崩せ。一人か？」

「俺だけ帰ってきました。犬神さんは恋塚先生のところへ行ったようです」

「なぜだ？」

「……医者の世間話じゃないでしょうか。駐在所でもそんな感じでしたから」

黒彦は素知らぬ顔で伝える。自分の親や親戚《しんせき》の死体を見に行ったと言われてもいい気はしないだろう。

「それに、ちょっとこの家にも居辛《いづら》いようですから」

「わきまえているな」

「そうでしょうか？」

そう言って二人で軽く笑った。

「市之介さん。中庭のあれは、何なんですか？　皆さんで座っていましたけど」

「お婆様のご祈禱《きとう》だ。皆も参加せよとのご命令だった」

「市之介さんはいいんですか？」

「さすがに付き合いきれんよ」

市之介は深く溜息《ためいき》を吐く。

「だが、他の者たちは自発的にあそこに座っている。ご当主様の姿を見て、みんな考えが変わってしまった。お婆様の世迷《よま》い言《ごと》、呪いやら神様やらを本当に信じるようになった」

「……犬神さんのせいでしょうか？」

「そうじゃない。あの風変わりな男はただのきっかけだ。一週間で五人もの男が死んだんだ。まともでいられる方がおかしいだろ」

「そうですね……」

「……綾樫家はもう終わりだ。母さんも久子伯母《おば》さんも諦《あきら》めている。この家はお婆様の言う通り、呪いによって滅ぼされるんだ」

市之介は胸を張って目を閉じる。黒彦はその整った顔をじっと見つめていた。

「……それで、済ませるつもりですか？」

「どういう意味だ？」

「当主の久作さんは病気で亡くなったそうですが、他の四人は誰かに殺害されたんです。呪いなんかじゃありません」

市之介は再び目を開ける。黒彦はさらに言った。

「その内の一人、久弥さんを殺した犯人は分かっています」

「……俺じゃないぞ。俺は久弥さんなんて殺してはいない」

「市之介さんでないとすれば、誰がいますか？」

「母さんか？　雫か？　無茶言うな。久弥さんはウスノロだが女にやられる奴じゃない」

「じゃあ誰が殺したんですか？」

「それが呪いというものなんだろう。そう思うしかない」

「そんな理由で逃げられるはずがないでしょう」

「逃げる？　俺が逃げるだと？」

「露壜村の村民たちは綾樫家に逆らえません。あなたたちが呪いだと言えばそれで通しかねない人たちです。でも人を殺しておいて、そんなことは許されませんよ」

「俺が久弥さんを殺す必要がどこにある？　綾樫家の後継者や遺産の相続を言うのなら俺は長男作市の息子だ。何もしなくても相続できる立場だ」

「作市さんが殺されたことへの復讐《ふくしゅう》です。作市さんを殺したのは、後継者を狙っていた久子さんと久弥さんでしょう」

「ああ、それは俺も疑っていた。だがそれは勝手な推測だ。殺したいほど憎んでいても、今朝殺す必要もない。お婆様が落ち着いてからでも良かったはずだ」

「今朝殺しておかないといけない理由があったでしょう」

「そんなもの、どこにある」

「……市之介さんが綾樫家の男ではないからです。あなたは作市さんの息子ではないからです」

　黒彦がそう言うと、市之介は思わず息を飲んだ。

「……ウタさんは家と血族を大切にしています。作市さんがいなくなれば、当主久作さんとあなたとの繋《つな》がりが途切れてしまいます。それならば、長女の息子であっても繋がりのある久弥さんが後継者になる可能性もあったはずです。だからあなたは、久弥さんが選ばれる前に殺害しなければならなかったんです」

「……そのことは、どこで知ったんだ？」

「それを俺に尋ねるということは、事実なんですね？」

黒彦は聞き返すと市之介は喉《のど》の奥で唸《うな》った。

「……市之介さん。俺が知りたいのはこの屋敷で起きた事件の真相です。作市さん、作滋さん、洋滋郎さんを殺したのは誰なのか。どうしてこんなことになったのかが知りたいんです。そのためには市之介さんの力が必要なんです」

「……俺は、殺していない」

「市之介さん！」

「君の言う通り、俺はご当主様との繋がりはない。だから後継者にも遺産にも興味はない。そんなものは他の奴らで勝手に分け合えばいい。俺はそう思っていたんだよ！」

「じゃあ、あなたはどうしてここにいるんですか！　なぜ居座っているんですか！」

「父さん、作市の仇《かたき》を取るためだ！　血は繋がっていなくても恩義がある。父さんを殺せるのは作滋さんか、洋滋郎か、久弥さんしかいない。だがなぜかみんな死んでしまったんだ！」

「あなたが殺したんじゃないんですか！」

「確信もなくそんなことができるか！　お婆様や久子伯母さんにも父さんを殺せる訳がない！　じゃあ誰がやった！　呪いだ！」

「そんなバカな！」

黒彦と市之介は睨《にら》み合う。いっそここで市之介が襲いかかってくれれば確信できるが、そんな素振りは見られない。

「……市之介さんは信用できません。黒彦はゆっくりと立ち上がった。だから証拠を探してきます」

「……やってみろ。だがもう手遅れだ」

市之介は息を吐いてそっぽを向く。黒彦は憤りに震えながら部屋を出て襖を閉めた。

「父さん、申し訳ございません……」

襖の向こうから市之介の呟《つぶや》きが聞こえた。

64

中庭ではまだ読経《どきょう》が続いている。市之介との言い争いが聞こえたかもしれないが、誰もこちらに目を向けなかった。黒彦は廊下を歩いて久弥の部屋へと向かう。言い逃れのできない証拠があれば市之介も殺害を認めざるを得ないだろう。彼が語れば久子も告白するかもしれない。そうなれば皆も呪いから目を覚ますに違いない。ウタを救い、綾樫家を守るにはそうするしかなかった。

久弥の部屋には既に死体はなく、おびただしい量の血が染み込んだ布団だけが中央に敷かれたままだった。周囲は前に入った時と変わらず、テレビやゲーム機など物で溢《あふ》れ返っている。本棚の中と外に並べられた漫画本と雑誌類が、この屋敷にそぐわない派手な壁模様を描いていた。

「久弥さん……」

黒彦は彼との会話を思い返す。綾樫家の当主の座を狙い、果菜に変態じみた欲望を描いていた男。でっぷりとした体型と生臭い口臭からは嫌悪感しか抱けなかったが、殺害されて喜ぶ気持ちにはなれなかった。

「……障子窓から出入りしたとして、足跡でも残っていればいいけど」

昨夜の状況から推理すると、市之介は自分の部屋の障子窓から屋敷の外へ出て、外周を回って久弥の部屋の障子窓から入り込んだはずだ。彼の体力ならば音もなく侵入することも、その後眠っている久弥を殺害することも可能だ。一番分かりやすい手掛かりとなると、雪に付いた彼の足跡があればいいだろう。恐らく昨夜の降雪でほとんど覆い隠されただろうが、屋敷の裏手など普通は通るはずもないので見つけられるかもしれない。

そう考えながら黒彦は部屋の壁を見回した。

「……障子窓がない？」

予想外の状況に黒彦は戸惑う。昨夜、屋敷の外側から見たこの部屋には、確かに障子窓が塡《は》め込まれていた。しかし今、部屋に入って探してみても障子窓はどこにも見当たらなかった。改めて壁面に目を走らせる。見える薄黄色の漆喰《しっくい》壁は他の部屋よりも面積が狭い。その代わりに、身長ほどの高さの本棚が三架も横に連なっていた。

「本棚の裏に隠れているのか？」

顔を壁に付けて本棚の隙間を覗《のぞ》くと、障子窓の窓枠らしき出っ張りが見える。手を伸ばして軽く本棚を押してみるが、中身が重くほとんど揺れもしなかった。裏から強く押せば動かせるかもしれないが、それでは本棚ごと倒れてしまうだろう。つまり障子窓を潜って久弥の部屋に入ることは不可能だった。

「そんな、これがトリックじゃなかったのか？」

黒彦は放心してその場に膝《ひざ》を突く。どの部屋からも移動できる格好の抜け道が久弥の部屋では使えなかった。それでは市之介は、どのようにしてこの部屋にまで辿《たど》り着いたのだろうか。隣の浴室や、その隣のトイレの窓からは入れそうにない。ではさらに隣の厨房《ちゅうぼう》の窓から出入りしたのだろうか。指で畳に間取り図を描く。畳の表面が妙にざらついているのが気になった。

「砂だ……」

掌で畳を撫《な》でると、黒い砂が集められる。室内にしてはやけに土汚れが目に付いた。あまり掃除のされない部屋なのか。周囲の乱雑さと久弥の性格を思うとそうかもしれない。

「布団にも土が付いている」

黒い砂は血に染まった白い布団のあちこちにも散らばっている。普段から砂だらけの布団で寝ているとも思えないので、恐らく昨夜に犯人の体から落ちた物だろう。真っ先に考えられる状況は土足での侵入だ。しかし犯人は障子窓から侵入していない。屋敷の内部から犯行に及んだとしたら、わざわざ靴を履く必要性が分からなかった。

「……ダメだ。一旦《いったん》部屋に帰ろう」

血腥《ちなまぐさ》いこの場所では考えに集中することもできない。トリック間違いのショックから立ち直るためにも場所を変えようと思った。襖《ふすま》を開けて部屋を出る。いつの間にか中庭に人の姿はなく、篝火《かがりび》の炎も消え落ちていた。

「祈禱《きとう》は終わったのか。ハテナも部屋に帰ったのかな」

「……義姉《ねえ》さん、よろしいですか？」

ふと右手の方から声が聞こえる。廊下の端では時枝と雫がこちらに背を向けて立っており、時枝が久子の部屋に向かって声をかけていた。やがて返事があったのか、襖を開けて部屋の中へと消えていく。黒彦の姿には気付いていないようだった。

「時枝さんと雫さんが、久子さんの部屋に……何の用だろう」

敵対関係にある両者の行動は気になるが、部屋の外からでは何も分からない。ただ雫も一緒にいるので摑《つか》み合いの大喧嘩《おおげんか》にはならないだろう。黒彦は廊下の左手を歩いて客間へと向かう。久弥の部屋では障子窓からの出入りはできない。昨夜に時枝、市之介、雫が部屋から廊下へと出る姿は見かけなかった。殺人犯は土足だったらしく、久弥の布団には土が付いていた。黒い砂は部屋に散らばり、布団に残され、今、目の前にもあった。

「……土だ」

黒彦の目は廊下の一点を見つめている。久弥の部屋にあった物と同じような色の土が、目の前の廊下にも落ちていた。思わずしゃがんで手に取ってみる。指の関節一つ分くらいの湿った土塊《つちくれ》。ふと横を向くと洋滋郎の部屋の襖が見えた。

「洋滋郎さんの部屋……」

黒い引手に指をかけてそっと襖を開ける。彼の部屋を見るのは初めてだ。乱雑に脱ぎ散らかされた服と、数冊積まれたパチンコ雑誌。一枚板の広い机の上には携帯型音楽プレイヤーとサングラス。コーヒー染みが残ったコップ。海外作家の古い文庫本が一冊落ちているところが、どことなく彼らしい気がした。

「どうして洋滋郎さんの部屋に土が？」

黒彦は畳に手を突いて見回す。辺りにはやはり細かな土が散らばっていた。その様子から感じたのは、なぜ洋滋郎の部屋から久弥の部屋まで土が残っているのかということ。それと、靴底に付いた割には量が多いように見えることだった。

「……もしかして、洋滋郎さんの部屋の障子窓から入ったのか？」

その方法をとれば確かに黒彦の目を逃れて久弥の部屋まで辿り着ける。ただしそれは、昨夜黒彦が果菜の部屋にいたことを知っていなければできないはずだった。念のために障子窓を調べてみるが、やはり土は落ちていない。ここから侵入した訳ではないようだ。

「障子窓に土はないのに、畳には土が付いている。やけに大量の土が、机の下にまで落ちている……机の下？」

黒彦は再び這《は》いつくばって机の下を見る。黒い土は机の下にこそ一層多く散らばっていた。わざわざ靴を入れて土を払ったとは思えない。では昨夜、誰もいないはずのこの部屋で何が起きたのか。

「……三日間見続けた夢は、いつも地震のような揺れとともに起こされた」

机の端に手を掛けて、力を入れて場所をずらす。ざりざりと砂を踏むような音が聞こえる。机の下には一畳の畳が敷かれていた。

「ハテナは寝る前に祈禱の幻聴に悩まされていた。ウタの声とともに、地面が揺れてきたと言っていた」

断片的な情報が次第に結び付いていく。黒い砂粒によって思い出されたのは、夢と現実との狭間《はざま》に漂っていた出来事。それと忘れかけていたこの屋敷そのものの特徴だった。

「もしこの屋敷が、神楽さんの言う通り香具土深良の作品だったとしたら！」

畳の縁に指を差し込む。そして力を込めて引き上げると、予想通り、黒い土を巻き上げながら持ち上がった。

「あった……抜け道だ」

畳の下に床板はなく、地中に続く深い穴が口を開いていた。

65

黒彦は一旦洋滋郎の部屋を出ると、土間に並べられた自分の靴と傍らに備えられていた非常用の懐中電灯を手に戻った。地下の穴はモグラが掘り進めたように土壁が剝《む》き出しになっており、幅も人が一人通れる程度の広さしかない。当然、明かりとなる物は何もなかった。

「やっぱり、こんなものが隠されていたのか」

足の方から穴に入ってゆっくりと下降する。香具土深良の作品には謎が隠されている。一つは関わった者たちが不幸に巻き込まれるという魔術。もう一つは、あたかもその不幸を手助けするかのごとく設けられた仕掛けだった。

「犯人はこの抜け道を使ったに違いない」

服も頭も土だらけになりながら壁を伝って穴の底に下りる。抜け道はそこからさらに横方向へと続いていた。穴の高さは一メートルほどしかなく、両手を突いてカエルのような体勢で移動しなければならない。寒さと息苦しさと不安におかしくなりそうだが、逃げ出す訳にはいかなかった。

「こんな所で犯人と鉢合わせしたら、シャレにならないぞ」

今さらながら、台所から包丁の一本でも持って来れば良かったと後悔する。武器もなければ逃げ道もない。おまけにここで殺されたら死体すらも発見されない。綾樫家の神隠しになってしまうだろう。懐中電灯を前方に向けるが、道が続くばかりで何も見えない。少しずつ上り坂になっているらしく、足首の疲労が強く感じられた。

「……一体どこまで続いているんだ？　市之介さんも昨夜はここを通って久弥さんの殺害に向かったんだろうか」

市之介の部屋の下と繋《つな》がっていれば確実な証拠となりそうだが、どうもそうではないらしい。何か大きな勘違いでもしているのだろうかと思い始めた頃、指先に滑る感触がして体が震えた。

「何だ……ゴミ袋か？」

足を止めて明かりを下げる。落ちているのは大きな黒いゴミ袋らしい。土にまみれているがまだ新しく、軽く爪先で蹴《け》るとガチャガチャと金属音が鳴り響いた。見逃す訳にもいかず、ゆっくりと袋の口を開く。

「……服だ。濡《ぬ》れたジャンパー。それと、包丁？」

恐る恐る柄を握って取り出したのは、やや大振りな料理用の包丁。刃も柄もべたべたに濡れ汚れていた。目を細めて眺めている内に、ぷんっと生臭い臭いが感じられる。戸惑いながら包丁を置いて両手を見ると、どす黒い血に染まっていた。

「うわぁ！」

思わず体を反らして尻餅《しりもち》をつく。両手を壁に荒っぽく擦《こす》りつけて血を拭《ぬぐ》った。考えるまでもない。久弥を殺害した凶器だ。こんなところに隠してあったのだ。

「……でも、それだけじゃなかったよな」

黒く汚れた手を見つめながら呟《つぶや》く。ゴミ袋にはまだまだ余裕があり、他にも何か入っていた。見ない訳にはいかない。冷や汗が乾く悪寒に震えながら、ゴミ袋の端を持って引っ繰り返す。ガチャガチャと中身が地面に転がり落ちた。

「……血の付いた男物のジャンパーが三着。軍手が四組。包丁が三本。荒縄みたいなのが一本。タオルが巻かれてたこれは、金槌《かなづち》か？」

一つ一つ確認しながら呟く。やはり凶器に違いない。犬神が推理した通り、久弥は荒縄で首を絞められた後に包丁で腹を裂かれたのだろう。しかしその割には数が多い。

「もしかして、全ての凶器がここに揃っているのか？」

作市を刺した包丁、作滋の骨を砕いた金槌、洋滋郎を刺した包丁、久弥の首を絞めた荒縄と、腹を裂いた包丁。三人分の返り血を浴びた三着のジャンパーに、四つの殺害に使用された四組の軍手。数がぴったりと一致する。だが、それはあり得ないことだった。

「じゃあ、犯人は一人か、一組なのか？」

凶器が一箇所に捨てられているということは、単独犯か共犯者を含めた単独のグループとなる。だが殺害状況を見ると、三つの家族がそれぞれ被害者を出していた。家族を殺された者同士が共犯の相手になるだろうか。

「あるいは、途中で仲間割れをしたのか？　作滋さんと久子さんが組んで作市さんを殺したけど、久子さんが作滋さんを裏切って殺して、そのまま洋滋郎さんも殺した。そして市之介さんが復讐《ふくしゅう》として久弥さんを殺した。いや、それも何かおかしいぞ」

思考が混乱し、上手《うま》く推理が働かない。どう考えてもこの場所に凶器が揃う状況が見えなかった。やがて今ここで考えていても仕方がないと思い、一旦《いったん》ゴミ袋をそのままにして先へと進む。道はようやく終点に差しかかり、再び真上に伸びていた。

「行き止まりじゃないだろうな……」

頭上は黒い壁に塞《ふさ》がれている。両手を伸ばして天井に触れると、畳ではなく岩のざらつきが感じられた。一体どこに出られるのだろう。出口でいきなり殺人犯が待ち構えてはいないだろうか。手に力を込めてゆっくりと岩を持ち上げる。重みはあるが地中には埋まっておらず、やはり何度も動かされた形跡があった。岩を横へとずらして、開いた口から静かに顔を外へと出した。

石畳の先には雑草の生える草むらが見え、その奥には広大な湖が広がっていた。

「露壜湖？」

思わず穴から頭を上げる。その拍子に天井に思いっきり頭をぶつけた。穴の上に、何かが覆い被《かぶ》さっている。頭を押さえて体を縮めて、這い出るように穴から脱出する。開放感に溜息《ためいき》を吐きつつ立ち上がると、以前に座った屋根付きのベンチがあった。

「ベンチの下に、屋敷への抜け道があったのか……」

振り返ると、薄暗い時刻を迎えた露壜湖の景色が見える。辺りに人の姿はなく、木々も水面もひっそりと静まり返っていた。遠くに古びた木の桟橋が湖に向かって伸びている。洋滋郎はあそこで殺害されていた。

「……でもこれが、何だって言うんだ？」

黒彦は露壜湖の前で茫然《ぼうぜん》と立ち尽くす。辿《たど》り着いた先に発見の喜びはなく、謎は底の見えない深淵《しんえん》に飲み込まれていった。

「この抜け道を使えば、洋滋郎さんは部屋から出なくても露壜湖まで来られる。でも、それがどうしたんだ？」

殺されるために外へ出たというのだろうか。殺した者は抜け道の途中に凶器を捨ててどこへ消えたのだろうか。

「市之介さんは久弥さんを殺すために、この抜け道をどう使ったんだ？　一旦屋敷から外へ出て、ここから侵入したのか？　何のために？　作市さんをどうやって殺したんだ？　作滋さんを殺すのにこの抜け道は必要だったのか？」

両手を上げて頭の両側を押さえ付ける。全く意味が分からない。何のための抜け道なのか。誰が誰を、どうやって殺したのか。

「何が起きているんだ？　あの屋敷で……」

その時、遠くの方から甲高い女の悲鳴が聞こえてきた。

「何だよ！　何なんだよ！」

黒彦は露壜湖に向かって叫ぶ。そして歯を食いしばると背を向けて走り出した。悲鳴は屋敷の方から聞こえた。しかもあの声は多分、雫のものだった。

66

抜け道の中を移動するのは困難だったが、外から屋敷へと向かうのは坂道を下るだけだ。そういう点でも、犯人があの地下道を必要とした理由が全く分からなかった。屋敷の門を入ると玄関の前で雫が膝《ひざ》を突いて座り込んでいた。

「雫さん！　大丈夫ですか」

黒彦は駆け寄って腰を屈《かが》める。雫は顔を上げると懇願するような弱々しい眼差《まなざ》しをこちらに向けた。外見からでは何か被害を受けた様子は見られない。ただ、色白の顔が真っ青になっていた。

「く、黒彦君。助けて……」

「何があったんですか？」

「……お兄様が、市之介が久子伯母《おば》様を斬ってしまいました」

「何だって……」

黒彦は小声で呟き息を飲む。ついに最悪の事態が起きてしまった。

「どうしてそんなことに……」

「お母様が、包丁で刺されて……殺されてしまったんです」

「時枝さんが？」

母親を久子に殺されて、市之介が暴走したのだと気付いた。

「……それで、市之介さんはどこへ？」

「まだ、お屋敷の中に。でも……」

雫は息継ぎを繰り返す。黒彦は待っていられずに腰を上げて玄関の引き戸を開けた。屋敷の中にはまだ果菜がいる。市之介を放っておく訳にはいかない。雫も足をふらつかせながら立ち上がった。

「雫さん、大丈夫ですか？　ひとまず逃げておいた方が……」

「平気です。あの、黒彦君。何かおかしなことが起きてしまったんです」

雫は言葉に詰まりながら話す。

「お兄様は、お母様が久子伯母様に殺されたものと思い込んで逆上してしまいました。でもそうじゃないんです」

「どういうことですか？　時枝さんは久子さんに殺されたんじゃないんですか？」

「違います……私とお母様は、今まで久子伯母様のお部屋に行って話をしていたんです」

黒彦は久弥の部屋から出た時の様子を思い出す。確かに時枝と雫が久子の部屋へと入って行く姿を見ていた。

「もう家族でいがみ合っている場合ではないから、落ち着いて話し合いませんかと。久子伯母様も、久弥さんを失われて気が抜けたように弱くなられていました」

黒彦と雫は土足のままゆっくりと廊下を歩く。見渡しても市之介の姿はない。隣には久弥の部屋があり、奥には久子の部屋が見えた。

「その内に久子伯母様がお茶を淹《い》れると言って台所へと立たれました。伯母様一人に任せる訳にもいきませんから、私も一緒に付いて行きました。そしてお茶を淹れて部屋に戻ってみたら、お母様が殺されていたんです」

「……つまり久子さんに時枝さんを殺す隙がなかったんですか？」

「絶対にありません。それで驚いて私たちが悲鳴を上げたら、お兄様が気付かれて、そのまま部屋にあった刀で久子伯母様を……」

「盛貴さんとマリィさんはどうしたんですか？　今はどこに？」

「分かりません。買い物に行ったのでしょうか、お屋敷にはいないようなのです」

「二人がいない……」

黒彦は違和感を抱く。久子は時枝を殺していない。市之介や雫が自分の母親を殺すはずがない。ウタや果菜は考えるまでもない。そして盛貴とマリィがいつの間にか屋敷から姿を消している。これはどういうことか。久子の部屋の前に立ち、そっと襖《ふすま》を開ける。

部屋の中央で、時枝が胸に包丁を立てたまま倒れていた。

「時枝さん……」

黒彦は早まる心臓の鼓動を感じながら死体を見つめる。時枝はまるで、何かに驚いたように目を見開いて仰向《あおむ》けに倒れていた。着衣の乱れもなく、争ったような形跡も見られない。至近距離から一撃で殺害されていた。

どすんっと大きな物が落ちる音が聞こえる。

続けて猫が叫ぶような、少女の悲鳴が聞こえた。

「ハテナ！」

黒彦は久子の部屋から離れて廊下を駆け出す。襖の開いていた広間に入るが、そこには誰もいなかった。続けてウタの部屋に繋《つな》がる襖に手を掛けて一気に開いた。

布団の上で、古い布切れのように横たわるウタの姿があった。

その向こう、さらに開かれた襖の奥に、紫の着物を身に付けた果菜がうつ伏せに倒れている。

その前には、長い日本刀を下げた市之介が背を向けて佇《たたず》んでいた。

「お、お婆様！」

背後から雫の悲鳴が聞こえる。ウタは微動だにしない。目を見開いたまま仰向けに倒れており、首筋に付けられた深い切り傷から血が流れ落ちていた。だが黒彦はそちらには目を向けない。ただその奥にある、血溜《ちだ》まりに沈む少女しか見ていなかった。

「おい、ハテナ……」

声をかけるが足は動かない。果菜はぴくりとも反応を示さなかった。市之介がゆっくりと振り返ってこちらに目を向ける。口は真一文字に閉じられ、その眼差しには怒りとも悲しみとも取れる色を浮かべていた。

「何を、しているんですか……市之介さん」

「動くな！」

市之介は刀を持ち上げて構える。威圧感が波のように押し寄せて来た。

「俺は久子を斬った。父さんと母さんを殺した鬼女を成敗した」

「お兄様、どうして、どうしてお婆様を……」

雫が声を上擦らせる。

「くだらん祈りにとらわれて皆を惑わすからだ。こいつらこそが綾樫家の敵だった。屋敷を守りたいと言うから俺が守ってやったのだ」

「お兄様、それは違います！　久子伯母様はお母様を殺していません」

雫は返すが市之介は首を振る。説明など聞きたくもないといった表情を見せていた。

「……あんた、何をやったか分かっているのか」

黒彦は市之介を睨《にら》みつける。彼の構えに隙はなく、近付くことすらできなかった。

「綾樫家を守るためだ」

市之介はためらいなく返す。

「なぜハテナを斬った！」

「なぜ？　呪いの祓《はら》えない生き神様など何の意味もない！」

「ふざけるな！」

「だから俺は帰れと言ったんだ。お婆様の世迷《よま》い言《ごと》にいつまでも付き合っているからこんな目に遭うんだ」

「お前がやったんだろうが！」

黒彦は叫ぶ。市之介は一瞬怯《ひる》んだ表情を見せるが、すぐに刀を握り直した。彼を説得して刀を下ろさせるのが最善の策だが、気持ちばかりが焦って頭も口も働かない。玉砕覚悟で飛びかかっても近付く前に斬り捨てられるだろう。

「雫、久子はどこで死んでいた」

「……知りません。お兄様、もう止めてください」

雫はウタの死体に縋《すが》り付いたまま訴える。その間も市之介は黒彦から目を離さなかった。

「黒彦、そこをどけ。斬るぞ」

「……やってみろよ。その前にあんたをぶん殴ってやる」

「そうか……」

「お兄様、いけません！」

その時、遠くから悲鳴が聞こえた。

「誰か、誰か助けてぇ！　久弥、久弥ぁ！」

「まだ生きていたかあ！」

「うわっ！」

　突然、市之介は叫び声を上げて黒彦に飛びかかる。横一文字に払われた刀を咄嗟《とっさ》に避けようとして畳に足をとられて転んだ。刃は風切り音とともに頭上から数センチ上を掠《かす》めた。

「久子ぉ！」

　市之介は黒彦を飛び越えて廊下へ出ると、恐らく玄関の方に向かって駆け出した。

「お兄様！」

　雫は慌てて立ち上がると、兄の背を追って早足で歩き出す。後には畳に倒れた黒彦と、二つの死体だけが残された。

「……ハテナ！」

　黒彦は這《は》うようにして果菜に近付く。畳に伏せて着物を広げたその姿は、地面に落ちたクロッカスの花のように見えた。肩と腰を持って、ゆっくりと仰向けに返す。左肩から右の脇腹辺りまで着物が裂けて血が滲《にじ》み出していた。

「ウソだろ？　おい！」

　果菜を揺さぶるが反応はない。目を閉じた顔は痛がる素振りすら見せていなかった。唇の前まで耳を近付けるが、呼吸音も聞こえない。口の端から赤い糸のような血が零《こぼ》れていた。

「死ぬな、ハテナ！　畜生！」

　黒彦は果菜を抱きかかえたまま叫ぶ。彼女はロボットだ。斬られても、殺されても、修理をすれば復活できる。そう信じていても安心などできるはずがなかった。精気のない真っ白な顔。力なく落ちる手足。その手首には脈もなく、体温も失われていた。

「犬神さん、どこ行ったんだ……」

果菜を救えるのは開発者である犬神しかいない。だが彼は未《いま》だ屋敷へ戻って来てはいなかった。後どれくらい時間があるのだろうか。犬神を探し出して、連れて来ることはできるか。使用人たちはどこかへと消えた。市之介は久子を追い、雫もそれを追って行った。もうこの屋敷には誰もいない。黒彦は天井に向かって叫んだ。

「何してるんだよ、犬神さん！　ハテナが死ぬぞ！」

その時、廊下の向こうからこちらへと近付く足音が聞こえた。ためらいのない早足。黒彦は目を大きくさせて振り返った。

背後には息を切らせて立つ、香具土神楽の姿があった。

「え……神楽さん？」

「どいて、黒彦君」

神楽は駆け寄るなり有無を言わさず果菜を引ったくる。昨日、村から出たはずの彼女が、なぜか目の前にいた。

「……酷《ひど》い傷。誰にやられたの？」

「あの、市之介さんが刀で……」

黒彦が答えると神楽は唇を噛《か》む。そして果菜の帯を緩めるとやや乱暴に着物を剥《は》いだ。小さく、白い上半身が露《あら》わになる。ぞっとするほど深い切り傷が斜め一直線に付けられていた。これが果菜の体。天才・犬神清秀が作り上げた最高傑作。どこにもロボットらしい欠損が見られない、完璧《かんぺき》な少女の肉体だった。

「あ、ああ……」

「傷の割に出血が少ない。もう、心臓も止まっているのね……」

神楽は果菜の胸に手をあてたまま項垂《うなだ》れる。誰がどう見ても明らかな死。だが黒彦は諦《あきら》めきれなかった。

「か、神楽さん。まだ可能性があるんです。こいつは……」

「あの人はどこへ行ったの？」

「あの人？」

「犬神清秀よ！　この村に来ているんでしょ！」

神楽は振り返って睨む。美しい顔を過剰なほどの怒りに歪《ゆが》めていた。

「……犬神さんは、事件が起きる前に恋塚医院に行ったきりです。まだ戻って来ていないんです」

「あの人……そうやってまた私をからかうんだね」

「神楽さん……」

黒彦は意味が分からずに戸惑う。神楽はなぜ、犬神が村にいることを知っているのか。なぜ犬神を『あの人』と呼ぶのか。神楽は再び果菜の方に目を落とす。

「……黒彦君は市之介様を追いかけなさい。屋敷の外へ行ったんでしょ」

「でもハテナが……」

「この子は、この子は私が何とかするから大丈夫」

「違うんです。ハテナは、その、恋塚先生でも助けられないんです！」

「だから私が何とかするって言ってるでしょ！」

「え？」

「早く行きなさい！　人間が死んだら誰にも治せないんだよ！」

「……はい！」

黒彦は両足に力を込めて立ち上がった。この人は知っている。果菜の体の秘密も、それを作った犬神も。なぜ知っているのかは分からないが、それならばもう迷う必要はなかった。

「市之介さんを止めてきます！　ハテナをお願いします！」

黒彦はそう叫んで部屋を出る。一体何がどうなっているのか。だが今は謎に足を止めるよりも行動すべき時だった。

67

飛び出すように屋敷を後にして坂道を下り始める。久子が助けを求めて出て行ったなら、露壜湖ではなく村の方へと向かったはずだ。外は夕暮れの暗がりに染まり、辺りは静まり返っている。もうすぐこの村は完全な暗黒に没するだろう。

「久子さん!」

坂道の途中で倒れた久子の姿を見つける。周囲には誰の姿も見えない。目前まで近付いても彼女は微動だにしなかった。

「間に合わなかったのか……」

黒彦は腰を屈《かが》めて久子を見る。恐怖に引きつった顔を横向きにしてうつ伏せに倒れている。背中の左側、ちょうど心臓の裏側辺りから血を流していた。綾樫家の威厳を全て失った、憐《あわ》れな女の死体だった。

「……お兄様!　お止めください!」

坂の向こうから雫の悲鳴が聞こえる。黒彦は歯を食いしばって立ち上がると、久子を残して全速力で坂を下った。結局、自分には誰も救えなかった。一つの家の崩壊を、ただ傍観することしかできなかった。危険であると知りつつも村に残り、果菜を見殺しにしてしまった。坂の終わりに二人の男女の姿が見える。刀を持った市之介と、その腕に縋《すが》り付く雫。その向こうには騒ぎを聞きつけたのか、露壜村の者たちが遠巻きに集まっていた。何人かは明かり用の松明《たいまつ》を手にしている。弓削、釜松、恋塚、延寿。香具土融と玲子もいる。そして、盛貴とマリイもそこにいた。

「市之介さん！」

黒彦が叫ぶと皆の目が一斉にこちらを向く。市之介が刀を素早く持ち上げたので、思わず足を止めてしまった。

「……久子さんを、殺したんですね」

「父母の仇《かたき》を討つのは息子の務めだ」

「証拠はあるんですか？　久子さんが作市さんと時枝さんを殺したという証拠は」

「他に誰がいる。久子と久弥は綾樫家の後継者を狙っていた。作滋叔父《おじ》さんが父さんを殺すはずがない。息子の洋滋郎が作滋叔父さんを裏切るはずがない。あの二人しかいないんだ」

「そんなものは推測だ！　何の証拠にもならない」

「黒彦！　お前に俺の家族の何が分かる。証拠なんてなくても俺にははっきりしていたんだ！」

「じゃあ、久弥さんを殺したことも認めるんですね。市之介さんが久弥さんを殺したんですね！」

「……そうだ。俺が久弥も殺した」

市之介は胸を張って断言する。だが黒彦はその眼差《まなざ》しの揺らぎを見逃さなかった。

「どうやって殺したんですか？　いつ久弥さんの部屋に行ったんですか？」

「何が言いたいんだ？　昨日の夜に決まっている。俺が久弥の首を絞めて殺して、この刀で内臓を引きずり出した」

「嘘吐くな！」

黒彦は拳《こぶし》を握り締めて叫んだ。

「昨日の夜、俺はハテナの部屋から廊下をずっと監視していた。市之介さんと、時枝さんと、雫さんの部屋の前の廊下だ。午前一時頃にあなたは雫さんの部屋を出て、自分の部屋へと行った。それ以降、あなたは部屋を出ていない！」

「見ていたのか……」

「部屋の障子窓から屋敷を出ても、久弥さんの部屋には入れない。あなたは久弥さんの部屋へと行く方法は一切なかったはずだ」

「お前は……」

「凶器がどこにあるか知っているか？　久弥さんの腹を切ったのはその刀じゃない。もっと短い包丁だった。それはどこにある！」

「見つけたのか？」

「屋敷の地下だ！　洋滋郎さんの部屋から露壜湖まで続いている抜け道の途中に捨てられていた。作市さん、作滋さん、そして洋滋郎さんを殺した凶器も一緒にあった」

「何だそれは？　抜け道だと？」

「どういうことなんだ！　一体あの屋敷で、綾樫家で何が起きているんだ！　ただ一つ、間違いないことがある。これは絶対に呪いのせいなんかじゃない！」

黒彦は全身を震わせて言葉を投げ付ける。これ以上、市之介を暴走させる訳にはいかない。だが彼は驚きの表情を見せたものの、勢いよく刀を振って溜息《ためいき》をついた。

「……それがどうした。誰がどうやって殺したなど、今さら真実を知ってどうなる」

「市之介さん！」

「聞け！　綾樫家は滅んだ！　俺がウタと久子を斬ったのは後継者を奪おうとしたからではない！　綾樫家を滅ぼすために斬ったのだ！」

市之介は黒彦を睨《にら》み、続いて振り返って村民たちを睨んだ。

「父、作市が殺された時、俺と綾樫家との血脈は絶たれた。叔父、作滋が殺された時、俺と綾樫家との因縁も絶たれた。残された俺がすべきことは、綾樫の名を捨て屋敷を捨てることだけだった。だが大人しく出て行くつもりはない。父と叔父を奪った綾樫家に落とし前をつけることが俺の使命だ！」

そして市之介は雫を左腕に抱いた。

「……俺はどこにも逃げはしない。ウタと久子と、無関係の女の子を斬った報いは受けるつもりだ。雫、お前を一人残すようなこともしない。呪いは全て俺が引き受けよう」

「お兄様……」

雫は市之介を見上げて体を反らせる。長い黒髪と涙が零れ落ちた。

「ダメだ！　市之介さん！　雫さん！」

黒彦は叫ぶが二人ともこちらを見ようともしない。村民たちも固唾《かたず》を飲んで見守っている。

「雫、お前は先に父さんと母さんに会いに行け。俺もすぐに行く」

市之介がゆっくりと刀を持ち上げる。

「残念だけど、君が再び両親に相見《あいまみ》える見込みはないよ！」

突然、遠くから男の声が響き渡る。市之介は思わず手を止めて村民たちの方を振り向いた。先頭に立つ弓削や釜松も振り返る。正面の道がさっと開いて、一人の男が姿を現した。

「犬神さん！」

黒彦は声を上げる。黒コートの犬神が薄く笑みを浮かべて佇《たたず》んでいた。

「お前は……」

市之介は止めた刀を振れずに下ろす。犬神はのんびりとした足取りで村民たちの中を歩き始めた。

「君は両親に会って何と言うつもりなんだい？　仇を取ったとでも言うのかい？　だから妹を殺して自分も死んだと言うのかい？　それで良くやったと褒められるはずがないよ」

「お前に何が分かる！」

「仁、義、礼、智、信、忠、孝、敬、悌《てい》。人が目指すべき様《さま》にして、人が守るべき様《さま》。そのいずれに照らし合わせても、君の屁理屈《へりくつ》が通る道はない。君はただ呪いにとらわれて、打ち勝つつもりで敗れ去るだけだ。それを何と言うか知っているかい？　君たちが最も嫌う恥というものだ」

犬神は妙に堅苦しい理屈を持って説得する。だが市之介の表情は硬く強張《こわば》り、想像以上の動揺を見せていた。

「お前、何を知っている……」

「僕は何もかもを知っている。君の苦しみも、雫さんの悲しみも。ついでに黒彦君の疑問もね」

犬神は村民たちの先頭に立つと黒彦の方にもちらりと目を向けた。

「俺の疑問？」

「あの屋敷で、綾樫家で何が起きているんだって言ったじゃないか。でも一つ間違っていることがある。呪いの仕業じゃないと決め付けるのは良くないよ」

「呪いなんて……」

「殺人事件は結果であり、呪いはその不幸を生み出すシステムだ。すなわち君が言うところの、何が起きているのかという疑問だ。誰が誰を殺したかという結果だけにとらわれていては本質を摑《つか》むことは難しい。その状況を生み出した構造こそが重要だ。それがつまりは呪いだ。そして呪いを構築する技術が魔術だ」

「魔術……」

「ともあれ呪いを理解し魔術を解き明かすのは困難だ。そこで黒彦君、市之介さん。今、ここで起きている呪いや魔術を祓《はら》う、一番確実な対処方法が分かるかい？」

犬神は二人に向かって質問する。いつかどこかで聞いた言葉。二人が口を噤《つぐ》んでいると彼は改めて口を開いた。

「その方法はね、村ごとみんなぶっ壊すことだよ」

68

犬神は茫然《ぼうぜん》とする皆を尻目《しりめ》に市之介に近付く。だが遠回りに彼を避けると黒彦の傍まで行って立ち止まった。

「黒彦君。君ももう少しこっちへ来なさい」

「え？　はあ……」

黒彦は言われるままに犬神に近付く。皆よりも坂の上、背後には針葉樹の木々が立ち並んでいた。

「さすがの僕でも刀を持った相手には用心するさ。黒彦君、ハテナはどうした？」

「……屋敷で、市之介さんに斬られました」

「それはまずいな。放っておいたのかい？」

「いえ、それがなぜか神楽さんが急に現れて、何とかするって……」

「ああ、それなら安心だね」

犬神はあっさりと返す。やはり二人は何か繋《つな》がりがあるようだ。

「犬神さん、神楽さんって何なんですか？　まさか知り合い同士なんですか？」

「いずれ分かるよ。さて、それならさっさとこの茶番を終わらせようか、市之介さん」

「茶番だと？」

市之介は犬神を睨む。

「何人死のうと茶番は茶番だよ。でも君はハテナを斬った。生き神様として奉られているなら良いかと思ったけど、ちょっと目を離しすぎたらしい」

犬神はそう返して指差す。

「本来ならば君に報復するところだけど、それだと僕がこの村で抱いた疑問が解けなくなってしまう。この村は綾樫家なくしては語れない。でももう君たちしか残っていないからね」

「何が、言いたいんだ……」

「要するに、僕が君の事件を解決してあげるから、君も僕の質問に答えてくれってことさ」

「……ご当主様の遺体を拝まなかったから悪いんだと言うつもりじゃないだろうな」

「その通りだよ。ただし拝むのは君たちじゃない、黒彦君だ」

「ええ？」

黒彦は背後から声を上げる。犬神はちらりと目を向けた。

「黒彦君。君に足りないのは観察眼だ。君がもっとしっかりと見ていれば、もう少し早く事件を解決できたかもしれない」

そして犬神は首を戻すと皆に向かって話を始めた。

「僕は昨日の午後、初めてこの村に来た。何のためにここへ来たかについては関係ない。役場で黒彦君とハテナに再会して、彼らからこの村と綾樫家で起きている事件について教えてもらった。ただ僕は事件については興味はなかった。誰が殺されようと、どうなろうと知ったことではないからね」

市之介が睨む。だが彼は黒彦を始め、他人が綾樫家に関わることを嫌っていたので文句はないはずだった。

「僕が最初に興味を持ったのは三つだ。ひとつはこの村は何だろうということ。もうひとつは綾樫家が作った『露壜』という薬品。最後のひとつはハテナを生き神様に据えたウタさんの心境と体調だ。ウタさんはなぜ赤の他人のハテナを屋敷に招いたのか。どうしてあんなに痩《や》せて顔も白く弱っているのか。今はその疑問もある程度分かっているけど、この話は一旦《いったん》置いておこう」

皆はじっと彼の話に聞き入っている。まだ全容は見えなかった。

「さて、翌日の今朝になって、久弥さんが何者かに殺害された。事件はまだ続いていたらしい。僕は恋塚先生よりも先に死体を見る機会があったので、せっかくだからじっくりと観察させてもらった」

「この村の人たちも久弥さんは知っているだろう。大きな体格と太った腹回り。頭髪の薄さと長大な福耳。そして耐え難いほどの口臭」

犬神は久弥の不名誉な特徴を並べた後に振り返った。

「黒彦君。彼の口臭の原因は何か知っているかい？」

「口臭の原因？……歯を磨かないとかですか？」

「惜しい。彼には磨く歯がないんだよ。だって彼の歯は総入れ歯だからね」

「総入れ歯？」

「誤解が無いように言うと、入れ歯であっても口臭は充分に防げる。そういう点では彼は横着だったんだろう。虫歯の心配が無ければ毎日の手入れも面倒になるのかな」

「本当ですか？　どうしてそんなことに……」

「総入れ歯どころか、歯茎自体の発達も未熟だった。恐らく幼少期に激しい虐待を受けてきたんだろう。母親の久子さんからね」

「久子さんが？　それはないですよ。久子さんは久弥さんを溺愛《できあい》していました」

黒彦は反論するが、犬神は首を振って背を向けた。

「さて、僕は次にウタさんを説得して、死んだ当主久作さんの死体を見るために連水寺へと向かった。なぜなら彼こそがつい最近までこの村の最高権力者だったからだ。村のことを知るには彼に聞くのが早い。もう口は利けないけどね」

「墓を掘り返して棺桶《かんおけ》を開けて現れた久作さんは、みんなも知っている通り当主らしい堂々とした姿だった。大柄で肥えた体型、禿《は》げ上がった頭部、長大な福耳は孫の久弥さんによく似ている。そしてその背中には、立派な龍《りゅう》の刺青《いれずみ》が彫られていた」

「龍の刺青……」

思いもよらない事実だった。犬神は久作の死体を整えるふりをして、その外見をよく観察していた。

「久作さんの死体を見ていると、殺された三人のことも気になってきた。そこで僕は先ほどまで恋塚先生の病院へ行って彼らの姿を見てきた」

「何？　うちに入ったのか？」

村人たちの中から恋塚が声を上げる。

「この村の人たちは、綾樫家以外は誰も家に鍵《かぎ》を掛けないようだね。施錠というのは疑いによって生まれるものだ。誰か一人が使えばみんな使わなければいけない。ところがみんなが信頼し合っていると誰も使う必要がなくなる。無施錠というのは素晴らしい文化なんだよ」

犬神は優しく微笑むが、結局は鍵の掛かっていない病院に忍び込んだらしい。これでこの村の無施錠文化も失われたのではないかと黒彦は危惧《きぐ》した。

「さて、こうして僕は病院で三人の死体に対面した。まずは作市さん。この人はあまり久作さんとは似ていなかった。髪も濃いし耳も小さい。体格はまだ近い方かもしれない。体には殺人犯から刺された跡が無数に残っていた。よほど恨まれていたんだろうね。それに加えて、左の脇腹には古い銃痕《じゅうこん》、ピストルで撃たれた跡も残っていた」

黒彦は驚いて犬神の背を見る。何か、予想外の事実が次々と判明していた。

「次に作滋さんの死体に対面した。この人は久作さんとは全く似ていない。痩せて背が高く、目付きが鋭い。ついでに言うと兄の作市さんとも似ていなかった。肝臓を病んでいたようだけど、死因は頸椎《けいつい》骨折。他にも体のあちこちの骨が折れて痛々しかった。それに加えて、体中に古い刺し傷が沢山残っていた。さらに背中には鯉の刺青が彫られていた。鯉は滝を遡《さかのぼ》り、やがて龍へと進化する。成長過程に留《とど》めておいたのは久作さんへの遠慮があったのかもしれないね」

犬神は皆を見回す。市之介も雫も顔を強張《こわば》らせ、村民たちは複雑な表情を浮かべていた。

「最後は洋滋郎さんの死体に対面した。彼はどちらかというと作滋さんに似ていたね。湖で死んでいたらしいけど、発見が早かったから損傷も少なかった。左胸に刺し傷が一つと、頭部に打撲の跡。その他には傷も刺青もない。ただ、不自然な白手袋を塡《は》めていた。黒彦君。彼の手袋の中を見たことはあったかい？」

「ありません。洋滋郎さんはいつもその手袋を塡めていましたから。あの中に、何かあったんですか？」

「いや、何の変哲もない普通の手だったよ」

「そうですか……」

「ただ、左手の小指が義肢だった」

「義肢？　指がなかったんですか？」

「そう。この意味が分かるかい？」

「それって……」

黒彦は何か言おうとして口籠《くちご》もる。答えに自信がなかったことと、口にするのを憚《はばか》られる言葉にためらった。

「もう一つ、謎を解く重要な鍵がある。それは亡き久作さんとウタさんが熱心に崇拝していた『しぇんのん様』の足下に隠されていた物だ」

犬神はそう言うなりコートのポケットから茶色い瓶を取り出す。ウタが果菜に貢ぎ、果菜が黒彦に委《ゆだ》ね、黒彦が犬神に手渡した物だった。

「それは、露壜……」

「そう。そしてまたの名を、毒露壜」

「またの名？」

「露壜と毒露壜は同じ物だよ。万病の薬であり、死の毒薬でもある。ウタさんがハテナに亡き娘の面影を見て、生き神様と崇《あが》めるほど精神を錯乱させたり、余命幾ばくもないほど体を弱らせたりしていたのも、恐らくこれを使い続けていたからだろうね」

「どういうことですか？　どうして薬と毒が同じなんですか？」

「これはほとんどの人は目にしたことがないけど、誰もが知っている物だ。しかもかつては万能薬として扱われていたが、今では非常に危険な薬物として知られている。まさに露壜と毒露壜の関係だ」

「何なんですか？　それは」

「覚醒剤《かくせいざい》だよ」

犬神はさらりと答える。覚醒剤。目覚め醒《さ》ますという名前ながら中毒性が高く、常用すれば精神と肉体が破壊される。何の知識もない黒彦ですら知っている薬物だった。

「どうして、覚醒剤が綾樫家に……」

「刺青、銃痕、刺し傷、小指の欠損、そして覚醒剤。長い人生色々あるから断定はできない。しかしこんな山奥の村で生まれ育った人たちにしては随分と物騒だ。そこで市之介さんに質問しよう」

犬神は市之介の方を振り向く。

「君たちヤクザ一家は、いつから本当の家族になったんだい？」

69

「ヤクザ一家……」

黒彦は絶句する。犬神の話が全て理解できた。呪われた綾樫家は、本当の家族ではなかったのだ。市之介は予想していたらしく、その顔に動揺は見られない。しばらく沈黙が続いた後、低い声を漏らした。

「それが、この殺人事件と何の関係がある」

「認めるんだね？」

犬神が返すと市之介は口を噤《つぐ》む。

「君が質問に答えてくれるなら、僕も事件を解決してあげると約束したね。君が話さないなら雫さんに聞いてもいいよ」

「……お前の言う通りだ。ご当主様、綾樫久作は俺たちの大親分だった」

市之介は静かな口調で語り始めた。

「大親分の本当の名は塙代藤六《ばんだいとうろく》。ウタさんはそのおかみさんだ。塙代大親分は広島では名の知れた極道だったが、ある時に家業に嫌気が差して組を畳むことを決めた。街を捨てて山奥に引き籠もって隠居する。付いてくる奴がいるなら面倒をみてやると言ってくれた」

黒彦は墓場で見た久作の死体を思い出す。老人ながら威厳のある姿。綾樫家の者たちは皆、彼を絶対的な当主として崇拝していた。

「塙代大親分の話に子分だった父さん、作市親分が賛同した。もちろん大親分の息子じゃない。作市も偽名だが本名はもう捨てた。母さん、時枝のおかみさんもそれに従った。俺自身は作市親分に世話になっていた舎弟だ。雫は……」

市之介は雫の方をちらりと見る。彼女は静かに頷《うなず》いた。

「雫は、子どもの頃に家出してうちの組に来た女だ。作市親分も時枝のおかみさんも実の娘のように可愛がっていた。着物を着せたり、物を与えたり。その内養女にするつもりだと話していた」

「つまり、久作さんとウタさんの夫婦、作市さんと時枝さんの夫婦、市之介さん、雫さんと血縁関係はバラバラだったんだね」

犬神が整理して話す。黒彦は市之介が綾樫家の者ではないことを知っていた。だがそれだけではなかった。

「作滋親分の所も同じだ。作滋親分は作市親分の弟分だった」

「弟分、義兄弟というものだね」

「洋滋郎は作滋親分の舎弟だ。俺たちは割と穏健派だったが、あの二人は武闘派だ。ヘマをしてここへ逃げ込んできた」

「興味深い繋《つな》がりだね。血の繋がりはなくても綾樫家の家族構成は変わらない」

「そうだ。俺たちは他人同士だ。だがそこらの家族以上の結束を持っていた」

「久子さんと久弥さんはどうだい？」

犬神が続けて尋ねると、市之介は軽く唇を噛《か》んだ。

「……久子さんは、塙代大親分の愛人だ。どこの女かは知らないが、ウタのおかみさんも黙認していた。あいつらも転がり込んできたんだ」

「久作さんが断れなかったということは、つまり？」

「ああ……久子の息子の久弥は、塙代大親分、久作の実の息子だ。久子は今まで虐待していた息子を使って遺産を相続しようと企《たくら》んだんだ」

「だから久弥さんは体格も薄毛も福耳も久作さんに似ていたんだね。遺伝はランダムだ。だが久作さんには三人の子と四人の孫がいるのに、久弥さんだけが強く受け継いでいたのが気になっていたんだ」

「久弥さんだけが、正統な後継者だったのか……」

黒彦は呟《つぶや》く。久子の過剰なまでの溺愛《できあい》と、後継者になることへのこだわり。余裕すら見せていた久弥の自信。時枝や作滋の敵視。それらは全て、この強引な家族構成から端を発していた。犬神はなおも尋ねる。

「じゃあ十四歳で亡くなった藤子というのは？」

「大親分とウタさんの、たった一人の娘だったらしい。だが俺は知らない」

綾樫久作の本名、塙代藤六の名から一字を取った、塙代藤子。ウタが他の家族を差し置いてまで大切にしていた亡き娘。その名に誰もが驚き口を噤んだのは、綾樫家の正体を明かしかねない最重要人物だったからだろう。市之介は刀の先を犬神に向ける。

「これが綾樫家の正体だ。さあ次はお前が答えろ！　この事件の真相を！」

「そこまで聞けば充分だよ。いいとも、じゃあ真相は黒彦君に語ってもらおう」

「え？」

突然に話を振られて黒彦は声を上げる。市之介の刃がこちらを向く。

「い、犬神さん」

「黒彦君、事件の真相を語るのは僕の役目じゃない。綾樫家に付き合い、彼らとともに経緯を目にしてきた君が語るべきだ。遠慮なく言ってやるといい。君にはその権利がある」

「そんな……誰が犯人なんですか？」

「本気で言ってるのかい？」

犬神は呆《あき》れた声を上げる。一気に情報を叩《たた》き込まれた黒彦は、もう何も考えられなくなっていた。

「僕の話を聞いていたよね？　市之介さんの話通り、綾樫家はそんな家庭環境だったんだよ」

「それは分かりました、驚きました」

「どうして君はそれを知らなかったんだい？　綾樫家が久作さんこと墒代さんが子分を

集めて作った家だということを。彼らが総入れ歯だったり、背中に刺青《いれずみ》を背負ったり、腹に弾痕《だんこん》を付けていたり、小指が無かったりすることを。弓削さんや恋塚先生からは聞かなかったのかい?」

「あ、あれ?」

黒彦は目を大きくさせる。そうだった。今の今までそんな話は聞いたこともなかった。

「釜松さんは村外の警察が来るのは月曜日まで待たなきゃならないと言っていたね。でもこの国の警察を舐《な》めちゃいけないよ。必要とあれば除雪車に乗って今日にでも来られるさ」

「それも、そうですね……」

「綾樫家がかつて露壜だの毒露壜だのを売って財を成したという話は何だったんだい? 彼らが扱っていたのは覚醒剤だ。君は延寿さんから何を聞いていたんだい?」

黒彦は振り向く。刀を構えた市之介と雫が見える。その向こうには露壜村の村民たちがこちらを見ていた。

「僕は最初に言ったはずだよ。露壜村なんて村、聞いたこともないとね。自分で言うけど僕は天才だ。森羅万象、津々浦々、知らないものはないんだよ。その僕をして知らなかったんだよ」

「……どういうことですか? 皆さん」

黒彦は尋ねるが、村人たちは誰も答えず、皆一様に怒るような眼差《まなざ》しをこちらに向けていた。その顔を見て、この信じられない状況を悟った。

「そう、だったんですね。だから俺たちを村から追い出そうとしたんですね。だから自分たちで綾樫家の事件を解決しようとはしなかったんですね。皆さんは綾樫家を畏《おそ》れていた訳じゃない。当事者として、事件を解決させる訳にはいかなかったんですね」

「まさか！」

市之介もその意味に気付いて村人を見る。作市、作滋、洋滋郎、久弥はそれぞれ違う方法で殺害されていた。同一犯とは思えない。だがその凶器は、屋敷の地下の抜け道にまとめて捨てられていた。

「……どうして、教えてくれなかったんですか？　俺が村の外の人間だからですか？　俺がただの高校生だからですか？　でも、でもそのせいでハテナは市之介さんに斬られたんですよ！」

黒彦は悔しさに体が震える。騙《だま》されていた。自分は本当の意味で邪魔者だったのだ。犬神の言う通りだった。この村は呪われている。呪いを祓《はら》うには、村ごとみんなぶっ壊すしかない。黒彦は拳《こぶし》を握り締めて叫んだ。

「何とか言ってください！　この露壜村は何なんですか！　どうして皆さんが、綾樫家を滅ぼそうとしたんですか！」

70

日の落ちた露壜村に松明《たいまつ》の火が爆《は》ぜる。黒彦、犬神、市之介、雫の目は、坂の下に集まる村民たちに向けられていた。正面には延寿、弓削、釜松、恋塚、盛貴、マリイ、淵の姿がある。奥の者たちは農作業用の鎌や鍬《くわ》を手にしているが、当然ながら野良《のら》仕事をするにはまだ早過ぎる季節だった。

「皆の者、ここまでじゃ」

連水寺住職、延寿がようやく重い口を開いた。

「復讐《ふくしゅう》はすれども、余所《よそ》者に手を出してはならん。我らは堂々と胸を張るべきじゃ」

「延寿！　貴様か！　貴様が俺たちを……」

市之介は叫ぶが、延寿の表情は変わらない。

「市之介。お前たちはそれだけのことをしたんじゃよ」

そして軽く顔を上げてこちらに目を向けた。

「犬神博士、黒彦君。この村のことで大層迷惑をかけた。生き神様の女の子が市之介に斬られたというが……」

「香具土神楽さんが看てくれているから心配はいらないよ」

犬神が返す。延寿も二人の関係を知っているのか、疑問を抱くことなく頷いた。

「迷惑をかけたと思うのなら全てを話して欲しいね。そうでないと僕たちも市之介さんたちも納得できない」

「では、ことの始まりから話そう……」

延寿は一度大きく溜息《ためいき》をついてから語り出した。

「わしがこの露壜村を作ったのは、今から五年ほど前のことじゃった」

黒彦は驚いて犬神を見る。この村が、たった五年前にできたという事実。犬神は何も言わずに延寿を見つめていた。

「五年前、とある企業を退職したわしは、かねてより考えていた計画を実行することにした。それは新しい村を作ること。慌ただしい都会を離れて、田舎でのんびりと自給自足の生活を送ることに憧《あこが》れていたわしは、今ある田舎村に移住するのではなく、新たに村を作ることを計画したんじゃ」

「この村は数十年前に廃村になった後、どこも手を付けずに打ち捨てられていたものじゃった。わしは賛同者たちとともに金を出し合って村を買い取ると、家を修繕し、田畑を耕して村の生活を始めることにした。誰にも邪魔されず、誰にも迷惑をかけない村を新しく作る。文明を遠ざけるためにあえてコンピュータや携帯電話も捨てて通信網も遠ざけた。さながら開拓者の気分じゃった。だから村の名前も露壜村、無人島を開拓したロビンソン・クルーソーの小説にあやかって名付けた」

「そのままだったのか……」

村の名前を初めて目にした時に抱いた印象。あれは間違いではなかった。

「村を作っていくに従って、仲間たちの話を聞きつけた者たちが次第に移り住んできた。露壜村は誰でも入村を認めている。ただし条件が二つある。ひとつはこれまでの住処《すみか》を捨てて、この村で死にゆくつもりでいること。別荘代わりや興味本位の田舎暮らし体験にはして欲しくなかったからじゃ」

「そしてもうひとつの条件は、これまでの名前と経歴も全て捨てて、一人の村民として生まれかわること。人間は常に自分の過去に縛られ、また他人の過去にもこだわる。村民として意識を改めてもらうにはそこまで徹底する必要があった。そして入村を認めた者には『入村許可証』を発行し、家と畑の面倒を見てやった」

黒彦は空き家で破れた『入村許可証』を見つけた。あれは持ち主の覚悟を示した、村との約束の証《あかし》だった。

「わしの延寿という名はもちろん、弓削、恋塚、釜松、その他の者たちも村が付けた名前と経歴じゃ。ただし恋塚は元の名で医師免許を持っている本物の医者じゃ。弓削も元は市役所職員で、今は村外にある本当の役所との融通を利いてもらっている。わしも実家が寺で幼い頃から仏教と僧侶に慣れ親しんでおった」

「村民は皆平等じゃ。わしも第一人者として規則を作り顔役として活動しておるが、威張ることのないように気を付けているつもりじゃ。何物にもとらわれず、心を乱すことなく、人間本来の生活を取り戻す。それがわしの願いであり、露壜村が目指す社会じゃった」

延寿は黒彦たちと、市之介たちと、村民たちに語る。弓削や釜松は目を伏せて頷《うなず》いた。

「実に素敵な計画だ」

犬神は興味深そうに感想を返す。

「だが、いつの世もそんな希望は幻想に終わった」

「……ああ。綾樫、塙代藤六が来てわしもそう思った」

延寿は重い溜息をついた。

「露壜村は誰でも受け入れる。犯罪者や逃亡者でなければ、そして先の条件を飲むならばな。だから塙代の入村も許可した。わしはあいつがヤクザだと知っていた。だがあいつは全てを捨てる気で来たと言った。名前を捨て、住処を捨て、この村で骨を埋《う》めたいと決意してくれた。それでわしは綾樫久作を始め、家族に名前を与えてやった。人数が多いから村はずれの屋敷をあてがってやった」

「名前や住処を捨てたのは決意じゃなくて、捨てざるを得ない状況だったからじゃないかな？」

「……恐らくそうじゃろう。名前も経歴も偽れる露壜村は、ヤクザが足を洗うのにちょうど良かったんじゃろう。そしてヤクザは結局ヤクザじゃった。自由な身の上になればまた悪さを始め、やがて露壜村を支配した」

「作市と時枝は村の者に無茶な投資を持ちかけて、多大な借金を背負わせた。世間から離れたわしらは、それゆえに将来への不安は尽きない。甘言に乗せられてわずかな財産を根こそぎ分捕られた。弓削や恋塚、淵もその被害者じゃ。盛貴とマリィはそのせいで、奴らに使われる身分にさせられてしまった」

「久子と久弥はまるで王様じゃった。逆らえば露壜湖の水を止めると脅して、村の者を奴隷のごとく扱っていた。作滋は体を壊すまでは酒乱で暴れ回っていた。洋滋郎は村の女を何人も犯した」

「そして久作とウタはわしにまで突っかかり始めた。怪しげな像を建てておかしな宗教に傾倒し、寺を無視するばかりか村の者たちにまで改宗を強要した」

「だが一番許せなかったのは覚醒剤《かくせいざい》じゃ。ウタの体調を不審に思った恋塚が見つけてくれた。黄金像の台座の中に大量に隠して、村外で売りさばいておった。そのお陰で莫大《ばくだい》な利益を得ていたようだが、もし世間に知られたら大事件になるじゃろう。綾樫家だけの問題ではない。露壜村は好奇の目に晒《さら》され、わしらが守ってきた暮らしが破壊されるじゃろう。それだけは目を瞑《つぶ》る訳にはいかなかった」

「……それでわしらは、綾樫家を滅ぼす計画を立てた。名前も経歴も捨てたわしらは、もはやこの世にいないも同然。ましてや相手はヤクザじゃ。皆殺しになっても村外には知られまいと考えたのじゃ」

延寿は苦悶《くもん》の表情で語る。綾樫家には逆らえず、村外に助けを求めることもできない状況。だから露壜村の村民たちは自分たちで解決するしかなかった。

71

市之介と雫からの言葉はない。二人ともこの事実を知っていたようだ。それでも事件が起きても村民たちを疑わなかったのは、それだけ綾樫家による支配が強固だったからだろう。復讐されるなど夢にも思っていなかったのだ。

「具体的にはどんな方法を取ったのかな？」

犬神が延寿に向かって尋ねる。

「延寿さんが一人で事件を起こすには荷が重い。実行犯には誰が選ばれたんだい？」

「それは……」

「私だ」

言い淀《よど》む延寿の代わりに手を挙げたのは、医師の恋塚だった。

「そんな、恋塚先生……」

雫が呟《つぶや》く。恋塚は気まずそうに目を逸《そ》らした。

「まず最初に、私が久作を殺した」

「ご当主様を！」

市之介が声を上げる。綾樫家が呪いに襲われた発端、久作の死も殺人だった。

「久作の死因は脳内出血。脳の中の血管が破れて死んだ。長年、高血圧を患っていた奴ならそれで死んでも不思議ではない。私は奴に減圧剤と称して昇圧剤、血圧を上げる薬を与え続けた。お前の薬は効かんと叱られたが当然だ。疑われないように少しずつ薬の量を増やして、大体の計画通りにうまく倒れてくれた」

「貴様が、貴様が塙代大親分を！」

「……借金のかたにマリィを奪われた。それでも自業自得と耐えるつもりだったが、マリィが洋滋郎の子を妊娠したと知って許せなくなった。市之介、雫、君たちには分かるか。私の気持ちが、娘の中絶手術をしなければならなかった私の気持ちが」

「そんな……」

雫が言葉を失う。マリィは顔も伏せずに二人を見据えていた。

「作市を殺したのは、俺だ」

次に、役場の弓削が口を開いた。

「作市が土蔵に籠《こ》もって仕事をしていることは盛貴から聞いていた。露壜湖からの抜け道を通って洋滋郎の部屋に行き、部屋の障子窓から屋敷の外へ出て土蔵に入った。そして有無を言わさず包丁で滅多刺しにした」

「何だって？」

黒彦は驚く。あの抜け道は屋敷の外へ出るためではなく、外から屋敷に入るために使われたものだった。弓削はこちらに向かって頷く。

「黒彦君。まさかお前さんがあの抜け道を発見するとは思わなかった。あれは村の者たちが総出で、半年かけて夜中に掘り続けたものだ」

「掘った？　最初からあったものじゃなかったんですか？　いや、洋滋郎さんはどうしたんですか？　部屋にいなかったんですか？」

「洋滋郎は部屋にいなかった。それも当然分かっていた」

弓削は断言した。

「作滋をぶっ殺したのは……俺だ」

続いて声を上げたのは、庭師の淵だった。

「弓削さんと同じように、抜け道を通って洋滋郎の部屋に入った。作滋の部屋とは襖《ふすま》続きだったから、あいつが寝ているのを見てから入って、首を折った。その後、タオルを巻いた金槌《かなづち》を使って手足も砕いた」

「淵、あんた屋敷で世話になっていた癖に……」

市之介は言うが、淵は首を振る。

「世話になったのは、お前の親父に騙《だま》されて摑《つか》まされた借金だけだ。いつもいつも婆ぁに命令されて、作滋に殴られ続けた。俺は奴隷じゃない。みんなと同じ、露壜村の村民だ」

「ちょっと待ってください！」

黒彦は声を上げる。

「どういうことなんですか？　どうして毎晩、洋滋郎さんが部屋にいないんですか？

あの人はどこに行っていたんですか?」

「私の部屋にいたのよ、黒彦君」

使用人のマリィが落ち着いた口調で答えた。

「洋滋郎は毎晩、私の使用人部屋に来ていたの。障子窓から外へ出てこっそりとね。もちろん私の方から呼んだのよ。弓削さんが作市を殺して屋敷から出て行くまで、淵さんが作滋を殺して出て行くまで、私はあいつの相手をしていた。そして、あいつを殺したのも私よ」

「マリイ……嘘でしょ?」

雫は言葉を失う。

「洋滋郎は用心深いから、抱かれている最中に刺し殺したの。その後は盛貴さんが死体を引き取ってくれて、抜け道から露壜湖まで引きずり出して捨てたの。あいつの部屋に捨てなかったのは、抜け道の存在を知られないためだった。露壜湖で殺されていたなら部屋は調べられないと思ったからよ」

マリィは淡々と、黒彦に聞かせるように自供する。だがその真剣な眼差《まなざ》しからは涙が流れ続けていた。

「……久弥を殺したのは俺だ」

思い切ったように、駐在の釜松が手を挙げた。

「みんなと同じように抜け道を通って屋敷に入って、洋滋郎の部屋から久弥の部屋まで行って、寝ている奴の首を荒縄で絞めて殺してやった。そして腹を裂いて内臓を引きずり出した。みんなよりも難しい状況だったけど、それだけに元警察官の俺が引き受けるべきだと思った」

「釜松さんまで……」

「久弥は異常者だった！　執拗《しつよう》に俺を虐《いじ》め続けて、何かあるとママに言い付けるぞと騒いだ。延寿さんや弓削さん、盛貴君には綾樫家の他の者たちの目があるから強くは言えなかった。だから俺で憂さを晴らしていたんだろう。あいつの靴を舐《な》めさせられた時から、俺はこの日が来るのを待っていたんだ！」

釜松は胸を張って答える。男前で体格の良い、堂々とした青年。だからこそ久弥が嫌い、虐げようとしたのかもしれない。

「そして、さっき時枝を刺したのは俺だ」

最後に盛貴が一歩前に出た。

「盛貴！　貴様！」

「盛貴、どうして……」

市之介と雫が同時に声を上げる。

「時枝と久子が和解しようとしたからだ。二人がいがみ合っていたから事件を隠し通すことができた。仲直りして話し合えばお互いの犯行ではないと気付くだろう。だから殺した。俺は恨み節を言わない。みんなが役目を果たしてくれたから、俺も取るべき行動を取ったまでだ」

盛貴が口を閉じると、再び沈黙が訪れた。これが全ての真相だった。事件は綾樫家内のお家騒動ではなく、綾樫家と露壜村との戦いだった。延寿が再び口を開ける。

「久子とウタは市之介、お前が殺してくれたな」

「延寿……」

市之介は喉《のど》から搾り出すように声を上げる。背を向けた肩が目に見えるほど震えていた。

「市之介、雫。お前たち二人だけはわしらに迷惑をかけんかった。お前たちが本当の家族なら許さんところだが、他人同士であるならば殺すまでには及ばん。名を捨てて村から出て行くというのなら許すつもりじゃ」

「ふざけるなよ、貴様ら……俺の家族を滅茶苦茶《めちゃ》にしやがって……」

市之介は刀を持ち上げる。

「黒彦君」

これまで口を噤《つぐ》んでいた犬神が、こちらに近付きそっと耳打ちする。

「今から君は僕の言う通りに動くんだ、いいね」

「何ですか？」

「僕が合図を出したら、君はこのまま一直線に走って雫さんを押し倒すんだ。市之介さんの動きや、雫さんが怪我をするかもしれないなんて考えには一切とらわれないように。

とにかくそうするんだ」

「……分かりました」

黒彦は犬神の考えを即座に理解した。市之介と雫はこちらに背を向けている。

「延寿！　お前らが許すと言っても俺は許さない。何人いようが家族の仇《かたき》を取ってやる！」

「お兄様！　もう止めてください！」

雫が市之介の左腕にしがみ付く。

「これ以上、誰も殺さないでください！」

「雫！　こいつらは父さんと母さんを殺したんだぞ！　お前を引き取って育ててくれたのは誰だ！　恨めしくはないのか！」

「それでも私は、もうお兄様に人を殺して欲しくない！」

「離せ！」

市之介は左腕を乱暴に振って雫を振り払う。

「今だ！　黒彦君」

犬神が合図を出すと同時に黒彦は走り出す。そして二人が振り返るよりも早く雫に向かって飛び込んだ。市之介と雫の手が離れる。黒彦はそのまま雫を抱えて地面に倒れ込む。彼女の後頭部に手を添えるまでが精一杯だった。

「あ！」

「黒彦ぉ！」

市之介が刀を振り上げる。だがその手を、既に傍まで来ていた犬神が摑んだ。そして犬神はそのまま市之介の体を後ろに反らせて刀を奪うと、右足を上げて彼の顎《あご》を蹴《け》り飛ばした。

「お兄様！」

雫が黒彦の下で叫ぶ。犬神は刀を回して逆手に持つと、仰向《あおむ》けに倒れた市之介の首元に突き落とした。

「ああ！」

黒彦と村民たちが声を上げる。刀の刃先は、市之介の首から数センチ外れた地面に突き刺さった。

「い、犬神……」

「家族の仇を取ると言ったね。それなら僕も、ハテナの仇を取らせてもらうよ」

犬神はぞっとするような低い声で言った。

「これが復讐《ふくしゅう》の連鎖というものだ。村の恨みも、お前たちの恨みも僕には関係ない。お前の首をハテナの墓前に捧《ささ》げてやる。任俠《にんきょう》を信条とするお前は、ただ堅気《かたぎ》の少女を殺したという恥を抱いて死ぬがいい」

「待って、待ってください！　犬神君！」

雫が叫ぶ。

「許してください。どうか、お兄様を許してやってください……」

「雫……」

「……私は、お兄様と一緒に暮らしたかった。真面目で、慎ましく、普通の生活が送りたかった。だから露壜村に来たんです。全てを捨てて生きていけるこの村なら、きっとやり直せると思ったんです」

雫の過去は分からないが、決して幸福なものではなかっただろう。家出をして、作市の組に転がり込んだのも本意ではなかったのかもしれない。それでも離れずにここまで来たのは愛する市之介がいたから。そして露壜村に希望を見出《みいだ》したからだろう。

「でも、間違っていました。私たちはこの村に来てはいけなかったんです。私は村の皆さんを恨めません。家族の悪事を止められなかった私には、村を守ろうとした皆さんを責めることなんてできません」

延寿を始め、村民たちは苦悶《くもん》の表情を浮かべる。それは堂々と自分の犯行を認めた者たちが初めて見せた後悔の色だった。

「犬神君、お兄様を許してやってください。何の罪もないハテナちゃんを斬った過ちは弁解の仕様もありません。でもお兄様は私を守るために刀を握ってくれたんです。私のたった一人の家族なんです。お兄様に死なれては、私も生きてはいけないんです」

雫は涙ながらに訴える。市之介も眉間《みけん》に皺《しわ》を寄せて、目を真っ赤に潤ませていた。犬神は冷たい眼差しで二人の顔を交互に見つめた後、大袈裟《おおげさ》に溜息《ためいき》を吐いた。

「言い訳を聞く気は全くないけど、妹の仇を妹に止められたら兄としては手が出せないな」

　犬神は地面から刀を引き抜いて振り返る。

「黒彦君。最後の始末は君に任せよう。君ならこの呆《あき》れた村の人たちをどう裁くかな？　刀はいるかい？」

「……いりません」

　黒彦は立ち上がって雫を抱き起こすと、服に付いた土を軽く払った。

「……警察に全てを話して、自首してください。延寿さんも市之介さんも、皆さんも。公の下で話し合ってください。俺には皆さんの苦しみは分かりません。でも本当は、誰もこんなことをしたくなかったはずです」

　黒彦は皆を見回して言う。事件は解決した、犯人は判明した。だが、そこには虚《むな》しさしか感じられなかった。

「そして、できることならまた村を作ってください。俺は皆さんの計画が、この露壜村がダメだったとは思えません」

　何が間違っていたのか。何が足りなかったのか。黒彦には分からない。犬神は幻想と言い切った。だが理想郷を目指すことは間違いではなかったはずだ。それだけは否定したくなかった。皆が深く肩を落とす中、延寿が口を開いた。

「わしは生き神様など信じてはおらん。だが、この村にお前さんたちが現れた時、やはり悪いことはできんと感じた」

「延寿さん……」

「お前さんたちがいなければ、わしらは市之介と雫を殺して、屋敷を打ち壊して、また元の田舎村に戻ったじゃろう。誰にも知られることなく、真面目で大人しい、呪いの村としてな。それはとても危険なことじゃった」

延寿は深く頭を下げる。

「ありがとう、黒彦君。露壜村は滅びた。だが、お前さんたちは村よりも大事な村民を救ってくれた」

村民たちも目を伏せる。隣に立つ雫も涙を流して頭を下げる。黒彦はただ無言で頷《うなず》き応《こた》えることしかできなかった。

「良かった良かった。さて黒彦君。それじゃあ僕らは最後の謎を解きにいこうか」

犬神は刀を林に捨てると気楽そうな口調でそう言う。

「最後の謎って、何ですか？」

「融さん、案内を頼むよ。ハテナと、ええと神楽さんの所へ」

確かにそれが残っていた。村民の中から香具土融と妻の玲子が現れる。二人は黙って頷いた。

「犬神博士」

延寿が顔を上げて呼び止める。

「……神楽がいたら、延寿が謝りたいとお伝えください」

「ああ、やっぱりそういうことだったんだね」

犬神は返すが、やはり黒彦には意味が分からないままだった。

72

黒彦は犬神、融、玲子とともに露壜村の雪道を歩く。他の村民はその場に残って話を続けている。釜松も今度こそは間違いなく村外の警察に連絡を取り、明日《あした》の午前に到着すると皆に告げていた。

「どうして、私たちに気付いたのですか？」

道すがら融が犬神に尋ねる。夫婦は犬神と比べてもかなり年上だが、やけに謙《かしこま》った態度で接していた。

「最初に気になったのは、やっぱり僕の名を騙《かた》ってハテナに送られてきた年賀状だろうね」

犬神は松明《たいまつ》の火を回しながら返す。

「あの年賀状はとてもよくできていた。ハテナが騙《だま》されるのも無理はない。そこから分かったのは、犯人は僕の筆跡に詳しい上にかなり器用な人。さらに僕が家にいないことも知っている人だ」

「そんなことをしていたとは、私たちも知りませんでした」

玲子が応える。

「その後この村に来て、黒彦君からここに香具土深良の生家があると聞いていよいよ怪しいと思い始めた。香具土深良は西洋建築家だ。こんな山奥の村で生まれ育ったとは考えにくい。さらに以前に聞いた話だと、彼の父親は貿易商を営んでいたらしい。だからやはり山奥で仕事をしているのは不自然に思えた」

「そうでしたっけ？」

黒彦は声を上げる。香具土深良の父親については、随分前に少しだけ知ったような気がする。しかし村に家が存在し、子孫と名乗る家族が住んでいたので疑おうともしなかった。

「香具土深良の生家がここにあるとすれば、僕たちの興味を惹《ひ》くために他ならない。それはもちろん年賀状を送った犯人の仕業だろう。だから僕はその家にも訪れた。そして融さんに出会ってある程度のことは分かった」

「私が何か……」

「融さんは気付かなかったかもしれないけど、あの家には微《かす》かに酢酸の臭いが漂っていた。さらに君と握手を交わした時、親指と人差し指に指紋がなかった。どちらも懐かしい感覚だ。君の手は劇薬を日常的に使い続けている人の手だ」

「……お見事です」

融は腕を組んで感心する。

「そこまでは気が回りませんでした。電器屋に関係する話を持ち出されないかと、それだけを恐れていました」

「君たち二人は、あの子の管理者かい？」

「いいえ。研究スタッフではありますが、正式には部下です」

玲子が畏《かしこ》まって応える。

「厄介な上司だね。あの子の目的は君たちも知っていたのかい？」

「いいえ。私たちはただ、この村に住むから両親の代わりになってくれと頼まれただけです」

「身勝手な子だね。誰に似たんだろう」

犬神は呆れ顔で返す。黒彦は既に全く話についていけなかったが、それでも今知った事実を確認せざるを得なかった。

「あの、融さん、玲子さん。それじゃあ、お二人は香具土深良の子孫じゃないんですか？　神楽さんも？」

「ああ。嘘をついてすまなかった」

融はあっさりと認める。

「香具土深良については僕たちは何も知らない。これはあの子が、神楽が延寿様に頼んで付けてもらった名前なんだ」

「香具土深良とは、何も関係がなかったのか……」

偽りの田舎村であり、新しい理想郷。この村が香具土深良と関わりがあるはずがない。

そして綾樫家の屋敷が彼の作品であるはずがなかった。そう実感した瞬間、村に漂う重苦しい雰囲気が一気に晴れたような気がした。

「神楽さんは、一体何者なんですか？　どうしてこんなことをしたんですか？」

「それはあの子に直接聞いてみよう」

犬神は立ち止まって正面を指差す。前に神楽と入った空き家。その前には神楽と、しっかりと立つハテナの姿があった。

「ハテナ！」

「あ、お兄さん！　クロちゃん！」

果菜は着物の裾《すそ》が土に汚れるのも構わず駆け寄る。犬神の胸に飛び込もうとしたが、彼に肩を押されて回転し黒彦に抱き付いた。

「お？　おお、クロちゃんだー」

「ハテナ、無事だったんだな」

黒彦は強く少女を抱き締める。果菜は嬉《うれ》しそうに頭をぐりぐり押し付けた。

「うん、僕は平気。それより大変だよ！　僕、ウタ婆ちゃんと一緒に市之介さんに斬られちゃったの。でもねでもね、真犯人は市之介さんじゃないと思うの。だって……」

「ああ、もういいんだ。その事件は解決したから」

「ありゃ？　そうなんだ。じゃあ誰が犯人だったの？

「また後で話すよ。それよりも、ハテナはどうやってあの怪我から回復できたんだ？」

あの時、果菜は間違いなく死んでいた。だがロボットの彼女はそれでも生き返る可能性はあると信じていた。ただし、それには開発者である犬神の手が必要なはずだった。

「それがね、神楽ちゃんが治してくれたの。神楽ちゃんって凄《すご》いんだよ。代用ユニットとかリペアシステムとか、村の空き家の奥にお兄さんが作った機械と同じ物があったの」

「犬神さんが作った機械が？」

「そう、だから僕もちゃんと治ったの。斬られた傷もすっかりなくなったよ。見せようか？」

「見せなくていい。それより、どういうことなんだ……」

黒彦は顔を上げて神楽を見る。彼女は睨《にら》むような目付きで犬神と対峙《たいじ》していた。

「ハテナを助けてくれたそうだね。どうもありがとう」

「……どういうつもりなの？　私がいなければあの子は死んでいたのよ」

「君がいるから死ななかった。素敵な髪飾りに生体センサーを内蔵して、しっかりとあの子を監視してくれていた。だから僕は何も心配はしていなかった」

犬神は返す。神楽が綾樫家に駆け付けたのは、果菜が斬られた直後だった。彼女は眉《み》間《けん》に皺《しわ》を寄せる。

「私が殺すかもしれないって思わなかったの？」

「全く思わなかったね。君はそんなつまらないことはしない」

犬神はそう言ってこちらを振り返る。黒彦は思わず口を開いた。

「あの、知り合いなんですか？　犬神さんと神楽さんは」

「よく知っているよ。でも僕の知っている人は香具土神楽なんて名前じゃなかったし、髪も目も黒くはなかった」

「さすがに、金髪碧眼《へきがん》だとこの村じゃ目立ち過ぎるわよ」

神楽は美しい顔を歪《ゆが》ませる。犬神が口を開いた。

「紹介しよう。彼女の名前は犬神杏紗《あんさ》。僕の妹であり、ハテナの姉だよ」

「ええ？」

黒彦は驚いて果菜を見る。だが彼女も目をぱちぱちとさせていた。

73

突然の告白に頭が混乱する。香具土融と玲子は知っていたらしく、冷静な顔で背後に控えていた。

「妹？　神楽……アンサさんが、犬神さんの？」

「気に入らないけど、否定はできないわ」

神楽こと杏紗はそっぽを向いて応《こた》える。黒彦は胸にしがみ付く果菜を引き離した。

「どういうことだよ、ハテナ。お前知っていたのか？」

「え、知らないよ。お姉さんなの？」

「知らないのも無理はないよ。だって会ったこともないからね」

犬神は悪びれることもなく話す。

「僕が年末年始にかけてネバダ州に行った理由も彼女だ。研究施設から脱走して行方をくらませてしまった。それで捜し出して欲しいと依頼されたんだ。でも巧妙に逃げ回ったらしくて、この僕をもってしても足取りは摑《つか》めなかった。それがまさか、こんなところにいたとはね」

「もしかして、その、アンサさんも……」

「うん、僕が拵《こしら》えた。アンサはハテナより以前に、多くの人が理想とするところを目的に開発したロボットだよ」

犬神が開発したのは果菜だけではなかった。かつて彼が語った、理想的な人間。見る者全てを魅了する容姿、人類の叡智《えいち》を極めた優秀な頭脳、オリンピック選手にも匹敵する強靭《きょうじん》な体力。それはもはや人間ではないと否定したはずの人間を、彼は杏紗として既に作り上げていた。

「だから僕は、ハテナが傷付いたとしても何も心配していなかった。アンサは僕に匹敵する知性を持っている。脱走する際に、自身の体の維持に関係する装置一式も持ち出したと聞いていたからね」

「念のために盗んでおいたシステムが役に立っただけよ」

杏紗は肩にかかる髪を手で払う。やはり、極めて人間らしい仕草だった。

「凄い、凄い！　お姉さんだよ！　クロちゃん」

「あ、ああ……」

「調子に乗るな！」

果菜は喜んでいるが杏紗は酷《ひど》く不機嫌だ。犬神を非常に嫌っているらしい。

「さて、アンサ。いくつか質問したいけどいいかな？」

犬神はいつもと変わらない調子で彼女に声をかける。

「僕の筆跡を真似て、ハテナと黒彦君をこの村に呼んだ理由はなんだい？　香具土神楽なんて意味深な名前まで名乗って、君は何がしたかったんだい？」

「……あなたに、復讐《ふくしゅう》してやろうと思ったのよ」

「お兄さんと呼ぶのは恥ずかしいかい？」

「うるさい！」

杏紗は苛立《いらだ》たしげに手を払う。

「あなたにも見捨てられる辛《つら》さを味わわせてやろうと思ったのよ。だからハテナと黒彦をこの村へと呼び出した。香具土の名を騙《かた》ったのも興味を持つだろうと考えたからよ。露壜村はあなたも知らないし、名前も経歴も偽れる。だからいくらでも騙《だま》し通せるはずだった」

「村に呼び出してどうするつもりだったんだい？」

「ハテナを隠して狼狽《ろうばい》するあなたを眺めた後、研究施設に連れて帰るつもりだった。そうすればあなたも簡単には手を出せないでしょうからね」

「黒彦君まで呼び出した理由はなんだい？　彼は部外者だよ」

「ハテナ一人じゃ来ないかもしれないじゃない。それと、ハテナにも復讐してやろうと思ったからよ」

「僕に？」

果菜は自分の鼻を押さえる。杏紗はこちらを向いて冷たく微笑んだ。

「だって好きなんでしょ？　クロちゃんがいなくなれば悲しいでしょ？　だから彼を誘って奪って、私の物にしてやろうと思ったのよ」

「あれは、そういうことだったのか……」

黒彦は思わず呟《つぶや》く。果菜は素早く振り向いた。

「あれ？　クロちゃん何かされたの？」

「いや、何もない。何もされていないよ」

「あら、そうだっけ？」

杏紗はとぼけた口調で言う。

「ふうん。無かったことにするんだね。そりゃあ騙した私も悪いけどさ。へぇ、そうなんだ」

「クロちゃん！」

「ちょっとアンサさん！」

黒彦がむきになって怒ると、杏紗は楽しげに笑った。

「ハテナ、冗談よ。何もなかったよ」

「……信じられない。お姉さん美人だもん」

「でも断られたのよ。私なんかより、ハテナみたいなちびっ子がいいんだってさ」

「ほんと⁉」

果菜は目を輝かして黒彦を見る。苦笑いを返すことしかできなかった。

「いやいや、なかなか順調に屈折しているね」

犬神が興味深そうに杏紗を見る。

「誰のせいでこうなったと思っているの？　でも、それもこれもあの事件のせいで台無しになっちゃった。二人とも私より事件の方に気が向いちゃうし、その内あなたまでここに来ちゃうし」

「アンサ自身は綾樫家の事件に関わっていないんだね」

「当たり前でしょ。くだらない」

杏紗は冷たく吐き捨てる。

「勝手にいがみ合って、勝手に殺し合って。何がしたいのよ」

「延寿さんが君に謝りたいと言っていたよ。彼も反省している」

「そう……」

「あれはどういう意味だったんですか？　どうして延寿さんがアンサさんに謝るんですか？」

黒彦が尋ねる。

「それは、この村を作ろうとしたのがアンサだからだよ」

「ええ？」

「何言ってんのよ。発案者はあなたでしょ」

杏紗が否定すると、犬神は山高帽の鍔《つば》を軽く摘んだ。

「フロンティア・プロジェクト。人類史は歴史の積み重ねであり、世界の未来は過去によって作られる。では名前も経歴も一切捨てて新しく世界を作り直したとしたら、そこから一体どんな未来が生まれるだろう。そんな計画を考えたことがあった。すっかり忘れていたけどね」

「それをコミュニティ単位にまで縮めて立案したのが、私の『ロビンソン計画』よ。そして実行したのは、今は延寿と名乗っているうちの元職員だった。彼はこの計画に興味を持ち、希望者は見込めるから任せて欲しいと言って来たの」

「この計画が容易じゃないことは分かっていただろう。綾樫家のような人たちが現れると対応できなくなる。なぜ実行を許したんだい？」

「あなたの言う、人間の可能性を見てみたかったからよ」

「なるほど、それはいい発想だ」

「その結果が、これよ。殺人事件が起きて村は崩壊した。これがあなたの理想だったの？」

「村は崩壊したが経験は残った。次は真の理想郷が生まれるかもしれない。それが人間の歴史であり可能性だよ。計画はまだ始まったばかりだ」

「何それ？　どこまで愚かで不便な生物なのよ」

「だから僕はやろうとしなかった。データ上ならまだしも、実際の人間を使うにはあまりにもリスクが高かった。僕と君とのわずかな差は、多分僕が本当の人間だからだろうね」

　犬神と杏紗は淡々と語り合う。まるで世界を作った神同士の会話のようだった。延寿は再び村を作るのだろうか。弓削や釜松、そして市之介は協力するだろうか。ただ、もし彼らが新たな露壜村を作り上げたとしても、黒彦が再びそこへと訪れることはないだろう。外界を捨てる覚悟がなければ理想郷へは入れない。黒彦はまだ今の名も住む町も捨てる気はなかった。

「さて、これで全ての謎が解決したね。それじゃ僕らはそろそろ家に帰ろうか」

　犬神はこちらを振り返って言う。

「言っておくけど、バスはまだ来ないからね」

杏紗が彼の背中に向かって返す。

「ああ、そうだね。じゃあ君の家に行こう」

「……こっちに帰ってくる気はないの？」

「全くないよ。もう懲り懲りだ」

「お姉さんはうちに来ないの？」

果菜が手を挙げて尋ねる。

「嫌よ。こんな人と住むなんて。それに私は暇じゃないのよ」

「えー、いいじゃん。遊ぼうよ」

「あのねハテナ。私はあなたに復讐しようとしたのよ。しかもあなたが悪いんじゃなくて、この人のせいなのよ」

「お兄さんと呼ぶのは恥ずかしいかい？」

「うるさい！」

「でもお姉さんは僕を治してくれたよね？　僕を心配して髪飾りもくれたよね？」

「……だってそんなの、しょうがないじゃない」

「うん。だから僕、お姉さんも好きだよ」

果菜が無邪気な笑顔を突き出すと、杏紗も諦《あきら》めたような顔で微笑んだ。

「やれやれ、全く困った姉妹だな」

「あんたが作ったんじゃないですか」

黒彦が素早く突っ込む。それにしても、まさか犬神から新たな妹を紹介されるとは思わなかった。犬神家は綾樫家よりも複雑で謎が多い。他に兄弟、姉妹が隠されていても不思議ではなかった。

「家に帰るわよ。こんな所じゃ人もロボットもフリーズするわ」

杏紗は白いコートを翻すと一人でさっさと歩き始める。

「お世話になるよ。融さん、玲子さん」

犬神が二人に声をかける。融は安心したように笑顔を見せた。

「犬神博士なら喜んで。それにこれで私たちも研究施設に引き上げられます」

「犬神博士。アンサを恨まないでやってください。あの子は多分、博士に会いたかっただけなんです」

玲子の言葉に犬神は頷《うなず》く。先を歩く杏紗には聞こえなかったのか、それとも聞こえないふりをしたのか、何も反応を示さなかった。

「クロちゃん！」

果菜は黒彦の肩に手を掛けて背中に飛び乗る。黒彦は突然のことに驚きよろけた。

「いきなり何だよ、ハテナ」

「お姉さんの家に行くよ！　レッツゴー！」

「お前はもう生き神様じゃないんだぞ」

「うん。だからもうクロちゃんにしか乗れないね」

果菜は楽しげに体を揺らす。言い返す言葉を失った黒彦は口を閉じると、背中に彼女の体温を感じつつ底冷えする露壜村を歩き始めた。

了

本作は書き下ろしです。

露《ろ》壜《びん》村《そん》事件《じけん》

生《い》き神《がみ》少女《しょうじょ》とザンサツの夜《よる》

椙《すぎ》本《もと》孝《たか》思《し》

角川文庫　17769

平成二十五年一月二十五日　初版発行

発行者―井上伸一郎

発行所―株式会社角川書店
東京都千代田区富士見二―十三―三
電話・編集（〇三）三二三八―八五五五
〒一〇二―八〇七八

発売元―株式会社角川グループパブリッシング
東京都千代田区富士見二―十三―三
電話・営業（〇三）三二三八―八五二一
〒一〇二―八一七七
http://www.kadokawa.co.jp

印刷所―旭印刷　製本所―BBC

装幀者―杉浦康平

す 18-3　ISBN978-4-04-100660-3　C0193

角川文庫発刊に際して

角川源義

第二次世界大戦の敗北は、軍事力の敗北であった以上に、私たちの若い文化力の敗退であった。私たちの文化が戦争に対して如何に無力であり、単なるあだ花に過ぎなかったかを、私たちは身を以て体験し痛感した。西洋近代文化の摂取にとって、明治以後八十年の歳月は決して短かすぎたとは言えない。にもかかわらず、近代文化の伝統を確立し、自由な批判と柔軟な良識に富む文化層として自らを形成することに私たちは失敗して来た。そしてこれは、各層への文化の普及滲透を任務とする出版人の責任でもあった。

一九四五年以来、私たちは再び振出しに戻り、第一歩から踏み出すことを余儀なくされた。これは大きな不幸ではあるが、反面、これまでの混沌・未熟・歪曲の中にあった我が国の文化に秩序と確たる基礎を齎らすためには絶好の機会でもある。角川書店は、このような祖国の文化的危機にあたり、微力をも顧みず再建の礎石たるべき抱負と決意とをもって出発したが、ここに創立以来の念願を果すべく角川文庫を発刊する。これまで刊行されたあらゆる全集叢書文庫類の長所と短所とを検討し、古今東西の不朽の典籍を、良心的編集のもとに、廉価に、そして書架にふさわしい美本として、多くのひとびとに提供しようとする。しかし私たちは徒らに百科全書的な知識のジレッタントを作ることを目的とせず、あくまで祖国の文化に秩序と再建への道を示し、この文庫を角川書店の栄ある事業として、今後永久に継続発展せしめ、学芸と教養との殿堂として大成せんことを期したい。多くの読書子の愛情ある忠言と支持とによって、この希望と抱負とを完遂せしめられんことを願う。

一九四九年五月三日